Schulze

Ursula Schulze

Das Nibelungenlied

Reclam

Mit 11 Abbildungen

RECLAMS UNIVERSAL-BIBLIOTHEK Nr. 17604
Alle Rechte vorbehalten
© 1997 Philipp Reclam jun. GmbH & Co. KG, Stuttgart
Durchgesehene und bibliographisch ergänzte Ausgabe 2013
Digitale Satzrekonstruktion: pagina GmbH, Tübingen
Druck und Bindung: Reclam, Ditzingen. Printed in Germany 2013
RECLAM, UNIVERSAL-BIBLIOTHEK und
RECLAMS UNIVERSAL-BIBLIOTHEK sind eingetragene Marken
der Philipp Reclam jun. GmbH & Co. KG, Stuttgart
ISBN 978-3-15-017604-7

www.reclam.de

Inhalt

Vorwort

Die Deutungsgeschichte des *Nibelungenliedes* vom 13. Jahrhundert bis zum Ende des 20. Jahrhunderts ist eine Geschichte der Kontroversen, die nicht nur vielfältige Verständnismöglichkeiten und Betrachtungsperspektiven, sondern auch die Frage einschließt, ob dem Werk als ganzem und im einzelnen Sinn abzugewinnen, ob es überhaupt interpretierbar sei. Wenn das *Nibelungenlied* hier in der Reihe »Literaturstudium« behandelt wird, so ist damit kein Votum für eine bestimmte Methode der Sinnermittlung verbunden, die vorab definiert werden müßte. Es geht zunächst um die Einordnung des Werkes in den literaturgeschichtlichen Rahmen und die Bedingungen literarischer Kommunikation am Ende des 12. und zu Beginn des 13. Jahrhunderts, es geht um den Verfasser – ein Anonymus, über den sich gleichwohl Aussagen machen lassen – und um den Gattungshorizont. Ausführungen zur Überlieferungs- und Stoffgeschichte zeigen dann die Grundlagen unserer Kenntnis des Textes und zugleich die Probleme der Textgenese und bestimmter Forschungsdifferenzen. Die Beschreibung der Textkonstitution führt direkt zu den Schwierigkeiten, die das *Nibelungenlied* für die Bedeutungsanalyse und die ästhetische Beurteilung bietet und die sich vom Auftauchen des Werkes in der höfischen Gesellschaft bis in die Gegenwart verfolgen lassen.

Heikle Fragen wie die Gattungsdefinition der Heldenepik, die Abgrenzung des Heroischen vom Höfischen, Erwägungen über Fiktionalität und Realitätsbezug, die Steuerung des Erzählens durch Hörererwartungen, die Prägung

durch zeitgenössische soziale Regelsysteme und Verhaltensnormen – all dies wird nicht in einer theoretisch ausgerichteten Einleitung, sondern in den verschiedenen Kapiteln,
integriert in die genannten Themenbereiche, behandelt.

Über den literarischen Gegenstand und die mit ihm
verbundenen Probleme vom Standpunkt der heutigen Forschung aus zu informieren, Erkenntnisinteressen, Arbeits-
methoden und Ergebnisse zu skizzieren, kritisch zu erör-
tern, eigene Akzente zu setzen und Schlußfolgerungen zu
ziehen, ist die Aufgabe dieses Bandes; er bietet eine Art Resümee der Beschäftigung mit dem *Nibelungenlied* am Ende
des 20. Jahrhunderts.

Ich danke Hans Fromm für die kritische Lektüre des Ma-
nuskripts, Ricarda Bauschke, Sibylle Ohly, Nicole Spengler
und Monika Wolf für ihre Hilfe bei den Korrekturarbeiten
und bei der Zusammenstellung der Bibliographie, Lothar
Schulze für die Anfertigung der EDV-Fassung des Manu-
skripts.

1
Der Dichter und seine Zeit

Literarischer Neubeginn um 1200

Das *Nibelungenlied* gehört zu den Hauptwerken der höfischen Literaturperiode zwischen 1170 und 1230, die oft analog zur ›Weimarer Klassik‹ als ›Klassik des Mittelalters‹ apostrophiert wird. Die Vorstellung von einem epochalen Einschnitt in der 2. Hälfte des 12. Jahrhunderts ergibt sich nicht erst aus der historischen Perspektive der Neuzeit, bereits im Mittelalter wurde der Neubeginn selbstbewußt wahrgenommen und kommentiert. Gottfried von Straßburg, in dessen *Tristan* sich das erste Stück deutscher Literaturgeschichtsschreibung findet, behandelt in einem Exkurs seines Romans die Anfänge deutschsprachiger Dichtung und läßt die wichtigsten Autoren der Zeit, Epiker und Lyriker, bewertend Revue passieren: Heinrich von Veldeke habe die deutsche Sprachkunst begründet, von deren Entfaltung die folgenden Generationen profitieren:

> *er inpfete daz erste rîs*
> *in tiutischer zungen.*
> *dâ von sît este ersprungen,*
> *von den die bluomen kâmen,*
> *dâ sî die spæhe ûz nâmen*
> *der meisterlîchen vünde.* (V. 4738–43)

(Er pfropfte den ersten Zweig in deutscher Sprache, von dem später Äste sprossen mit den Blüten, aus denen die Kunst der vollendeten Dichtung erwuchs.)

Auch wenn die weiteren Erörterungen letztlich zur Einordnung Gottfrieds selber dienen und seine Vorrangstellung in
der zeitgenössischen Literaturszene begründen sollten,
zeigt die Passage doch insgesamt, daß es in der Zeit um 1200
nicht nur Reflexion über Literatur, literarische Gattungen
und Leistungsprofile gibt – diese ist auch anderweitig bezeugt –, sondern daß das Bewußtsein von einem Epochen-
beginn existiert. Gottfried gehört in die zweite Generation,
in der folgenden hat Rudolf von Ems diese kritische Litera-
turschau in seinem *Alexander* fortgeschrieben.

Der von Gottfried wie von Rudolf markierte Neubeginn
entspricht dem Anfang der höfischen Literaturperiode, den
in der Distanz von 800 Jahren heutige Literarhistoriker auf
Grund zahlreicher Indizien beschreiben. Die Innovation
besteht für den mittelalterlichen Literaturkritiker in der
Aufnahme der Minnethematik, in der Rezeption antiker
Stoffe und vor allem in der metrisch ausgewogenen Verskunst mit reinen Reimen. Diese Gesichtspunkte gehören
auch nach heutigem Urteil zu den Charakteristika der
neuen höfischen Dichtung. Sie bezeichnen die inhaltliche
Neuorientierung, die in der Hinwendung zu weltlichen
Stoffen und Themen gegenüber der vorangehenden, zumeist geistlich geprägten Literatur in deutscher Sprache
besteht, und sie betreffen die formale Kultivierung einer
Dichtersprache mit überregionalen Ausgleichstendenzen,
die sich von dem freien Versbau mit unreinen Reimen (As-
sonanzen) und vielen dialektalen Regionalismen abhebt.
Heute werden diese Neuerungen allerdings als Ingredien-
zien eines umfassenden gesellschaftlichen und kulturellen
Veränderungsprozesses gesehen. Er ist vor allem geprägt
durch die literarischen volkssprachigen Aktivitäten an den
Fürsten- und Adelshöfen. Laien treten als Literaturträger
hervor und übernehmen als Mäzene, Autoren, Publikum
ihre Rolle in der literarischen Kommunikation, nachdem bis
zur Mitte des 12. Jahrhunderts Bildung und Schriftlichkeit,
von der lateinischen Sprache beherrscht, Domäne der Geist-

lichen waren, die nur in Einzelfällen christliche Glaubensinhalte und christliche Weltdeutung durch volkssprachige Dichtung vermittelten. Jetzt entdeckt der Adel das Medium der Schriftlichkeit für seine Bedürfnisse und Interessen und benutzt dazu die deutsche Sprache.

Die Literatur übernimmt in der aristokratischen Gesellschaft eine Reihe wichtiger Funktionen: Sie dient der Repräsentation, der Selbstdarstellung und Selbstreflexion, sie weist in die Geschichte zurück und stiftet Erinnerung. Sie rechtfertigt die weltliche Lebensform des Adels, indem sie die Grundzüge der christlichen Ethik standesbezogen adaptiert und ›emanzipatorisch‹ – z.T. unter Ausblendung kirchlicher Institutionen – die Unmittelbarkeit des adeligen Menschen zu Gott darstellt, der die Herrschaft sanktioniert und *sælde* (Glück und Heil) zu ihrer Ausübung verleiht. In dem höfischen Ritter und der höfischen Dame werden literarische Idealbilder von Mann und Frau entworfen, die Handlungsmodelle und Identifikationsmuster anbieten und in einer Welt, in der gewaltsame Machtkämpfe herrschten, zur Humanisierung und Befriedung beitragen sollten.

Starke Impulse für die Entwicklung der deutschen Literatur sind von Frankreich ausgegangen, wo die höfische Kultur im 12. Jahrhundert entstand und von wo sie, z.T. mit geringer Zeitverschiebung, nach Deutschland gelangte. Übertragen wurden vor allem die Liebeslyrik und der höfische Roman (Antiken-, Tristan-, Artus- und Gralsroman), also die Gattungen, die auch Gottfried in seinem Exkurs hervorgehoben hat. Sie vermitteln das Wertesystem, die Verhaltensnormen und den Lebensstil der höfischen Gesellschaft. Der Hof zunächst größerer Fürsten, dann auch kleinerer Adeliger bietet den Entfaltungsraum für die neue Literatur, und diese trägt zur Integration der dort versammelten heterogenen Gruppe von Herrschenden und Abhängigen bei. Entscheidende Vermittlung leistet in diesem Prozeß der mit ethischer Bedeutung aufgeladene Begriff des

Ritters, mit dem sich Personen verschiedener Herkunft gleichermaßen zu identifizieren vermochten.

Der in der Literatur konzipierte Ritter repräsentiert nicht nur kämpferische, sondern auch soziale Qualitäten. Er ist mutig, tapfer, im Kampf gewandt, auf Gott bezogen, sich seiner Gnadenbedürftigkeit bewußt, erbarmend gegenüber Armen und Schwachen; er achtet die Frauen und sucht die Liebe einer einzigen, um daraus Kraft für seine Aufgaben zu gewinnen und die Liebesbeziehung zum Abbild der Verbindung des Menschen zu Gott werden zu lassen. In diesem Sinne konnten Angehörige verschiedener Stände, Fürsten wie Ministerialen (in einem Dienstverhältnis stehende rechtlich Unfreie), in der Literatur und in der historischen Wirklichkeit als Ritter bezeichnet werden.

Ebenfalls in integrativer bewußtseinsbildender Weise wirkte das Ideal des Tugendadels. Es besagt, daß hohe Abstammung dem Adeligen nicht automatisch gesellschaftliche Anerkennung sichere, daß er vielmehr seinen Adel durch *tugende* (ethische und soziale Qualitäten) bewähren müsse, und umgekehrt könne man auch ohne vornehme Herkunft durch entsprechende Bewährung geadelt werden. Das gleiche gilt für die Frau. So machen in den lyrischen Reflexionen Walthers von der Vogelweide weibliche Tugenden das *wîp* zur *vrouwe* (zur adeligen Dame), und das Fehlen solcher Qualitäten demoliert ihren Wert.

Die Verantwortlichkeit für die neue Literatur auf einen bestimmten Stand der Dichter zu fixieren, ist problematisch. Einerseits weil wir die Herkunft der meisten Literaten nicht genau kennen, andrerseits weil ohnehin der kommunikative Gesamtrahmen, eben der Hof, die neue Literatur erst ermöglicht und sie in weiterem Sinne zur ›Adelsliteratur‹ macht. Zwar tragen die einzelnen Dichtungen die Handschrift bestimmter Künstler, die sie konzeptionell, gedanklich und stilistisch geprägt haben – auch dann, wenn es sich um Übersetzungen aus einer anderen Sprache oder Verschriftlichung einer mündlichen Tradition (wie beim *Nibe-*

lungenlied) handelt –, aber die Werke sind bedingt durch den gesellschaftlichen Rahmen, d. h. durch den Auftraggeber oder die Auftraggeberin, die initiativ werden, Produktionsmittel und -möglichkeiten zur Verfügung stellen, und durch das Publikum, auf dessen Erwartungen und Verständnishorizont sich der Dichter einstellen muß. Dabei besaßen wohl die Frauen eine wichtige Stimme.

Die in der Forschung oft betonte Bedeutung der Ministerialen für die höfische Literatur und für die aus ihr herausgelesene Aufstiegsmentalität läßt sich aus den genannten Gründen nicht halten. Hartmann von Aue, der sich selbst als *dienestman* (Ministeriale) vorstellt, ist für die höfischen Dichter keineswegs repräsentativ. Es gibt adelige Minnesänger, Epiker, die zur *familia* eines bestimmten Hofes gehören, Dichter, die nacheinander für verschiedene Auftraggeber gearbeitet haben, und umherziehende Berufsliteraten. Auch ließe sich aus dem Stand der Ministerialen kaum ein einheitliches Bewußtsein ableiten, denn ihr realer Sozialstatus war von Fall zu Fall unterschiedlich. Die rechtlichen Verhältnisse differierten in den einzelnen Gegenden des Reichs; sie waren am Oberrhein anders als in Österreich, im Königsdienst anders als bei kleinen Adeligen. Hinter der Dienstmannbezeichnung stehen außerdem, wie bei den meisten Rechtswörtern im Mittelalter, keine fest umrissenen Begriffe. Doch wichtiger als eine problematische ständische Differenzierung erscheint im literaturhistorischen Zusammenhang die Beobachtung, daß sich erstmals in der deutschen Geschichte ein autonomes übergreifendes Kulturbewußtsein von Laien artikuliert. Gleichwohl kann von einem Bruch oder von scharfer Distanznahme zwischen Kirche und Kloster auf der einen und Adelshof auf der anderen Seite keine Rede sein. Die Aktivitäten der laikalen Interessengemeinschaft schließen nicht aus, daß geistliche Traditionen weiterwirken, zumal unter den bedeutenden höfischen Autoren auch Kleriker gewesen sind, wie wohl Gottfried von Straßburg, und da weltliche Literatur auch an geistlichen Fürstenhöfen entstanden ist, wie man es für das *Nibelungenlied* vermutet (s. S. 24 ff.).

Vor allem im Blick auf die Genese der höfischen Literatur ist die geistliche lateinische Kulturtradition mit einzubeziehen. Die überraschende Konzeption und sprachliche Gestaltung mentaler und emotionaler Dimensionen, die in der neuen Dichtung anscheinend ohne Vorlauf auftauchen und in wenigen Jahrzehnten zu Höchstleistungen gelangen, sind in spirituelle und theologisch-philosophische Bewegungen von europäischer Ausstrahlung eingebettet, die partiell direkt erkennbar, weithin aber indirekt wirksam sind. Es handelt sich vor allem um die Zisterzienser Frömmigkeit, ausgehend von Bernhard von Clairvaux (1090–1153), mit einer unmittelbaren, persönlichen, emotional erfüllten Beziehung zu Gott, die zur Entdeckung des seelischen Innenraums führt, zuerst religiös besetzt, dann für zwischenmenschliche Beziehungen und Selbstreflexionen geöffnet. Eine neue Rationalität und Intellektualität resultiert aus der frühscholastischen Theologie und Philosophie, für die vor allem der Name Abaelard (1079–1142) steht. Die Beschäftigung mit den antiken Schulautoren Vergil (70–19 v. Chr.) und Ovid (43 v. Chr. – um 17 n. Chr.) wirkte in die volkssprachige Literatur hinein; so stand die *Aeneis* Modell für die neue Großepik; von Ovid stammen wichtige Vorgaben der Liebesdarstellung. Mit Hilfe des typologischen Denkens ließen sich antike Stoffe, auch mythologische Vorstellungen in das christliche Geschichtskonzept einordnen. Wie es Augustin (354–430) in Auslegung von 2. Mose 3,22 und 12,35 f. gefordert hatte, wurden die Schätze der Heiden von den Christen genutzt, und man sah sich mit Bernhard von Chartres (gest. um 1127) als Zwerge auf den Schultern von Riesen in die größere Weite schauen. Die literarisch artikulierte autonome Adelsideologie schließt deutlich religiöse Komponenten mit ein. Es geht um die christliche Interpretation des ritterlichen Lebens: Der *miles christianus* erfüllt Gottes Auftrag im Blick auf das ewige Heil. Anerkennung in der Welt, *êre*, und ein Leben in *vreude* und *minne* sollen als Geschenk Gottes verstanden werden; denn die göttliche Gnade ist nicht verfügbar. Neben dem Leistungs- und Heilsoptimismus kennt die Literatur auch Skepsis gegenüber Erfolg und positivem Weltlauf. In potenziertem Maße kommt sie im *Nibelungenlied* zum Ausdruck, doch hier ohne expliziten transzendenten Bezug.

Es ist charakteristisch für die umrissene Literatur, daß Vorstellungen und Bedeutung, die sie mit ihren Worten und Bildern anspricht, in verschiedene Bereiche ausgreifen und einander durchdringen. Nur z. T. handelt es sich dabei um gesetzte Analogien, eher um Konsequenzen eines usuellen transgredierenden Denkens und Verstehens. Dabei werden Diesseits und Jenseits miteinander verknüpft, verschiedene Beziehungen werden unter rechtlichen Vorstellungsmustern begriffen. Als Beispiel kann der Dienstgedanke gelten: er erfaßt die Leistungsverpflichtung verschiedenartiger Abhängiger gegenüber Höhergestellten und zieht als Gegenleistung den Lohn nach sich. So dient der Lehnsmann (Vasall) dem Lehnsherrn, der Dienstmann (Ministeriale) dem Dienstherrn, der Eigenmann seinem Grundherrn, aber auch der Mensch dient Gott, und der Mann dient einer Frau. Dienst ist also Zeichen der Abhängigkeit, zugleich kann er aber auch Geste freiwilliger Unterordnung und Demut sein. Ähnlich greift die Vorstellung der *triuwe* (Treue) vom Lehnsrecht in den religiösen und minnekonzeptionellen Bereich über.

Die Dichter entwickeln ein Bewußtsein für die Fiktionalität der literarischen Welten. Sie entwerfen Ich-Rollen von Sängern und Erzählern, die es ihnen ermöglichen, mit dem Publikum einen imaginierten Dialog aufzunehmen. Dabei treten sie mit einem Sendungsanspruch auf, der einen Einblick in tiefere Zusammenhänge und eine Bedeutung der Literatur fingiert, die über ihren tatsächlichen Einfluß

weit hinausgeht. Als besonderes Kommunikationsphäno-
men tauchen verschiedenartige Bezugnahmen und Anspielungen von Texten untereinander auf. Das geschieht in
Deutschland wie in Frankreich und übergreift die Sprach-
grenzen. Die Dichter kennen einander, sie beziehen sich auf
Vorlagen, rühmen ihre Vorbilder, polemisieren gegeneinander oder gegen bestimmte Darstellungen und grenzen sich
im Konkurrenzkampf um die mäzenatische Gunst voneinander ab. Mehr oder weniger ist dabei vorauszusetzen, daß
auch das Publikum die Anspielungen auf andere Werke und
Personen verstehen konnte.

Über die historische Person der meisten höfischen Dichter wissen wir wenig. Biographische Indizien, die sich aus
ihren eigenen Werken oder aus denen ihrer Kollegen ergeben, sind spärlich und oft nicht genau interpretierbar. Andere Quellen nennen literarisch Tätige nur ausnahmsweise,
da sie in der Regel außerhalb des historisch-politischen Interesses standen. Dennoch ist es möglich, sich ein ungefäh-
res Bild von den literarischen Aktivitäten einer Reihe von
Höfen zu machen. Die dominierende Verantwortung für
die neue Kunst läßt sich nicht einem bestimmten Herrscher-
haus, nämlich den Staufern, zuweisen, wie es in der Literaturgeschichtsschreibung seit dem 18. Jahrhundert (Johann
Jakob Bodmer) immer wieder geschehen ist. Der Entwick-
lungsprozeß verlief vielsträngiger, er wurde nicht von einer
einzigen Dynastie initiiert und gesteuert. Wohl läßt sich
am staufischen Hof die Pflege von Minnesang und die
Aufnahme französischer Inhaltskonzepte und Liedformen
nachweisen, aber die Kontaktstellen für die Epik liegen wo-
anders: am Niederrhein und in Thüringen für den Antiken-
roman Heinrichs von Veldeke, am Oberrhein (wohl bei den
Zähringern) für den Artusroman, den Hartmann von Aue
ins Deutsche übertragen hat. Die konkreten Vermittlungs-
wege kennen wir kaum, doch kann die Verbindung der großen Herrscherfamilien im Westen des Reiches zu Frankreich und der deutschen Fürstenhöfe untereinander, insti-

tutionalisiert durch Hof- und Reichstage, als Austausch-
forum angenommen werden. Außerdem war der Hof im
12./13. Jahrhundert noch selten an feste Residenzorte gebunden; als reisender Personenverband begleitete er den
Herrscher an bevorzugte Aufenthaltsorte und an die Stätten
politischen Handelns, die zugleich Orte kultureller Repräsentation waren.

Die Sonderstellung des *Nibelungenliedes*

In diesem literaturgeschichtlichen Kontext ist auch das *Nibelungenlied* entstanden, dennoch hat ihm Gottfried in seinem Literaturexkurs keine Beachtung geschenkt. Daß er es
nicht kannte, ist wohl auszuschließen und von niemandem
ernsthaft erwogen worden. Offenbar entsprach das Werk
dem Literaturbegriff des gelehrten *Tristan*-Dichters in noch
weit geringerem Maße als die Romane Wolframs von
Eschenbach, gegen den er polemisiert. Das *Nibelungenlied*
läßt sich nicht wie die Texte der gepriesenen Autoren auf
schriftliche Quellen, seien es lateinische, romanische oder
deutsche, zurückführen, sondern gilt als Verschriftlichung
mündlicher Dichtungstradition. Kein Autor zeichnet mit
seinem Namen für das *Nibelungenlied* verantwortlich, und
das überrascht in einer Zeit, in der die Dichter Personalstile
entwickeln und in stolzer Selbstnennung hervortreten;
wahrscheinlich war die Form ›hochstilisierter Mündlichkeit‹
dem Sprachkünstler Gottfried suspekt. Mit diesen Aspekten
sind zugleich die wesentlichen Punkte benannt, die auch in
gegenwärtiger Sicht das *Nibelungenlied* von anderen höfischen Erzählwerken abrücken und einer eigenen Gattung,
der Heldenepik, zuweisen:

– die anonyme Überlieferung des Werkes,
– die Herkunft der Stoffe aus mündlicher Tradition mit historischem Kern,
– die strophische, sangbare Form.

Diese Gattung, die Geschichten von Helden aus germanischer Vorzeit erzählt, wird in der Literatur um 1200 zunächst allein durch das *Nibelungenlied* repräsentiert. Die gattungsbestimmende Bedeutung der genannten Merkmale ergibt sich aus Gemeinsamkeiten mit der Dietrichepik und der *Kudrun*. Doch diese Werke sind in ihrer schriftlichen Gestalt nicht genau zu datieren; sie gehören zumeist wohl ins 13. Jahrhundert, aber kaum an dessen Beginn. Wie weit erst das *Nibelungenlied* gattungsbildend wirkte und wie weit es selbst bereits Gesetzen folgte, die sich in der mündlichen Tradition herausgebildet hatten, läßt sich aus Mangel an Belegmaterial schwer entscheiden. Nahe liegt ein Sowohl als Auch: Für die strophische Form hat wahrscheinlich das *Nibelungenlied* das Modell geliefert (s. S. 98–103), während die Anonymität der Geschichten mündliche Gepflogenheiten fortsetzt. Der Stoff basiert auf einheimischer Geschichtssage im Gegensatz zu den Traditionen über die Ritter des König Artus und den Trojanischen Krieg.

Während die Zeitgenossen die Anonymität des *Nibelungenliedes* offensichtlich akzeptierten – niemand nennt einen Autornamen –, hat man in der Forschung vielfältig nach dem Dichter gefahndet. Die Überlegungen umfassen eine Reihe z.T. divergierender Gesichtspunkte. Es geht zunächst um die Frage, ob man überhaupt nach einem Dichter im Sinne eines individuellen Gestalters suchen dürfte, ob es nicht vielmehr – wie Karl Lachmann (1793–1851) annahm – eine Vielzahl von Liedern und damit eine Vielzahl von Liederdichtern gegeben habe oder ob das Lied nicht Gemeingut gewesen sei, über das verschiedene Sänger in ähnlicher Weise erzählend verfügten (van der Lee, B 4a: 1970). Wenn man sich entsprechend der dominierenden Forschungsmeinung heute für die Verantwortlichkeit eines Einzelnen ent-

Spuren zum Dichter des *Nibelungenliedes*

Forscher des 19. und auch des 20. Jahrhunderts haben versucht, das *Nibelungenlied* namhaften Dichtern wie dem Kürenberger, Walther von der Vogelweide, Wolfram von Eschenbach, Konrad von Fußesbrunnen, Wirnt von Grafenberg, Rudolf von Ems, Konrad von Würzburg, dem Marner und dem fiktiven Heinrich von Ofterdingen – also Epikern und Lyrikern – zuzuweisen. Für Walther von der Vogelweide gibt es besonders viele Voten von Friedrich Heinrich von der Hagen[2] über den Historiker Hans Delbrück (B 4d: 1925) bis zu Fenwick Jones (B 4a: 1969) und Walter Falk (B 4a: 1985). Letzterer sieht in der Figur Volkers im *Nibelungenlied* eine Art Selbstporträt des Sängers. Es lohnt nicht, die phantastischen Spekulationen genauer zu betrachten. Glaubhaft ist keine und belegbar erst recht nicht. Auf einer anderen Ebene liegen dagegen Versuche, die auffälligen Ortsindizien des Textes für die Lokalisierung des Werkes und darüber hinaus für eine Identifizierung von Dichter und Auftraggeber auszumünzen. Sie konzentrieren sich auf das Kloster Lorsch und auf Passau.

Das Bemühen, die Entstehung des *Nibelungenliedes* am Mittelrhein anzusiedeln, gründet sich auf die Hervorhebung von Kloster Lorsch in der Fassung C. Hier folgen am Ende der 19. Aventiure (Abschluß des 1. Teils) acht Strophen (C 1158–65), die von der Gründung der Abtei durch die Königin Ute berichten, die dort ihren Witwensitz und später ihre Begräbnisstätte findet. Außerdem wird erzählt, daß Kriemhild Siegfrieds Gebeine dorthin überführen läßt, wo sie neben der Klosterkirche in einem großen Sarkophag ruhen; Kriemhilds Absicht, der Mutter nach Lorsch zu folgen, wird durch Etzels Werbung verhindert. Dieser Befund hat Lokalisierungshypothesen provoziert: Ein Abt Sigehart von

---

2 Friedrich Heinrich von der Hagen (Hrsg.), *Minnesinger*, Tl. 4, Leipzig 1838, S. 186 f.

Lorsch soll das *Nibelungenlied* gedichtet haben (Dieterich, B 4a: 1923; Selzer, B 4b: 1964). Da dessen Amtszeit in der Mitte des 12. Jahrhunderts lag, wurde die Entstehung des Werkes in diese frühe Zeit gerückt und um 1200 eine rein formale Überarbeitung im Donauraum angenommen. Zwar leiten diese Erwägungen ins Abseits, weil wichtige übergeordnete Aspekte der Entstehung und Überlieferung ignoriert werden, doch bleibt die Erklärungsbedürftigkeit der Lorsch-Reminiszenzen bestehen. Wertet man die C-Version als Überarbeitung einer älteren Fassung des *Nibelungenliedes* (s. S. 42 f.), so stiften die Strophen von C wie auch entsprechende Bezugnahmen auf das Kloster in der *Klage* eine eigene Verbindung. Diese könnte allenfalls die Entstehung der Fassung C in Lorsch signalisieren (s. S. 46),[3] doch Dichter und Auftraggeber des ›Originals‹ findet man dort sicher nicht.

Anders verhält es sich mit Passau. Verschiedene Spuren führen in die Bischofstadt zu dem wahrscheinlichen Auftraggeber des *Nibelungenliedes*, vielleicht weisen sie auch auf eine längere Familientradition nibelungischer Dichtung.[4] Ohne zu den relevanten Orten der Haupthandlung zu gehören, wird Passau im *Nibelungenlied* wiederholt genannt, und Bischof Pilgrim ist ohne handlungsbestimmende Funktion als Onkel Kriemhilds, der burgundischen Könige und als Bruder der Mutter Ute in den Familienverband eingeordnet. Sein Hof bildet die Einkehrstation zwischen Worms und Etzelnburg. Hier machen Kriemhild und später ihre Brüder auf der Reise ins Hunnenland Rast, ebenso die Boten Wärbel und Schwemmel. Daß der Dichter über besondere Lokalkenntnisse nicht nur im Donauraum, sondern speziell in Passau verfügte, zeigt seine Lagebeschreibung im Blick auf die Mündung des Inns in die Donau mit

---

3 Norbert Voorwinden, B 4b: 1978. – Auch andere Erklärungen für den Zusatz sind durchgespielt worden.
4 Zusammenstellung bei Max Heuwieser, »Passau und das Nibelungenlied«, in: *Zeitschrift für bayerische Landesgeschichte* 14 (1943/44) S. 5–62.

starker Strömung und auf ein exponiertes Kloster, nämlich Niedernburg (1295,3 f.); an anderer Stelle spricht er von einer lagebedingten Verteilung der Gäste auf beide Seiten des Flusses (1629,2 f.). Unverkennbar wird die Aufmerksamkeit auf Passau und seinen Bischof gelenkt, und es liegt nahe, bei derartigen Accessoires an einen aktuellen Anlaß zu denken.

Um die Bedeutung Passaus für die Abfassung des *Nibelungenliedes* zu ermessen, wurde häufig eine Passage der *Klage* (eine Dichtung, die in fast allen Handschriften auf das *Nibelungenlied* folgt, s. Kap. 10) in die Überlegungen mit einbezogen. Der Epilog der *Klage* nennt Bischof Pilgrim als Begründer der nibelungischen Erzähltradition:

> *Von Pazowe der biscof Pilgerîn*
> *durh liebe der neven sîn*
> *hiez scrîben ditze mære,*
> *wie ez ergangen wære,*
> *in latînischen buochstaben,*
> *daz manz für wâr solde haben,*
> *swerz dar nâh erfunde,*
> *von der alrêrsten stunde,*
> *wie ez sih huob und ouh began,*
> *und wie ez ende gewan,*
> *umbe der guoten knehte nôt,*
> *und wie si alle gelâgen tôt.*
> *daz hiez er allez schrîben.*
> *ern liez es niht belîben,*
> *wand im seit der videlære*
> *diu kuntlîchen mære,*
> *wie ez ergie und gescach;*
> *wand erz hôrte unde sach,*
> *er unde manec ander man.*
> *daz mære prieven dô began*
> *sîn schrîber, meister Kuonrât.*
> *getihtet man ez sît hât*
> *dicke in tiuscher zungen.*　(4295–4317)

(Bischof Pilgrim von Passau ließ aus Liebe zu seinen
Verwandten diese Geschichte aufschreiben, wie sie sich
zugetragen hatte, [und er ließ sie aufzeichnen] in latei-
nischer Sprache, damit sie jeder als wahr betrachten
konnte, der sie später fand, von Anfang an, wie sie an-
hob und begann und wie sie zu Ende ging, von der Bedrängnis der tapferen Helden und wie sie alle zu Tode
kamen. Das ließ er alles aufschreiben. Er ließ sich nicht
davon abbringen, denn der Spielmann hatte ihm genau
Auskunft gegeben, wie es sich ereignete; denn er und
viele andere hatten es gehört und gesehen. Sein Schreiber, Meister Konrad, schrieb damals die Geschichte
auf. Seitdem hat man sie oft in deutscher Sprache gedichtet.)

Über die Auslegung der Verse herrscht in der Forschung
keine Einigkeit. Unumstritten ist heute weithin, daß es sich
um eine fiktive Quellenangabe mit einem topischen, aus der
Antike stammenden Rekurs auf Augenzeugenberichte handelt, wie sie etwa zur Wahrheitsbeteuerung der Troja-
geschichte diente. Unterschiedlich werden Art und Umfang
möglicher enthaltener Wahrheitselemente beurteilt. Die
Aussage über eine lateinische Nibelungendichtung, an die
einige Forscher geglaubt haben, ließe sich nur verifizieren,
wenn man ein entsprechendes Zeugnis fände. Wahrschein-
licher als der Verlust einer *Nibelungias*, wie Gustav Roethe
das postulierte Epos in Analogie zur *Ilias* genannt hat,[5] ist
die Absicht, mit der Behauptung einer lateinischen Vorstufe
dem Stoff die Dignität einer schriftlichen Literaturtradition
zu verleihen. Die im *Klage*-Epilog angesprochenen zahlreichen volkssprachigen Dichtungen (*getihtet man ez sît hât /
dicke in tiuscher zungen*), die aus der lateinischen Grundlage hervorgegangen sein sollen, könnten mündliche, aber

5 Gustav Roethe, »*Nibelungias* und *Waltharius*«, in: *Sitzungsberichte der
    Preußischen Akademie der Wissenschaften*, Berlin 1909, S. 649–691.

auch schriftliche Vorstufen von *Nibelungenlied* und *Klage* meinen.

Den *meister Kuonrât*, der in bischöflichem Auftrag die Augenzeugenberichte aufgezeichnet, vielleicht auch verfaßt haben soll, hat man als Dichter des *Nibelungenliedes* in Anspruch genommen und einen Träger des Namens im Umkreis des Passauer Bischofs um 1200 gesucht und – gemäß der Häufigkeit des Namens Konrad – auch vermeintlich gefunden.[6] Die hypothetischen Sprünge von der Quellenfiktion der *Klage* zum Dichter des *Nibelungenliedes* und zur Identifizierung einer bestimmten Person sind bodenlos.

Eine historische Dimension eröffnet sich für das Verständnis der Passaustrophen des *Nibelungenliedes* und für die Epilogpassagen der *Klage* durch den »Bischof Pilgrim«, denn es gab einen bedeutenden Amtsinhaber dieses Namens im 10. Jahrhundert. Er stammte aus der bayrischen Adelsfamilie der Sieghardinger, die sich im Interesse rückwärtsgewandter Herrschaftslegitimation auf die Nibelungen zurückführte, wie man aus dem Vorkommen nibelungischer Namen innerhalb der Familie ablesen kann (Störmer, B 4b: 1974, u. a.). Demnach besäße die Verbindung Bischof Pilgrims mit der Nibelungentradition einen wahren Kern. Das Gedächtnis an seine Person war im 12. Jahrhundert nach Zeugnis einer zeitgenössischen Chronik des Magnus von Reichersberg (abgeschlossen 1194) in Passau lebendig, wo sein Grab kultische Verehrung genoß.

In der für die Abfassung des *Nibelungenliedes* in Frage kommenden Zeit, um 1200, hatte Wolfger von Erla den Passauer Bischofsstuhl inne (1191–1204).[7] Für sein Interesse an deutscher Literatur und höfischen Lebensformen gibt es ein sicheres Zeugnis: An seinem Hof ist Walther von der

---

6 Dietrich Kralik, B 4a: 1954; kritisch gegenüber der Quellenauswertung mit eigenem Material Uwe Meves, B 4a: 1981.
7 Egon Boshof / Fritz P. Knapp (Hrsg.), *Wolfger von Erla: Bischof von Passau (1191–1204) und Patriarch von Aquileja (1204–1218) als Kirchenfürst und Literaturmäzen*, Heidelberg 1994.

Vogelweide aufgetreten, wie die einzige außerliterarische,
d. h. nicht aus einer Dichtung stammende Notiz über den
Sänger beweist. Zum Jahr 1203 verzeichnen die bischöflichen Reiserechnungen, daß ein *cantor Waltherus de Vogelweide* eine Geldsumme für einen Pelzmantel erhalten hat.
Wahrscheinlich schloß die Unterhaltung am Hof über Minnesang und Spruchdichtung hinaus noch andere weltliche
Literatur ein. Berührung des *Nibelungenliedes* mit dem
Minnesang kann als sicher gelten (s. S. 158–162). Daß Wolfger von Erla auch in seiner späteren Stellung als Patriarch
von Aquileja Literatur förderte, geht aus dem Lob seiner
Freigebigkeit hervor, das ihm der Rhetoriker Boncompagna
da Signa spendet. Außerdem hat er wohl ein umfangreiches
deutsches Lehrgedicht, den *Welschen Gast* des aquilejischen
Domherrn Thomasin von Zerklære, angeregt und unterstützt. Daß sich ein Kirchenfürst für Heldendichtung inter-
essierte, ist nicht außergewöhnlich. Es gibt eine Parallele
solchen Interesses im 11. Jahrhundert: Bischof Gunther von
Bamberg wurde deshalb von dem Domscholaster Meinhard
getadelt.

So führen die Spuren der Texte und nachweisbare historische Fakten zwar nicht zu der Person des *Nibelungenlied*-
Dichters, wohl aber zu seinem Auftraggeber. Es ist mit hoher Wahrscheinlichkeit der Passauer Bischof Wolfger von
Erla. Ihm huldigt der Dichter mit der Figur Bischof Pilgrims im *Nibelungenlied*. Daß man Wolfger nach seiner
Teilnahme am Kreuzzug von 1197/98 selbst als Pilger verstehen konnte, verstärkt die Bezugnahme ebenso wie die
kirchenpolitischen Aktivitäten, die ihn mit dem Amtsvor-
gänger Pilgrim verbinden. Beide wollten Passau von dem
Salzburger Metropoliten lösen und zu einem eigenen Erz-
bistum machen. Die Konzentration der frühen Überlieferung des *Nibelungenliedes* im bayrisch-österreichischen
Raum ergänzt die Passauer Hypothese noch auf einer weiteren Ebene.

Ein Versuch von Berta Lösel-Wieland-Engelmann (B 4a: 1980 und 1983), eine Niedernburger Nonne als Verfasserin des *Nibelungenliedes* in der ›frauenfreundlichen‹ Version C als Erstfassung zu erweisen, vermag nicht zu überzeugen, weil unbeweisbare Entstehungsbedingungen postuliert werden.

Der Schritt weiter vom Mäzen zum Dichter trifft auf keine namentlich bekannte historische Person. Man erkennt jedoch das Bildungs- und Künstlerprofil eines Klerikers, d. h. eines Mannes, der lese- und schreibkundig das Bildungssystem seiner Zeit, die *septem artes liberales*, absolviert und wohl niedere Weihen besessen hat. Ein weiterer geistlicher Aufstieg und ein kirchliches Amt waren damit nicht zwangsläufig verbunden. Seine soziale und rechtliche Stellung läßt sich kaum genauer bestimmen. Ungewiß bleibt, ob er ständig zur *familia* des Bischofs gehörte, also fest angestellt oder als reisender Berufsdichter zur Ausführung eines Auftrags auf Zeit engagiert war. Die wesentlichen Züge seiner Identität ergeben sich aus dem Werk. Bei dieser Beschreibung setze ich voraus, daß der *Nibelungenlied*-Dichter aus mündlich tradiertem Erzählgut in unbekannter Formation das epische Großwerk geschaffen hat. Dieser Akt erforderte eine eminente konzeptionelle Leistung, zumal er vielleicht selbst erst die beiden Fabeln der Siegfriedgeschichte und des Burgundenuntergangs miteinander verknüpft, auf jeden Fall aber in zwei etwa gleichen Teilen auf das Werk verteilt hat. Als Orientierungsmodell für ein derart weiträumig erzählendes, ein Menschenleben umfassendes Buchepos kommt in dieser Zeit im Grunde nur Vergils *Aeneis* in Frage, die generell im Hintergrund der volkssprachigen Großepik steht (vgl. Fromm, B 4h: 1990). Da sie zur klerikalen Schullektüre gehörte und Vergil im 12. Jahrhundert besondere Achtung genoß, hat der *Nibelungenlied*-Dichter das Epos sicher gekannt wie auch die volkssprachige Gestaltung des Stoffes, den *Eneasroman* Heinrichs von Veldeke, aber wohl kaum den *Roman d'Eneas;* denn Kenntnis des Französischen zeichnet sich nirgends ab. Über die Bedeutung von Vergils Epos für die Gesamtkonzeption hinaus zeigen einzelne erzähltechnische Momente und bestimmte Motive den Zusammenhang zwischen *Nibelungenlied* und *Eneasroman:* Hagens Bericht über Siegfrieds Jugendtaten erfolgt im biographischen Ablauf als Nachtrag gemäß dem Vergilischen Muster des *ordo artificialis*, wie Eneas rückblickend Dido von der Einnahme Trojas erzählt (s. S. 139–141). Kriemhilds Gespräch mit ihrer Mutter über die Liebe entspricht im ›Kleinformat‹ dem Gespräch zwischen Lavinia und ihrer Mutter im *Eneasroman*. Wie Lavinia Eneas vom Fenster des Palasts aus beobachtet, so schaut Kriemhild auf den turnierenden Siegfried hinunter. Die kampftüchtige Brünhild gehört wie die Königin Camilla zu den amazonenhaften Gestalten, die sich den Männern verweigern.

Das mehrfach im *Nibelungenlied* strukturbildend verwendete Brautwerbungsmotiv kennzeichnet den literarischen Zusammenhang mit der frühhöfischen, sogenannten Spielmannsepik, die ebenfalls auf mündlichem Erzählgut beruht. Parallelen bestehen vor allem zum *König Rother* (entstanden um 1160/70). Von hier hat der *Nibelungenlied-Dichter* vornehmlich Techniken und Formeln der Handlungsgestaltung für den Komplex der Brünhildwerbung übernommen: die Verdoppelung von Hindernissen, den vasallitischen Helfer und burleske Elemente. Im übrigen ist der *König Rother* in einer für Bayern hergestellten Redaktion nachweisbar, also im gleichen Raum, in dem das *Nibelungenlied* entstanden ist.

Schwieriger zu sichern und eher unwahrscheinlich ist der Einfluß der *chansons de geste* auf das *Nibelungenlied*, der von einigen Forschern (Panzer, B 2: 1955; Wolf zuletzt B 4d: 1995) nachdrücklich vertreten wird. Die scheinbaren Berührungen beruhen wohl auf grundsätzlichen Analogien darstellerischer Mittel der Heldenepik – Hermann Schneider (B 4d: 1926) hat sie als »Motivgemeinschaft« bezeichnet;

denn die *chansons* entsprechen im französischen Bereich als Episierung der Sagen um Karl d. Gr. der Gattung, die *Nibelungenlied* und Dietrichepik im Deutschen repräsentieren. Die Möglichkeit, daß der *Nibelungenlied*-Dichter *chansons de geste* (angeführt werden vor allem *Renaud de Montauban* und *Daurel et Beton*) kannte, ist deshalb unwahrscheinlich, weil es für deren Aufnahme in Deutschland kaum einen sicheren Anhalt gibt und die Datierungsunsicherheiten der romanischen Texte es nicht erlauben, sie vor 1200 als Vorbild vorauszusetzen. Reflexe der einzig in Deutschland rezipierten *Chanson de Roland* (*Rolandslied* des Pfaffen Konrad um 1170) sind im *Nibelungenlied* nicht eindeutig wahrnehmbar. Daß der *Nibelungenlied*-Dichter Artusepik kannte, und das hieße dann Hartmanns *Erec* (um 1180), läßt sich durch motivliche oder strukturelle Entsprechungen nicht erweisen. Auf der Ebene der Gesamtkonzeption ist allerdings ein antithetischer Entwurf zu dem Leistungsoptimismus der Artuswelt durchaus erwägenswert.

Abgesehen von der möglichen Übernahme der Kürenbergerstrophe (s. S. 101 f.) öffnet sich mit Kriemhilds Falkentraum und der *liebe-leit*-Antinomie der Horizont des Donauländischen Minnesangs, den der *Nibelungenlied-Dichter* überschaute. Der mehrfach verwendete Ausdruck *hôhe minne* belegt, daß er darüber hinaus Lyrik kannte, die von romanischen Vorbildern geprägt ist. Den Dienst-Gedanken der höfischen Liebe hat er konkretisierend episch in Szene gesetzt: Siegfried dient um Kriemhilds Hand durch seinen Einsatz im Dänen- und Sachsenkrieg und durch die Werbungshilfe für Gunther. Eine lange Wartezeit liegt vor dem Lohn der ersten Begegnung und dem ersten Kuß, die im öffentlichen Rahmen erfolgen, aber zugleich eine Sphäre privater Vertrautheit eröffnen.

Vor allem die Minnethematik, die der Dichter mit bedeutungskonstituierenden Motivsträngen in den ersten Teil des *Nibelungenliedes* eingebracht hat, ist Ausdruck der Aufbereitung, die die *alten mæren* an die höfische Vorstellungs-

welt heranrückt. Auch darin folgt er dem *Eneasroman,* denn
Veldeke hat wie der Verfasser des *Roman d'Eneas* die Vorzeithelden zu hochmittelalterlichen Rittern stilisiert und der
Minne eine bei Vergil nicht vorhandene Bedeutung verlie-
hen. Die Höfisierung gehört zu den wesentlichen Gestal-
tungsmerkmalen des *Nibelungenliedes.* Sie kommt besonders in der 2. Aventiure zur Geltung: Siegfrieds Jugend,
Erziehung und Schwertleite bieten ein Muster höfischer
Lebensformen. Bezeichnenderweise hat der Autor die
märchenhaften Motive (Erwerb des Nibelungenhortes und
des Tarnmantels sowie den Drachenkampf) episch nicht
ausgeführt und damit im Zuge seiner Modernisierung
archaische oder unhöfische Momente der Stofftradition
zurückgedrängt. Er konnte sie nicht ganz fallenlassen, weil
sie handlungskonstituierende Bedeutung besitzen; aber er
geht durch erzählerische Brechung auf Distanz. Auch die
5. Aventiure mit der Siegesfeier zu Pfingsten, dem bevor-
zugten Termin der Feste am Artushof, wird, ohne im engeren Sinne handlungsbedingt zu sein, zu ausgiebiger Gestaltung festlicher Repräsentation genutzt. Im zweiten Teil
wird auf dem Wege der Burgunden in den Untergang noch
einmal bei ihrem Besuch in Bechelarn (27. Aventiure) ein
glanzvolles höfisches Szenarium entfaltet. Mit diesen Darstellungen bewegt sich der Dichter ganz im kulturellen An-
spruchsrahmen seiner Zeit. Doch ließ sich diese Tendenz
nicht auf die zentrale Handlungsebene übertragen; denn sie
kollidiert mit den Angelpunkten des Stoffes: Betrug, Mord,
Rache, Untergang. Dieser Kollision war sich der Dichter
bewußt, und er vermittelte ein derartiges Bewußtsein von
Anfang an seinem Publikum; dennoch stellt er die höfische
Welt nicht explizit durch ein geistliches Wertungsmodell als
nichtig in Frage. Der Kleriker im Umkreis des Passauer Bischofs erzählt die *alten mæren* als eine Reihe von festlichen
Glanzpunkten, die unter einer Untergangsdetermination
stehen. Ein *fabula docet* gibt er nicht, vielleicht förderte gerade diese Tatsache die Faszination seines Textes.

2
Überlieferungsgeschichte und Datierung

Die Handschriften

Die Kenntnis des *Nibelungenliedes* in der heutigen Zeit
kann sich auf die Überlieferung des Textes in 35 handschriftlichen Zeugnissen stützen, die im Laufe von über 300
Jahren (vom zweiten Viertel des 13. Jahrhunderts bis zum
zweiten Jahrzehnt des 16. Jahrhunderts) entstanden sind;
darüber hinaus ist durchaus auch mit dem Verlust von Ma-
nuskripten zu rechnen. Elf Handschriften enthalten das
Werk mehr oder weniger vollständig, 24 in Bruchstücken.
Die Zahl der Handschriften weist auf eine starke Resonanz
des *Nibelungenliedes*. Sie übertrifft sogar das Interesse an
der Artusepik – soweit dies aus den entsprechenden erhaltenen Textzeugen ablesbar ist; hinter der Verbreitung der Romane Wolframs von Eschenbach bleibt es jedoch zurück.[1]
Die Erörterung der Textgrundlage bildet im Blick auf ein
Zeitalter, aus dem es so gut wie keine Autographe der Dichter gibt, generell eine wichtige Voraussetzung jeder Interpretation. Für das *Nibelungenlied* gilt das noch mehr als
für andere mittelalterliche Werke, denn man stößt in den
ältesten Handschriften auf verschiedene Fassungen, die in
Wortlaut und Umfang differieren. Sie fordern die Frage
heraus, wie das Original des Werkes ausgesehen haben mag
und welche Fassung es am besten repräsentiert. Heute dominiert weithin die resignative Einsicht, daß eine genaue
Vorstellung von dem originalen Werk nicht zurückzuge-

---

1 Vom *Parzival* existieren 80 Textzeugen, davon 16 vollständige Handschriften; vom *Willehalm* gibt es 76 Textzeugen, davon 12 vollständige Handschriften.

winnen ist und daß sich die Beschäftigung mit dem *Nibelungenlied* auf die handschriftlich erhaltenen Texte gründen muß. Der Weg der Forschung zu dieser Einsicht verläuft allerdings nicht geradlinig, und er hat auch nicht zu einem umfassenden Konsens geführt.

Drei im 18. Jahrhundert wiederentdeckte, vollständige Handschriften des 13. Jahrhunderts enthalten die wichtigsten Versionen, die sich aus der Gesamtüberlieferung herausheben. An ihnen entzündete sich im 19. Jahrhundert der Streit um den besten, dem Original am nächsten kommenden Text. Karl Lachmann hat sie in der Einleitung zu seiner Ausgabe des *Nibelungenliedes* von 1826 entsprechend seiner Wertung mit den Siglen A, B, C bezeichnet und die weitere Überlieferung in alphabetischer Folge angeschlossen. Er hat Großbuchstaben für die Pergamenthandschriften des 13. und 14. Jahrhunderts, Kleinbuchstaben für die Pergament- und Papierhandschriften des 15. und 16. Jahrhunderts benutzt. Insgesamt kannte er bereits 18 vollständige und fragmentarische Textfassungen. Lachmanns Siglen werden zur kontinuierlichen Verständigung innerhalb der Forschung weiter verwendet, auch wenn seine Rangordnung nicht mehr verbindlich ist. Die von Ulrich Pretzel betreute sechste Ausgabe der Lachmann-Edition (1960) bringt eine genaue Überlieferungsübersicht, in der Neufunde der letzten drei Jahrzehnte ergänzt werden müssen. Nur unter Vorbehalt gelten die dort und in anderen handbuchartigen Darstellungen angegebenen Datierungen, sie bedürfen im Zusammenhang neuester paläographischer Forschung einer Revision. Zweifellos stammen die genannten Handschriften A (München, Bayerische Staatsbibliothek, cgm 34, *Nibelungenlied* in 2316 Strophen), B (St. Gallen, Stiftsbibliothek, Ms. 857, *Nibelungenlied* in 2376 Strophen), C (Fürstlich Fürstenbergische Hofbibliothek Donaueschingen, Ms. 63, *Nibelungenlied* in 2439 Strophen) alle drei aus dem 13. Jahrhundert: sie wurden im Bodenseegebiet bzw. im Salzburger Raum oder Südtirol nach verschiedenen südbayrischen Vorlagen geschrieben. Daraus ergibt sich ein Indiz für Bayern als wahrscheinliche Heimat des Textes. Ins 13. Jahrhundert gehören wohl außerdem die Handschriften J oder I (Staatsbibliothek zu Berlin – Preußischer Kulturbesitz, Ms. germ. fol. 474) und sieben Fragmente; aus dem 14. Jahrhundert stammen die Handschriften D (München, Bayerische Staatsbibliothek, cgm 31) und zwölf Fragmente. Aus dem 15. Jahrhundert sind vollständig erhalten: Handschrift a (Genf-Cologny, Bibliotheca Bodmeriana, Cod. Bodmer 117), Handschrift b (Staatsbibliothek zu Berlin – Preußischer Kulturbesitz, Ms. germ. fol. 855, nach einem Besitzer *Hundeshagensche Handschrift* genannt, mit 37 Illustrationen zum *Nibelungenlied*), Handschrift h (Staatsbibliothek zu Berlin – Preußischer Kulturbesitz, Ms. germ. fol. 681, eine Kopie der Handschrift J), Handschrift k (Wien, Österreichische Nationalbibliothek, Cod. Vindob. 15478, nach dem Auffindungsort in Wien *Piaristenhandschrift*, nach dem Inhalt und einem Besitzer *Lienhart Scheubels Heldenbuch* genannt). Die Handschrift d (Wien, Österreichische Nationalbibliothek, Ser. nov. 2663) wurde zwischen 1504 und 1515 auf Schloß Ambras bei Innsbruck im Auftrag Kaiser Maximilians I. geschrieben. Der Text des *Nibelungenliedes* in diesem *Ambraser Heldenbuch* reicht nur bis zur 36. Aventiure, für den Schluß ist Raum frei gelassen.

Bis vor kurzem galt C als die älteste vollständige Handschrift und wurde zwischen 1220 und 1230 datiert[2]; doch Karin Schneider (B 4b: 1987), die die drei bedeutenden Handschriften auf breiter Vergleichsbasis paläographisch untersucht hat, rückt B und C im zweiten Viertel des 13. Jahrhunderts eng aneinander; eine Prioritätsbestimmung scheint ihr nicht möglich. Auch das Fragment Z, ein Textzeuge für den durch C repräsentierten Redaktionstyp, der bisher um 1200 angesetzt und als Beweis für die frühe Ent-

---

2 George T. Gillespie, *The Manuscript C of the Nibelungenlied. A Study of Its Provenance, History and Language*, Univ. of London (King's College) 1957 [M.A. Diss. masch.].

stehungszeit der Fassung herangezogen wurde, datiert Schneider erst nach 1225 und damit etwa gleichzeitig wie B und C. Handschrift A ist mehrere Jahrzehnte jünger. Die paläographische Expertin kommt auf Grund der Ähnlichkeit mit einem datierbaren Schrifttyp des Otto de Pesing zu einem Terminus post quem non von 1280. Doch die Entstehungszeit der Handschriften und der Textfassungen ist nicht identisch. Die Chronologiefragen beziehen sich auf drei Bereiche: die Herstellung der Handschriften, die Entstehung der in den Handschriften überlieferten Fassungen und die schriftliche Abfassung des ›originalen‹ *Nibelungenliedes*. Die Schwierigkeit, eine Antwort zu finden, liegt in dem geringen Maß an absoluten Daten und dem Ineinandergreifen der verschiedenen relativen Anhaltspunkte.

Alle Versuche, die Überlieferungsdependenzen der erhaltenen *Nibelungenlied*-Handschriften genauer zu bestimmen, gelangen schnell an die Grenzen des Beweisbaren. Nur in drei Fällen lassen sich Vorlage und Kopie im Überlieferungsbestand genau bestimmen: g wurde von L, h von J, d von O abgeschrieben. Im übrigen können nur Verwandtschaften von Traditionssträngen konstatiert werden. Während A allein steht, ergeben sich bei B, C und J jeweils zusammenhängende Gruppen. Die J-Gruppe ist eng mit dem C-Strang verbunden. Da der Ausgangspunkt der Überlieferung, der Archetyp, sich genauer Bestimmbarkeit entzieht, fehlen sichere Kriterien zur Hierarchisierung der Handschriften, und man muß auf einen Stammbaum verzichten, in den auch nur ein Teil, geschweige denn alle Handschriften einzuordnen wären. Gleichwohl gibt es für die Bewertung der durch die Handschriften repräsentierten Fassungen und ihr Verhältnis zueinander eine Reihe von Argumenten, die im Laufe der Forschungsgeschichte, mit anderen Gesichtspunkten kombiniert, unterschiedlich beurteilt wurden.

Die A-Version mit der geringsten Strophenzahl als älteste zu betrachten, die die umfangreicheren Handschriften B und C erweiterten, lag nahe. Wenn Karl Lachmann A den Vorzug gab, so stand diese Beurteilung in Verbindung mit seiner Liedertheorie, also mit der aus der Homerforschung des 18. Jahrhunderts adaptierten Vorstellung, das *Nibelungenlied* sei aus einzeln umlaufenden Liedern zusammengestellt, die als solche wieder ermittelbar wären. Ihm bot sich die kürzeste Fassung am ehesten für die postulierte Liedersammlung an, und er benutzte sie dementsprechend als Grundlage zu seiner Ausgabe (1826), in der er 20 Lieder abgesetzt (1841 auch numeriert) und darüber hinaus enthaltene vermeintliche Zusätze durch Kursivdruck von dem ursprünglichen Bestand unterschieden hat. Dieser Rekonstruktion fiel etwa die Hälfte des in Handschrift A überlieferten Textes als nicht original zum Opfer. *B und *C wertete Lachmann als Ableitungen aus *A mit jeweils weiterem Strophenzuwachs aus den mündlich kursierenden Liedern.[3]

Orientierten sich Lachmann und seine Anhänger an einem ästhetischen Modell von liedhafter Kürze, so gab Adolf Holtzmann unter der Voraussetzung der ausführlichen, weitgehend widerspruchsfreien Erzählweise eines Epos der C-Fassung den Vorzug.[4] Die für die Forschung richtungweisende Aufwertung von Handschrift B geht auf Karl Bartsch (1865) zurück. Er sah in den Handschriften B und C zwei voneinander unabhängige Rezensionen überliefert, *B als ältere, dem Original näher stehende, *C als jüngere Fassung, *A eng an *B gebunden. Mit überwiegend formalen, die Reimtechnik und Metrik betreffenden Anhaltspunkten meinte er, über mehrere Bearbeitungsstufen die Entstehung des *Nibelungenliedes* vor der Mitte des

---

3 In der Forschung werden die Siglen der Handschriften A, B, C mit einem Asterisk versehen, wenn man die ihnen zugrunde liegenden Fassungen ansprechen möchte: *A, *B, *C. Dieser Usus kollidiert mit der ebenfalls vorkommenden Bezeichnung der Fragmente mit Asterisk bei Pretzel (Ausg. der Handschrift A).

4 *Das Nibelungenlied in der ältesten Gestalt mit den Veränderungen des gemeinen Textes,* hrsg. von Adolf Holtzmann, Stuttgart 1857. Auf C basiert auch: *Das Nibelungenlied,* hrsg. von Friedrich Zarncke, Leipzig 1856.

12. Jahrhunderts erweisen zu können. Hermann Paul (B 4b: 1876) hat, Bartschs Argumentation korrigierend, die grundsätzliche Präferenz der B-Fassung gestützt; seine Datierung des *Nibelungenliedes* um 1190 wird noch heute akzeptiert (s. S. 54–59). Schließlich verschaffte Wilhelm Braune dem Vorrang der Handschrift B weitreichende Geltung durch seine Untersuchung »Die Handschriftenverhältnisse des Nibelungenliedes« (B 4b: 1900). Darin entwarf er ein schematisiertes Stemma, in das er die wichtigsten Handschriften und ihre Vorstufen – nicht die gesamte Überlieferung – einordnete. Am Anfang steht ein Archetypus (x), in dem bereits die *Klage* (s. S. 266) mit dem *Nibelungenlied* verbunden war. Von diesem gehen y und z als zwei getrennte Zweige aus, die zu der B- und C-Redaktion führen. Durch Zwischenstufen *d und *J steht *C weiter von dem gemeinsamen Ausgangspunkt x entfernt als *B. Der Wirkungskraft dieser ›Nibelungenphilologie‹ ist es zuzuschreiben, daß nach über einem Jahrhundert der von Bartsch 1870 edierte B-Text in der Bearbeitung von Helmut de Boor am meisten benutzt und in wissenschaftlichen Untersuchungen zitiert wird. Auch Helmut Brackert hat ihn im wesentlichen in seine zweisprachige Ausgabe des *Nibelungenliedes* (1970/1971) übernommen, obwohl er Braunes Untersuchungsmethode und dessen Ergebnisse mit der aufsehenerregenden Arbeit »Beiträge zur Handschriftenkritik des *Nibelungenliedes*« (B 4b: 1963) fundamentaler Kritik unterzog. Helmut Brackert wendet sich vor allem gegen die Annahme eines verhältnismäßig fehlerfreien Archetypus, einer geschlossenen Textüberlieferung und einer weitgehend kontaminationslosen Handschriftentradition. Demgegenüber betont er die Offenheit des Textes für die Einwirkung der fortexistierenden mündlichen Nibelungendichtung auf allen Überlieferungsstufen. Als »wichtigstes Charakteristikum der Überlieferung des *Nibelungenliedes*« (ebd., 173) erscheint ihm, daß der gemeinsame Text immer wieder mit »Sondergut« aus alter Tradition durchsetzt wurde. Daher sei die Anord-

Nibelungenhandschrift B, Cod. Sang. 857, S. 411
(2. Viertel des 13. Jahrhunderts)

nung der Handschriften im Blick auf einen Archetypus un-
möglich und ein Paralleldruck der verschiedenen Redaktionen die angemessene Form einer *Nibelungenlied*-Ausgabe.
Dieses Desiderat hat Michael Batts 1971 mit einer Synopse
von C, A, B und weiteren Lesartenangaben erfüllt. Brackert
hat weitere – nicht unbedingt notwendige – Folgerungen
hinsichtlich der Entstehung des *Nibelungenliedes* gezogen:
Er denkt an eine »Mehrzahl« oder »Vielzahl von Sängern,
[…] die alle in der gleichen poetischen Technik bewandert,
mit dem gleichen Stoff vertraut, sich an der Ausformung
des Textes beteiligten« (ebd., 170). Das Erklärungsproblem,
wie es bei einem derartigen Verfahren zu dem hohen Maß
an gemeinsamem Text in den verschiedenen Handschriften
kommen konnte, sucht er durch die Vorstellung von einem
»allmählichen Zusammensintern« zu lösen (ebd., Anm. 27).
Heute, über 30 Jahre nach dem Erscheinen von Helmut
Brackerts Arbeit, haben sich die methodische Kritik an
Braunes stemmatologischem Konzept und die Skepsis, den
Archetyp oder besser das ›Original‹ der *Nibelungenlied*-
Überlieferung zu ermitteln, weitgehend durchgesetzt, während die anderen Schlußfolgerungen unterschiedlich beurteilt werden. Insbesondere scheiden sich die Geister daran,
ob es überhaupt einen Archetyp bzw. ein ›Original‹ des *Ni-
belungenliedes* gegeben habe. Joachim Bumke hatte bereits
1964 in einer eingehenden Rezension von Helmut Brackerts
Arbeit den Begriff und die Bestimmungsmöglichkeiten des
›Sonderguts‹ problematisiert und an einer »gemeinsamen
Grundform« der Überlieferung festgehalten, »hinter der
eine Dichterpersönlichkeit erkennbar« sei und neben der
nur der Bearbeiter der C-Fassung (s. S. 43–50) konkrete
Konturen besitze (B 4b: 1964, 435). Ähnlich urteilte Werner
Schröder (B 4b: 1966), mit etwas anachronistischer Em-
phase auf die schöpferische Einzelpersönlichkeit abhebend.
Wichtig ist sein Hinweis, daß sich die mündlichen Vorstufen
der schriftlichen Tradition noch viel mehr einer genauen Beurteilung entziehen, als Helmut Brackert es für den Arche-

typ betont. Günter Kochendörfer (B 4b: 1973) bestritt die Sonderstellung der *Nibelungenlied*-Überlieferung im Vergleich zu anderen mittelhochdeutschen Versromanen und plädierte noch einmal für den Versuch, den Archetyp des *Nibelungenliedes* herzustellen. Mag der letzte Punkt abwegig sein (die Beschränkung auf die konkrete Überlieferung scheint heute allgemeine Praxis), so verdient der Hinweis auf die überschätzte Divergenz der Überlieferung des *Nibelungenliedes* gegenüber den höfischen Romanen durchaus Beachtung. Die Texte der verschiedenen Handschriften stimmen im Gesamtaufbau, der Handlungsüberlieferung und im größten Teil des Strophenbestandes überein, d. h., bei gleicher Makrostruktur betreffen die Varianten die Mikrostruktur. Dementsprechend wurde in der Auseinandersetzung mit Helmut Brackert wie mit der *oral poetry*-Forschung (s. S. 78 ff.) immer wieder auf den umfänglichen gemeinsamen Textanteil der Fassungen hingewiesen. Vor allem mit dieser Tatsache begründete Hans Fromm (B 4a: 1974/1989) sein Plädoyer für ein »Original« des schriftlichen *Nibelungenliedes* und einen einzelnen Dichter. Die andersartige Qualität der Literarisierung gegenüber der mündlichen Nibelungendichtung sieht er durch ein höheres Maß »an sprachlicher und kompositorischer Bewußtheit, gedanklicher Bewältigung der vollepischen Länge« definiert (ebd., 284). Doch auch nach diesem schlüssigen Resümee aus der vorangehenden Forschung im Kontext mit den literarischen Bedingungen um 1200 herrscht heute keine völlige Einhelligkeit. Michael Curschmann verwirft an exponierter Stelle im »Verfasserlexikon« (1987, 929) die Begriffe »Archetyp« und »Original« für das *Nibelungenlied* gleichermaßen, er geht von einem »vergleichsweise unfesten Entwurf ohne Anspruch auf endgültige Autorität« aus und folgt darin prinzipiell ausdrücklich Helmut Brackert. Hans Fromm hat von der »eingeschränkten Autorität« des *Nibelungenlied*-Dichters gesprochen, den er als *buoches meister* aus der »Konkurrenz gleichzeitiger nibelungischer Münd-

lichkeit« heraushebt (B 4a: 1974/1989, 285). Die Überlieferung läßt im gemeinsamen Bestand der Fassungen durchaus
eine Textidentität erkennen, und gerade auch die Bearbeitung der Fassung C legt davon Zeugnis ab.

In anderen neuen Handbüchern zum *Nibelungenlied*
wird die Vorstellung eines offenen Textes am Anfang der
schriftlichen Überlieferung abgelehnt: Für Werner Hoffmann (zuletzt 1992) hat es »ein schriftliches ›Original‹ des
Nibelungenliedes gegeben, das textlich wiederzugewinnen
uns jedoch grundsätzlich versagt ist« (B 2: 1992, 84). Etwas
stärker auf die Dichterpersönlichkeit zugespitzt, spricht
Joachim Heinzle (zuletzt 1994) von einem »geschlossenen
Buchwerk individueller Prägung« (B 2: 1994, 58). In dem
vorliegenden Band gehe ich selbst von einem intentional geschlossenen Text und durchkonzipierten Werk aus. Die
Klärung dieser Position ist für den hermeneutischen Umgang mit dem *Nibelungenlied* von großem Belang; denn
Überlegungen zum Darstellungsverfahren und zu Aussage-
absichten werden z.T. anders verlaufen je nachdem, ob sie
sich auf eine verbindliche Werkkonzeption oder auf einen
nicht autorisierten Text beziehen.

Mit der Supposition des Originals bleibt auch die alte
Frage akut, welche Handschrift dieses am besten repräsentiert. Neben der überwiegenden Bevorzugung von B steht
die Skepsis, ob eine Entscheidung zwischen A und B überhaupt möglich sei (Hoffmann, B 2: 1992, 85); doch es gibt
auch Voten für A (z.B. Neumann, B 2: 1967; Fromm, B 4a:
1974/1989) und für C (z.B. Krogmann, B 2: 1956/57; Falk,
B 2: 1974; Lösel-Wieland-Engelmann: B 4a: 1980). Für die
konkrete Überlieferung ist zu betonen, daß die verschiedenen Fassungen aufeinander eingewirkt und Mischredaktio-
nen erzeugt haben.

der Nibelunge nôt – der Nibelunge liet

Die Version C hat in der mittelalterlichen Rezeption größeren Anklang gefunden als A/B, denn ihr folgen 26 der 34 Handschriften. Die Gründe für diese Bevorzugung liegen in der Eigenart des Textes: C bietet eine metrisch glättende, rationalisierende, christlich wertende Bearbeitung der in B vorliegenden Fassung (genau untersucht von Hoffmann, B 4b: 1967). Zwar hat der Redaktor seine Änderungen nicht systematisch und nicht mit völliger Konsequenz durchgeführt, doch die genannte Tendenz ist unverkennbar.

Ausgehend vom Explicit, der letzten Halbzeile der Texte, werden die beiden Überlieferungsstränge als *nôt*-Fassung (A/B) und *liet*-Fassung (C) bezeichnet. Die abschließenden Verse lauten: *daz ist der Nibelunge nôt* (A/B) bzw. *daz ist der Nibelunge liet* (C). In A/B steht ein inhaltlicher Gesichtspunkt am Ende, der das schreckliche Geschehen gleichsam in einem leidvollen Schlußakkord noch einmal intoniert: »Das ist der Untergang der Nibelungen«. Dagegen wird in C ein eher distanzschaffender formaler Schlußpunkt gesetzt. Die Formulierung »Das ist das Nibelungenlied« bringt zum Ausdruck, daß das Geschehen dichterisch aufbewahrt und bewältigt ist.[5] Außerdem stehen die Explicitverse der beiden Fassungen nicht in parallelen Strophen. A und B schließen:

> *Ine kan iu niht bescheiden,   waz sider dâ geschach:*
> *wan ritter unde vrouwen   weinen man dâ sach,*
> *dar zuo die edeln knehte   ir lieben friunde tôt.*
> *dâ hât daz mære ein ende: daz ist der Nibelunge nôt.*
>
> (A 2316, Schreibweise nach B 2376. Mhd. Text der
> Hs. B hier und im folgenden zitiert nach der Ausg.
> Schulze/Grosse 2011 mit eigener Übersetzung.)

---

5 *liet* bezeichnet im Mittelalter keine bestimmte Gattung.

(Ich kann euch nicht erzählen, was später dort geschah,
nur daß man Ritter, Frauen sowie edle Knappen
den Tod ihrer lieben Freunde beweinen sah. Hier ist
die Geschichte zu Ende: Das ist »Die Not der Nibelungen«.)

Der C-Redaktor hat den Epilog auf zwei Strophen verteilt.
Die erste entspricht in den Zeilen 1–3 prinzipiell der
Schlußstrophe von A/B. In der Zusatzstrophe kündigt der
Erzähler nach der vorangehenden Unfähigkeitsbeteuerung,
»Ich kann euch nicht erklären, was später dort geschehen
ist«, ausdrücklich seine Bereitschaft auf, weiter von der gro-
ßen Not, der Leichenbestattung und der zukünftigen Ge-
schichte der Hunnen zu berichten. Damit deutet sich am
Erzählhorizont an, daß der Weltlauf weitergeht, aber vom
Erzähler nicht mehr in das ›Lied‹ mit einbezogen wird:

Ine kan iuch niht bescheiden waz sider dâ geschach:
wan kristen unde heiden weinen man dô sach,
wîbe unde knehte und manige schœne meit:
die heten nâch ir friunden diu aller grœzisten leit.

Ine sage iu nu niht mêre von der grôzen nôt,
(die dâ erslagen wâren, die lâzen ligen tôt),
wie ir dinc an geviengen sît der Hiunen diet.
hie hât daz mære ein ende: daz ist der Nibelunge liet.

(C 2439 f.)

(Ich kann euch nicht erzählen, was später dort geschah,
nur daß man Christen und Heiden, Frauen und Knappen und viele schöne Mädchen dort weinen sah: Sie
trugen sehr großes Leid um ihre Freunde. || Ich be-
richte euch jetzt nicht weiter von der großen inneren
Bedrängnis – laßt die Erschlagenen ruhen –, wie das
Volk der Hunnen weiter lebte. Hier ist die Geschichte
zu Ende: Das ist »Das Lied der Nibelungen«.)

Im Vergleich zum B-Text signalisieren die letzten beiden C-Strophen eine Neigung zu paraphrasierender Erweiterung und Distanznahme. Ein religiöses Interesse deutet sich an im Austausch der auf die höfische Gesellschaft bezogenen Paarformel *ritter unde vrouwen* (B 2376,2) durch *kristen unde heiden.*

Die Differenz zwischen den beiden Fassungen läßt sich insgesamt nicht einfach in den 112 Zusatzstrophen von C gegenüber A/B quantifizieren. Auch der gegenläufige Vorgang, daß 45 Strophen aus A/B in C fehlen, ist aussagekräftig. Hinzugekommene und entfallene Strophen sowie Umformulierungen einzelner Verse und Wortgruppen bringen an wichtigen Stellen der erzählten Geschichte ein verändertes Darstellungskonzept zum Ausdruck.

Das geistliche Interesse des C-Redaktors tritt im Blick auf die Ehe zwischen Etzel und Kriemhild besonders deutlich hervor. In allen *Nibelungenlied*-Fassungen sieht Kriemhild zunächst einen Ehehinderungsgrund in der Tatsache, daß der Hunnenkönig Heide ist. Der Brautwerber Rüdiger von Bechelarn beschwichtigt ihre Bedenken mit dem Hinweis auf viele Christen am Hunnenhof und auf die Chance, Etzel zur Taufe zu bewegen. Eine Zusatzstrophe in C versucht den offensichtlichen Anstoß an einer christlich-heidnischen Mesalliance weiter zu mindern: Rüdiger relativiert Etzels Heidentum. Der König sei bereits Christ gewesen, aber vom Glauben abgefallen. Kriemhilds Liebe könne ihn dazu zurückführen:

> *Ern ist niht gar ein heiden,   des sult ir sicher sîn.*
> *jâ was vil wol bekêret   der liebe herre mîn,*
> *wan daz er sich widere   vernogieret hât.*
> *wolt ir in, frouwe, minnen,   sô möhte sîn noch*
> > *werden rât.*   (C 1284)

(Er ist nur bedingt ein Heide, dessen könnt Ihr sicher sein. Tatsächlich war mein lieber Herr schon einmal

bekehrt, aber er hat sich wieder vom Christentum ab-
gewandt. Wenn Ihr, Herrin, ihm Eure Liebe zuwendet,
dann könnte ihm noch geholfen werden.)

Korrespondierend dazu erteilt in C der Passauer Bischof
seiner Nichte ausdrücklich den Missionsauftrag, *daz si den
künic bekêrte* (C 1357,2), wo er ihr in B 1327,2 lediglich
Wohlergehen wünscht: *daz si sich wol gehabte*.

Auf die berühmte Reichsabtei Lorsch bezogen, präsentiert sich die geistliche Überformungstendenz in Str. 1155–
1162 (s. S. 23), die der C-Redaktor am Ende der 19. Aventiure hinzugefügt hat, bevor der Schauplatz zum Hunnenhof wechselt. Die Klostergründung, von der erzählt wird,
Güterstiftungen und insbesondere die Sorge für Siegfrieds
Seelenheil und die Erwägung von Kriemhilds Weltabkehr
artikulieren einen besonderen Interessenzusammenhang
und rücken ihre Treue in einen religiösen Kontext: *getriu-
wer wîp deheine ist uns selten ê bekant* (C 1159,4). Auch sie
will sich für immer nach Lorsch zurückziehen, die Überführung von Siegfrieds Leichnam ist bereits erfolgt; doch die
Brautwerbung aus dem Hunnenland verhindert ihre Weltabkehr. Dieser Exkurs zwischen dem ersten und dem zweiten Teil der Handlung hat Anlaß zu Spekulationen über die
Verbindung des C-Redaktors zu der Reichsabtei gegeben.
Entstand die *liet*-Fassung in Lorsch, vielleicht im Auftrag
eines Abtes, oder sind die Strophen lediglich Niederschlag
eines eindrucksvollen Besuchs in dem Kloster? Dieses fiel
im Jahre 1214 mit der Rheinpfalz an Herzog Ludwig I. von
Bayern. Durch den bayrisch-rheinischen Herrschaftskon-
takt ergäbe sich ein Weg für das in Bayern entstandene
Werk an den mittleren Rhein, und die veränderte Perspektive hätte im klösterlichen Raum einen verständlichen Ursprung. Doch das alles bleibt hypothetisch, und verwertbare
Datierungsindizien für die *liet*-Fassung sind daraus nicht zu
gewinnen.

Vielzitiertes Beispiel für die Beseitigung von Widersprüchen ist die Szene, in der Ortlieb, der kleine Sohn Kriemhilds und Etzels, zum Festsaal gebracht wird, wo die burgundischen und hunnischen Fürsten beim Mahl versammelt sitzen. Str. B 1909 (A 1849) stellt einen Zusammenhang mit dem Ausbruch der Kämpfe am Etzelhof her und belastet Kriemhild, weil sie ihren eigenen Sohn zur Verwirklichung ihres Racheplans einsetzt:

> *Dô der strît niht anders   kunde sîn erhaben*
> *(Kriemhilt ir leit daz alte   in ir herzen was*
>   *begraben),*
> *dô hiez si tragen zen tischen   den Etzeln sun.*
> *wi kunde ein wîp durch râche   immer vreislîcher*
>   *getuon?*

(Als der Kampf nicht anders in Gang gebracht werden konnte – Kriemhild trug das alte Leid in ihrem Herzen eingegraben –, da ließ sie Etzels Sohn an die Tafel bringen. Was könnte eine Frau, um Rache zu üben, Schrecklicheres tun?)

In der Forschung wird diese Strophe als Reflex einer Version der Kampfauslösung verstanden, die dem erzählten Zusammenhang aller *Nibelungenlied*-Fassungen nicht entspricht, wohl aber in der *Thiðrekssaga* und der sogenannten *Heldenbuch-Prosa* vorkommt. Kriemhild läßt dort das Kind holen, um Hagen zu provozieren; es muß Hagen ins Gesicht schlagen; dieser erkennt Kriemhilds Herausforderung und reagiert, indem er den Königssohn tötet, und gibt damit den Auftakt zum allgemeinen Kampf. Im *Nibelungenlied* ist der Ausbruch der Kämpfe komplizierter motiviert. Da der Sohn aber auch in dem hier erzählten Ablauf seine Funktion hat und Kriemhilds Kalkül den Kampfausbruch steuert, ist der Rekurs auf die Motivierung außerhalb des *Nibelungenliedes* nicht zwingend (s. S. 240 ff. zu dieser

Szene). Der C-Redaktor bringt die Einbeziehung des Kindes in das Festmahl nicht mit dem Kampfbeginn in Verbindung und erwähnt Kriemhild in der entsprechenden Strophe überhaupt nicht.

> *Dô die fürsten gesezzen   wâren überal*
> *und nu begunden ezzen,   dô wart in den sal*
> *getragen zuo den fürsten   daz Ezelen kint.*
> *dâ von der künec rîche   gewan vil starken jâmer sint.*
>
> (C 1963)

(Als die Fürsten überall Platz genommen hatten und zu essen begannen, da wurde Etzels Sohn zu ihnen in den Saal getragen. Daraus ergab sich für den mächtigen König später sehr großes Leid.)

Diese Veränderung der Fassung C wird auf Grund der Interpretation, die Str. B 1909 im Widerspruch zum erzählten Ereignisablauf sieht, als handlungslogische Korrektur erklärt. Aber auch wenn man den angenommenen Widerspruch in der B-Version nicht akzeptiert (s. S. 240–244), hat die geänderte C-Strophe eine wichtige Funktion: sie dient der Entlastung Kriemhilds.

Daß Kriemhild und komplementär zu ihr Hagen veränderte Bewertungen erhalten, gehört zu den markantesten Differenzen der *liet*-Fassung gegenüber der *nôt*-Version. Hagen steht unter dem Signum der Untreue. Zwar wird er auch in der *nôt*-Fassung im Umkreis der Mordhandlung als *der vil ungetriuwe man* (B 908,4) bezeichnet, und der gleiche Vorwurf trifft auch die Burgundenkönige, doch der C-Redaktor hat durch die vermehrte Verwendung von *ungetriuwe* anstelle neutraler Bezeichnungen in A/B die Treulosigkeit zum übergreifenden Charakteristikum Hagens fixiert.[6] In der Hortraubszene wird Untreue mit Habgier

---

6 Z.B. steht statt *von Tronege Hagene* (B 903,1) bereits *der ungetriuwe* (C 910,1), als Hagen Kriemhild das Geheimnis der verwundbaren Stelle entlockt.

gepaart; denn laut Zusatzstrophe C 1153 rät Hagen den
Königen nur im eigenen Interesse zur Versöhnung mit
Kriemhild sowie zur Versenkung des Hortes im Rhein, und
der Erzählerkommentar konstatiert vorausschauend das
Mißlingen derartiger Pläne eines treulosen Menschen. Im
Schlußteil wendet der C-Redaktor Hagens Untreue sogar
gegen dessen Herrn und schwärzt damit das positive Bild
des treuen Vasallen der *nôt*-Fassung. Hagen gibt Kriemhild
das Versteck des Hortes nicht preis, weil er verhindern will,
daß Gunther freikäme, während er selbst getötet würde:

> *Er wiste wol diu mære,   sine liez in niht genesen.*
> *wie möhte ein untriuwe   immer sterker wesen?*
> *er vorhte, sô si hête   im sînen lîp genomen,*
> *daz si danne ir bruoder   lieze heim ze lande komen.*
>
> (C 2428)

(Er wußte wohl, daß sie ihn nicht mit dem Leben davonkommen ließ. Wie könnte es jemals einen geben,
der treuloser wäre? Er fürchtete, wenn sie ihm das Leben genommen hätte, daß sie ihren Bruder dann wieder in sein Land zurückkehren ließe.)

Gerade wegen der Irrealität des Tauschhandels in der
Handlungskonstruktion beschränkt sich die Funktion dieser Zusatzstrophe auf die Negativzeichnung Hagens in einer Phase, die von Kriemhilds unerbittlichem Rachehandeln
beherrscht wird.

Der Abwertung Hagens steht in C eine positive Belich-
tung der Rächerin gegenüber. Mehrmals betont der C-Redaktor – ohne Entsprechung in A/B – Kriemhilds begrenz-
tes Racheziel. Sie wolle nur den Tod des Mörders Hagen;
das allgemeine Gemetzel entspricht nicht ihrer Absicht; dafür wird der Teufel als Verantwortlicher ins Spiel gebracht:

> *Sine het der grôzen slahte   alsô niht gedâht.*
> *si het ez in ir ahte   vil gerne dar zuo brâht,*

> *daz niwan Hagene aleine   den lîp dâ hete lân.*
> *dô geschuof der übel tiufel,   deiz über si alle muose*
> *ergân.*

(C 2143, ähnlich die Zusatzstrophen 1882 und 1947)

(Ein so großes Töten hatte sie nicht im Sinn gehabt. Sie
hätte es nach ihrer Absicht gern erreicht, daß nur Hagen dort das Leben verloren hätte. Da bewirkte aber
der böse Teufel, daß sie alle sterben mußten.)

Die Motivierung von Kriemhilds Rachebegehren durch
Treue, antithetisch zu der negativen Qualifizierung ihres
Widersachers, bringt die C-Redaktion gegen Ende des er-
sten Liedteils. Zunächst wird in allen Fassungen Kriemhilds
anhaltende Trauer erklärt; und die Rachetat, auf die die
Schlußzeile der 19. Aventiure vorausweist, erscheint dann in
A/B als Konsequenz ihrer leidvollen Betroffenheit. Allein
der C-Redaktor koppelt die Rache ausdrücklich mit dem
Treuemotiv: *sît rach sich harte swinde in grôzen triuwen
daz wîp* (C 1116,4) steht anstelle von *sît rach sich wol mit
ellen des küenen Sîfrides wîp* (B 1105,4). Eine entlastende
Bedeutung der Treue für Kriemhilds späteres grausames
Vorgehen ergibt sich hier noch nicht. Sie stellt sich lediglich
aus der Perspektive der *Klage* ein; denn dort sind *triuwe*
und *untriuwe* als handlungsmotivierendes Kontrastpaar für
Kriemhild und Hagen entschuldigend und beschuldigend
verwendet. Doch was in der *Klage* voll ausgeführt ist, die
Erklärung des Geschehens auf Grund christlicher Kategorien, deutet die *liet*-Fassung nur an. Der Redaktor versteht
vereinzelt – situationsbezogen – Leid und Tod als Folge von
Schuld. Dieser christlich-moralisierende Deutungsansatz
bringt ein Verständnisbemühen zum Ausdruck, das in der
A/B-Fassung fehlt. *Der Nibelunge nôt* erscheint dort als
unaufhaltsames Verhängnis, in dem Ursache und Wirkung
vielfältig verschlungen sind.

Überlieferungsverbund

Die überlieferungsgeschichtliche Forschung hat in den letzten Jahrzehnten beachtenswerte Erkenntnisse zur Funktionsbestimmung einzelner Werke im Prozeß der literarischen Kommunikation erbracht. Dabei spielt die Frage nach dem ›Überlieferungsverbund‹ eine wichtige Rolle (vgl. Bekker, B 4b: 1977); denn die mittelalterlichen Codices umfassen oft mehrere verschiedenartige Texte und sind selten nur einem einzigen Autor gewidmet. Die Überlegungen, welche Gründe die Zusammenstellung veranlaßt haben mögen, führen zu Bedingungen und Interessen des Literaturgebrauchs. Beim *Nibelungenlied* ist vor allem ein exzeptioneller Verbund zu beobachten, der einen besonderen Akt mittelalterlicher Rezeptionsgeschichte spiegelt: In neun der elf vollständigen Handschriften folgt auf das strophisch geformte *Nibelungenlied* ein Reimpaargedicht, die *Klage,* die den gleichen Stoff behandelt, aber über das Ende des *Nibelungenliedes* hinausführt. Wegen ihrer andersartigen Form und Deutung des Geschehens kann die *Klage* nicht einfach als Fortsetzung gelten; sie stellt eher eine bewältigende Interpretation der vorangehenden Geschichte dar (s. S. 265–274).

Fünf Codices (A, C, D, a, b) beschränken sich auf diese beiden Texte. Handschrift C stellt ein im Bodenseeraum geschriebenes Gebrauchsbuch dar. Auch Handschrift A, die aus demselben Gebiet stammt und deren Benutzerspuren auf häufige Verwendung zum Vorlesen oder Lesen hinweisen, enthielt zunächst nur das *Nibelungenlied* und die *Klage.* Im 14. Jahrhundert wurden auf den leeren Blättern am Ende noch drei religiöse belehrende Texte in den Codex eingetragen. Abgesehen von der praktischen Ausnutzung des freigebliebenen Pergaments, zeigt sich hier, wie Adelige im 13. und 14. Jahrhundert Texte, die weltlicher Unterhaltung dienten, und solche, die das Seelenheil fördern sollten, nebeneinander benutzten und für vereinbar hielten. Der

St. Galler Codex 857 mit der *Nibelungenlied*-Fassung B, dessen Herstellung A und C zeitlich und räumlich nahestehen, enthielt dagegen eine Zusammenstellung weltlicher und geistlicher Epik (Wolframs *Parzival*, *Nibelungenlied* und *Klage*, Strickers *Karl der Große*, Wolframs *Willehalm*, Teile der *Kindheit Jesu* Konrads von Fußesbrunnen und der *Hinvart* [Himmelfahrt Marias] von Konrad von Heimesfurt) sowie einen Nachtrag von fünf zusammenhängenden Strophen Friedrichs von Sonnenburg. Zwar spricht die Anlage des Buches – jedes Werk beginnt mit einer neuen Lage – dafür, daß die Texte zunächst selbständige, gesondert lesbare Teile bildeten, aber sie wurden wohl schon auf Veranlassung des ersten Auftraggebers zusammengebunden. Dieser Akt dokumentiert ein verschiedene Stoffkreise und Textformen übergreifendes Literaturinteresse des adeligen Rezipienten. Heilsgeschichtliche Aspekte einerseits und die Würdigung hohen literarischen Ranges andrerseits mögen die Aufnahme der heterogenen Werke in den Codex veranlaßt haben.[7] Für das *Nibelungenlied* bedeutet ein solcher Verbund die Anerkennung der Literarizität einer Gattung, die aus der Mündlichkeit in den Status einer schriftlichen konkurrenzfähigen Großform überführt worden war. Um 1300 wurden in der schwäbischen Handschrift J dem *Nibelungenlied* und der *Klage* die beiden Lehrgedichte *Winsbecke* und *Winsbeckin* angeschlossen, so daß sich Heldenepik und weltliche Erziehungslehre für junge Männer und Frauen aus Hofkreisen verbanden; und diese Kombination wurde im 15. Jahrhundert noch einmal in Handschrift h kopiert.

Mit Texten der Dietrichepik ist das *Nibelungenlied* lediglich in *Lienhart Scheubels Heldenbuch*, Handschrift k, vom Ende des 15. Jahrhunderts, und im *Ambraser Heldenbuch* vom Anfang des 16. Jahrhunderts vereint, d. h., diese für uns

7 Hans Fromm, »Überlegungen zum Programm des St. Galler Codex 857«, in: *Der Ginkgo Baum. Germanistisches Jahrbuch für Nordeuropa* 13 (1995) S. 181–193.

heute im Blick auf die literarische Gattung naheliegende Verbindung lag – nach der konkreten Überlieferung zu urteilen – im Mittelalter wohl nicht auf der Hand. Das *Nibelungenlied* wurde offenbar als Werk eigener Art verstanden. Scheubels Sammelhandschrift, in der das *Nibelungenlied*, in zwei Teile gegliedert, zwischen vier Dietrichtexten und einem Werk der Schwanenrittersage, *Lorengel*, steht, ist wegen seines kleinen Formats von 21 x 15 cm als »eine Art Taschenbuch des 15. Jahrhunderts« bezeichnet worden (Becker, B 4b: 1977, 156). Dazu paßt, daß die Faszikel vor dem Zusammenbinden einzeln intensiv benutzt wurden, was Schmutzspuren auf den Außenblättern der Teile und die Tatsache anzeigen, daß vor der Herstellung des Gesamtcodex ›zerlesene‹ Blätter mit neu beschriebenen ausgetauscht wurden. Gegenüber diesem Zeugnis einer spätmittelalterlichen Gebrauchshandschrift stellt das im Auftrag Kaiser Maximilians geschriebene *Ambraser Heldenbuch*, Handschrift d, einen großformatigen (46 x 36 cm), prächtigen Repräsentationscodex dar, in dem 25 Werke des ausgehenden 12. und 13. Jahrhunderts zusammengetragen sind: neben der Heldendichtung des Nibelungen- und Dietrichstoffkreises die *Kudrun* sowie andere höfische Groß- und Kleinepik. Darunter befinden sich insgesamt 15 Werke, die an keiner anderen Stelle überliefert sind, wie der *Erec* Hartmanns von Aue und die *Kudrun*. Gerade die Erfassung der Unika und die Beschränkung auf ältere Werke veranschaulichen das antiquarische Interesse an der Literatur, deren Bewahrung darauf zielt, dem Sammler ein Denkmal zu setzen, das sein ›Gedächtnis‹ mit der literarischen Vergangenheit verbindet. Mit diesem Repräsentationsakt endet die mittelalterliche handschriftliche Überlieferung des *Nibelungenliedes*. In das neue Medium des Buchdrucks wurde es zunächst – im Gegensatz zu den höfischen Romanen – nicht überführt. Der Text blieb bis zu seiner ›Wiederentdeckung‹ im 18. Jahrhundert (s. S. 278) rund 250 Jahre zwischen Buchdeckeln verschlossen.

Datierungsprobleme

Das *Nibelungenlied* ist das Werk eines unbekannten Verfassers aus der höfischen Zeit um 1200. Diese heute unumstrittene Datierung beruht – ähnlich wie für viele andere mittelalterliche Werke – ausschließlich auf Indizien, die verschiedenen Argumentationsbereichen entstammen: Aus der sprachlichen Konstitution des *Nibelungenliedes* lassen sich nur vage Schlüsse ziehen. Die wichtigste Rolle spielen intertextuelle Bezüge, hinzu kommen Relationen zu historischen Daten und Fakten und schließlich Korrelationen zwischen literarischen und historiographischen Textaussagen. Dabei bleiben manche Anhaltspunkte unterschiedlich interpretierbar.

Die sicher durchgehaltenen reinen Reime weisen das *Nibelungenlied* in die Zeit nach dem *Eneasroman* Heinrichs von Veldeke (abgeschlossen um 1185), der diese Technik, die seitdem die deutsche Reimpoesie kennzeichnet, noch nicht so konsequent praktiziert hat wie Hartmann von Aue. Das *Nibelungenlied* erfüllt also in dieser formalen Hinsicht die Norm der neuen Hofliteratur, die in den letzten beiden Jahrzehnten des 12. Jahrhunderts beginnt. Daraus ergibt sich als ungefährer Terminus post quem 1185.

Der Literaturexkurs, in dem Gottfried von Straßburg im Rahmen des um 1210 abgeschlossenen *Tristan* zeitgenössische Dichter und Werke Revue passieren läßt (s. S. 11 f.), nennt das *Nibelungenlied* nicht; und auch Rudolf von Ems schweigt. Wenn Mitte des 13. Jahrhunderts der Marner, ein fahrender Sänger, von einem Lied *wen Kriemhilt verriet* (XV,14)[8] spricht, das die Gunst des Publikums besaß, bleibt unsicher, ob er einen Teil des Großepos meint, den er in seinem Vortragsrepertoire hatte, oder ob hier ein Zeugnis an-

---

8 *Der Marner*, hrsg. von Phillipp Strauch, Straßburg 1876, reprogr. Nachdr., Berlin 1965.

derer umlaufender Fassungen des Stoffes vorliegt. Aus dem *Parzival* Wolframs von Eschenbach, der einen Meilenstein im Gefüge der chronologischen Relationen der höfischen Literatur bildet, läßt sich ein wichtiges zeitliches Indiz wenn nicht für die Entstehung, so doch für die Kenntnis des *Nibelungenliedes* gewinnen. Es ist der wichtigste chronologische Anhaltspunkt überhaupt. Wolfram bezieht sich auf Rumolds Rat, eine Szene des *Nibelungenliedes*, die wohl kaum zu den Elementen der alten Sagentradition gehörte, sondern Teil einer bestimmten epischen Ausgestaltung war: Der *kuchenmeister*, der in der 1. Aventiure mit dem Wormser Hofstaat eingeführt wird, fordert in der 24. Aventiure die Burgundenkönige auf, nicht in Etzels Land zu ziehen, sondern lieber zu Hause zu bleiben und das höfische Leben zu genießen, wozu er seinen Teil beitragen wolle:

> *»ir sult mit guoten kleidern   zieren wol den lîp.*
> *trinket wîn den besten   unt minnet wætlîchiu wîp.*
>
> *Dar zuo gît man iu spîse,   die besten die ê gewan*
> *in der werlt künec deheiner.   ob des niht möht ergân,*
> *ir soldet noch belîben   durch iuwer schœne wîp,*
> *ê ir sô kintlîche   soldet wâgen den lîp.*
>
> *Des rât ich belîben.   rîch sint iuwer lant,*
> *man mac iu baz erlœsen   hie heime diu pfant*
> *danne dâ zen Hiunen.   wer weiz, wie iz dâ gestât?*
> *ir sult belîben, herren!   daz ist der Rûmoldes rât.«*
>
> (B 1464,3–1466,4)

(»Ihr sollt Euch mit schönen Kleidern schmücken: Trinkt den besten Wein und genießt die Liebe schöner Frauen! ‖ Außerdem setzt man Euch die beste Speise vor, die jemals irgendwo einem König zubereitet wurde. Wenn das nicht ausreicht, solltet Ihr um Eurer schönen Frau willen hier bleiben, statt auf so einfältige Weise Euer Leben aufs Spiel zu setzen. ‖ Darum rate

ich Euch, hierzubleiben. Eure Länder sind reich und
mächtig. Man kann Euch hier zu Hause besser als dort
im Hunnenland auslösen, was Ihr verpfändet habt.
Wer weiß, wie es dort steht? Herren, Ihr solltet hier
bleiben. Das ist Rumolds Rat.«)

Der *Parzival*-Dichter hat den Rat des unritterlichen Hof-
mannes parodistisch überzogen. Um auszudrücken, daß er
den Kampf mit Gawein für unzweckmäßig hält, zitiert Herzog Liddamus die nibelungische Szene:

> *»ich tæte ê als Rûmolt,*
> *der künec Gunthere riet,*
> *do er von Wormz gein Hiunen schiet:*
> *er bat in lange sniten bæn*
> *und inme kezzel umbe dræn.«*   (420,26–30)

(»Ich machte es lieber wie Rumold, der König Gunther riet, als er von Worms zu den Hunnen aufbrechen
wollte, daß er lange Schnitten herstellen und im Kessel
umdrehen solle.«)

Aber er wird von dem Landgrafen Kingrimusel zurückgewiesen:

> *»[...] ir tætet als riet ein koch*
> *den küenen Nibelungen,*
> *die sich unbetwungen*
> *ûz huoben dâ man an in rach*
> *daz Sîvride dâ vor geschach.«*   (421,6–10)

(»[...] ihr würdet handeln, wie es ein Koch den tapferen Nibelungen riet, die sich [aber] freiwillig dorthin
aufmachten, wo man Siegfrieds Tod an ihnen rächte.«)

Der zugehörige Kontext des *Nibelungenliedes* ist verhältnismäßig genau expliziert – genauer als bei anderen literarischen Anspielungen Wolframs –, vielleicht weil der Dichter

nicht mit so sicherer Kenntnis der entsprechenden Szene beim Publikum rechnete. Wenn er *spîse die besten* zu im Fettkessel ausgebackenen Krapfen konkretisiert, so scheint darin eine wolfram-typische, witzige Zuspitzung zu liegen. Allerdings könnte Wolfram Rumolds Rat auch aus der erweiterten *liet*-Fassung übernommen haben. Jedenfalls lag ihm um 1205 das *Nibelungenlied* in der einen oder anderen Version vor. Diese zeitliche Festlegung ergibt sich aus der Datierung des vorangehenden 7. *Parzival*-Buches, in dem auf die noch sichtbare Verwüstung der Erfurter Weingärten hingewiesen wird (379,18 f.), die im Zuge des Krieges zwischen König Philipp von Schwaben und dem Landgrafen Hermann von Thüringen im Jahre 1203 geschehen sein muß.

Unergiebig für chronologische Schlüsse erscheinen dagegen die oft diskutierten, im *Nibelungenlied* (B 360) und im *Parzival* (1., 5., 6. Buch) vorkommenden exotischen Namen *Zazamanc* und *Azagouc*. Selbst wenn man hier das Übernahmeverhältnis umkehrt, wie es in der Nachfolge Lachmanns immer wieder geschah, und sie für eine Erfindung Wolframs hält, die der *Nibelungenlied*-Verfasser in seine ›Schneiderstrophen‹[9] aufgenommen habe, so ist es höchst problematisch, die Entstehung des *Nibelungenliedes* daraufhin etwa zwischen 1198 und 1204 anzusetzen, denn die Abfassung des 1. *Parzival*-Buchs ist ihrerseits unsicher, weil Wolfram diesen Teil nicht unbedingt zu Beginn seiner Arbeit an dem Roman verfaßt hat. Unter Voraussetzung der Priorität von *Zazamanc* und *Azagouc* im *Nibelungenlied*, die Gerhard Eis (B 4c: 1953) durch die besondere Kenntnis des Dichters im Bereich der Textilien einleuchtend macht, läßt sich die Entstehung des *Nibelungenliedes* ohne Schwierigkeiten in den neunziger Jahren des 12. Jahrhunderts annehmen.

9 Als Schneiderstrophen werden die im *Nibelungenlied* öfter vorkommenden Passagen bezeichnet, die der Ausstattung der Figuren mit prächtigen Gewändern gewidmet sind, wie 357 ff.

Das ebenfalls in die chronologischen Erwägungen ein-
bezogene Motiv der Bahrprobe (in der Nähe des Mörders
beginnt die Wunde des aufgebahrten Toten zu bluten), das
neben dem *Nibelungenlied* in Hartmanns *Iwein* auftaucht,
besitzt keinen intertextuellen Verweischarakter und wäre
ohnehin höchstens für die Datierung des *Iwein*, aber nicht
des *Nibelungenliedes* aussagefähig.

Die Eröffnung historischer Bezugspunkte oder Bezugs-
felder vom *Nibelungenlied* aus bringt in keinem Fall ein
so sicheres Ergebnis wie die Weingarten-Stelle des *Parzival*.
Das gilt auch für den Versuch, das Hofamt des unheroischen Ratgebers zur Datierung des *Nibelungenliedes* heran-
zuziehen. Auffällig ist durchaus, daß *Rûmolt der kuchenmeister* (B 8,1) bei der Vorstellung des Wormser Hofes vor
den vier traditionellen Hofämtern (*marscalc, truhsæze,
schenke, kameræe;* B 9) besonders exponiert erscheint. Offenbar war der *magister coquine* ein neu eingeführtes Amt
am königlichen Hof; doch die Neuerung ist nicht genau zu
datieren und läßt am Ende des 12. Jahrhunderts einen Spielraum offen (gegen Rosenfeld, B 4c: 1969, argumentieren
Hoffmann, B 2: 1992, und Thomas, B 4c: 1990).

Möglich, aber nicht beweisbar sind folgende Zusammenhänge zwischen Dichtung und Geschichte, die in die ersten
Jahre des 13. Jahrhunderts führen: 1200 erfolgte ein Bünd-
nis zwischen dem welfischen König Otto IV. und seinem
Schwager Knut VI. von Dänemark, es könnte das Modell
für die Verbindung Liudegers von Sachsen und seines Bruders Liudegast von Dänemark gegen die Wormser Könige
in der 4. und 5. Aventiure des *Nibelungenliedes* gewesen
sein. Im Jahre 1203 fand in Wien die Vermählung Leo-
polds VI. von Österreich mit Theodora von Byzanz statt,
bei der der Passauer Bischof Wolfger von Erla mitwirkte.
Vielleicht wurde die Darstellung von Etzels Hochzeit mit
Kriemhild in Wien durch jenen historischen Festakt angeregt.

Auch wenn keine genauen Daten für die Abfassung des *Nibelungenliedes* daraus zu gewinnen sind, verdient die Korrelation zwischen der permanent beschworenen ›Untergangsstimmung‹ der Dichtung und der historisch-politischen Situation in Deutschland um die Jahrhundertwende Beachtung. Heinz Thomas (B 4c: 1990a) hat darauf aufmerksam gemacht, daß zeitgenössische Historiographen die Jahre des Doppelkönigtums und der staufisch-welfischen Rivalität als eine von Mord, Raub und Brand geprägte Zeit wahrgenommen und außerordentlich pessimistisch kommentiert haben. Er meint, der Wormser Königshof sei in Analogie zum Stauferhof gesetzt und gesehen worden, und er stützt diese Hypothese durch die Datierung des *Nibelungenliedes* kurz nach 1200, für die er vor allem die Sachsenkriegsparallele und eine Ungarnreise des Mainzer Erzbischofs und deren Begleitumstände heranzieht.

Die verschiedenen Anhaltspunkte führen nicht zu einem exakten Termin, sondern in einen Zeitraum von etwa 10 Jahren um die Jahrhundertwende. Macht man schließlich eine Art Probe aufs Exempel durch Kollation mit der Hypothese, daß das *Nibelungenlied* im Auftrag des Bischofs Wolfger von Erla entstand, so entspricht die Passauer Amtszeit Wolfgers von 1191 bis 1204 dem ermittelten Zeitrahmen.

3

Stoffgeschichte

Historische Grundlagen

Heldenepik enthält einen historischen Kern. Das gilt im Mittelalter für das *Nibelungenlied* und die Dietrichepik wie für die *chansons de geste* gleichermaßen; daraus resultiert eine grundsätzliche Verwandtschaft zwischen dem deutschen und dem französischen Literaturzweig und verbindet beide darüber hinaus mit der heroischen Epik anderer Völker. Auch wenn die historischen Ereignisse, auf denen die Erzählstoffe basieren, weit auseinanderliegen (z. B. die Völkerwanderungszeit, speziell das 4.–6. Jahrhundert, und die karolingische Zeit, 8./9. Jahrhundert), beruht die Sagenbildung, die Geschichtliches bewahrt, transformiert und als Erzählstoff verfügbar macht, auf ähnlichem Umgang mit der Vergangenheit eines Stammes oder Volkes. Im einzelnen sind die Prozesse schwer zu durchschauen, doch im Prinzip zeichnen sich gemeinsame Strukturen ab: Historische – meist an bestimmte Namen gebundene – Ereignisse werden mit Hilfe von Erzähl- oder Deutungsmustern erfaßt, und diese Muster sind in der Heldensage und Heldendichtung verschiedener Völker und Zeiten zu finden.

Für den zweiten Teil des *Nibelungenliedes*, den Untergang der Burgunden, läßt sich als historischer Kern ein Ereignis der Völkerwanderungszeit bestimmen, und die Namen der burgundischen Könige gehen auf identifizierbare Personen zurück. Dieses Substrat ist in der lateinisch-christlichen Geschichtsschreibung (Prosper Aquitanus, 1. Hälfte des 5. Jahrhunderts; Hydatius, Mitte des 5. Jahrhunderts; *Chronica Gallica*, Mitte des 5. Jahrhunderts) und in burgundischen Rechtsaufzeichnungen (*Lex Burgundionum*, Anfang des 5. Jahrhunderts) dokumentiert, wo sich zwar kein detailliertes Bild, aber folgendes Datengerüst ergibt:

Seit Anfang des 5. Jahrhunderts existierte am Rhein ein Reich des ostgermanischen Stammes der Burgunden, die dem römischen Imperium als Föderaten angegliedert waren. Ob das spätere Worms Zentrum des burgundischen Herrschaftsgebietes war, wie es das *Nibelungenlied* insinuiert, steht nicht fest; auch eine Lokalisierung am Niederrhein wurde ernsthaft erwogen (Wackwitz, B 4d: 1964/65). Grabungsfunde, die das eine oder andere stützen könnten, gibt es nicht. Das Bestreben der Burgunden, weiter nach Westen in das Römische Reich vorzudringen, führte zum Krieg. Im Jahre 436 oder 437 besiegte der römische Feldherr Aëtius im Verbund mit hunnischen Truppen die Burgunden unter ihrem König Gundahar. Die gesamte Königssippe und große Teile des Stammes kamen in dem Kampf zu Tode. Die historiographisch genannte Zahl von 20 000 Gefallenen zeugt, auch wenn sie nicht wörtlich zu nehmen ist, von dem Ausmaß der Niederlage: *universa paene gens cum rege per Aëtium deleta* (fast der ganze Stamm mit dem König wurde von Aëtius vernichtet)[1]. Reste des Volksstammes, die offenbar dennoch die Niederlage überlebten, siedelte Aëtius an der oberen Rhone, im heutigen Savoyen, an. Lugdunum, das spätere Lyon, wurde Zentrum dieses Siedlungsgebietes, in dem die Germanen die römische Kultur übernahmen. König Gundobad, ein Herrscher des neuen Reiches, ließ vor seinem Tode im Jahr 516 die *Lex Burgundionum*, die burgundischen Stammesrechte, aufzeichnen, die u. a. die Namen seiner Vorfahren aus dem zerstörten Reich enthält:[2] *Gibica, Gundomaris, Gislaharius, Gundaharius.*

1 *Chronica Gallica ad CCCCLII et DXI*, hrsg. von Theodor Mommsen, Berlin 1892 (MGH AA IX), S. 660.
2 *Leges Burgundionum*, hrsg. von Ludwig Rudolf von Salis, Hannover 1892 (MGH LL Sectio I, Bd. 2,1).

Diese Namen leben im *Nibelungenlied* und in anderen Nibelungendichtungen fort, und sie bezeugen den Zusammenhang von Historie und Dichtung. Die beiden letzten Namen erscheinen im *Nibelungenlied* als *Gunther* und *Gîselher*. *Gibica*, in der altnordischen Form *Gjuki* oder mittelhochdeutsch *Gibiche*, benennt in anderen Nibelungendichtungen den Vater der herrschenden königlichen Brüder, im *Nibelungenlied* ist er durch *Dancrat* ersetzt. An die Stelle von *Gundomaris,* der altnordisch als *Guðormr* weiterlebt, ist im *Nibelungenlied* *Gêrnôt* getreten.

Auf eine historische Grundlage gehen auch die Figuren Etzel und sein Bruder Bloedel sowie Dietrich von Bern zurück. Hinter Etzel steht Attila, der die Hunnen seit 434 (nach der Ermordung seines Bruders Bleda als Alleinherrscher) bis zu seinem Tod im Jahr 453 anführte. Attila stand nicht an der Spitze der hunnischen Hilfstruppen im Krieg der·Römer gegen die Burgunden; er war zwar Zeitgenosse, aber nicht direkter Gegner der burgundischen Könige. In der Schlacht auf den Katalaunischen Feldern 451 kämpfte Attila vielmehr selbst gegen den römischen Feldherrn Aëtius und unterlag ihm. Aëtius verfügte in diesem Krieg über Föderatentruppen der Burgunden aus dem neuen Siedlungsgebiet. Von Attila überliefern die Quellen einen unkriegerischen Tod: Der betagte Herrscher starb in der Brautnacht mit einem Mädchen Ildico (die Deutung als germanischer Name mit Diminutivsuffix, *Hildchen*, ist nicht sicher).

Hinter Dietrich von Bern steht Theoderich d. Gr., der von 493 bis 526 – also erst ein halbes Jahrhundert nach Gundahars und Attilas Tod – das Ostgotenreich in Italien beherrschte. Zuvor hatte er den germanischen Heerführer Odowaker, den Nachfolger des letzten weströmischen Kaisers, mehrmals geschlagen (u. a. bei Verona = Bern) und schließlich in Ravenna ermordet. Um Theoderich/Dietrich bildete sich ein eigener Sagenkreis, der die Burgundenuntergangssage nur am Rande berührt.

Für den ersten Teil des *Nibelungenliedes* ist ein historischer Kern weniger genau zu eruieren. Namen und Handlungsmomente signalisieren einen Bezug zu der merowingi-
schen Geschichte des 6. Jahrhunderts, die von Verwandten-
morden und Aktivitäten dominierender Frauen gezeichnet
ist. Die fränkische Königin Brunichild trieb ihren Mann
Sigibert von Austrasien zum Krieg gegen seinen Bruder
Chilperich I. von Neustrien, weil er seine Frau Galswintha,
Brunichilds Schwester, auf Veranlassung seiner Geliebten,
Fredegunde, umbringen ließ. Sigibert selbst wurde 575,
Chilperich 584 ermordet. Der neustrische Adel erhob sich
gegen Brunichilds Herrschaft und ging zu Chlothar II.,
dem Sohn Fredegundes, über, der das Frankenreich wieder
vereinigte. Brunichild wurde gefangengenommen und zu
Tode gefoltert.[3]

Eine Verbindung zum *Nibelungenlied* ergibt sich in den
Namen Sigibert und Siegfried (mhd. *Sîvrit* ist aus *Sigevrit*
kontrahiert) durch die Übereinstimmung im ersten Na-
mensteil, da derartige Gleichklänge Sippenzusammenhänge
signalisieren. Sigibert wurde wie Siegfried ermordet. Der
Name Brunichild weist auf Brünhild, doch die historischen
Personen Brunichild und Fredegunde lassen sich nicht direkt mit Brünhild und Kriemhild zur Deckung bringen;
denn sie agieren gleichsam in vertauschten Rollen, und es
sind erhebliche Umbildungsprozesse in der Sage vorauszusetzen, um diesen Rollentausch zu erklären. Darum hat
Helmut de Boor (B 4d: 1939) diese Bezüge verworfen und
Siegfried in die burgundische Geschichte einbezogen: Er sei
als vertriebener Sohn eines ripuarischen Fürstenhauses am
Burgundenhof aufgenommen und dort ermordet worden.
Andere Forscher suchten das historische Vorbild für Sieg-

---

3 Diese Angaben finden sich bei Gregor von Tours, *Historia Francorum*
[6. Jahrhundert], hrsg. von Wilhelm Arndt, Hannover 1884, 2. Aufl., hrsg.
von Bruno Krusch, Hannover 1937/51 (MGH SS rer. Merov. I,1), und im
anonymen *Liber historiae Francorum* [1. Hälfte des 8. Jahrhunderts], hrsg.
von Bruno Krusch, Hannover 1888 (MGH SS rer. Merov. II), S. 215–328.

fried in dem Cheruskerfürsten Arminius. Otto Höfler
(B 4d: 1978) deklarierte die Schlacht im Teutoburger Wald,
in der Arminius im Jahre 9 über Quintilius Varus siegte, zur
historischen Grundlage von Siegfrieds Drachenkampf und
versuchte auf diese Weise auch märchenhafte oder, wie er
meinte, mythische Motive der Nibelungensage oder des *Nibelungenliedes* an historische Fakten zurückzubinden; doch
dabei bewegte er sich ebenso im Bereich unbeweisbarer
Spekulationen wie Franz Rolf Schröder (B 2: 1921), der sich
– angelehnt an Vorstellungen des 19. Jahrhunderts – von
den historischen Dimensionen ganz abwandte und Siegfried
als heroische Deszendenzstufe eines mythischen Typus auf-
gefaßt hat, nämlich eines Göttersohns, der das Chaosunge-
heuer überwindet und jung stirbt.[4]

Entgegen derartigen Spekulationen sollte man an der Geschichtshaltigkeit der Erzählung von Siegfrieds Ermordung
und der Konfrontation von Brünhild und Kriemhild festhalten. Problematische Heiratskonstellationen und die Beseitigung eines mächtigen Rivalen waren häufiger vorkommende Phänomene als die Vernichtung eines Volksstammes.
Vielleicht bietet deshalb die Historiographie – im Gegensatz zum Burgundenuntergang – hier keine sicher identifi-
zierbaren Fakten; Anhaltspunkte finden sich in der intri-
genreichen Geschichte der Franken auf jeden Fall.

---

4 Vgl. zur Forschung über Siegfried den Überblick von Werner Hoffmann,
  B 4i: 1979.

Sagenbildung

Im historischen Gedächtnis eines Volkes, das neben und weitgehend unabhängig von der gelehrten Historiographie existiert,[5] rücken mit wachsendem Abstand von der Ausgangsbasis Personen und Ereignisse auf einer Simultanbühne zusammen. Ungleichzeitiges verschmilzt zur Sage. Gunther, Etzel und Dietrich von Bern begegnen einander. Dabei werden komplizierte Zusammenhänge vereinfacht, historische Ereignisse werden mit Hilfe gängiger Erzählmuster erfaßt, durch elementare menschliche Affekte, wie Liebe, Haß, Eifersucht, Habgier und Rache, erklärt und bewältigt.

So wurde die Niederlage der burgundischen Könige für die Nachgeborenen als Konfrontation mit einem großen Gegner (Attila) und durch ein Betrugsmanöver (eine hinterhältige, von Habgier veranlaßte Einladung) verständlich gemacht. Das *Alte Atlilied* (*Atlakviða*) der altnordischen *Edda* bringt eine Sagenfassung mit diesem Handlungskonnex: Der goldgierige Atli lädt seine Schwäger, die Brüder Gunnar und Högni, in betrügerischer Absicht ein und bringt sie nacheinander um, ohne ihren Schatz zu erlangen. Seine Frau rächt ihre Brüder an ihrem Mann, indem sie ihm die eigenen Kinder zum Mahl vorsetzt und ihn dann tötet. Im *Nibelungenlied*, wo der Burgundenuntergang mit der Geschichte von Siegfrieds Ermordung verbunden ist, wurden die Konstellationen verändert. Kriemhild übernimmt einen Teil der Rolle Atlis. Sie lädt ihre Brüder hinterhältig ein, um ihren ersten Mann Siegfried zu rächen; Etzel verliert seine aktive Rolle und überlebt das Geschehen, er entspricht damit dem

---

5 Vgl. František Graus, *Lebendige Vergangenheit. Überlieferung im Mittelalter und in den Vorstellungen vom Mittelalter*, Köln/Wien 1975. Zu dem Geschichtsverständnis im Rahmen mündlicher Tradition und den damit verbundenen Auswahl- und Aneignungsprozessen gibt es eine breite Forschung, vgl. den Überblick bei Ursula Schaefer, B 4e: 1994, 362 ff.

positiven Bild, das die Dietrichsage von ihm bot. Geblieben ist das Faktum des Burgundenuntergangs (der Tod der Könige und ihres Gefolges), die Begründungszusammenhänge sind durch die Sagenkontamination verschoben und ambivalent geworden. Derartige Verknüpfungen von Stoffkreisen, Rollentausch der Personen und Handlungsinversionen gehören auch sonst zu den Sagenbildungsprozessen, die sich mit zunehmender Distanz von den historischen Ereignissen in großräumigen Wanderungen vollzogen.

Die veränderte Version, in der die burgundischen Könige nicht mehr als Opfer von Betrug und Habsucht sterben, sondern als Täter oder Verantwortliche für Siegfrieds Ermordung von Rache getroffen werden, reagiert nicht mehr auf historische Ereignisse, um sie zu bewältigen, sondern modelliert eine Erzählfassung, die sich längst verselbständigt hat und als Dichtung faßbar ist. Die Entstehung des *Alten Atliliedes*, das die in der 2. Hälfte des 13. Jahrhunderts aufgezeichnete *Lieder-Edda* überliefert, wird ins 9. Jahrhundert datiert, aber das Motivgerüst dürfte älter sein. Die Veränderung der Kausalitäten (Rache für den ermordeten ersten Ehemann) ist erst im *Nibelungenlied* zu finden und wahrscheinlich im Zuge der großepischen Dimensionierung erfolgt. Ein weiteres Zeugnis des Rollentauschs zwischen Atli und Kriemhild, das bisweilen als früherer Beleg für die Verknüpfung von Siegfrieds Ermordung und Burgundenuntergang angesehen wurde, besitzt keine chronologische Beweiskraft. Der Däne Saxo Grammaticus, der um 1200 die *Gesta Danorum* verfaßt hat, benutzt darin Kriemhilds betrügerische Einladung ihrer Brüder als verschlüsselte Warnung vor Verrat, indem er einen Sänger im Jahr 1131 vor dem Dänenherzog Knut ein Lied vortragen läßt, das die *notissimam Grimildê erga fratres perfidiam* (die bekannte Treulosigkeit Kriemhilds gegenüber ihren Brüdern)[6] behan-

6 *Saxonis Gesta Danorum*, hrsg. von J. Olrik und H. Raeder, Bd. 1, Kopenhagen 1931, S. 354 f.

delt. Für die Datierung von Kriemhilds Rache an den Burgunden kann nur die Entstehungszeit der *Gesta* herangezogen werden, nicht die textinterne Anspielung auf die Fabel. Vielleicht hat erst das *Nibelungenlied* die Vorstellung von Kriemhilds *perfidia* geprägt. Interessant ist allerdings die Verwendung der Geschichte bei dem dänischen Geschichtsschreiber in anderer Hinsicht, zeigt sie doch die Funktionalisierung in neuem historischen Kontext. Was einst der Aneignung historischer Ereignisse diente, war einerseits innerliterarischen Wandlungen ausgesetzt und steht andrerseits wiederum zur Bewältigung von Geschichte zur Verfügung.

Nicht nur in der Sage, auch in der Historiographie war die Berichterstattung Veränderungen unterworfen. Abweichend von den obengenannten älteren Quellen schreibt Paulus Diaconus, ein Historiker am Hofe Karls d. Gr., daß Attila das Burgundenreich vernichtet habe, und zwar 451 im Jahr der Schlacht auf den Katalaunischen Feldern. Hier dürfte die Kenntnis der Sage die Faktenverschiebung bewirkt haben.

Zu besonderen Spekulationen gab offenbar Attilas Tod in der Geschichtsschreibung Anlaß. Während Jordanes Mitte des 6. Jahrhunderts unter Berufung auf eine ältere Quelle lediglich von einem Blutsturz des Hunnenherrschers in der Hochzeitsnacht berichtet, spekuliert Marcellinus Comes, ein oströmischer Geschichtsschreiber des 6. Jahrhunderts, Attila sei von seiner Frau ermordet worden, und Saxo Poeta behauptet Ende des 9. Jahrhunderts, Attilas Gemahlin, eine Germanin, habe ihn umgebracht, um ihren Vater – gedacht ist wohl an einen Burgunden – zu rächen. Diese letzte Version resultiert sicher aus der Korrespondenz mit der Sage.

Rekonstruierte Vorstufen des *Nibelungenliedes*

Wie der lange Weg der Nibelungensage vom 5. Jahrhundert bis zum *Nibelungenlied* um 1200 aussah, läßt sich nicht zurückverfolgen, weil literarische Zeugnisse fehlen, die die Entwicklungsschritte dokumentieren. Das *Nibelungenlied*, d. h. seine handschriftliche Überlieferung im 2. Viertel des 13. Jahrhunderts, repräsentiert die älteste schriftliche Nibelungendichtung. Die Aufzeichnung der altnordischen Texte erfolgte danach. Sicher ist, daß es zwei Stoffkreise gegeben hat, die Siegfried- und die Burgundensage. Die *Edda* enthält Lieder verschiedenen Alters, in denen z. T. die beiden Sagen noch getrennt existieren. Die um 1250 entstandene altnordische *Thiðrekssaga* bietet die gleiche Konstellation wie das *Nibelungenlied*: Kriemhild rächt ihren ersten Mann Siegfried an ihren Brüdern im Land Etzels.[7] Wann die Verknüpfung von Siegfried- und Burgundensage zustande kam, läßt sich nicht sicher bestimmen. Wahrscheinlich erfolgte sie erst bei der Verschriftlichung der mündlichen Überlieferung zum *Nibelungenlied* und stellt einen – vielleicht d e n – wesentlichen Schritt zur literarischen Großform dar.

Trotz des wenigen verfügbaren Materials hat man die Rekonstruktion der Entwicklungsgeschichte im Kontakt zu anderen Fachgebieten in der Forschung wiederholt gewagt. Karl Lachmann orientierte sich an der Homerforschung von Friedrich August Wolf (*Prolegomena ad Homerum*, 1795) und dachte sich das *Nibelungenlied* aus »romanzenartigen Liedern« von Sammlern zusammengefügt (s. S. 37). Doch

---

7 Es ist umstritten, ob der unbekannte Verfasser der *Thiðrekssaga*, die den Untergang der Nibelungen in *Susat* (Soest) ansiedelt, das *Nibelungenlied* als Quelle benutzt hat oder eine – freilich rekonstruierte – Vorstufe, sei es aus Österreich (Heusler, B 4d: 1921, u. a.), sei es aus dem Rheinland (Droege, B 4d: 1921; Hempel, B 4d: 1952), oder sowohl das *Nibelungenlied* wie eine darin verarbeitete ältere Version (Heinzle, B 2: 1987). – Zum Textvergleich von *Nibelungenlied* und *Thiðrekssaga* vgl. Lohse, B 4d: 1959.

die zwanzig Lieder, die er aus beiden Teilen des *Nibelungenliedes* herauspräparierte und in seiner Ausgabe vorstellte, ordnete er nicht zu einer zeitlich abgestuften Entwicklungsgeschichte. Einen solchen Stationenweg konstruierte erst Andreas Heusler in seinem 1921 erschienenen Buch »Nibelungensage und Nibelungenlied«. Als Nordist zog er für die Vorgeschichte des *Nibelungenliedes* wesentlich die skandinavische Überlieferung (*Edda* und *Thiðrekssaga*) heran. Mit drei Stufen der Brünhilddichtung und vier Stufen der Burgundenuntergangsdichtung versuchte er die 800 Jahre vom 5. bis zum 13. Jahrhundert zu überbrücken: Für den einen Strang: 1. ein fränkisches Brünhildlied des 5./6. Jahrhunderts, 2. ein jüngeres Brünhildlied vom Ende des 12. Jahrhunderts, 3. der erste Teil des *Nibelungenliedes*; für den anderen Strang: 1. ein fränkisches Burgundenlied des 5. Jahrhunderts, 2. ein bayrisches Burgundenlied des 8. Jahrhunderts, 3. ein österreichisches Burgundenepos um 1160, die sogenannte *Ältere Not*, 4. der zweite Teil des *Nibelungenliedes*; dann der Zusammenschluß beider Teile zum *Nibelungenlied* zwischen 1200 und 1205.

Heusler ging generell davon aus, daß Heldensage ausschließlich in dichterischer Formung existierte: Heldensage sei Heldendichtung. Er hielt sie für das Produkt schöpferischer Phantasie einer Dichterpersönlichkeit, die über das Geschichtliche, wo es im Hintergrund steht, frei verfügte. In antiromantischem Gestus wandte er sich damit gegen Jacob Grimms viel zitiertes Diktum vom Epos, das sich selbst dichtet.[8] Dies hatte er jedoch – wie Alfred Ebenbauer (B 4d: 1988) einsichtig machte – in produktionsästhetisch-soziologischem Sinne mißverstanden, während es poetologisch gemeint war, so daß – wenn Ebenbauers Deutung zutrifft – Grimm und Heusler in ähnlicher Weise auf das ›poetische Wesen‹ der Heldensage rekurrieren und es von der histori-

8 »denn jedes epos musz sich selbst dichten, von keinem dichter geschrieben werden« (Jacob Grimm, *Kleinere Schriften*, Bd. 1, Berlin 1864, ²1879, S. 399 f.).

schen Erfahrung abkoppeln. Heuslers Position, die in der ersten Hälfte des 20. Jahrhunderts weitgehend unangefochten galt,[9] gründet sich auf Vorstellungen künstlerischer Autonomie, die Dichtung gleichsam zum ahistorischen Phänomen deklarieren und damit die Sagenbildungsprozesse als Form der Geschichtsdeutung und Geschichtstradition verfehlen. So steht und fällt Heuslers idealtypisches Modell mit der Anerkennung seiner ästhetischen Prämissen. Auch wenn man den »Stammbaum des Nibelungenliedes« mit seinen wenigen Ästen als bewußte Vereinfachung komplizierterer Verhältnisse der Sagentradition versteht, kann er wohl kaum dazu dienen, »eine begründete Vorstellung davon zu gewinnen, wie die Vorgeschichte des ›Nibelungenliedes‹ verlaufen sein könnte«, was Joachim Heinzle (B 2: 1994, 33) annimmt, weil gerade die Vielfalt der Überlieferung von »Heldensage vor und außerhalb der Dichtung« (Hans Kuhn, B 4d: 1952) und die Funktion der Bewältigung historischer Erfahrung aus dem Blick gerückt werden. Die von Heusler skizzierte Vorgeschichte des *Nibelungenliedes*, deren Stringenz derart bestach, daß man die *Ältere Not* (die 3. Stufe der Burgundenuntergangsdichtungen) wie ein handschriftlich tradiertes Werk behandelte und als Quelle für die *Thiðrekssaga* ansah, verdient heute nur noch als »dichterische Vision« Beachtung, in der Sache bleibt sie »unverbindliche Spekulation« (Haug, B 4d: 1981, 38; vgl. Fromm, B 4a: 1974/1989, 276).

Walter Haug hat einen Gegenentwurf angeboten. Seine Bedeutung liegt vor allem in der Problematisierung von Heuslers Axiomen der Sagen- und Epenforschung und in dem zentralen Grundsatz, heroische Dichtung als dialektische Auseinandersetzung mit der Geschichte zu begreifen. »Heroische Epik konstituiert sich dadurch, daß historische Erfahrung mittels literarischer Schemata zu sich selbst

---

9 Hermann Schneider (B 4d: 1928) hat sie quasi dogmatisiert, und auch Klaus von See (B 4d: 1971) hat sie nicht grundsätzlich problematisiert.

kommt« (B 4d: 1975, 282). Walter Haugs Konkretisierung dieser Einsichten am *Nibelungenlied* hat ihre eigenen Probleme.

Die Frage nach den Vorstufen des *Nibelungenliedes* ist auch eine Frage nach den Texttypen. Für Heusler vollzog sich die Entwicklung von kleinen Formen (Liedern) zur Großform (Epos). Die Lieder der Frühzeit hatten für ihn keinen episodischen Charakter, so daß sie auch nicht zu Epen addierbar waren; sie umfaßten *in nuce* die ganze Fabel, und die Entwicklung zur Großform erfolgte durch Aufschwellung. Im Prinzip ist diese unterschiedliche Dimensionierung im Rahmen von Mündlichkeit und Schriftlichkeit naheliegend. Auch Walter Haug akzeptiert die Unterscheidung dieser Typen, allerdings bringt er für die Entstehung der Großform die Auseinandersetzung mit der Geschichte – hier im Sinne des Geschichtsverständnisses – als wesentliches Steuerungsmoment in Anschlag. Bei der »Aufschwellung« stellt für ihn der erzähltechnische Vorgang lediglich die Ausdrucksseite dar; die Entstehung des *Nibelungenliedes* begründet er durch die kritische Reflexion des heroisch-historischen Bewußtseins, und er sieht so das Ergebnis der Verschriftlichung mündlicher Tradition bereits als deren Voraussetzung.

Heusler hat sich für die angenommenen Texttypen, Lied und Epos, an Liedern der *Edda,* am *Nibelungenlied* und an der sogenannten Spielmannsdichtung orientiert. Heute werden die früh datierten *Edda*-Lieder nicht unbedingt als Repräsentanten archaischer Stilistik, sondern als mögliche stilistische Reduktionsformen gewertet. Im deutschsprachigen Bereich kann nur das Mitte des 9. Jahrhunderts unvollständig überlieferte *Hildebrandslied* zum Vergleich herangezogen werden, das in den Sagenkreis um Dietrich von Bern gehört. Das Bruchstück besteht aus 68 stabreimenden Langzeilen, der Schluß fehlt. Seine Repräsentativität für die Erscheinungsform germanischer Heldenlieder, die mündlich vorgetragen, aber nicht aufgeschrieben wurden, ist schwer zu ermessen. Unbeweisbar bleibt die Hypothese von der Kontinuität der germanischen Langzeile mit Wechsel vom Stabreim zum Endreim bis zur Nibelungenstrophe. Daß Heldenlieder über lange Zeit existiert haben, bezeugen seit Tacitus (*Annales* 2,8) eine Reihe von Schriftstellern für verschiedene Stämme (Goten, Bayern, Alemannen, Franken und Langobarden). Einhard, der Biograph Karls d. Gr., berichtet: *Item barbara et antiquissima carmina, quibus veterum regum actus et bella canebantur, scripsit memoriaeque mandavit* (ebenso ließ er volkssprachige, sehr alte Lieder, in denen die Taten und Kriege von Königen vergangener Zeiten besungen wurden, aufschreiben und dem Gedächtnis bewahren)[10]; doch das hier intendierte sogenannte *Heldenliederbuch Karls d. Gr.* ist nicht erhalten, vielleicht wurde das Projekt gar nicht ausgeführt. In der Biographie von Karls Sohn, Ludwig dem Frommen, tauchen ebenfalls *poetica carmina gentilia* (heidnische Lieder) auf, allerdings als ein Gegenstand, den der König verachtet.[11] Otfrid von Weißenburg (2. Hälfte des 9. Jahrhunderts) begründet die Abfassung seines *Evangelienbuchs* u. a. als Abwehr der Unterhaltung durch weltliche Lieder, mit denen eventuell Heldenlieder gemeint sind[12]; und ähnlich argumentiert der Verfasser des *Annoliedes*:

---

10 Einhardus, *Vita Caroli Magni*, nach Georg Heinrich Pertz und Georg Waitz hrsg. von Oswald Holder-Egger, Hannover/Leipzig 1911 (MGH SS rer. Germ. 25), Kap. 29.

11 Thegan, *Gesta Hludowici*, hrsg. von Georg Heinrich Pertz, Hannover 1829 (MGH SS. II), S. 590–603, Kap. 19.

12 [...] *ut aliquantulum hujus cantus lectionis ludum saecularium vocum deleret, et* [...] *sonum inutilium rerum noverint declinare* – [...] auf daß die Vortrag des [religiösen] Textes etwas die Unterhaltung durch weltliche Lieder verdränge und [...] die Zuhörer lernten, sich vom Gesang nutzloser Inhalte abzuwenden; Widmung an Erzbischof Luitbert von Mainz (*Otfrids Evangelienbuch*, hrsg. von Oskar Erdmann, Halle 1882, 6. Aufl. bes. von Ludwig Wolff, Tübingen 1973 [ATB 49], S. 4, 10–13).

Wir hôrten ie dikke singen
von alten dingen:
wî snelle helide vuhten,
wî si veste burge brêchen,
wî sich liebin vuiniscefte schieden,
wî rîche kunige al zegiengen.
nû ist cît, daz wir dencken,
wî wir selve sulin enden.   (V. 1–8)[13]

(Wir hörten sehr oft singen von alten Begebenheiten:
wie starke Helden kämpften, wie sie feste Städte zerstörten, wie liebe Freundschaften ein Ende nahmen,
wie mächtige Könige ganz zugrunde gingen. Nun ist
es Zeit, daran zu denken, wie wir selbst enden werden.)

In der topischen Einleitung der legendarischen Geschichtsdichtung über den Kölner Erzbischof vom Ende des
11. Jahrhunderts sind eindeutig Heldenlieder gemeint, und
bei den resümierten Stoffen könnte auch an die Nibelungensage gedacht sein.

Klagen über das Interesse geistlicher Herrn, wie des
Bamberger Bischofs Gunther (1057–65), an *fabulis curiali-
bus* (höfischen Erzählungen) belegen die Verbreitung der
heroischen Dichtung, denn Meinhard, der Leiter der Bamberger Domschule, konkretisiert seinen Vorwurf unmißver-
ständlich: *semper ille Attalam, semper Amalungum et cetera
id genus portare tractat* (immerzu beschäftigt er sich mit
Etzel, immerzu mit Dietrich von Bern und anderem dieser
Art)[14], und von dem Bamberger Bischof läßt sich – wie erwähnt – durchaus ein Bogen schlagen zu dem Interesse seines Passauer Amtskollegen am Ende des 12. Jahrhunderts,

---

13 *Das Annolied*, hrsg., übers. und komm. von Eberhard Nellmann, Stuttgart
1975, ³1986.
14 Meinhard von Bamberg, »Briefe«, in: *Briefsammlungen der Zeit Heinrichs IV.*, bearb. von Carl Erdmann und Norbert Fickermann, Weimar
1950 (MGH Epp. DK 5), S.121.

dem wahrscheinlichen Mäzen des *Nibelungenliedes*. Auch in der Entstehungs-Mythe der *Klage* wird ein Bischof, Pilgrim von Passau (971–991), für die Verschriftlichung der Nibelungensage verantwortlich gemacht.

Obwohl wir die Entwicklungsstadien nicht genau kennen, besteht heute kein Zweifel daran, daß Heldensage – und das gilt dann auch für die Stoffgrundlage der beiden Teile des *Nibelungenliedes* – in verschiedenen Formen existierte, sie war nicht auf Dichtung beschränkt. Sie wurde als Vorzeitkunde weitergegeben und diente zur Herkunfts- und Herrschaftslegitimierung. Das bezeugen nibelungische Namen in bayrischen Adelsfamilien (Hauck, B 4d: 1954; Störmer, B 4d: 1987) sowie aufgenommene oder reflektierte Sagen in der lateinischen Historiographie (z. B. bei Paulus Diaconus, 9. Jahrhundert, und in den *Quedlinburger Annalen*, 10. Jahrhundert). Derartige Zeugnisse indizieren nicht etwa die Entstehung der Sagen, sondern deren Aneignung und Funktionalisierung, die mit kühnen lokalen Anbindungen und Ansippungen verbunden sein können; doch die Wanderwege liegen im Dunkeln.

Die Funktion der Sagen ergibt sich beispielhaft aus dem Interesse Karls d. Gr. Wenn an der königlichen Tafel, wie Einhard schreibt, *historiae et antiquorum res gesta* (Geschichten und Taten der Alten) vorgetragen wurden,[15] die vielleicht jenen zu sammelnden *barbara carmina* entsprachen, so diente das nicht allein der Unterhaltung. Das Signalwort *memoria* (Gedächtnis, Erinnerung) in Einhards Bericht gibt den Zweck zu erkennen: Wachgehalten werden sollte im mündlichen Vortrag und in der Kodifizierung die Erinnerung an die Vorzeit, die Karl in den Liedern wie in den Historien enthalten glaubte und die er als Vorgeschichte seines eigenen Volkes der Franken sowie der anderen Stämme des Reiches verstand.[16] Da man auf Grund di-

15 *Vita Caroli Magni* (Anm. 10), Kap. 24, S. 29.
16 Vgl. Wolfgang Haubrichs, *Die Anfänge: Versuche volkssprachiger Schriftlichkeit im frühen Mittelalter (ca. 700–1050/60)*, Frankfurt a. M. 1988 (*Ge-*

verser Anhaltspunkte davon ausgehen muß, daß die Kontamination verschiedener Sagenkreise zwischen dem 8. und 10. Jahrhundert erfolgte, könnten die *carmina* und die *historiae* der karolingischen Zeit auch die Burgunden- und Siegfriedsage eingeschlossen haben.

Wie ernst der Bezug der Sagentradition – ganz gleich ob formlos oder dichterisch gestaltet – auf die historische Realität genommen wurde, zeigen neben der bereits erwähnten Aufnahme sagenhafter Elemente in die Historiographie eine Reihe von distanznehmenden, polemischen und korrigierenden Reaktionen der Geschichtsschreiber. Frutolf von Michelsberg (Bamberg, gest. 1103) markiert den Gegensatz von ungebildeten und gelehrten historischen Vorstellungen in der Zeit, in der Bischof Gunthers Beschäftigung mit Heldensagen kritisiert worden war. Er erkannte auch die sagenhafte zeitliche Zusammenrückung von Dietrich von Bern und Etzel, die der Verfasser der deutschen *Kaiserchronik* (Mitte des 12. Jahrhunderts) entsprechend korrigiert:

> *Swer nû welle bewæren,*
> *daz Dieterîch Ezzelen sæhe,*
> *der haize daz buoch vur tragen.*
> *do der chunic Ezzel ze Ovene wart begraben,*
> *dar nâch stuont iz vur wâr*
> *driu unde fierzech jâr,*
> *daz Dieterîch wart geborn.*   (V. 14176–182)[17]

(Jeder, der behauptet, daß Dietrich Etzel gesehen habe, der soll das Buch vorweisen. Nachdem König Etzel in Ofen begraben worden war, vergingen in Wirklichkeit 43 Jahre, bis Dietrich geboren wurde.)

---

schichte der deutschen Literatur von den Anfängen bis zum Beginn der
Neuzeit, hrsg. von Joachim Heinzle, Bd. 1, Tl. 1), S. 141 ff.
17 *Die Kaiserchronik eines Regensburger Geistlichen*, hrsg. von Edward Schröder, Hannover 1892, Nachdr. Berlin 1964 (MGH Dt. Chron. I,1).

Nach ihrem Übergang in die Schriftlichkeit erlebte die Heldendichtung offenbar eine Aufwertung als Quelle für eine bestimmte Form von Geschichtsdichtung. Die Darstellung der Nibelungensage rangiert dabei auf der gleichen Stufe wie Versepen vom Trojanischen Krieg oder aus dem Sagenkreis um Karl d. Gr. (vgl. Gschwantler, B 4d: 1979, 64). So bringt Heinrich von München (1. Hälfte des 14. Jahrhunderts), der Passagen aus verschiedenen Versdichtungen in seine *Weltchronik* aufgenommen hat, auch eine kurze Nacherzählung der im *Nibelungenlied* dargestellten Geschichte. Die wichtigsten Handlungsmomente sind in 29 Versen zusammengefaßt. Heinrich knüpft die Erzählung an die Darstellung König Etzels, der sich nach dem Tod seiner ersten Frau mit Kriemhild vermählt, der Witwe des von Hagen ermordeten Siegfried, die bei ihrer Hochzeit mit Etzel (hier liegt ein Differenzpunkt zum *Nibelungenlied*) aus Rache ihre Brüder, Hagen und viele Gefolgsleute ermordet. König Etzel fungiert offenbar als Garant für die Historizität des Erzählten wie an anderer Stelle Dietrich/Theoderich oder Karl d. Gr. Vielleicht sollte bei diesem Stoff, der anders verknappt ist als etwa der Bericht vom Trojanerkrieg, gerade die Reduktion auf ein karges Geschehensgerüst die historische Glaubwürdigkeit erhöhen. Doch die Vorstellung von Historie, die sich mit der Geschichtshaltigkeit des *Nibelungenliedes* verbindet, war für das mittelalterliche Bewußtsein selbstverständlich kein Gefüge aus Daten und Fakten. Die *alten mæren* transportierten Vorzeitkunde, die vergegenwärtigt werden sollte (vgl. Str. 1 A, C), und dazu wurde sie in eine Lebenswelt gestellt, die realitätsanaloge Züge trug und zeitgenössische Normen einschloß.

Den Eindruck der historischen Wirklichkeitsnähe stützen im *Nibelungenlied* eine Fülle von geographischen und zeitlichen Angaben: Die Handlung spielt in Worms, Xanten, Passau, Pöchlarn, Wien, auf Island usw.; als Flüsse werden Rhein, Donau, Main, Elbe, Rhone und Enns genannt; Reisewege lassen sich z. T. auf einer Karte nachzeichnen; neben den Burgunden, Niederländern und Hunnen treten Dänen, Sachsen, Thüringer und Bayern in Erscheinung; die Zeitangaben zu Kriemhilds Lebenslauf sind nachvollziehbar. Das Sozialgefüge an den Höfen entspricht z. T. realen Strukturen.

Doch die aktualisierende Aneignung der Geschichte stellt nur eine Dimension des *Nibelungenliedes* dar, daneben bleibt Fremdes aus der Vorzeit erhalten, das dem Stoff und den Personen anhaftet und die Handlung determiniert. Diese Dimension, die als archaisch, heroisch oder auch unhöfisch bezeichnet wird, steht in unauflösbarer Spannung zu dem Modernen, Höfischen; und diese Spannung provoziert zahlreiche Fragen nach der Dichterintention und dem Publikumsverständnis.

Mündlichkeit – Schriftlichkeit

Die volkssprachige Heldendichtung vor dem 13. Jahrhundert lebte im Medium der Mündlichkeit, d. h., sie wurde von illiteraten Dichter-Sängern verfaßt und an Adelshöfen vorgetragen. Überwiegend handelte es sich wohl um ›berufsmäßige‹ Sänger, die dem adeligen Lebenszentrum mehr oder weniger eng verbunden waren, aber auch Angehörige des Adels scheinen selbst in festlichem Rahmen Gesänge vorgetragen und musikalisch begleitet zu haben.[18] Darüber, wie diese Gesänge aussahen, wie stabil ihr Wortlaut gewesen ist, der im Gedächtnis aufbewahrt und aus dem Gedächtnis produziert und reproduziert wurde, wissen wir kaum etwas. Das althochdeutsche *Hildebrandslied* in stab-

18 Das ergibt sich aus Instrumenten als Grabbeigaben in merowingischer Zeit und später im angelsächsischen und skandinavischen Raum; vgl. Haubrichs (Anm. 16), S. 81 ff., bes. S. 86.

reimenden Langzeilen (überliefert im 9. Jahrhundert) bietet
für den deutschsprachigen Bereich die einzige Orientierung.
Ob es viele Heldenlieder dieser Art gab und in welchem
Kontinuitätszusammenhang dieses einzige Zeugnis steht,
läßt sich nicht ermessen.

Um eine Vorstellung vom Verfahren mündlicher Dichtung zu gewinnen, hat man versucht, die *theory of oral-formulaic composition* für das europäische Mittelalter fruchtbar
zu machen; aber die methodischen Vorbehalte gegen eine
solche Übertragung sind groß. Die *oral poetry*-Forschung
ging von der Untersuchung der homerischen Epen aus und
wurde durch die Beobachtung serbokroatischer Guslaren
empirisch gestützt, die eine jahrhundertealte Tradition bis
ins 20. Jahrhundert fortgeführt haben. Milman Parry sam-
melte in den dreißiger Jahren unseres Jahrhunderts über
12 000 in der Harvard University deponierte Texte (*Milman
Parry Collection*). Sein Schüler Albert Lord hat die Theorie
1965 unter dem Titel »Der Sänger erzählt. Wie ein Epos
entsteht« zusammenfassend dargestellt und einen analpha-
betischen Sänger beschrieben, der ein Epos immer wieder
neu im mündlichen Vortrag improvisiert, wobei die Länge
und der Wortlaut jedesmal unterschiedlich ausfallen. Der
Guslar benutzt dabei ein feststehendes Handlungsgerüst,
das er mit Hilfe von sprachlichen Formeln und Erzählscha-
blonen ausfüllt. Eine objektive, distanzierte, auf äußere Er-
scheinungen gerichtete Erzählweise kennzeichnet den Stil
der »mündlichen Epen«. Ihr Umfang schwankt zwischen
600 bis 1200 (in Einzelfällen über 12 000) Versen.

Als konstitutives Element der *oral composition* gilt Parry
und Lord die Formel, »a group of words which is regularly
employed under the same metrical conditions to express a
given essential idea«.[19] Von diesen Vorstellungen ausgehend,
haben Franz H. Bäuml und Donald J. Ward (B 4e: 1967)
die *oral poetry*-Theorie auf die *Nibelungenlied*-Forschung

19 Adam Parry (Hrsg.), *The Making of Homeric Verse: The Collected Papers
of Milman Parry*, Oxford 1971, S. 272.

übertragen und eine Reihe weiterer Arbeiten angeregt.
Bäuml diagnostiziert zwar die Sprache des *Nibelungenliedes* als stark formelhaft, hält den überlieferten Text aber
nicht für eine orale Dichtung, er habe allerdings seinen »Ursprung in der mündlichen Tradition« und bewahre entsprechende Erzählformeln.

Andere sind in ihren Aussagen über das *Nibelungenlied*
weiter gegangen. K.H.R. Borghart kam in quantifizierendem
Verfahren, den Prozentsatz der Formeln im *Nibelungenlied*
erhebend, zu der – allerdings unhaltbaren – Ansicht, das
Werk sei »die schriftliche Fixierung einer oralen Dichtung«
(B 4e: 1977, 147), und die unterschiedlichen handschriftlichen Fassungen hielten verschiedene Vorträge schriftlich
fest; seien also *oral dictated texts*. Dem steht grundsätzliche
und speziell das *Nibelungenlied* betreffende Einwände entgegen: Zu den allgemeinen Erkenntnissen gehört es inzwischen, daß die Verwendung von Formeln, selbst deren
häufiger Einsatz, kein bestimmtes Kompositionsverfahren
indizieren (Foley, B 4e: 1990). Formeln begegnen auch in
schriftlich konzipierten Texten; sie stellen allenfalls eine Referenz zu einem mündlichen Texttyp her (Bäuml, B 4e: 1987).
Auf jeden Fall stehen sie in Korrespondenz zu der metrischen
Gestaltung und besitzen bestimmte Funktionen im kommu-
nikativen Prozeß (Schaefer, B 4e: 1994). Außerdem ist eine
genauere Bestimmung des Formelbegriffs notwendig. Parrys
Formulierung ist so vage, daß offenbleibt, wann die Wiederholung zur Formel wird und ob nur im Wortlaut identische
Fügungen (z.B. feste Nomen-Epitheton-Kombinationen)
oder auch variierende Füllungen identischer syntaktischer
Strukturen als formelhaft gelten. Von der ersten Art besitzt
das *Nibelungenlied* kaum Belege, von der zweiten Art eine
große Zahl, vor allem als Äquivalent von *inquit*-Konstruk-
tionen, also in die direkte Rede eingeschaltete Nennungen
des Redners durch Verb, Artikel, Adjektiv, Substantiv
(*sprach der küene man*; *sprach daz edel wîp*); und dieser syntaktische Strukturtyp kehrt auch in anderer semantischer

Besetzung wieder (*gebârte der listege man; vlôz das heize bluot*). Gerade an derartigen Wendungen wird die Abhängigkeit von der metrischen Struktur der *Nibelungenlied*-Strophe deutlich. Sie aber stellt ein komplizierteres Versschema dar als die bloße Reihung von Lang- oder Kurzversen und spricht gegen die Bestimmung der Wendungen als mündliche Formeln und gegen die direkte Widerspiegelung einer oralen Existenzform. Allerdings wird die Beurteilung des strophenbedingten Stils unterschiedlich ausfallen, je nachdem, ob man annimmt, der. *Nibelungenlied*-Dichter habe die Verbindung von Stoff und Strophenform erst hergestellt oder er habe sie bereits aus der mündlichen Tradition übernommen. Über die stilprägende Wirkung der Strophenform hinausgehend, hat Michael Curschmann formuliert: »Die Formelsprache dieser Dichtung funktioniert, um das Fazit zu ziehen, in einem komplexen System von Beziehungen formaler Art« (B 5: 1979, 93). Für Curschmann ist das *Nibelungenlied* dadurch charakterisiert, daß es eine mündliche Tradition in die schriftliterarische Dimension der höfischen Kultur verlängerte im Gegensatz zur *Klage*, die den alten Stoff in die Form der Schriftkultur transponiere. Die sprachliche Erscheinungsform des *Nibelungenliedes* interpretiert Michael Curschmann als »bewußte Literarisierung des mündlichen Erzählstils«, und für diesen Stil hat er die Bezeichnung »Nibelungisch« geprägt (ebd., 94). Dazu gehört der sprachliche Ausdruck im weitesten Sinne: syntaktische, metrische, reimtechnische Strukturen, eine bestimmte Lexik und das kalkulierte Zusammenwirken der verschiedenen Elemente. Burghart Wachinger meint, nicht ein Dichter habe das »Nibelungische« geprägt, sondern es sei Ergebnis eines »mehrstufigen Prozesses« (B 5: 1981, 93) in der mündlichen Vorgeschichte. Die Entscheidung in dieser wie in vielen anderen Fragen der *Nibelungenlied*-Forschung hängt immer wieder von verschiedenen Interdependenzen ab, wie der Beurteilung der Handschriften, des Dichters und der Vorstufen. Die Hypothese eines verantwortlichen Verfassers und

dessen Rezeption der Kürenbergerstrophe (s. S. 41 f. und
101) zieht auch die Annahme nach sich, der Stil sei in dieser
Entwicklungsstufe der Verschriftlichung geprägt.

Die stoffbezogene Stilistik des *Nibelungenliedes* verbietet
jedenfalls eine Verallgemeinerung der beobachteten formel-
haften Elemente als Indizien der Mündlichkeit mittelalterlicher Dichtungen, und sie erlaubt keine Schlüsse auf eine
bestimmte Entstehungsweise in der Art der *oral poetry*-
Theorie. So zeigt das *Nibelungenlied*, daß der unbestrittene
Satz, mündliche Dichtung besitze formelhafte Züge (im
sehr allgemeinen Sinne des Wortes), nicht umkehrbar ist,
was bereits Bäuml betont hat. Formelhaftigkeit muß nicht
Ausweis mündlicher Entstehung sein, sondern kann in
einem schriftliterarischen Umraum als Stilmittel, ja speziell als Gattungsmerkmal fungieren. Daß die Lebensformen mündlicher Heldendichtung der deutschsprachigen
Mittelalters der im südslawischen Raum nachgewiesenen
oral poetry entsprach, läßt sich durch nichts beweisen. Eine
Reihe von Forschern beurteilt die Übertragung der *oral-formulaic composition* von den serbokroatischen Guslaren in
einen andersartigen Kulturraum mit begründeter Skepsis
(Fromm, B 4a: 1974/1989; Hoffmann, B 2: 1987, u. a.). Insgesamt betrachtet, erweitert die Theorie die Einsichten in
die Vorgeschichte des *Nibelungenliedes* kaum; sie wirft auch
kein neues Licht auf den Dichter, der sich als literaturkun-
diger Architekt der epischen Großform profiliert. Der
schriftlich konzipierte Text wurde memoriert und aus dem
Gedächtnis vorgetragen. Dabei ergaben sich Veränderungen, die ihrerseits in die weitere schriftliche Überlieferung
eingingen (Haferland, B 4e: 2004). Daß mündliche Nibelungensage und -dichtung, aus denen der Dichter schöpfte, vor,
auch neben und nach der Entstehung des *Nibelungenliedes*
existierten, gilt als sicher. Ob es sich dabei um freie Im-
provisationen oder um geformte Gebilde, die variierend
weitergegeben wurden wie lyrische Texte, oder um beides
handelt, muß offenbleiben.

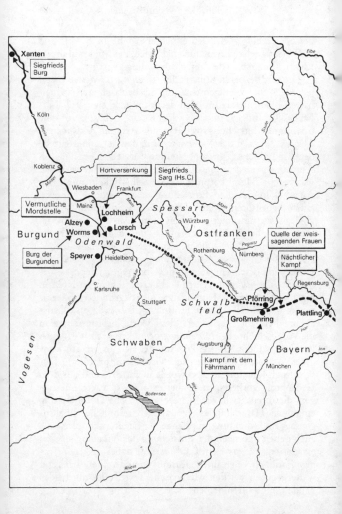

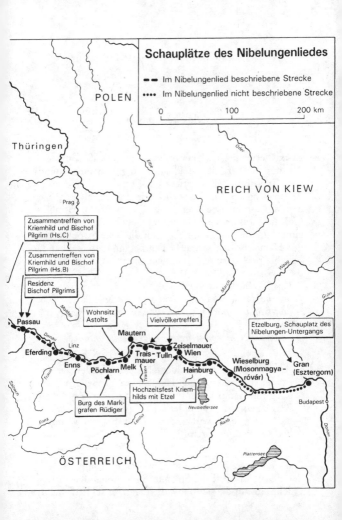

Schauplätze des Nibelungenliedes

- - - Im Nibelungenlied beschriebene Strecke
······ Im Nibelungenlied nicht beschriebene Strecke

0   100   200 km

POLEN

Thüringen

REICH VON KIEW

Prag

Zusammentreffen von Kriemhild und Bischof Pilgrim (Hs.C)

Zusammentreffen von Kriemhild und Bischof Pilgrim (Hs.B)

Residenz Bischof Pilgrims

Wohnsitz Astolts

Vielvölkertreffen

Etzelburg, Schauplatz des Nibelungen-Untergangs

Passau

Linz

Mautern

Zeiselmauer
Wien

Eferding

Donau

Trais-
mauer   Tulln

Enns   Pöchlarn Melk

Hainburg

Wieselburg
(Mosonmagya-
róvár)

Gran
(Esztergom)

Salzach

Traun

Enns

Traisen

Hochzeitsfest Kriem-
hilds mit Etzel

Leitha

Neusiedlersee

Raab

Budapest

Burg des Mark-
grafen Rüdiger

Plattensee

ÖSTERREICH

4

Inhalt – Struktur – Formale Gestaltung

Die *alten mæren*

Es existierte im Mittelalter offenbar ein Bewußtsein von der Gattungseigenart der Heldendichtung und ihrer mündlichen Tradition. Dafür spricht nicht nur die oben erwähnte Aussparung des *Nibelungenliedes* in dem Katalog der namhaften Autoren und Werke bei Gottfried von Straßburg und die Funktionalisierung mündlicher Ausdrucksformen zum Stilmittel, dafür spricht auch die erste Strophe, die in den Handschriften A und C dem Beginn der erzählten Geschichte prologartig vorangestellt ist:

> *Uns ist in alten mæren   wunders vil geseit*
> *von helden lobebæren,   von grôzer arebeit,*
> *von fröuden, hôchgezîten,   von weinen und von*
> *klagen,*
> *von küener recken strîten   muget ir nu wunder*
> *hœren sagen.*

(Uns wird in alten Geschichten vieles Wunderbare berichtet von ruhmreichen Helden, von großer Anstrengung (im Kampf), von Freude, Festen, von Trauer und Klage, von der kämpferischen Auseinandersetzung tapferer Krieger, von all dem könnt ihr jetzt Wunderbares berichten hören.)

Die *alten mæren*, die mündlich weitergegeben wurden, bilden den Leitbegriff der Strophe. Sie nehmen den Platz der Quelle ein, auf die sich sonst die Benutzer schriftlicher Traditionen in ihren Werken berufen. Der Hinweis auf die »alten Geschichten« und die Ankündigung ihrer Aktualisierung bleiben ohne auktorialen Bezug (*ist geseit – muget ir [...] hœren*). Der Erzähler erscheint hier nicht als Rollen-Ich. Zunächst schließt er sich und das Publikum zu einem Kollektiv von Kennern der Überlieferung zusammen (*uns*), im Blick auf die folgende Erneuerung der Geschichte tritt er den Hörern (*ir*) gegenüber und konstituiert damit die anonyme Erzähler-Figur. Im Spannungsfeld von *sagen* (*ist geseit*) und *hœren* erscheinen die Vortragssituation und die Produktion der erneuerten Geschichte identisch (vgl. Curschmann, B 5: 1979, 94). Inszenierte Mündlichkeit ist das Signum dieser ersten Strophe, und sie präludiert eine Darstellungshaltung, die bis zur letzten Strophe mit mehr oder weniger Deutlichkeit den Stil des Werkes prägt.[1]

Das thematische Programm des *Nibelungenliedes* wird in der Strophe auf einer sehr allgemeinen, vom Konkreten abgehobenen Ebene umrissen. Es geht um berühmte Helden[2] – ein Signalwort der Gattung –, außerordentliche Kämpfe und um gegensätzliche Emotionen (Freude und Leid, Zeiten festlichen Glanzes und der Trauer). *vröude* und *hôchgezît* benennen signifikante Merkmale der höfischen Gesellschaft – jedenfalls ihrer idealisierten Erscheinungsform in der Literatur –, aber sie erhalten sofort einen Kontrapunkt. Diese komplementären Affekte werden im Laufe der Erzählung kontinuierlich betont und als Ausdruck der Weltsicht des Werkes profiliert.

---

1 Problematisch ist demgegenüber die Deutung von Alois Wolf (B 4d: 1995, 277 ff.), der zwei Teile in der Strophe absetzt: den ersten (1,1 f.) bezieht er auf die Vielfalt der mündlich existierenden *mæren*, den zweiten (1,3 f.) auf das einmalige literarische Werk.

2 Neben dem hier verwendeten Wort *helt* stehen im *Nibelungenlied* als gleichbedeutende Bezeichnungen *recke, degen, wîgant*, aber auch *ritter*. In den höfischen Romanen werden die alten Wörter für die Kämpfer zugunsten von *ritter* selten gebraucht. Vgl. Ursula Hennig, »Zu den Heldenbezeichnungen im *Nibelungenlied*«, in: PBB (Tübingen) 97 (1975) S. 4–58.

Die erzählte Geschichte (Inhaltsangabe)

Das *Nibelungenlied* verbindet, wie im Blick auf die Vorgeschichte erwähnt, zwei Erzählstoffe zu einer zusammenhängenden Handlung: die Geschichte von Siegfrieds Tod und von dem daraus resultierenden Untergang der Burgunden im Hunnenreich. Ein Überblick über die wichtigsten Handlungsschritte erscheint zum Verständnis der folgenden Ausführungen sinnvoll:

Siegfried, ein Königssohn aus den Niederlanden, wirbt um die burgundische Königstochter Kriemhild bei ihren Brüdern in Worms. Gleichsam als Gegenleistung für die eigene Braut muß er Brünhild für den künftigen Schwager, König Gunther, gewinnen. Brünhild herrscht auf dem fernen Isenstein. Als sagenhaft starke Frau will sie nur den zum Mann akzeptieren, der sie im sportlichen Wettkampf besiegt. Das vermag allein Siegfried, der – märchenhaft – über einen kraftverleihenden, unsichtbarmachenden Tarnmantel verfügt. Brünhild wird getäuscht, indem man ihr vorspielt, Gunther sei der siegreiche Kämpfer und Siegfried sein Vasall. Eine zweite Täuschung folgt, indem wieder Siegfried für Gunther eintreten muß, als Brünhild sich diesem in der Brautnacht verweigert. Der mehrfache Betrug bildet den Keim des künftigen Unheils, zumal die wahre gesellschaftliche Stellung Siegfrieds und die Voraussetzung für seine Heirat mit Kriemhild vor Brünhild verborgen bleiben. Die Doppelhochzeit ist von Brünhilds Tränen gezeichnet. Nachdem Siegfried und Kriemhild zehn Jahre in den Niederlanden verbracht haben, holt Brünhilds Einladung das Paar wiederum nach Worms. Hier kommt es zum Streit der Frauen um den Vorrang der Männer und um ihre eigene Position. Brünhild degradiert Siegfried zum *eigenman* und beschimpft Kriemhild als *eigen diu*, unfreie Magd. Kriemhild setzt als Gegenschlag ein vages Wissen des Brautnachtbetruges und ihren Besitz von Brünhilds Ring und Gürtel als sprechende Zeichen ein; sie nennt Brünhild *kebse*, Nebenfrau, des als unfrei bezeichneten Siegfried. Der zunächst unter vier Augen begonnene Streit erhält eine öffentliche Fortsetzung und Versinnlichung, indem Kriemhild vor Brünhild das Münster betritt. Die Beleidigung Brünhilds im Angesicht des Hofes führt zum Eingreifen der Männer. Hagen, der wichtigste Vasall am Burgundenhof, schmiedet den Plan, Siegfried zu ermorden, die Könige willigen halbwiderstrebend ein. Hagen tötet Siegfried hinterrücks auf der Jagd, indem er ihn an der einzigen verwundbaren Stelle seines sonst unverletzbaren Körpers trifft. Die Bezeichnung dieser Stelle hatte er Kriemhild zum angeblichen Schutz des geliebten Mannes für den Fall eines Krieges entlockt. Auf Siegfrieds Ermordung folgen der Raub seines Goldschatzes und dessen Versenkung im Rhein. Wiederum ist Hagen der Täter. Ihm gilt Kriemhilds lang anhaltender Rachewille.

Nach 13 Jahren der Trauer eröffnet die Werbung des Hunnenkönigs für Kriemhilds Rache eine Chance durch einen neuen Machtstatus. Mit ahnungsloser Zustimmung ihrer Familie wird sie die Frau des mächtigen Königs Etzel, um nach 13 Ehejahren im fremden Land die Brüder mit einer betrügerischen Einladung in die Falle zu locken. Sie will Hagens Tod, doch – wie oft im *Nibelungenlied* – driften planende Absicht und der Lauf der Dinge auseinander. Die Brüder folgen der Einladung und Hagen mit ihnen. Er allein weiß, was gespielt wird. Zwar kann er die Reise ins Hunnenland nicht verhindern, aber doch erreichen, daß 1000 Ritter und 9000 Knappen mitziehen. So wird der Besuch zum Kampf der Burgunden gegen die Hunnen. Kriemhild stiftet ihn an, und Hagen repliziert, indem er Etzels und Kriemhilds Sohn den Kopf abschlägt, so daß auch für den lange ahnungslosen Hunnenkönig keine Befriedung mehr denkbar ist. Kriemhilds Forderung, ihr Hagen auszuliefern, weisen die Burgundenkönige gemäß ihrer lehnsrechtlichen Treuepflicht gegenüber dem Vasallen zurück. Der gegenseitige Kampf verursacht Ströme von Blut und

Die Burgunden werfen die Toten aus der Halle von Etzels Burg

Illustration aus Handschrift b (um 1440)

löscht in zwei Tagen und drei Nächten die Burgunden aus, bis zuletzt nur noch Gunther und Hagen am Leben sind. Die beiden überwindet Dietrich von Bern, der an Etzels Hof als Exulant lebt, und er übergibt sie an die Königin Kriemhild. Sie übt nicht sofort ihre tödliche Rache an Hagen, sondern fordert in dramatischer Konfrontation mit dem Gegenspieler den geraubten Schatz zurück. Sie läßt ihren Bruder Gunther töten, um das angebliche Hindernis der Hortrückgabe zu beseitigen, doch Hagen versagt ihn, endgültig triumphierend. Kriemhild reagiert, indem sie

Hagen mit Siegfrieds Schwert eigenhändig den Kopf abschlägt. Ein Horror für Etzel, doch den Gegenschlag führt Hildebrand, der Waffenmeister Dietrichs von Bern, aus. Er schlägt Kriemhild in Stücke. So holt die Rache die Königin schließlich selbst ein und vernichtet auch sie wie den männlichen Teil ihrer Familie und deren Gefolge. Es ist eine grauenvolle Geschichte von Betrug, Mord und Rache, in der das Leid letztlich alle Freude aufhebt. Die Schlußstrophe bietet das trostlose, sprachlos machende Bild der Trauernden und faßt alles in der abschließenden Halbzeile zusammen: *daz ist der Nibelunge nôt* (2376,4).[3]

Der Name *Nibelungen*

Nibelunge meint im Schlußvers die burgundische Königsfamilie und deren Volk. In diesem Sinne wird der Name im zweiten Teil des *Nibelungenliedes* verwendet, *die Nibelunges helde* (zuerst 1520,1; ähnlich 1523,2; 1524,2), als die Burgunden sich zur Fahrt ins Hunnenland rüsten. Damit stimmt der Namensgebrauch im *Alten Atlilied* überein, wo *Nibelungen* synonym für Burgunden steht (Str. 17 f.) und speziell in Verbindung mit deren Schatz erscheint, den Atli ihnen abnehmen will (Str. 27 f.). Diese Benennung bedarf deshalb besonderer Erläuterung, weil der Name im ersten Teil des *Nibelungenliedes* in einem anderen Bezugsfeld auftaucht. *Nibelungen* heißen dort die ursprünglichen Besitzer des von Siegfried errungenen Hortes und deren Land. Hagen nennt den Namen in seinem Bericht über Siegfrieds Jugendtaten zum ersten Mal:

3 Handschrift C: *daz ist der Nibelunge liet.*

di küenen Nibelunge   sluoc des heldes hant,
Schilbunc und Nibelungen,   diu rîchen küneges kint.

(85,2 f.)

(Der Held besiegte die tapferen Nibelungen, Schilbung
und Nibelung, die Söhne eines mächtigen Königs.)

Er beschreibt den Gewinn von *Nibelunges horde* (86,3;
87,1), vom *Nibelunges swert* (91,1) und den Aufbruch aus
Nibelunge lant (92,4). Dann taucht der Name in der
8. Aventiure wieder auf, als Siegfried von Island *zen Nibelungen* fährt (482,4), um militärische Verstärkung zu holen.
Obwohl Siegfried über diesen märchenhaften Machtbereich
verfügt, geht der Name nicht auf ihn über, er bleibt aber mit
dem Hort verbunden (771,3; 1104,3: *daz Nibelunges golt*)
und erscheint gegenüber den wechselnden Besitzern als
Konstante. Vielleicht war der Hort die Schaltstelle für die
Namensübertragung. Allerdings führt der Weg dann von
den Burgunden zu jenem ›Märchenreich‹ von Siegfrieds Ju-
gendabenteuern; denn die Besitzerreihe im *Nibelungenlied*
(Nibelungen, Siegfried, Burgunden, die Kriemhild den
Hort rauben und ihn im Rhein versenken) erweist sich im
Blick auf die *Atlakviða* des 9. Jahrhunderts als Ergebnis
späterer Sagenverknüpfung. Die Namenforschung stützt
die burgundische Herkunft des Wortes. *Nibilingos* wird als
Sippenname im Burgundischen des 5. Jahrhunderts bestimmt (Kaufmann, B 7: 1968, 268 f.). Vielleicht könnte man
über die Etymologie von *Nibel* (Nebel-) noch in andere Bereiche der Herkunft und der Verbindung mit dem Schatz
vordringen.[4]

---

4 Aus dem beschriebenen Befund hat Jean Fourquet (B 4d: 1996) andersartige
Folgerungen gezogen. Er geht von einer Untergangsgeschichte der Nibelungen aus, der ein noch nicht näher bestimmbarer, eventuell fränkischer Sa-
genstoff zugrunde liege, und er hält die Burgunden und ihre Gleichsetzung
mit den Nibelungen für einen Interpolationsakt des 12. Jahrhunderts.

Erzählstruktur und Kapiteleinteilung

Die Makrostruktur des *Nibelungenliedes* besteht aus zwei
Teilen, die die Geschichte von Siegfrieds Ermordung (Aventiure 1–19) und von Kriemhilds Rache an den Burgunden
(Aventiure 20–39) umfassen. So finden die zugrundeliegen-
den Sagenkreise in dem Aufbau des Werkes ihren Niederschlag. Mit 19 und 20 Aventiuren besitzen beide Teile etwa
den gleichen Umfang. Gerade nach der Sagenverkettung –
unabhängig davon, ob der *Nibelungenlied*-Dichter sie bereits in der mündlichen Tradition vorfand oder ob er sie
selbst vollzogen hat – ist die gleichgewichtige Proportionierung nicht selbstverständlich, sondern ein bewußter Gliede-
rungsakt. Zu dem Kausalnexus von Kriemhilds Rache, der
die beiden Teile verbindet, hat der Dichter auf der struktu-
rellen Ebene eine Entsprechung geschaffen, indem er die erzählte Geschichte von Anfang an auf Kriemhild hin per-
spektiviert: Sie wird als erste Figur vorgestellt: *Ez wuohs
in Burgonden ein vil edel magedîn* (1,1; Es wuchs im Land
der Burgunden ein hochadeliges junges Mädchen heran),
und die ihr gewidmete Aventiure, die sie im Personenverband des Hofes zeigt und zugleich die gesamte weitere Handlung vorausdeutend ankündigt, geht der Einführung Siegfrieds voran. Kriemhild bildet das Ziel von
Siegfrieds Handeln selbst im Sachsenkrieg und in der Werbungshilfe für Gunther (er leistet Dienst um ihretwillen).
Sie löst im Frauenstreit die tödlichen Konsequenzen aus
und ermöglicht paradoxerweise mit der Bezeichnung der
verwundbaren Stelle Siegfrieds Ermordung. Der erste Teil
des *Nibelungenliedes* schließt mit dem Blick auf Kriemhilds Trauer und die anhaltende Erinnerung an Siegfrieds
Tod:

> *Nâch Sîfrides tôde,   daz ist alwâr,*
> *si wonte in manigem sêre   driuzehen jâr,*

daz si des recken tôdes   vergezzen kunde niht.
si was im getriuwe,   des ir diu meiste menige giht.

(1139)

(Nach Siegfrieds Tod – und das ist die reine Wahrheit –
lebte sie 13 Jahre lang in großem Leid, ohne den Tod
des Helden vergessen zu können. Sie hielt ihm die
Treue, was ihr alle Welt zugestehen muß.)

Zu Beginn des zweiten Teils wird Kriemhild als Ziel von
König Etzels Werbung genannt, doch durch die unmittelbar
vorher nachdrücklich hervorgehobene Treue zu Siegfried
erscheinen ihre Zustimmung und der Zug ins Hunnenland
im Grunde als zweckbedingte Entscheidung, die der Rache
dienen soll. Kriemhild steuert die Handlung des zweiten
Teils. Am Ende der Geschichte wird sie von den Folgen ihrer Rache selbst getroffen und als letzte getötet: *ze stucken
was gehouwen dô daz edele wîp* (2374,2; die adelige Frau
war in Stücke gehauen). Wenn das *Nibelungenlied* in der
Münchener Handschrift D (1. Hälfte des 14. Jahrhunderts)
wie ähnlich auch später im *Ambraser Heldenbuch* (Anfang
16. Jahrhundert) den Titel trägt: *Daz ist das Bůch Chreim-
hilden*, so ist dort die Perspektive aufgenommen, die sich in
der Gesamtdarstellung ausprägt.[5]

Beide Handlungsteile bestehen ihrerseits aus zwei durch
gleiche Erzählschemata konstituierten Phasen. Brautwerbung, ein auch außerhalb des *Nibelungenliedes* in deutschsprachiger Dichtung verwendetes Motiv, mit Beratung, Be-
schlußfassung und schwieriger Ausführung setzt jeweils
die Handlung in Gang. Die Doppelung des Brautwer-
bungsmotivs im ersten Teil und die Verschränkung von
Siegfrieds Werbung um Kriemhild mit Gunthers Werbung

5 Otfrid Ehrismann (B 2: 1987, 227 f.) gewichtet anders. Zwar tritt, wie er betont, Kriemhild über lange Strecken in der Handlung hinter Siegfried zurück, aber die übergreifende Perspektive auf sie bleibe durchgehend erhalten. Ob man Kriemhild daraufhin als »Hauptgestalt« bezeichnen sollte, ist
eine andere Frage.

um Brünhild bringen die konfliktträchtige Abwandlung des Schemas, das mit Etzels Werbung um Kriemhild im zweiten Teil sein prinzipiell entsprechendes Pendant erhält. Die betrügerische Einladung (1. Brünhilds an Siegfried und Kriemhild, 2. Kriemhilds an ihre Brüder und Hagen) bildet das andere, in beiden Teilen auftauchende Erzählschema. Die Verwandten werden mit versteckter Absicht aus der Ferne herbeigeholt, dann folgen jeweils eine festliche Begegnung und die Konfrontation mit tödlichem Ausgang für den Gast bzw. die Gäste. Umrahmt sind die handlungstragenden Motive durch die Darstellung von Repräsentationsvorgängen, Botenaussendungen und Botenempfängen, Beratungen, Ausstattungen mit Kleidern, Reisen, Kämpfen. Die Erzählschemata schaffen ein festes Handlungsgerüst, in dem eindrucksvolle Szenen mit Dialogen und symbolischen Schaubildern (vgl. Heinzle, B 2: 1987, 81 ff.) gestaltet sind, die die Darstellungskunst des *Nibelungenlied*-Dichters kennzeichnen.

Orientierend wirken im Erzählverlauf bestimmte Zeitangaben. Die Geschichte erstreckt sich über mehr als 50 Jahre, von denen die erzählte Handlung nur einen ganz kleinen Teil einnimmt. Nach dem Bericht von Kriemhilds und Siegfrieds Jugend beginnt die Aktion mit Siegfrieds Auftreten in Worms; zu diesem Zeitpunkt müßte er mindestens 15 Jahre alt sein. Erst ein Jahr später bekommt er Kriemhild zu sehen. Nach der Doppelhochzeit vergehen 10 Jahre bis zum erneuten Zusammentreffen der Paare. Dreieinhalb Jahre nach Siegfrieds Tod erfolgt der Hortraub, weitere neuneinhalb Jahre der Trauer schließen sich an, da Etzels Werbung Kriemhild nach 13jähriger Witwenschaft erreicht. Sieben Jahre später wird der Sohn Ortlieb geboren. Im 13. Ehejahr ergeht die Einladung an die Burgunden. Die Kampfhandlungen umfassen dann zwei Tage und drei Nächte, in denen sich die Aktionen zusammendrängen. So bestehen die längsten Zeiträume in erzählerischen Pausen, und die Jahresangaben dienen der Überbrückung.

Über 100 verschiedene Vorausdeutungen, die die Geschichte auf der Erzählerebene und auf der Handlungsebene enthält, wirken einerseits strukturierend, indem sie
dynamische Bögen ausspannen, die die Erzähleinheiten zu-
sammenschließen, andrerseits haben sie eine inhaltliche
Funktion, indem sie die Determination zum Untergang von
Anfang an präsent machen (s. S. 121–131).

Innerhalb der zweiteiligen und vierphasigen Makrostruktur ist das *Nibelungenlied* explizit in 39 Aventiuren, kapi-
telartige Abschnitte von unterschiedlichem Umfang (19 bis
147 Strophen), untergliedert. Diese Einteilung, die in fast
allen Handschriften vorkommt, dürfte auf den Dichter
selbst zurückgehen, ebenso die zugehörigen Überschriften,
die in der Überlieferung nur leicht variieren. Ob der Dichter die aus dem höfischen Roman französischer Provenienz
stammende Bezeichnung *âventiure*, die dort handlungs-
bezogen für ein besonderes ritterliches Unternehmen gebraucht wird, selbst aufgenommen und in erzähltechni-
schem Sinne verwendet hat, ist unsicher. Auf jeden Fall
nennen die Zwischentitel jeweils Handlungsschritte von re-
lativer Wichtigkeit, keine Themen, z. B.: 5. *Wie Sîfrit Kriemhilde aller êrste ersach*, 7. *Wie Gunther Prünhilde gewan*,
9. *Wie Sîfrit ze Wormez gesant wart*, 14. *Wie die küniginne
einander schulten*, 16. *Wie Sîfrit erslagen wart* u. ä. (nach der
Ausgabe von de Boor; da Handschrift B keine Überschriften besitzt, orientiert an Handschrift A).

Im einzelnen bewegt sich der Verfasser in den Aventiuren frei und wechselt ohne festes Schema zwischen Erzählung und Dialog, Handlungsdichte und Beschreibung. Allerdings zeichnet sich durchgängig die »inhaltliche Einheit«
der Kapitel im Erzählkontinuum ab (Wachinger B 4f: 1960,
62); diese ist aber – ganz abgesehen von den Differenzen in
der Strophenanzahl – nicht gleichartig konstituiert. Der
als Aventiure abgesetzte Abschnitt kann zentrale Ereignisse, Episoden oder erzähltechnische Zwischenteile umfassen und auch Elemente dieser Möglichkeiten vereinen.

Der Frauenstreit (14. Aventiure), Siegfrieds Ermordung
(16. Aventiure), der Tod der letzten Burgunden (39. Aventiure) behandeln zentrale Handlungsmomente, der Saalbrand (36. Aventiure) und Rüdigers Tod (37. Aventiure)
betreffen Episoden, Siegfrieds Botengang von Island nach
Worms (9. Aventiure) hat eher überleitenden Charakter. Unterschiedlich fällt auch die szenische Geschlossenheit der
Aventiuren aus, sie können mit dem Vorangehenden und
Folgenden mehr oder weniger verzahnt sein, so daß der Erzählfluß die Kapitelgrenzen übergreift, in anderen Fällen
bricht er ab und setzt neu ein. Ein durchgreifendes Prinzip
gibt es nicht.

Die Marge zwischen dem ersten und zweiten Teil des
Nibelungenliedes bietet ein Beispiel, wie Abschluß und
Neubeginn zugleich markiert und überspielt werden. Den
Einschnitt zwischen der 19. und 20. Aventiure vertieft eine
zeitliche Pause von 13 Jahren, die erzählerisch nicht weiter
ausgefüllt ist (Kriemhilds Trauer 1139,2); und der Schauplatz wechselt von Worms ins Hunnenland, genaugenom-
men von den personalen Exponenten Kriemhild zu Etzel.
Doch durch die in beiden Grenzstrophen vorkommende
Figur der Witwe und die anknüpfende Formulierung der
20. Aventiure entsteht eine sinngemäße und syntaktische
Überleitung zwischen den beiden Aventiuren und damit
zwischen den beiden Epenteilen:

Daz was in einen zîten,   dô vrou Helche erstarp,
unt daz der künic Etzel   umb ein ander vrouwen
warp,
dô rieten sîne vriunde   in der Burgonden lant
zeiner stolzen witewen,   diu was vrou Kriemhilt
genant.   (1140)

(Das [d. h. das Vorangehende und das Folgende] geschah zu einer Zeit, als Frau Helche gestorben war und
der König Etzel um eine andere Gemahlin werben

wollte. Da rieten ihm seine Vertrauten zu einer stattlichen Witwe aus dem Land der Burgunden, die Kriemhild hieß.)

Bemerkenswert ist, daß die Aventiurengliederung des *Nibelungenliedes* im höfischen Roman nirgends eine Entsprechung besitzt, denn dort lassen sich Abschnittsgrenzen lediglich aus Initialsetzungen in den Handschriften ablesen,
und sie müssen dann durch inhaltliche Argumente plausibel
gemacht werden. Diese Differenz weist auf einen gattungs-
bestimmenden Strukturunterschied. Hugo Kuhn (B 4 g:
1956) hat im Bemühen um eine Gattungsdifferenzierung
höfisches Epos und Heldenepos u. a. als »Gerüstepik« und
»Szenenepik« voneinander abgerückt, und zwar in dem
Sinne, daß einerseits die Handlung auf einem Strukturge-
rüst abgebildet werde (dieses Gerüst besteht in der später
sogenannten symbolischen Doppelwegstruktur), während
andrerseits in der Heldenepik die Handlung durch Szenen-
folgen konstituiert werde.[6] Diese Unterscheidung zwischen
großbögigen Strukturen und kleinteiliger Zusammenset-
zung hat Burghart Wachingers genaue Analyse des *Nibelungenlied*-Aufbaus (1960) bestätigt. Er benutzt jedoch den
Terminus »Szene« in speziellerem Sinn für eine zeitlich und
räumlich bestimmte Einheit »mit vorwiegend dialogischer
Darstellungsform oder mit besonders dichter Handlungser-
zählung« (B 4 f: 1960, 60 f.). Solche Szenen sind ein wichtiger Baustein des Ganzen, sie wechseln aber mit Berichten und anderen Darstellungsformen ab. Wesentlich ist die
»Blockhaftigkeit« des Erzählens, die in verschiedenen Grö-
ßenordnungen wiederkehrt, »in einzelnen Strophen, Szenen, Aventiuren, Phasen, die alle ein gewisses Eigengewicht
und eine gewisse Geschlossenheit haben« (ebd., 100), ohne
daß es sich um mechanische Größen handelt.

---

6 In anderem Sinne spricht Szöverffy (B 4 f: 1965) gerade im Blick auf das
 Nibelungenlied von »Gerüstmotiven«, die den Gesamtbau tragen, wenn er
 das Lehnsmotiv verfolgt.

Innerhalb der Blöcke im Großen wie im Kleinen zeichnen sich Doppelung, Zweiteiligkeit und Zweigipfligkeit als wiederkehrendes Gestaltungsprinzip ab: Zwei Teile zu je zwei Phasen machen die Geschichte aus. Viele ›Kapitel‹ sind zweigipflig gebaut. So enthält die 14. Aventiure den Frauenstreit und den Mordrat. Der Frauenstreit seinerseits besteht aus einer Auseinandersetzung unter vier Augen und einer Demonstration vor der Öffentlichkeit des Hofes. Die 39. Aventiure bringt Dietrichs Kampf mit Gunther und Hagen und die abschließende Konfrontation zwischen Hagen und Kriemhild. Die Überwindung Brünhilds erfolgt auf doppelte Weise, im sportlichen Wettkampf und in der Brautnacht. Im zweiten Epenteil löst Bloedels Überfall auf die burgundischen Knappen den allgemeinen Kampf aus, und Hagens Tötung des Hunnenprinzen macht ihn unausweichlich. Wenn man die Doppelung als ein durchgängiges Bauprinzip betrachtet, verlieren manche vermeintlichen Unbeholfenheiten des Textes, die man im Rekurs auf die Vorgeschichte zu erklären versucht hat, ihre Irritation. Außerdem besitzt dieses erzähltechnische Verfahren ein Äquivalent auf der Ebene des historischen Bewußtseins in der Zweipoligkeit des Höfischen und Archaischen.

Mit der Zweiteiligkeit hängt die Technik des »Ansetzens und Abbrechens« (Wachinger, B 4f: 1960, 101) eng zusammen. Das markanteste Beispiel bietet die 3. Aventiure: Siegfried zieht zur Brautwerbung nach Worms, am burgundischen Hof bringt er dieses Anliegen jedoch nicht vor, sondern fordert Gunthers Reich. Während der Endphase der Kämpfe des zweiten Teils gibt es mehrmals Befriedungsversuche, die in Erfolglosigkeit auslaufen. So wollen z.B. die Burgunden verhandeln, bevor Kriemhild den Saal anzünden läßt, Gunther und Giselher exponieren sich; aber Kriemhilds Bedingung, Hagen auszuliefern, ist unannehmbar.

Indem Wachinger auf die allgemeine Verbreitung zweiteiliger Strukturen in der Epik des hohen Mittelalters hinweist, zögert er, einen bewußten Einsatz entsprechender Verfahren im *Nibelungenlied* anzunehmen. Das hieße, es waltet – orientiert an gängigen Bauformen – ein ›erzählerischer Instinkt‹. Doch die gleichmäßige Proportionierung der beiden Hauptteile, die Perspektivierung auf Kriemhild und die vorgeschalteten Aventiuren 1 und 2, die den höfischen Horizont schaffen, vor dem sich dann die Handlung entwickelt, sind ohne bewußte Konzeption schwer vorstellbar.

Die Strophenform

Sangbare Strophen als aneinandergereihte Bausteine des Erzählwerks gehören zu den Gattungsmerkmalen, die die Heldenepik von anderer epischer Literatur der vorhöfischen und höfischen Zeit geistlichen und weltlichen Inhalts formal unterscheiden; denn diese ist in fortlaufenden Reimpaaren verfaßt, die nicht gesungen vorgetragen werden. (Das gilt für die Bibel- und Geschichtsepik gleichermaßen wie für die Artus-, Grals- und Tristanromane.)

Die Nibelungenstrophe besteht aus vier paargereimten Langzeilen, die jeweils in der Mitte eine Zäsur besitzen, so daß eine Gliederung in Anvers und Abvers entsteht. Die besondere Gestaltung des vierten Abverses markiert den Strophenschluß. Während die Anverse in der Regel vier Hebungen (betonte Silben) mit einer klingenden Kadenz (abschließende Betonung auf einer Nebensilbe: *mǽrèn*) umfassen, besitzen die Abverse der ersten drei Zeilen nur drei Hebungen mit einer Kadenz, die meist einsilbig mit langem Vokal (*wîp/lîp*), aber auch zweisilbig mit kurzem Haupttonvokal (*degen/pflegen*) vorkommt. Der vierte Abvers enthält eine Hebung mehr und verlängert dadurch die letzte

Zeile der Strophe. Außerdem wird der Abschluß häufig
(etwa in der Hälfte aller Strophen) durch eine beschwerte
Hebung hervorgehoben, indem auf die zweite betonte Silbe
im Abvers unmittelbar, ohne Senkung, eine weitere Hebung
folgt (*sît in Étzélen lánt*, 3,4). Diesen Befund bezeichnen
folgende Strophenschemata:

4 k | 4 st a	4 k | 3 v a	3 w | 3 m a
4 k | 4 st a	4 k | 3 v a	3 w | 3 m a
4 k | 4 st b	4 k | 3 v b	3 w | 3 m b
4 k | 4 v b	4 k | 4 v b	3 w | 4 m b,[7]

z. B. Str. 5:

Ein ríchiu kúneginnè,   frou Úote ir múoter híez.
ir váter der híez Dáncrât,   der ín diu érbe líez,
sît nâch síme lébenè,   ein éllens rícher mán,
der óuch in síner júgendè   grózer éren víl gewán.

Die metrische Ausgestaltung des vierzeiligen Strophensche-
mas ist in den verschiedenen Fassungen nicht streng ein-
heitlich realisiert. Zwar stellt – abgesehen vom letzten Abvers – die Alternation von Hebung und Senkung die Regel
dar, doch kann die Senkung auch fehlen oder durch zwei
unbetonte Silben ausgefüllt sein. Diese Abwandlungen
treten aber nicht massiert auf, so daß die Verse in ihrer
Ausgewogenheit anderen zeitgenössischen Dichtungen ent-

---

7 Die Beschreibung der Nibelungenstrophe differiert in den verschiedenen
  metrischen Deskriptionssystemen. Der Hauptunterschied liegt darin, ob –
  wie in der gegebenen Darstellung – die vorliegende Struktur und die Zahl
  der vorhandenen betonten und unbetonten Silben benannt werden oder ob
  sich die Beschreibung auf ein vier- bzw. achttaktiges Idealschema bezieht.
  Im zweiten Fall werden die ersten drei Abverse als »viertaktig stumpf« bezeichnet, d. h., der 4. Takt ist nicht realisiert. Weitere Differenzen betreffen
  die Bezeichnung der Kadenzen: Heuslers Typen klingend (k), stumpf (st),
  voll (v) mit weiteren Untertypen steht die bloße Unterscheidung von männ-
  lich (m), *lip* und weiblich (w), *mæren*, gegenüber. aa, bb bezeichnen die
  Übereinstimmung im Reim.

sprechen. Spielraum für größere Füllungsfreiheiten (Ein-, Zwei-, Dreisilbigkeit) bietet lediglich der Auftakt. Die unterschiedlichen Kadenzen von An- und Abvers bestimmen im wesentlichen die Strophenstruktur, doch auch hier gibt es Abweichungen vom Schema: Kadenzwechsel, d. h. Anverse mit voller Kadenz und Abverse mit klingender Kadenz, wobei die Zahl der regulären Hebungen meist erhalten bleibt. Die überwiegend reinen Reime, wie sie seit den letzten Jahrzehnten des 12. Jahrhunderts üblich sind, weisen das *Nibelungenlied* als Werk der höfischen Verskunst um 1200 aus. Neben dem obligatorischen Reim am Ende der Langzeilen taucht manchmal in den ersten beiden Zeilen Binnenreim der Anverse auf. In Handschrift C gibt es sieben Strophen mit durchgehend gereimter Zäsur. Ein Beispiel dafür bietet die erste Strophe des *Nibelungenliedes*, die in Handschrift B nicht vorkommt, aber in die gängigen Ausgaben mit aufgenommen worden ist. Die Zahl der Reimwörter bleibt im *Nibelungenlied* begrenzt; Leo Saule[8] hat 796 gezählt. Sie verteilen sich in Handschrift B auf über 9500 Reimstellen. Für den heutigen Leser ergibt sich daraus jedoch nicht ein Eindruck von Monotonie, sondern von stilistischer Geschlossenheit. Die Gleichförmigkeit der Strophenfolge wird aufgelockert durch die wechselnde Spannweite der syntaktischen Bögen, die über eine halbe, eine ganze oder mehrere Zeilen reichen und sogar Reim und Strophe übergreifen (Enjambement).

Die metrisch markierte Schlußzeile der Strophen steht auch syntaktisch oft für sich und wird stilistisch zu pointierten Aussagen genutzt. Auf diese Weise durchsetzen den Erzählfluß kurze Resümees, kommentierende Aussagen und Vorausdeutungen auf das weitere Geschehen.

Die Herkunft der Nibelungenstrophe ist deshalb so schwer zu klären, weil wir ältere, mündliche Existenzformen des Stoffes nicht kennen und auch bis auf das althoch-

---

8 Leo Saule, *Reimwörterbuch zur Nibelunge Nôt*, München 1925.

deutsche *Hildebrandslied* sonst keine Zeugnisse früherer deutscher Heldenepik besitzen. Kontinuität und Transformation dieser Langzeilen in den Versen des *Nibelungenliedes* bleiben eine unbeweisbare Annahme. Näher liegt der Vergleich der Nibelungenstrophe mit der lyrischen Strophenform eines nach 1150 auftretenden Minnesängers wohl aus dem bayrisch-österreichischen Donauraum, die dieser selbst *Kürenberges wîse* (MF 8,5) nennt. Sie entspricht mit dem Wechsel von klingenden und vollen Kadenzen, von Vierhebigkeit in den Anversen, Dreihebigkeit in den ersten drei Abversen, Vierhebigkeit und beschwerter Hebung im letzten Halbvers dem oben skizzierten Schema. Am meisten Beachtung von seinen insgesamt 15 überlieferten Strophen fand das *Falkenlied* (MF 8,33 ff.). Abgesehen von der übereinstimmenden Strophenform des Kürenberger- und des Nibelungenliedtons kennzeichnet den Stil dieses Minnesängers die Neigung zur erzählenden Skizze, zum Entwurf prägnanter Bilder und zur Pointierung im letzten Vers. Diese Charakteristika lassen ihn dem *Nibelungenlied*-Dichter verwandt erscheinen, so daß man beide sogar – was sicher abwegig ist – für personengleich gehalten hat. Ein konkreter Zusammenhang auf inhaltlicher Ebene besteht zwischen Kürenbergers *Falkenlied* und dem Motiv von Kriemhilds Falkentraum in der ersten Aventiure. In beiden Texten bezeichnet der Falke den Geliebten, den die Frau zunächst an sich bindet und den sie dann verliert. Die Berührung geht bis in die Formulierung: *Ich zôch mir einen valken* (MF 8,33) und:

> *In disen hôhen êren   troumte Kriemhilde,*
> *wie si zuge einen valken [...]* (NL 11,1 f.)

(In diesem ehrenvollen Rahmen träumte Kriemhild, wie sie einen Falken aufzöge.)

Die Gründe für den Verlust des Geliebten sind unterschiedlich. Im Minnelied befreit er sich selbst von den ihm an-
gelegten Fesseln und fliegt davon, im *Nibelungenlied* wird
die Trennung durch Gewalt von anderer Seite bewirkt, zwei
Adler zerfleischen den Falken. Im Blick auf die Herkunft
der Nibelungenstrophe ergeben sich deutliche Indizien
für den Weg vom Kürenberger zum *Nibelungenlied*-Dich-
ter. Zwar könnten beide die Falkenmetaphorik unabhängig
voneinander aufgenommen haben, doch die verschiedenartigen Übereinstimmungen signalisieren einen Zusammenhang der Texte. Der Epiker hat das vorgefundene Motiv in
seinem Kontext funktionalisiert, er hat das Bild vom Aufziehen des Falken in den Traum verlegt und die Deutung
des Traumes – und d. h. der Metaphorik – durch Kriemhilds
Mutter hinzugefügt: *der valke, den du ziuhest, daz ist ein*
edel man (12,3). Der umgekehrte Weg von einer älteren
Nibelungendichtung in die Lyrik erscheint weniger wahrscheinlich, das gilt ebenfalls für die Strophenform. Nicht zu
beantworten ist allerdings die Frage, ob der Kürenberger
sich seinerseits an eine, vielleicht epische, Strophenvorgabe
angelehnt hat und wie groß sein Anteil an der Prägung der
Form gewesen ist. In der Forschung werden differieren-
de Standpunkte vertreten. Neben germanischem Ursprung
stehen auch der Einfluß mittellateinischer und romani-
scher Modelle (Vagantenzeile und Laissenstrophe) zur Dis-
kussion.[9]

Die Nibelungenstrophe hat in der Heldenepik des Spätmittelalters Schule gemacht; mehrere Strophenformen sind
aus ihr hervorgegangen. Abgewandelt lebt sie fort in der
Kudrun, wo neben reinen Nibelungenstrophen ein erwei-
terter Typ steht (mit klingender Kadenz im dritten und
vierten Abvers und Verlängerung des letzteren um zwei
Hebungen). Der in der Dietrichepik benutzte Hildebrands-

---

9 Vgl. den Überblick bei Werner Hoffmann, *Altdeutsche Metrik*, Stuttgart
  ²1981, S. 88 f.

ton, benannt nach dem *Jüngeren Hildebrandslied* (seit dem 15. Jahrhundert überliefert), ebnet das charakteristische Profil des Strophenschlusses ein, so daß zwei gleichgebaute Langzeilenpaare entstehen. In der Wiener Handschrift k aus der 2. Hälfte des 15. Jahrhunderts wurde das *Nibelungenlied* in den offenbar ›modernen‹ Hildebrandston übertragen. Von diesem ist eine Melodie erhalten, die für das *Nibelungenlied* benutzt werden konnte, während für dessen ›alte‹ Form eine Melodieüberlieferung fehlt. Entgegen der älteren Position Andreas Heuslers (B 4f: 1927) gilt heute auf Grund der Forschungen von Karl Heinrich Bertau / Rudolf Stephan (B 4f: 1956/57), Ewald Jammers (B 4f: 1959), Horst Brunner (B 4f: 1979) u. a. die Sangbarkeit des *Nibelungenliedes* als sicher. Nicht zuletzt wird sie durch die Übereinstimmung mit dem lyrischen Kürenbergerton indirekt belegt. Gleichwohl muß sie nicht durchgehend praktiziert worden sein. Versuche, die Melodie des *Nibelungenliedes* zu rekonstruieren (von Bertau/Stephan u. a.), orientieren sich neben dem *Jüngeren Hildebrandslied* auch an der Melodie zur *Trierer Marienklage*, am *Alsfelder Passionsspiel* und am *Titurel*. Eberhard Kummer hat in Liveaufführungen und Schallplattenaufnahme, orientiert am Hildebrandston, eine praktische Umsetzung vorgetragen, wie das *Nibelungenlied* geklungen haben könnte.[10]

10 *Das Nibelungenlied. Der Kürenberger. Walther von der Vogelweide*, im Hildebrandston gesungen von Eberhard Kummer, Wien 1983 (Pan 150005/6).

5

Probleme der Gattungszuordnung:
Epos oder Roman

Bisher habe ich es vermieden, das *Nibelungenlied* dezidiert als Epos oder Roman zu bezeichnen, da die Gattungsbestimmung des Werkes in der Forschung nicht einhellig aussieht und gesonderter Erörterung bedarf. Die Zuordnung zu der einen oder anderen Spezies erzählender Literatur hängt von der zugrundegelegten Gattungsdefinition ebenso ab wie von der Interpretation des *Nibelungenliedes* selbst, und sie ist belastet von Mehrdeutigkeiten und Überschneidungen, von homonymem und synonymem Gebrauch der spezifizierten Bezeichnungen in der Forschungsliteratur bis in die neuesten Sammelbände und Handbücher.

In der älteren Forschung werden im allgemeinen alle größeren Werke der mittelalterlichen Erzählliteratur als Epos bezeichnet; eine Differenzierung erfolgte durch Zusätze: A. F. C. Vilmar (1845 u. ö.) unterscheidet in der meistgelesenen Literaturgeschichte des 19. Jahrhunderts zwischen »Volksepos« und »Kunstepos«, Wilhelm Scherer (1875) zwischen »Volksepos« und »höfischem Epos«, Gustav Ehrismann (1927 und 1935) zwischen »Heldenepos« und »höfischem Epos«. Verbindend erscheint dabei die Versform im Unterschied zur Prosa neuzeitlicher erzählender Literatur; »Versepos« oder einfach »Epos« meint also die mittelalterliche versifizierte Großepik insgesamt, und dabei stehen bis heute unangefochten die Bezeichnungen »Epik« und »episch« für narrative Texte allgemein stützend im Hintergrund. Diese werden aber auch herangezogen, wo Gattungsgeschichte differenzierend geschrieben wird. So benutzt Kurt Ruh in seiner zweibändigen Darstellung »höfische Epik« ausdrücklich als Gattungsbegriff kontrastiv zu »Heldenepik« und »Geschichtsepik«.[1]

Die neuzeitliche Bezeichnung »Heldenepik« nimmt im ersten Kompositionsglied ein Wort auf, das schon althochdeutsch für ›Mann‹ und ›Krieger‹ gebraucht wurde, und knüpft an mittelalterliche Beschreibungen an; denn die zitierten Verse des *Annoliedes* (s. S. 73) charakterisieren den Inhalt der abzuwehrenden Lieder: *wî snelle helide vuhten* (V. 3; wie tapfere Krieger kämpften), und die Einleitungsstrophe des *Nibelungenliedes* kündigt neu zu belebende alte Geschichten *von helden lobebæren* (C 1,2) an. Es geht also um Krieger und ihre Taten; aber auch die »höfische Epik« handelt von *militia* und *milites*, und Kämpfende tragen die Handlung.[2] Sie werden zwar überwiegend als *ritter* bezeichnet, doch es ist kein Einzelfall, wenn Wolfram von Eschenbach Parzival, *den helt* (4,19) rühmend vorstellt. Trotz dieser Gemeinsamkeiten hat sich der Terminus »Heldenepik«, der die Spezialbedeutung Held = Krieger aus alter einheimischer Heldensage impliziert, durchgesetzt.[3]

Im Mittelalter selbst gab es – wie bereits gezeigt – durchaus ein Bewußtsein für den Unterschied der Gattungen »Heldenepik« und »höfische Epik« (die Anonymität des Verfassers und das Fehlen des *Nibelungenliedes* im Literaturexkurs Gottfrieds von Straßburg sind wichtige Indizien), doch wird die Differenz nicht in einer besonderen Termino-

---

1 Kurt Ruh, *Höfische Epik des deutschen Mittelalters*, Bd. 1, Berlin 1967, [2]1977, S. 5 ff.
2 Hartmanns Erklärung der ritterlichen *âventiure* im *Iwein* (V. 527 ff.) unterscheidet sich von der ›heroischen Situation‹ durch die Gewinnchance und die Suche der Konfrontation, während den Heros das Geschehen unabänderlich trifft.
3 Die ebenfalls gängige Bezeichnung »heroische Epik« enthält mit *heros* ein ursprünglich griechisches Wort, das als Lehnwort ins klassische Latein aufgenommen wurde, im Mittelalter mit einer Bedeutungsverschiebung von ›Halbgott‹ zu ›Krieger‹ weiterlebte und althochdeutsch in der letzteren Bedeutung benutzt wurde.

logie zum Ausdruck gebracht, an die sich die heutige Literaturwissenschaft anschließen könnte. *Aventiure, buoch, liet, mære, rede* sind die häufigsten Werkbezeichnungen, die aber nicht als Gattungsnamen fungieren.[4] *liet*, das in der Abschlußvariante der Handschrift C für das *Nibelungenlied* vorkommt (*daz ist der Nibelunge liet*), wird auch für den *Tristrant* Eilharts von Oberge, für Hartmanns von Aue *Erec* und *Gregorius* sowie den *Lanzelet* Ulrichs von Zatzikhofen gebraucht, also für Werke, die nicht zur Heldenepik gehören.

Wie die spezifischen Namen fehlt auch eine explizite Gattungsreflexion, doch eine Reihe von Merkmalen, die in der bisherigen Darstellung angesprochen wurden, konstituieren die implizite Gattungsdifferenz:

- unterschiedliche, auf mündlicher oder schriftlicher Tradition beruhende Stoffe,
- die Vortragsform in sangbaren Strophen gegenüber vorzulesenden oder für sich zu lesenden Reimpaarversen,
- Blockhaftigkeit gegenüber großbögiger Struktur,
- Anonymität des Werkes einerseits, Autorbezogenheit andrerseits,
- objektive Erzählhaltung gegenüber dem stärkeren Hervortreten des Erzählers,
- historische Glaubwürdigkeit gegenüber Fiktionalität der erzählten Geschichte.

In der französischen Literatur des 12. Jahrhunderts existiert das gleiche Kontrastpaar, das Hans Robert Jauß (1977) als »Epos« und »Roman«, »Heldenepos« und »höfischen Roman«, »*chanson de geste*« und »*roman courtois*« einander gegenüberstellt. Beide Gattungen weisen entsprechende Unterschiede der äußeren und inneren Form auf wie ihre deutschen Pendants.

Der Gattungsname ›Roman‹ besitzt im Französischen eine mittelalterliche Grundlage: *romanz* wurden im

---

4 Klaus Düwel, *Werkbezeichnungen der mittelhochdeutschen Erzählliteratur (1050–1250)*, Diss. Göttingen 1965, Nachdr. Göttingen 1983.

12. Jahrhundert Schriften genannt, die in der *lingua romana*, also nicht in der Gelehrtensprache Latein abgefaßt waren; und der Schöpfer des Artusromans, Chrétien de Troyes, hat das Wort zur Bezeichnung seiner eigenen Werke (*Lancelot, Yvain, Perceval*) herangezogen und damit quasi als Gattungsbegriff benutzt. Wegen der auf die französische Sprache bezogenen Grundbedeutung wurde *romanz* nicht als Fremd- oder Lehnwort in die mittelhochdeutschen Übersetzungen eingeführt. Im Deutschen taucht »Roman« erst im 17. Jahrhundert auf für fiktive Geschichten, die von Helden und Liebe handeln und in Prosa geschrieben sind. Kurt Ruh hat den Terminus für die von ihm behandelte »höfische Epik« benutzt und gerechtfertigt. Er definiert diesen zentralen Gattungstyp als fiktive Geschichte, die von Liebe und Abenteuer handelt, eine bestimmte ordnende Struktur und didaktische Implikationen besitzt. Indem er bei der Begriffsbestimmung von deutschsprachigen Romanen eines begrenzten Zeitraums ausgeht, gewinnt er ein historisch konkretes Gattungsmodell, nicht eine normative Definition. Die von Hans Robert Jauß für den *roman courtois* genannten Strukturmerkmale entsprechen Ruhs Definition und stehen im Kontrast zu den für die Heldenepik resümierten Aspekten. Die Fiktionalisierung der Geschichte durch die Funktion des Wunderbaren, die Dominanz des Geschehens, die Subjektivierung des Erzählten durch die Person des Erzählers charakterisieren den französischen Roman des Mittelalters. So prägnant sich die Typen auf einer gewissen Verallgemeinerungsstufe umreißen lassen, so wenig beschränken sich die tatsächlich vorhandenen Texte auf idealtypische Grenzen. Dieses allgemeine Problem der Diskrepanz zwischen poetologischer Typisierung und literarischer Praxis zeigt sich insbesondere beim *Nibelungenlied*. Seine ›Grenzüberschreitungen‹ zum höfischen Roman sind entstehungsgeschichtlich bedingt, indem die mündliche Sagentradition im Kontakt und mit Hilfe der ›romanhaften‹ Modelle zur Großform verschriftlicht wurde.

Für das Einzelexemplar der Heldenepik, jedenfalls für das *Nibelungenlied* – die vielgestaltige Dietrichepik läßt sich nicht einfach zusammenfassen – ist *Epos* der am meisten verwendete Begriff. Seit der Wiederentdeckung des Werkes im 18. Jahrhundert wurde er in bewußter Bezugnahme auf die homerischen Epen gebraucht. Johann Jakob Bodmer, der das *Nibelungenlied* nach Jakob Hermann Obereits Fund (1755) bekannt gemacht hat, bezeichnete es als »eine Art von Ilias«[5] und stellte es damit in einen von antiker Dichtung geprägten Vorstellungshorizont. Er ging sogar noch einen Schritt weiter: 1767 publizierte er eine *Nibelungenlied*-Bearbeitung in Hexametern, also im Versmaß des paradigmatischen antiken Epos. Darin kommt das Bestreben zum Ausdruck, das neuentdeckte Werk dem großen Vorbild konkurrierend an die Seite zu stellen. Der Bezug auf Homer blieb in der Rezeptionsgeschichte des *Nibelungenliedes* über die Jahrhunderte erhalten: »die Ilias des Nordens« übertraf zeitweise sogar die Wertschätzung der antiken Werke.[6] Von der Homerphilologie gingen immer wieder Impulse auf die *Nibelungenlied*-Forschung aus. Als »Nationalepos« sollte das *Nibelungenlied* in der Zeit der Befreiungskriege deutsche Kulturleistung ausweisen und nationale Identität stiften.[7] Die Behauptung, das Werk sei Ausdruck des deutschen Nationalcharakters, überlebte mit der Faszination des *Nibelungenliedes* das Kaiserreich und das Dritte Reich, so daß Friedrich Panzer noch 1955 dem Ausdruck »Nationalepos« Berechtigung zusprach, sofern das Epos von der Nation als solches empfunden und anerkannt werde (B 2: 1955, 46 f.). Derartige Äußerungen sind als Beiträge zur gattungsmäßigen Einordnung des *Nibelungenlie-*

5 Zit. nach: Johannes Crueger, *Die erste Gesammtausgabe der Nibelungen,* Frankfurt a. M. 1884, S. 21.
6 August Wilhelm Schlegel, *Kritische Schriften und Briefe,* hrsg. von Edgar Lohner, Bd. 3: *Geschichte der klassischen Literatur,* Stuttgart 1964, S.186.
7 Friedrich Heinrich von der Hagen, »Vorrede«, in: *Der Nibelungen Lied in der Ursprache mit den Lesarten der verschiedenen Handschriften,* hrsg. von F. H. v. d. H., Berlin 1810, S. VIII und XIII. – Vgl. K. von See, B 6: 1991.

des insofern von Interesse, als sie den Zusammenhang zwischen Interpretation – hier ideologischer Befrachtung – und Gattungsauffassung zeigen. Nur der objektivierende Charakter des Epos kam als Medium nationaler Werte in Frage, nicht der Roman, in dem man subjektive und private Dimensionen aufgehoben meinte.

Daß bei Andreas Heuslers Unterscheidung von »Lied und Epos« als Klein- und Großform das *Nibelungenlied* auf der Seite des Epos steht, ist selbstverständlich (er definiert das »Heldenepos« inhaltlich und stilistisch), aber gerade er brachte dessen Übergang zum Roman ins Gespräch (B 4d: 1921). Helmut de Boor hat 1953 in seiner Literaturgeschichte die Bezeichnung ›Roman‹ für das *Nibelungenlied* gebraucht, wohl primär um die von ihm herausgestellte Überformung des alten Sagenstoffes mit Insignien der höfischen Kultur zum Ausdruck zu bringen: »Das Nibelungenlied ist ein höfischer Roman; höfisch-ritterliches Verhalten, Zucht, Maße, adelige Schönheit und Pracht der Erscheinung beherrschen das ganze Gedicht« (B 2: 1953, 151). Doch de Boor gebraucht Roman hier nicht streng terminologisch, indem er zwischen Heldenroman und Heldenepos für das *Nibelungenlied* stilistisch abwechselt (ein Usus, der in der Forschungsliteratur vielfältig zu finden ist). Die terminologische Inanspruchnahme des Romanbegriffs für das *Nibelungenlied* erfolgt im übrigen dort, wo es psychologisierend interpretiert wird, was aber bei de Boor nicht der Fall ist. Daß er im Vorwort zu der *Nibelungenlied*-Ausgabe 1972 wieder zu der Bezeichnung Epos zurückgekehrt ist, kann man als Abwehr derartiger Interpretationen verstehen.

Die Psychologisierung konzentriert sich besonders auf die Kriemhild-Figur. Sie begegnet in den zwanziger Jahren bei Josef Körner, der von dem »großartigsten Charaktergemälde der gesamten mittelalterlichen Kunst« (B 2: 1921, 88) spricht und Ausdrücke wie »höfisch stilisierter Liebesroman«, »biographischer Roman« und »Entwicklungsroman« gebraucht. Diese Betrachtung bedürfte kaum der Erwäh-

nung, wenn nicht in den fünfziger Jahren an sie angeknüpft
worden wäre. Bert Nagel (B 2: 1965, 102) bezeichnet das
Nibelungenlied als »Kriemhildroman«, neben dem ein
»Siegfriedroman« stehe, und er spricht von einem »biographischen Gesamtkomplex«. Auch für Friedrich Panzer (B 2:
1955, 282) läuft die angenommene Umformung des Nibelungenstoffes zum Roman über die Kriemhild-Figur. Günther Schweikle (B 4g: 1981) versteht das Werk als »heroisch-
tragischen Liebesroman«, und Magdalena Revue (B 4g:
1984) sieht die Prävalenz eines *roman d'amour*. Im gat-
tungspoetologischen Sinne sind diese Beiträge deshalb problematisch, weil sie sich auf fragwürdige Interpretationen
gründen und die Reflexion der von anderer Seite als epos-
mäßig erkannten Merkmale ausblenden.

Auf einer anderen Ebene liegt Hugo Kuhns Klassifizie-
rung des *Nibelungenliedes* als »Staatsroman«, und zwar als
des »einzigen ganz negativen Staatsromans des Mittelalters«
(B 4f: 1973, 31). Er konstatiert strukturelle Berührungen
der Heldenepik – nicht nur des *Nibelungenliedes* – mit dem
im Barock ausgebildeten Literaturtyp und grenzt den mittelalterlichen Staatsroman, den er in der *chanson de geste*
am reinsten repräsentiert findet, vom »Gesellschafts-Liebes-
besroman« (Artusroman) ab. Kuhn betont aber auch die
Einzigartigkeit des *Nibelungenliedes*, und zwar nicht nur
im Blick auf seine destruktive Tendenz, sondern hinsichtlich
der gleichzeitigen Ausrichtung auf den »Gesellschafts-Lie-
besroman«. Indem es Kuhn wesentlich um die Herausarbei-
tung von Literaturtypen geht, erscheint gegenüber seiner
gattungsbeschreibenden Leistung die Benennung der Spezies von sekundärer Bedeutung.

Hildegard Bartels (B 4g: 1982) hat in der eingehendsten
Studie, die zur Gattungsproblematik des *Nibelungenliedes*
vorliegt, den Versuch unternommen, die idealtypischen
Vorstellungen vor dem Hintergrund der Hegelschen Ästhetik zu historisieren. Das an Homer gewonnene Ensemble
von Strukturmerkmalen gilt Hegel als Ausdruck eines be-

stimmten Geschichtsbewußtseins, und er versteht das Epos
als Produkt einer mittleren Entwicklungsstufe, in der das
Volk die heroische Zeit in poetischer Reflexion überwinde,
jedoch noch nicht zu einem ›prosaischen Zustand‹ gelangt
sei. Indem sie die Hegelschen Kategorien auf die mittelalterlichen Texte überträgt, sieht Bartels im *Nibelungenlied*
die Kollision zweier Bewußtseinsstufen, der archaischen
und der höfischen; und dieser Zusammenprall werde han-
delnd bis zur Vernichtung ausgetragen, weil die objektiven
Verhältnisse als nicht veränderbar erscheinen. Die Personen
seien im ›epischen Weltzustand‹ distanzlos in die kollektive
Erfahrung eingebunden.

Bartels' Einsichten berühren sich prinzipiell mit Walter
Haugs Überlegungen (B 4h: 1974) zu dem im *Nibelungenlied* implizierten Geschichtsbewußtsein, doch seine konkreten Beobachtungen (daß Kriemhild die Regeln kollektiver
Handlungsnormen ignoriere) bringen ihn zu einem anderen
Ergebnis, daß sich nämlich im *Nibelungenlied* gerade indi-
viduelles Handeln emanzipiere (B 4i: 1987). Gattungspoe-
tologisch ausgemünzt führt diese Position eher vom Epos
weg. Jan-Dirk Müller (B 4g: 1987) optiert dagegen in positiver Übereinstimmung mit Bartels für das *Nibelungenlied*
als Epos. Indem er die Untrennbarkeit von öffentlicher und
privater Sphäre und die kollektive Verbindlichkeit von
Rechts- und Verhaltensnormen im Personalverband besonders betont, ergänzt er die gattungstypologischen Argumente für den Eposcharakter des *Nibelungenliedes* um
ein weiteres: »Verständigung über selbstverständlich-ver-
bindliche Ordnungen ist Aufgabe des Epos« (ebd., 254). Er
sieht im *Nibelungenlied* aber auch Ansätze, eine andere
Ordnung erzählend einzuschließen, die »Schritte in Richtung auf einen Roman, den Kriemhildroman«, darzustellen
(ebd., 256).

Werner Hoffmann (B 4g: 1987) hat das *Nibelungenlied*
als ein *opus mixtum* charakterisiert und betont, daß in dieser
Mixtur die eposhaften Tendenzen überwiegen.

Das *Nibelungenlied* – ein Epos, diese Typologisierung sollte akzeptiert werden. Sie geht von der im Mittelalter latent vorhandenen Differenzierung zweier literarischer Komplexe, »Heldenepik« und »höfische Epik«, aus. Sie zieht die im *Nibelungenlied* wie an der *chanson de geste* beobachteten Merkmale heran, die verschiedene Ebenen (Stoff und Form, Erzählweise, ›Realitätshaltigkeit‹, Personendarstellung) betreffen. Sie kongruiert diese Merkmale historisierend mit einem aus der Antike übernommenen Begriff, der international für umfangreiche Gestaltungen von Heldensage verwendet wird, und formuliert einen Idealtyp. Die Entscheidung für »Epos« sollte aber auch in dem Bewußtsein erfolgen, daß das *Nibelungenlied* dem Idealtyp nicht voll entspricht. Die Grenzüberschreitungen sehen auf den verschiedenen Ebenen unterschiedlich aus: die für den Roman typische Minnethematik ist im *Nibelungenlied* aufgenommen, höfische Werte und Lebensformen verbinden es mit dem Artusroman, neben der Geschichtsträchtigkeit stehen fiktive Momente. Den Gattungstyp auf Grund dominierender Merkmale zu definieren ist Aufgabe der Gattungspoetik, die grenzüberschreitenden Elemente des konkreten Textes zu zeigen ist die Aufgabe der Interpretation. Die Varianz der Bezeichnungen, die Ergänzung von diversen Attributen und die Bildung von Komposita (»höfisches Epos«, »heroischer Roman«, »Heldenepos«, »Heldenroman« usw.) sind letztlich ein perpetuierbares Spiel im Spannungsfeld von sinnvoller Typologie und Praxisbeschreibung.

6

Erzähler – Erzählhaltung – Erzählverfahren

Distanz und Nähe

Die Beurteilung der Erzählerrolle und der Erzählhaltung ist eng mit der Gattungsproblematik verbunden, denn orientiert am homerischen Modell gilt eine objektive, vornehmlich auf das äußere Geschehen ausgerichtete Darstellung als epostypisch und wird dementsprechend als ein Kriterium für die Gattungsbestimmung des *Nibelungenliedes* herangezogen. »Achill *ist* der, der er *ist*, und damit ist die Sache in epischer Hinsicht abgetan« – dieses Diktum Hegels[1] soll charakterisieren, wie in der *Ilias* erzählt wird, nämlich sachlich berichtend ohne interpretierenden Kommentar, und es stellt sich die Frage, ob auch Kriemhild ist, was sie ist, und sonst nichts. Sie ist es überwiegend, aber es gibt durchaus Anmerkungen des Erzählers über ihr Verhalten und das anderer Personen, es gibt Vermutungen über Motive, Gedankenbeschreibung und Ansätze zu subjektivierender Erwägung. Ohne die Typisierung als Epos grundsätzlich zu verwerfen, hat Käte Hamburger darauf aufmerksam gemacht, daß im *Nibelungenlied* ein »Erzählerwille« erkennbar sei (B 4f: 1952, 61); Hansjürgen Linke (B 4f: 1960) hat Textstellen gesammelt und erläutert, an denen sich der Erzähler auf verschiedene Weise artikuliert.

Die Geschichte Kriemhilds beginnt zwar in objektivierender Distanz: *Ez wuohs in Burgonden ein vil edel magedîn* (1,1), und ebenso setzt der Siegfried betreffende Er-

---

1 Georg Wilhelm Friedrich Hegel, *Sämtliche Werke*, hrsg. von Hermann Glockner, Bd. 14: *Vorlesungen über die Ästhetik*, Tl. 3, Stuttgart-Bad Cannstatt ⁴1964, S. 362.

zählstrang ein: *Dô wuohs in Niderlanden eins edelen kune-*
ges kint (18,1), aber im gesamten Werk wird die Erzählsi-
tuation präsent gemacht; wiederholt stellen Publikums-
adressen eine Korrespondenz zwischen Vortragendem und
Hörern her: *Hi muget ir hœren wunder bî ungefuoge sa-*
gen (1933,1; Jetzt könnt ihr Erstaunliches und zugleich Un-
geheuerliches hören), ähnlich wie sie die später hinzuge-
fügte Prologstrophe an den Anfang gerückt hat. Häufig tritt
der Erzähler in der Ich-Form den Hörern gegenüber, allerdings wird dabei nur an wenigen der insgesamt 46 Stellen
die Distanz zum Geschehen deutlich aufgehoben. Meist
nimmt die narrative Stimme floskelhaft auf Erzähltes Bezug, *als ich gesaget hân* (6,1b), oder beruft sich auf Gehör-
tes, *als ich vernomen hân* (1507,2b). Topische Unkenntnis-
behauptungen, wie *Welche wege si füeren ze Rîne durch diu*
lant, / des kan ich niht bescheiden. (1426,1 f.; Auf welchen Wegen sie durch die Länder zum Rhein gezogen sind,
das kann ich euch nicht sagen), dienen indirekt der Authen-
tisierung des sonst Erzählten; und ähnliche Wirkung erzie-
len Beteuerungen der Unfähigkeit, weitere Aussagen zu
machen. Eine Reihe von Erzählerbemerkungen beginnen
mit der Wendung *ich wœne* (ich glaube, ich meine). Nicht
immer besitzt sie den vollen Aussagewert einer relativie-
renden Meinungskundgabe, denn auch ein Text wie das
Nibelungenlied, dem man z.T. prägnante, dichte For-
mulierungen attestieren muß, die zu anschaulichen Bildern
und pointierten Dialogen führen, kommt in seinen über
2300 Strophen nicht ohne schemabedingte, füllende Floskeln aus. Selbst wenn sich nicht klären läßt, ob es sich um
einen bewußten Einsatz der Wendung handelt, ist doch
grundsätzlich eine subjektivierende Lesart möglich. Bei-
spielsweise wird mit Hilfe von *ich wœne* eine Situation
wie der Saalbrand auf eine allgemeine Vergleichsebene gerückt, um die Exzeptionalität zu verdeutlichen: *ich wœne,*
daz volc enheinez grôzer angest nie gewan. (2109,4; ich
glaube, niemals war eine Schar von Kriegern in so große

Bedrängnis geraten). Die Wendung dient hier als steigerndes Stilmittel.

In zwei bedeutungsvollen Episoden werden innere Beweggründe der Figuren wohl absichtsvoll als Erzählermeinung präsentiert: Als Hagen Kriemhild die Ehrerbietung versagt und mit Siegfrieds Schwert auf den Knien vor der Hunnenkönigin sitzen bleibt – ein provozierendes Bekenntnis zu dem Mord –, spekuliert der Erzähler psychologisierend über die Motive, Hagen habe so gehandelt, um Kriemhild zu verletzen:

> *Dô si daz swert erkande,   dô gie ir trûrens nôt.*
> *sîn gehelze daz was guldîn,   diu scheide ein borte rôt.*
> *ez mante si ir leide: weinen si began.*
> *ich wæne, ez hete dar umbe   der küene Hagene getân.*
>
> (1781)

(Als sie das Schwert erkannte, da mußte sie traurig werden. Der Griff war golden, die Scheide mit einer rötlichen Einfassung verziert. Es erinnerte sie an ihr Leid. Sie begann zu weinen. Ich glaube, eben deshalb hatte es der tapfere Hagen getan.)

Diese Strophe und überhaupt die ganze Szene der 29. Aventiure, die wohl kaum auf altem Erzählgut basiert, zeigt, in welchem Maße der Dichter zur Emotionalisierung und Psychologisierung der Geschichte im Einzelfall fähig war bei gleichzeitiger bildhafter Anschaulichkeit.

Mit *ich wæne* wird außerdem die viel beachtete Strophe der Handschrift B eingeleitet, in der der Erzähler Kriemhilds Racheplan als teuflisch verurteilt:

> *Ich wæne, der ubel vâlant   Kriemhilde daz geriet,*
> *daz si sich mit friuntschefte   von Gunthere schiet,*
> *den si durch suone kuste   in Burgonden lant.*
> *dô begonde ir aber salwen   von heizen trehen ir*
> gewant.   (1391)

(Ich glaube, der böse Teufel hat Kriemhild das geraten,
daß sie sich in Freundschaft von Gunther verabschiedete, dem sie in Burgund den Versöhnungskuß gegeben hatte. Da wurde ihr Gewand wieder von heißen
Tränen naß.)[2]

Das Verständnis der elliptischen Konstruktion ist schwierig.
Sie steht in folgendem Kontext: Nach 13 Ehejahren und
nach der Geburt eines Sohnes genießt Kriemhild am Hof
Etzels volle Anerkennung, die sie zur Konkretisierung ihrer
Rache nutzen will. Rachegelüste gegenüber Hagen und
Gunther und im Traum erlebte Sehnsucht nach ihren
Wormser Verwandten werden nebeneinander vorgeführt. In
dieser Situation kommentiert der Erzähler: Nach seiner
Meinung sei es eine Eingebung des Teufels, daß Kriemhild
sich in Freundschaft von Gunther verabschiedete (und da-
bei auf Rache gegen ihn und Hagen sann), obwohl sie die
Beilegung des Konflikts (*suone*) mit ihm vereinbart hatte.
(Nur im Blick auf die Rachechance fand sie sich bereit, ihre
Familie zu verlassen und ins Hunnenland zu ziehen.) Das
Teuflische besteht also im Bruch der Sühne. Nimmt man
friuntschaft und *suone* als Rechtstermini ernst, so ist die
Verurteilung Kriemhilds als Rechtsbrecherin einsichtig. Daß
ihr Vergehen im Rahmen des Erzählerkommentars durch
teuflische Einflüsterung erklärt wird, bedeutet Belastung in
religiösem Sinne, indem sie mit dem *ubelen vâlant* in Verbindung gebracht wird, zugleich aber auch Entlastung, indem sie nicht ganz eigenverantwortlich handelt.[3] In der

---

2 Helmut de Boor hat in seiner *Nibelungenlied*-Ausgabe 1394,2 anders verstanden: daß sie Gunther »die Freundschaft aufsagte«; ich stimme in meiner
Übersetzung mit Helmut Brackert (Ausg., 1970 u. ö.) und Walter Haug
(B 4i: 1987, 280) überein, weiche aber in der Deutung von beiden ab.
3 Die Annahme Brackerts und Haugs (Anm. 2), in dieser Strophe würde verurteilt, daß Kriemhild bereits die Versöhnung mit Gunther wie den freund-
schaftlichen Abschied im Interesse ihrer Rache nur vorgetäuscht habe, ist
durch den Kontext nicht gerechtfertigt. Auf Kriemhilds Seite erfolgte die
Versöhnung ohne betrügerische Absicht (vgl. Str. 1115), und der Racheplan
ergibt sich erst im Zusammenhang mit der neuen Heirat (vgl. Str. 1259).

Handschrift C ist an die Stelle der mit *ich wæne* eingeleiteten Str. 1394 ein anderer Text getreten, der nicht nur die Verbindung mit dem Teufel, sondern auch den Bezug auf *friuntschaft* und *suone* tilgt, vielleicht weil die elliptische Konstruktion schwer verständlich war, vielleicht um das leidgesteuerte Handeln zu verdeutlichen; auf jeden Fall werden die verborgenen Gefühle Kriemhilds betont:

> *Sine kunde ouch nie vergezzen,   swie wol ir anders*
> *was,*
> *ir starken herzen leide: in ir herzen si ez las*
> *mit jâmer zallen stunden,   daz man sît wol bevant.*
> *dô begunde ir aber salwen   von heizen trähenen ir*
> *gewant.*   (C 1421)

(Sie konnte auch nie, obwohl sie es sich nicht anmerken ließ, ihr großes Herzeleid vergessen. Sie spürte es mit großem Schmerz ständig in ihrem Herzen, was man später wohl erkannte. Da wurde ihr Gewand wieder naß von Tränen.)

In der Version von Handschrift C werden wie in Handschrift B im Blick auf die Konkretisierung des Racheplans Kriemhilds Gedanken und innerer Monolog mitgeteilt. Der Erzähler weiß, was in ihrem Herzen vorgeht: *Ez lag ir an dem herzen spâte und vruo* (1392,1); *Des willen in ir herzen kom si vil selten abe* (1393,1), so daß die Passage von Str. 1388–96 als wichtigster Beleg dafür gelten kann, wie seelischer Innenraum erzählerisch in den Blick gerückt wird. Hier ist Kriemhild nicht, was sie äußerlich darstellt. Die Hunnenkönigin besitzt eine verborgene Gedanken- und Gefühlswelt, in die der Erzähler kommentierend hineinschaut.

Derart explizite Erzählerkommentare wie die Verteufelung von Kriemhilds Racheplan gibt es im *Nibelungenlied* nur wenige. Als Pendant erscheint im ersten Teil die Verurteilung Gunthers, als er Hagens Mordplan akzeptiert.

Sie wird nicht subjektiv gebrochen, sondern vom Erzähler konstatiert:

> *Der künic gevolgete ubele   Hagenen, sînem man.*
> *die starken untriuwe   begonden tragen an,*
> *ê iemen daz erfunde,   die ritter ûzerkorn.*
> *von zweier vrouwen bâgen   wart vil manic helt*
> *verlorn.*   (873)

(Es war nicht recht, daß der König dem Rat seines Lehnsmannes folgte. Die große Treulosigkeit setzten die tapferen Ritter in die Tat um, ehe jemand davon erfuhr. Durch den Streit zweier Frauen mußten viele Helden sterben.)

untriuwe kennzeichnet wie bei Kriemhild hier Gunthers Rechtsverletzung gegenüber Siegfried, dem der Burgundenkönig *friuntschaft* geschworen hatte. Nachdem Hagen Kriemhild zur Bezeichnung von Siegfrieds verwundbarer Stelle bewogen hat, verurteilt der Erzähler den ungeheuren Verrat:

> *ich wæne, immer recke   mêr deheiner tuot*
> *sô grôzer meinræte,   sô dâ von im ergie,*
> *dô sich an sîne triuwe   Kriemhilt diu küneginne lie.*
> (903,2–4)

(Ich meine, einen so großen Verrat, wie ihn Hagen beging, als sich die Königin Kriemhild auf seine Treue verließ, kann ein Held niemals mehr begehen.)

Ähnlich wird an zwei anderen Stellen (912,4 und 978,4) gesagt, daß seine Treulosigkeit und Untat jedes Maß übersteigen.

Neben diesen gewichtigen Kommentierungen findet man auch einen eher ›spielerischen‹ Umgang mit der Erzählerrolle. Angeregt durch den Minnesang, setzt der Dichter das

Motiv der *tougen minne* (der heimlichen Liebe) erzählerisch um, indem bei der ersten Begegnung zwischen Kriemhild und Siegfried von Liebesäußerungen berichtet wird, die vor der Öffentlichkeit verborgen bleiben. Der Erzähler erwähnt geheime Blicke und weiß auch zu sagen, daß Kriemhild Siegfried ihre Zuneigung kundgetan hat, zugleich gibt er sich selbst aber als Teil der ausgeschlossenen Öffentlichkeit, indem er den zärtlichen Händedruck nur vermutet – ein spielerischer Wechsel zwischen Einblick in die Gefühle und vorgeblichem Nichtwissen:

> *Er neig ir flîzecliche;   bî der hende si in vie.*
> *wie rehte minnecliche   er bî der frouwen gie!*
> *mit lieben ougenblicken   einander sâhen an*
> *der herre und ouch diu frouwe.   daz wart vil*
>   *tougenlich getân.*
>
> *Wart iht dâ friuwentliche   getwungen wîziu hant*
> *von herzenlieber minne,   daz ist mir niht bekant.*
> *doch enkan ich niht gelouben,   daz ez wurde lân.*
> *si het im holden willen   kunt vil schiere getân.*   (291 f.)

(Er [Siegfried] verneigte sich eifrig vor ihr; sie ergriff seine Hand. Wie liebevoll ging er neben ihr! Mit freundlichen Blicken sahen sie sich an, der Herr und die Dame: das geschah heimlich. || Ob da auch aus herzlicher Liebe weiße Hände zärtlich gedrückt wurden, das ist mir nicht bekant. Doch kann ich nicht glauben, daß es unterblieb. Sie hatte ihm sofort ihre Zuneigung kundgetan.)

Der Erzähler des *Nibelungenliedes* wahrt also nicht durchgehend Distanz zum dargestellten Geschehen und den Figuren. Seine eingefügten Wendungen bewirken aber nur selten subjektivierende Brechungen des Erzählten. Wo sie mehr sind als versfüllende Floskeln, beziehen sie das Handeln der Personen auf den am Anfang programmatisch ent-

worfenen höfischen Normhorizont oder auf die an bestimmten Handlungspunkten angesprochenen Rechtsord-
nungen (Gunthers *friuntschaft* mit Siegfried, Kriemhilds
suone mit Gunther). Solche wertenden Kommentare stellen
Ausnahmen dar, beschränkt auf den Umkreis der Mordvorbereitung und die Konkretisierung von Kriemhilds Racheplan. Sicher entstammen sie einer ›jüngeren Schicht‹ der
Textgestaltung.

Sinngebende Vorausdeutungen

Abgesehen von wenigen Ausnahmen, erscheint der Erzähler des *Nibelungenliedes* ›allwissend‹. Er überschaut das
Geschehen insgesamt und verfügt souverän über die Zeit,
indem er Perspektiven in die Zukunft auszieht und fern-
liegende Wirkungen am Ausgangspunkt der Handlung vor-
wegnehmend benennt. Besonderer Ausdruck dieser Sou-
veränität sind die sogenannten Vorausdeutungen, die auf
Auswirkungen und Ereignisse in der näheren und ferneren
Zukunft hinweisen. Sie stellen eines der wichtigsten Gestal-
tungsmittel des *Nibelungenliedes* dar. Durch sie werden
zeitliche und inhaltliche Bögen geschlagen, das Geschehen
verklammert und deutende Signale gesetzt (Beyschlag, B 4f:
1954/55; Wachinger, B 4f: 1960; Burger, B 4f: 1969).

Die Vorausdeutungstechnik gab es in der deutschen Literatur bereits vor dem *Nibelungenlied*, und zwar gattungs-
übergreifend. Sie fand in der Bibelepik ebenso Verwendung
wie in Dichtungen mit weltlicher Thematik (*Kaiserchronik*,
Rolandslied, *Alexanderroman*, *König Rother*, Eilharts *Tristrant*, Veldekes *Eneasroman*). Aus deutlichen Anklängen an
frühere Wendungen geht hervor, daß der *Nibelungenlied-*

Dichter das z.T. formelhafte Reservoir kannte, aber er hat darüber hinaus eigene, nibelungenliedtypische Vorausdeutungen geprägt und das Stilmittel in einem Ausmaß eingesetzt und funktionalisiert, wie es in keiner älteren Dichtung und in keinem Werk der höfischen Epoche begegnet.

  Burghart Wachinger (B 4f: 1960) hat 97 Belege zusammengestellt, in denen der Erzähler Zukünftiges anspricht. Daneben existieren Vorausdeutungen auf der Handlungsebene, wo Figuren wissen, ahnen oder träumen, was bevorsteht. Diesen letzten Typ als ›archaisch‹ von den ›modernen‹ Erzählerkommentaren abzusetzen (Burger, B 4f: 1969), mag in genetischer Betrachtung berechtigt sein, für das *Nibelungenlied* bleibt eine solche Sonderung aber ohne Belang, da der erste Typ über tradierte Vorgaben hinaus weiterhin neu produziert wurde (Kriemhilds Falkentraum und die Vorahnungen beim Aufbruch der Burgunden aus Bechelarn dürften Beispiele dafür sein) und – was noch wichtiger erscheint – da beide Typen im *Nibelungenlied* miteinander verschränkt worden sind.

  Die Erzählervorausdeutungen beziehen sich auf verschiedene inhaltliche Zielpunkte, z.B. Siegfrieds Aufenthalt in Worms, seine Verbindung mit Kriemhild und seinen Tod, auf die Werbung um Brünhild, den Frauenstreit, Kriemhilds Rache, den Kampf und Tod vieler Helden am Hunnenhof. Thematisch dominieren in den antizipierenden Wendungen Leid und Tod. Sie durchziehen ostinat die gesamte Geschichte, und indem sie häufig kontrastierend und unvermittelt in einer positiven Situation oder Erwartung auftauchen, bewirken sie jeweils einen Stimmungsumbruch und machen die Determination zum Untergang bewußt. Dadurch erhält das ganze Werk einen dunklen, pessimistischen Grundton.

  Von der ersten Aventiure an setzt der Dichter seine vorausdeutende Leitmotivik programmatisch ein. Bei der Vorstellung Kriemhilds als adelige junge Frau von unübertrefflicher Schönheit weist die letzte Zeile der ursprünglichen

Anfangsstrophe auf das mit dieser Figur verbundene tod-
bringende Schicksal hin: *dar umbe muosen degene vil verliesen den lîp* (1,4; ihretwegen mußten viele Helden ihr Leben verlieren). An die Einführung von Kriemhilds Brüdern
wird ein Ausblick auf deren hervorragende Taten im Land
Etzels geknüpft und dadurch schon zu Anfang der andere,
neben Worms wichtige Schauplatz der Handlung eingeblen-
det: *si frumten starkiu wunder sît in Etzelen lant* (3,4; sie
vollbrachten später wunderbare Taten im Land Etzels). Daß
es sich um kriegerische Taten handelt, ist bei den Fürsten
selbstverständlich; die folgende Strophe antizipiert den tödlichen Ausgang und nennt den Streit zweier Frauen (Kriemhild und Brünhild) als Grund: *si sturben sît jæmerliche von
zweier edelen frouwen nît* (4,4; sie starben später elend, weil
zwei adelige Frauen einander feind waren). Mit Kriemhilds
Falkentraum und der Traumdeutung ihrer Mutter – der
Falke, den sie aufzieht und den die Adler zerfleischen,
meint ihren künftigen Geliebten und dessen Tod – erfolgt
dann ein Vorausblick auf der Handlungsebene. Kriemhilds
Versuch, das Ansinnen von Liebe, Freude und Leid abzu-
wehren, wird durch die Zukunftsperspektive des Erzählers
entkräftet: *sît wart si mit êren eins vil küenen recken wîp*
(16,4; später wurde sie ehrenvoll die Gemahlin eines tapferen Helden). In der Abschlußstrophe präzisiert die narrative Stimme den Traum noch genauer und läßt eine Prognose folgen, die über zweieinhalb Langzeilen reicht. Angekündigt werden Kriemhilds Rache für den Mord an ihrem
Geliebten und der Tod vieler, den die Ermordung des einen
nach sich zieht:

> [...] *wi sêre si daz rach
> an ir næhsten mâgen,   die in sluogen sint!
> durch sîn eines sterben   starp vil maneger muoter
>   kint.*   (17,2b–4)

(In wie furchtbarem Maße nahm sie Rache an ihren
nächsten Verwandten, die ihn später erschlugen! Auf
Grund des Todes von einem starben viele andere.)

Durch das Mittel der Vorausdeutung wird in der ersten
Aventiure, die selbst noch keine Handlung in Gang bringt,
die gesamte Geschichte skizziert. Die konzentrierte Inhalts-
angabe benennt Faktisches und spricht zugleich auch kausale und schicksalhafte, d. h. auf bestimmte Personen bezogene Zusammenhänge an. Kriemhilds Schönheit und die
Feindschaft zu einer anderen Frau schaffen den Konflikt, in
den ihre Brüder verwickelt werden und in dessen Folge sie
umkommen. Siegfried, dessen Name erst in der nächsten
Aventiure erscheint, der aber als der künftige Geliebte und
Ermordete bereits in der ersten Aventiure vorkommt, wirkt
als Katalysator von bevorstehendem Glück und Leid. Da
die Vorausdeutungen den Tod der burgundischen Könige
im Land Etzels, die Ermordung Siegfrieds und Kriemhilds
Rache als zukünftiges Geschehen miteinander in Verbindung bringen, machen sie von Anfang an die Kontamination der beiden ehemals getrennten Stoffstränge zu einer
kohärenten Geschichte deutlich.

In der Ouverture wird bereits das ganze Spektrum antizipierender Stilmittel vorgeführt, und man kann deren Hand-
habung überschauen: Überwiegend sind die Vorausdeutungen in der letzten Strophenzeile plaziert, so daß die inhaltliche Pointierung und die rhythmische Abschlußmarkierung
zusammenwirken. Das Adverb *sît* bezeichnet das Vergehen
der Zeit; *dar umbe, dâ von, des* (deswegen, dadurch, deshalb) leisten eine kausale Verknüpfung, die aber viel seltener
vorkommt als der einfache Hinweis auf das zeitliche Fortschreiten zum unaufhaltsamen Untergang. Meist bleiben die
Aussagen über die Zukunft vager als in der ersten Aventiure, wo Kriemhilds Heirat und mehrmals der Tod (der
Brüder, des Geliebten und vieler anderer) angekündigt werden. Überwiegend ist nur unbestimmt von *leit, nôt, arebeit*

die Rede, die den Personen bevorstehen. Müßig scheint mir
die Frage, ob der Dichter sich scheute, das große Unheil
beim Namen zu nennen, oder ob er allgemeine Ausdrücke
wählte, weil das Einzelne des Geschehens gegenüber der
Thematisierung des Unheils als solchem sekundär war (anders Burger, B 4f: 1969, 141). Bei der Vielzahl der Vorausdeutungen war die Verwendung allgemeiner Bezeichnungen
notwendig. Durch die permanente Wiederholung der Allge-
meinbegriffe wird die fortschreitende Annäherung an die
unheilvolle Zukunft bedrängend bewußt gehalten, und die
vermeintliche Scheu vor der Präzisierung erweist sich als
stilistisches Mittel der Steigerung, wie es Wachinger (B 4f:
1960, 13) wohl auch verstanden hat.

   Abschiedsszenen, die im *Nibelungenlied* des öfteren vorkommen, nimmt der Dichter zum Anlaß, um Vorahnungen
von Figuren darzustellen, wahrscheinlich hat er dabei einen
in der nibelungischen Tradition vorgegebenen Typ verviel-
fältigt und variiert. Bei Siegfrieds erstem Aufbruch nach
Worms schaut der Erzähler ins Innere derer, die abreisen,
und derer, die zurückbleiben:

Ez was leit den recken,   ez weinte ouch manec meit.
ich wæn, in het ir herze   rehte daz geseit,
daz in sô vil der friuwende   dâ von gelæge tôt.
von schulden si dô klageten: des gie in wærliche nôt.

(68)

(Die Helden waren von Traurigkeit erfüllt, und viele
junge Frauen weinten. Ich glaube, ihr Herz hatte ihnen
zu Recht gesagt, daß viele Freunde und Verwandte
durch dieses Unternehmen schließlich zu Tode kommen werden. Begründet klagten sie da, sie hatten
wirklich Ursache dazu.)

Der eigentlich unbegründeten Vorahnung spricht der Erzähler Berechtigung zu, die konträr zu Siegfrieds Gefühl
absoluter Sicherheit steht. Der Held vertraut hier (Str. 67)

auf die Unverletzlichkeit seines Körpers wie später auf die Sicherheit der rechtlichen Bindungen. Allein Siegfrieds Vater hatte in seiner Warnung die drohende Gefahr auf die Person Hagens fixiert und damit rationalisiert. Vorausdeutung auf der Handlungs- und auf der Erzählerebene durchdringen sich hier ebenso wie an markanter Stelle vor Siegfrieds Ermordung.

Beim Abschied von Kriemhild und Siegfried vor dem Aufbruch zu der todbringenden Jagd erhält die Darstellung von Kriemhilds Ahnungen und Ängsten geradezu eine psychologisierende Dimension. Der Szene gehen im Umkreis des Mordrats besonders viele Erzählervorausdeutungen voran, die die Nähe der Katastrophe des ersten Teils der Geschichte signalisieren. So beginnt die 16. Aventiure mit einer antizipierenden Zusammenfassung der Jagd, und Siegfrieds Tod wird auf Brünhilds Rat zurückgeführt – ein nur hier angesprochener Punkt in der komplexen Begründung des Mordes (Str. 914). Zwei Erzähleraussagen rahmen den Abschied ein: *dône dorfte Kriemhilde nimmer leider gesîn* (915,4; größeres Leid hätte Kriemhild nicht widerfahren können), und: *sine gesach in leider dar nâch nimmer mêr gesunt* (922,4; zu ihrem Leid sah sie ihn danach nicht mehr lebend wieder). Dazwischen steht Kriemhilds vergeblicher Versuch, Siegfried zurückzuhalten. Sie führt Träume als Vorzeichen drohender Gefahr ins Feld, und zwar zu Anfang und am Schluß ihres Bemühens. (Zwei Wildschweine haben Siegfried getötet, zwei Berge sind auf ihn gefallen. Im Gegensatz zum Falkentraum bleiben hier nur die Täter, nicht das Opfer verschlüsselt.) Generell sind im *Nibelungenlied* die Träume der Figuren noch nicht psychologisierend zu verstehen; hier aber besteht ein Ansatz zur Psychologisierung darin, daß der Dichter die Träume mit Kriemhilds Angst koppelt, die aus der Preisgabe von Siegfrieds verwundbarer Stelle an Hagen und aus dem Streit mit Brünhild resultiert. Beides fällt ihr im Moment des Abschieds ein und macht sie hellsichtig im Blick auf die Vergangenheit und die Zukunft. Den Geheimnisverrat wagt sie Siegfried nicht mitzuteilen, obwohl gerade darin eine effektive Warnung hätte liegen können. Die potentielle Feindschaft des Hofes als anhaltende Nachwirkung des Streites vermag sie ihm nicht zu vermitteln. Als Betroffener ist Siegfried zukunftsblind; er vertraut auf die rechtlich gestifteten Beziehungen und auf das Verhältnis von Verdienst und Lohn (Str. 920). Die abschließende Erzählerfeststellung, daß es sich um einen Abschied ohne Wiedersehen handelt, widerlegt Siegfrieds Vertrauen auf die Rechtsbindungen und bestätigt Kriemhilds rationale Beurteilung des Konfliktpotentials und der Täuschung.

Die massierte Ankündigung der Katastrophe des zweiten *Nibelungenlied*-Teils ist zweiphasig gestaltet, sie erfolgt zunächst im Zusammenhang mit der Einladung, die die Boten in Worms überbringen (24. Aventiure), und dann beim Aufbruch der Burgunden ins Hunnenland (25. Aventiure). Der Dichter intensiviert die Wirkung durch Doppelung der Darstellungsmittel, und es wird einmal mehr deutlich, daß Erzählen im *Nibelungenlied* an vielen Stellen wiederholtes Umkreisen gleicher Themen darstellt.

Bei der Beratung in Worms, ob man Kriemhilds und Etzels Einladung annehmen solle, rät allein Hagen ab. Seine Warnung in ihrer rationalen, offenen Argumentation ist eine weitere Variante der Zukunftssicht:

> »wir mügen immer sorge   zuo Kriemhilde hân,
> wand ich sluoc ze tôde   ir man mit mîner hant.
> wie getorste wir rîten   in daz Etzeln lant?«
>
> (1456,2–4)

> »Nu lât iuch niht betriegen«,   sprach Hagene, »swes
>   si jehen,
> die boten von den Hiunen.   welt ir Kriemhilde sehen,
> ir muget dâ wol verliesen   die êre und ouch den lîp:
> jâ ist vil lancræche   des künec Etzeln wîp.«   (1458)

(»Wir müssen Kriemhild immer fürchten, denn ich habe ihren Mann mit eigener Hand getötet. Wie können wir es da wagen, in Etzels Land zu reiten?« || [...] »Laßt euch nicht täuschen«, sprach Hagen, »was auch die Boten aus dem Hunnenland sagen. Wenn ihr Kriemhild besuchen wollt, dann könnt ihr dabei Ehre und Leben verlieren. Kriemhilds Rache hat einen langen Atem.«)

Der Ahnungslosigkeit der Könige steht Hagens Weitblick gegenüber, der verkannt, als Feigheit verdächtigt und zurückgewiesen wird. Wenn Hagen daraufhin zu der Reise bereit ist, gibt er seine Zustimmung in sicherer Einschätzung der Gefahr. Er will geradezu den Beweis der Richtigkeit antreten (1461,4). Hagens wohl alte heroische Hellsichtigkeit verbindet der Dichter mit einer kommentierenden Dublette, Rumolds Rat: *ich wæne niht, daz Hagene iuch noch vergîselt hât.* (1462,4; ich glaube nicht, daß Hagen euch je mit seinem Rat geschadet hat.) Indem der Küchenmeister seinerseits materielle Erwägungen vorbringt, häusliche Sicherheit und Wohlleben preist, festigt er jedoch gerade die Ablehnung des Rates; denn Bereitschaft zum Wagnis und zur Bewährung in Gefahr gehören zu den wiederkehrenden Verhaltensforderungen, die an die männlichen Vertreter der höfisch-ritterlichen Gesellschaft ebenso gestellt werden wie an die Heroen der Vorzeit. Daraufhin mutiert Hagens Votum in eine andere Form, er trifft Vorbereitungen zur bewaffneten Verteidigung im fremden Land und schließt dabei zunächst noch die Möglichkeit des Überlebens ein.

In der zweiten Phase der Antizipation, beim Abschied, ahnt die Königin Ute das Unheil auf Grund eines Traumes. Sie hat alle Vögel des Landes tot am Boden liegen gesehen (1506,3 f.) und versucht, die Abreisenden aufzuhalten. Daß Hagen jetzt die Träume verpönt und dem drohenden Unheil nicht länger ausweichen will, muß für den Hörer die

Zwanghaftigkeit des Geschehens unterstreichen. Außerdem enthalten von zehn Strophen bis zur Einschiffung der Reisenden fünf Vorausdeutungen der Katastrophe, u. a. warnt Rumold Gunther noch einmal insgeheim vor Kriemhild.

Zu erwähnen bleibt noch die Prophezeiung der Wasserfrauen, die die Katastrophe als Tod Hagens und aller Burgunden präzisieren. Diese Weissagung gehört wahrscheinlich zur alten Stofftradition oder ist analog zu entsprechenden Sagenmotiven gestaltet. Hier wird das Wissen übernatürlicher Wesen in die Handlung einbezogen, bezeichnenderweise an Hagen adressiert, der einerseits archaische Züge trägt, aber zugleich mit rationalen Fähigkeiten begabt ist. Die Begegnung mit den *merwîp* hat der Dichter sorgfältig in die Erzählung eingebettet. Hagen trifft sie an der überschwemmten Donau, als er allein nach einer Überfahrtmöglichkeit sucht. Eine variierende Brechung ergibt sich aus der Umkehrung der zuerst positiven Vorhersage der einen Wasserfrau in die dann folgende negative Version: Hagen macht die Probe aufs Exempel an dem Kaplan, dem als einzigem das Überleben prophezeit ist und der den Mordversuch übersteht. Darin liegt gleichsam eine Vermittlung zwischen jener Sphäre, in der man das Ausmaß der Katastrophe kennt, und einer gegenwartsanalogen Welt, wo das Verhängnis nur kalkuliert, geahnt oder geträumt werden kann.

Der strukturierende und leitthematische Effekt der Vorausdeutungen erhält eine eigene Dimension, wenn man wahrnimmt, wie der Hinweis auf kommendes Leid gerade in Augenblicken freudiger Erwartung erfolgt. Die in Siegfried aufflammende Fernliebe zu Kriemhild wird kommentiert: *von der er sît vil vreuden und ouch arbeit gewan* (42,4; durch die er später viel Glück, aber auch Leid erfuhr). Nach der ersten Begegnung mit Kriemhild und der Vergewisserung gegenseitiger Zuneigung bleibt Siegfried in der Erwartung kommenden Liebesglücks weiterhin in Worms, und die 5. Aventiure schließt: *dar umbe sît der küene lac vil jæmerliche tôt* (322,4; um Kriemhilds willen fand der Tapfere später elend den Tod). Als Kriemhild und Siegfried, der Einladung Brünhilds folgend, von Xanten nach Worms reisen und auf eine glückliche Zeit hoffen, werden die Hörer auf das Gegenteil vorbereitet:

> *dô reit mit sînen vriunden   Sîfrit der degen*
> *und ouch diu kuneginne,   dar si heten vreuden wân.*
> *sît wart ez in allen   ze grôzem leide getân.*   (776,2–4)

(Siegfried, der Held, und die Königin reisten mit ihren Freunden dorthin, wo sie Freude zu finden hofften. Später schlug sie für alle in großes Leid um.)

Das wird im Blick auf den kleinen Sohn noch weiter verstärkt:

> *von ir hovereise   im erstuont michel sêr:*
> *sîn vater unt sîn muoter   gesach daz kindel nimmer*
> *mêr.*   (777,3 f.)

(Aus ihrer Reise an den [Wormser] Hof erwuchs ihm großes Leid. Seinen Vater und seine Mutter sah das kleine Kind niemals wieder.)

Nach dem Frauenstreit und dem Mord entfällt die kontrastierende Wirkung der Vorausdeutungen, denn in der Perspektive auf Kriemhild ist die Gegenwart nicht mehr von Glück und Glanz, sondern von Leid erfüllt. Dementsprechend weisen Zukunftsprognosen auf die schlimmen Konsequenzen, die aus Streit und Mord erwachsen. Nach der Ausführung des Mordes wird der Tod vieler angekündigt: *jâ muosen sîn engelten vil guote wîgande sint* (999,4; ja, tapfere Helden mußten das später büßen). Auf die Feststellung von Kriemhilds lebenslanger Trauer folgt der Hinweis auf ihre Rache: *sît rach sich wol mit ellen des küenen Sîfrides wîp.* (1102,4; später nahm des tapferen Siegfrieds Frau gewaltige Rache.)

Im zweiten Teil des *Nibelungenliedes* ergibt sich durch die Einbeziehung neuer Figuren an anderen Orten noch einmal die Möglichkeit, freudige Erwartung und ernüchternden Zukunftsblick einander gegenüberzustellen. So bemerkt der Erzähler, als Etzel seine Gäste erwartet: *sît wart von in dem künege vil michel wunne benomen* (1502,4; später wurde dem König von den Gästen sein ganzes Glück geraubt). An den Besuch der Burgunden in Bechelarn als positiv dargestellte, glückliche Gegenwart schließt sich die Antizipation der todbringenden Zukunft beim Abschied an. Das Signalwort *leit* umschreibt den bevorstehenden Untergang: *ich wæn, ir herze in sagete diu krefteclichen leit* (1708,3; ich glaube, ihr Herz sagte ihnen das große Leid voraus).

Mit der Kombination von *liebe* und *leit* (Freude und Leid) zu einer komplementären Wendung nimmt der Dichter einen in der höfischen Literatur vor und nach der Entstehung des *Nibelungenliedes* geläufigen Topos auf. Ein Lied des frühen Minnesängers Dietmar von Eist enthält z. B. den Vers *liep âne leit mac niht sîn* (MF 39,24; Freude ohne Leid gibt es nicht), und Gottfried von Straßburg formuliert: *liep unde leit diu wâren ie / an minnen ungescheiden* (V. 206 f.; Freude und Leid waren immer untrennbar mit der Liebe verbunden). Doch wie im *Tristan*-Roman das antithetische Wesen der Liebe thematisch geworden ist und in zahlreichen Oxymora Gottfrieds reflektiert wird, dient im *Nibelungenlied* der Umschlag von Freude in Leid leitmotivisch zur Deutung der Geschichte im Sinne der Vergänglichkeit menschlichen Glücks. Der Dichter rückt durch die Aufnahme des Motivs die ›tragische‹ Geschichte an die neue höfische Literatur heran als Teil der »Anverwandlung des Unverwandten« (Burger, B 4 f: 1969, 139). In der Absage an die Liebe nach dem Falkentraum zitiert er gleichsam die Position des Minnesangs:

ez ist an manegen wîben   vil dicke worden schîn,
wie liebe mit leide   ze jungest lônen kan.   (15,2 f.)

(Es ist an vielen Frauen offenbar geworden, wie
schließlich Freude mit Leid bezahlt wird.)

Gerade dieses Schicksal, dem Kriemhild entgehen will, wird
im *Nibelungenlied* in Handlung umgesetzt und immer wieder thematisiert. Am Schluß deklariert der Erzähler den
traurigen Mechanismus über die Geschichte hinaus zum allgemeinen Lauf der Welt:

Diu vil michel êre   was gelegen tôt.
di liute heten alle   jâmer unde nôt.
mit leide was verendet   des küniges hôchgezît,
als ie diu liebe leide   zaller jungeste gît.   (2375)

(Die große Ehre lag tot, zerstört da. [Vielleicht sind die
Gefolgsleute gemeint, aber ausdrücklich ist ein Zen-
tralbegriff des höfischen Wertesystems verwendet.]
Alle waren von Leid und Schmerz erfüllt. Mit Leid
war das Fest des Königs zu Ende gegangen, wie immer
Freude zuletzt in Leid umschlägt.)

Die Aufbereitung der *alten mæren*, die das *Nibelungenlied*
bietet, liegt u. a. darin, daß der immanente Gehalt der Geschichte, das Fortschreiten zum Untergang und die Endlichkeit des menschlichen Daseins nicht nur faktisch vorgeführt, sondern permanent kommentierend bewußt gemacht
werden.

Paradigmatisches Erzählen

Im *Nibelungenlied* wird ein besonderes Erzählverfahren angewandt, das die Kohärenz der Handlung nur begrenzt linear entfaltet und Sinn nicht stets fortschreitend und mit Hilfe eines Strukturschemas vermittelt, wie es weitgehend im höfischen Roman geschieht,[4] sondern innerhalb des großbögigen Handlungsgerüsts (s. S. 91) stehen vielfach in sich geschlossene Episoden, und es werden durch Doppelung von Motivierungen, die aus verschiedenen Stoffschichten und Bezugsfeldern stammen, Bedeutungen auf mehreren Ebenen und unter verschiedenen Perspektiven nebeneinander gesetzt. Sie sind oft nicht miteinander verknüpft und nicht immer logisch aufeinander abgestimmt.

Wie auch sonst Strukturbegriffe der Linguistik zur Beschreibung von Literatur und Musik übernommen werden,[5] eignet sich die von Ferdinand de Saussure formulierte Opposition paradigmatischer und syntagmatischer Relationen besonders zur Erfassung der unterschiedlichen Erzählverfahren.[6] Das *Nibelungenlied* verfährt paradigmatisch, indem es in einer Episode u. U. mehrere Begründungen sowie Beziehungen in zeitgenössischen Regelsystemen assoziiert, ohne daß alle Einzelheiten syntagmatisch mit dem komplexen Handlungsverlauf harmonisiert sind (vgl. J.-D. Müller,

---

4 Vgl. Walter Haug, »Die Symbolstruktur des höfischen Epos und ihre Auflösung bei Wolfram von Eschenbach«, in: DVjs 45 (1971) S. 668–705, wiederabgedr. in: W. H., *Strukturen als Schlüssel zur Welt*, Tübingen 1989, S. 483–512.

5 Vgl. Winfried Nöth, *Handbuch der Semiotik*, Stuttgart 1985, S. 165 f., 398 und 489 ff.

6 Hans Ulrich Gumbrecht, *Funktionswandel und Rezeption. Studien zur Hyperbolik in literarischen Texten des romanischen Mittelalters*, München 1972, S. 12, hat die Begriffsopposition für literarhistorische Probleme übernommen, aber mit anderem Bedeutungsbezug. Er bezeichnet Stellen als paradigmatisch, »die an der Strukturierung und inhaltlichen Erklärung des Geschehens nicht teilnehmen, aber – meist – durch Vergleich mit ähnlichen Passagen anderer Werke« als ›Versatzstücke‹ identifiziert werden können.

B 4f: 1987, und B 2: 1993).[7] Gerade an wichtigen Stellen der erzählten Geschichte begegnen derartige paradigmatische Ausführungen, und sie haben die Interpreten irritiert: z.B. bei Siegfrieds Ankunft in Worms, bei der Werbung auf Isenstein, bei der Begründung von Siegfrieds Ermordung, bei Kriemhilds Einladung ihrer Verwandten und in der letzten Begegnung von Kriemhild und Hagen. Die Problematik dieser Szenen und ihrer Motivierungen wird an späterer Stelle genauer behandelt. Hier soll ein weniger prominentes Beispiel das Vorgehen des *Nibelungenlied*-Verfassers belegen: der zweite Hortraub.

In der 19. und 20. Aventiure, also am Schluß des ersten und zu Beginn des zweiten Epenteils, wird jeweils von einem Hortraub erzählt. Die erste Tat, die noch eingehender erörtert wird (s. S. 227 f.), ist zunächst als umfassende Beseitigung von Kriemhilds Reichtümern durch Hagen dargestellt, denn es heißt: *di wîle hete Hagene den schatz vil gar genomen* (1134,2; inzwischen hatte Hagen den Schatz ganz und gar geraubt). Die Bedeutung der Vorgänge ist offenkundig: Nach Siegfrieds Ermordung und nach der Versöhnung mit Gunther wird Kriemhild aufs neue verletzt, Hagen wiederum belastet und die Königsbrüder in Mitschuld verstrickt. All das gehört zu den Voraussetzungen der Rachehandlung. Daran wird in der 20. Aventiure zunächst indirekt erinnert, als Kriemhild überlegt, ob sie die Werbung Etzels annehmen könne; denn der geraubte Besitz spielt als verlorene Macht in den Erwägungen eine Rolle (Str. 1244). Obwohl von einem unversenkten Rest des Hortes keine Rede war, existiert später (Str. 1266 f.) noch ein erheblicher Teil des Reichtums, so daß Kriemhild beim Aufbruch ins Hunnenland nicht mittellos dasteht und Rüdigers Leute beschenken kann:

7 Clemens Lugowski, *Die Form der Individualität im Roman*, Berlin 1932, Neuaufl. mit einer Einl. von Heinz Schlaffer, Frankfurt a.M. 1976, hat im Bezug auf den frühen Prosaroman »Beispielstil« und »lineare Handlung« einander gegenübergestellt (S. 128 u. ö.).

Si hete noch des goldes   von Nibelunge lant,
si wând, ez zen Hiunen   teilen solde ir hant,
daz ez wol hundert mære   ninder kunden tragen.
diu mære hôrte Hagene   dô von Kriemhilde sagen.

(1268)

(Sie besaß noch so viel von dem Gold aus dem Nibelungenland, daß es wohl hundert Pferde nicht hätten
forttragen können. Sie dachte, daß sie es bei den Hunnen verteilen könnte. Das wurde Hagen über Kriemhild berichtet.)

Der Verfasser demonstriert noch einmal das Interesse der
beiden Antagonisten an dem Macht verleihenden Besitz
und gestaltet mit einer Dublette des Hortraubs die Vertie-
fung der Feindschaft. Er richtet den Blick auf Kriemhilds
Rachechance im Hunnenland und auf Hagens Wissen um
die Gefahr. Hagen beschließt, das Restgold, das Kriemhild
mitnehmen will, in Worms zu konfiszieren. Die Könige
verhindern auch hier das Vorgehen ihres Vasallen nicht,
aber Gernot verschafft Kriemhild noch einmal eine Verfü-
gungsmöglichkeit, indem er die Schatzkammer aufschließt.
Kriemhilds Mägde nehmen 12 Truhen Gold mit. Bei der
Zwischeneinkehr in Bechelarn kann die Königin dann stan-
desgemäß auftreten, indem sie sich mit der Verteilung von
Gaben aus dem *kleinem guote* (1320,3), einem Teil des Ge-
samtschatzes, Leute geneigt macht.

Daß die Motivwiederholung als zweiter Hortraub verstanden wurde, bezeugt die Handschrift C an späterer
Stelle, indem Kriemhild von *einem mort und zwêne rouben*
spricht (C 1785,3), als sie bei der Ankunft der Burgunden in
Etzelnburg das ihr zugefügte Leid benennt. Beide Episoden, der Hortraub in der 19. und 20. Aventiure, haben im
jeweiligen Sinngefüge ihre einleuchtende Funktion. Die Ad-
dition der Motivvarianten verleiht der Konfrontation der
Figuren und dem Zusammenhang von Besitz und Macht

besonderen Nachdruck. Demgegenüber ist die syntagmatische Relation der erzählten Vorgänge vernachlässigt; denn eigentlich schließt der erste Raub den zweiten aus. Der C-Redaktor hat hier wie an anderen Stellen die logische Beziehung gefördert, indem er beim ersten Raub die Formulierung *den schatz vil genomen* (B 1134,2) zu *den grôzen hort genomen* (C 1152,2) verändert. Mit dem Ausdruck der Vollständigkeit tilgt er den direkten Widerspruch, aber die Doppelung der Vorgänge bleibt.

Auch in anderen Szenen tauchen syntagmatisch nicht vermittelte Fakten plötzlich auf und spielen funktional eine wichtige Rolle, wie Siegfrieds Schwert in der Schlußkonfrontation. Der von Dietrich im Kampf überwundene, von Kriemhild gefangengesetzte Hagen trägt es, als er Kriemhild zuletzt gegenübersteht, immer noch. Wie es dazu kommt, erfährt man nicht. Das Schwert ist da, weil es an dieser Stelle eine Funktion zu erfüllen hat, es ermöglicht die emotionale Assoziation der Minne, und durch sein Schwert rächt Siegfried sich quasi selbst an dem Mörder (s. S. 234). Daß Siegfried eine verwundbare Stelle besitzt, wird erst in der Vorbereitung zum Mord erwähnt. Ähnlich erscheint ad hoc das Kreuz auf dem Jagdgewand, obwohl nur von der Kennzeichnung des Kriegsgewandes die Rede war, es zeigt die verwundbare Stelle und Kriemhilds Verwicklung in Siegfrieds Ermordung. Ebenso wird der Hort erst spät als Kriemhilds Morgengabe bezeichnet, weil daraus die Überführungsmöglichkeit und der Raub resultieren.

Umgekehrt gibt es Dinge und Zusammenhänge, die, wenn sie ihre Funktion erfüllt haben, im weiteren Erzählverlauf wortlos fallengelassen werden. Man erfährt nichts über den Verbleib des Tarnmantels und über das Schicksal von Siegfrieds und Kriemhilds Sohn in den Niederlanden, der der prädestinierte Rächer des Vaters wäre. Es ist unangemessen, die epische Struktur des *Nibelungenliedes* als »defizient« abzuqualifizieren (Heinzle, B 4f: 1987, 267) und den Dichter vornehmlich unter dem Druck der Stofftradi-

tion zu sehen (s. S. 261). Ungeachtet dessen, daß er sehr
wohl zu disponieren vermochte, praktiziert er vielfach –
bewußt oder unreflektiert – ein Verfahren, das mit assozia-
tiven Explikationen einen bestimmten Vorgang oder eine
Szene verständlich macht, ohne daß alle Aspekte hierarchi-
siert und im vorangehenden oder folgenden Handlungsverlauf verankert sind. Weniger die Stofftradition als vielmehr
die mündliche Existenzform der Vorstufen des *Nibelungenliedes* dürfte dafür verantwortlich sein. Sänger und Hörer
konzentrierten sich auf die Plausibilität der Einzelepisode
einer in Teilen vorgetragenen größeren Geschichte. (Die
Aventiurengliederung läßt sich ebenfalls als Nachwirkung
dieser Erzähl- und Vortragsweise verstehen.) Bei der Verschriftlichung und der weiteren Tradierung in dem neuen
Medium wurde die lineare Kohärenz stärker ausgebildet,
wie u. a. die Tendenz der Handschrift C zeigt. Der Kontakt
zum höfischen Roman mag die Entwicklung beeinflußt
haben; aber dessen Erzählstruktur bietet keinen absoluten
Maßstab zur Bewertung der vielfach andersartigen Orientierung, die der Verfasser der epischen Großform des *Nibelungenliedes* besitzt.

Erzählung in der Erzählung

Eine erzähltechnische Besonderheit des *Nibelungenliedes*
stellt Hagens Bericht über Siegfrieds Jugendabenteuer dar,
die nicht in die chronologische Darstellung der frühen Le-
bensphase des niederländischen Königssohns einbezogen
sind, sondern zu einem späteren Zeitpunkt nachgetragen
werden. Als Siegfried am Wormser Hof ankommt, erkennt
ihn Hagen, ohne ihm je begegnet zu sein, und er weiß von

großen Wundertaten zu berichten, die vorher offenbar bewußt ausgespart blieben. Zunächst erzählt er die Taten im Nibelungenland: Siegfried habe die Nibelungen, ein königliches Brüderpaar, erschlagen samt zwölf Riesen, die ihre Gefolgsleute waren, und 700 weiteren Kämpfern; er habe den unermeßlichen Nibelungenschatz aus Gold und Edelsteinen in Besitz genommen, den er anschließend in einem Berg von Alberich bewachen ließ; er habe das Schwert Balmung und einen Tarnmantel erworben. Außerdem berichtet Hagen vom Drachenkampf: Siegfried habe einen *lintrachen* getötet, in dessen Blut gebadet und dadurch eine Hornhaut erlangt, die keine Waffe zu verletzen vermag (Str. 85–99).

Siegfried als sagenhafter Hortbesitzer und Drachentöter, *der vreisliche man* (95,4), der sich unsichtbar machen kann und unverletzlich ist – eine Einschränkung wird hier noch nicht erwähnt –, hätte schlecht in das Milieu des Xantener Hofes gepaßt, in dem die vorgestellten Figuren und das Ambiente gerade idealisierend an die Gegenwart herangerückt wurden, um die Aneignung der Geschichte zu ermöglichen. Die Motive der Jungsiegfriedabenteuer lagen für die Zeitgenossen des *Nibelungenlied*-Dichters außerhalb ihrer Erfahrungswirklichkeit, sie waren aber nicht wie für das heutige Bewußtsein in einer märchenhaften Zauberwelt angesiedelt, sondern sie wurden als Zeichen einer vergangenen Wirklichkeit, der Vorzeit, verstanden, an deren Existenz man glaubte.

Die Motive der wunderbaren Abenteuer brauchte der Dichter im weiteren Verlauf der Erzählung; denn sie waren konstitutiv für die Handlung, wie man sie wohl aus der mündlichen Tradition kannte, insbesondere für die Werbung und Überwindung Brünhilds sowie für Siegfrieds Ermordung. Im Bereich der nordischen Literatur gibt es *Edda*-Lieder, die die Jungsiegfriedabenteuer zum Hauptinhalt haben, *Reginsmál* und *Fáfnismál*. Für das Vorhandensein einer entsprechenden deutschen Tradition könnte Hagens Bericht als Hinweis gewertet werden. Vielleicht haben

sogar ein Lied oder Lieder den inserierten Bericht angeregt. Verzicht auf die ›Märchenmotive‹ hätte eine andere
Geschichte ergeben. Man konnte zwar – wie insbesondere
die Motivierung der Vorgänge auf Isenstein zeigt (s. S. 190–
192) – durch parallele Erklärungen auf verschiedenen Ebenen neue Verständnisspielräume eröffnen, aber ohne Tarnmantel, Hornhaut und Hort hätte Siegfried seine sagenhafte
Identität verloren. Den Wiedererkennungseffekt zu ge-
währleisten, war bei der Verschriftlichung mündlich tra-
dierter Stoffe sicher unerläßlich, denn die Erwartung von
Auftraggeber und Publikum richtete sich wohl auf die ›alte
Geschichte‹ in neuer Aufbereitung; und der Dichter hat
die archaischen Momente in seiner Darstellung funktionalisiert.

Betrachtet man die 2. Aventiure, in der Siegfrieds höfische
Jugend erzählt wird, so findet sich dort ein Signal für die
Aussparung besonderer Taten und damit für ein vorberei-
tendes Verfahren des Dichters. Unmittelbar nach der Na-
mensnennung des Helden heißt es:

Sîvrit was geheizen   der snelle degen guot.
er versuochte vil der rîche   durch ellenthaften muot.
durch sînes lîbes sterke   er reit in menegiu lant.

(B 19,1–3)

(Siegfried hieß der gewandte, vortreffliche Held. Er
durchstreifte viele Reiche, weil er sehr mutig war, und
um seine Kraft unter Beweis zu stellen, ritt er in viele
Länder.)

Daß diese Stelle als ›Platzhalter‹ für Siegfrieds Jugendtaten
verstanden wurde, zeigt Handschrift C, wo der Redaktor
eine Zusatzstrophe angeschlossen hat, die die chiffrenarti-
gen Andeutungen etwas entschlüsseln sollte:

Ê daz der degen küene   vol wüehse ze man,
dô het er solhiu wunder   mit sîner hant getân,

dâ von man immer mêre   mac singen unde sagen;
des wir in disen stunden   müezen vil von im gedagen.

(C 21)

(Bevor der tapfere Held vollständig erwachsen war, hat
er derartige wunderbare Taten mit eigener Hand vollbracht, daß man davon ständig singen und sagen
könnte, doch zu diesem Zeitpunkt können wir nicht
alles von ihm berichten.)

Diese Zusatzstrophe kann man auch als Indiz für die Existenz von Episodenliedern über Siegfrieds Horterwerb und
Drachenkampf werten.

Fragt man nach der Einordnung der wunderbaren Abenteuer in den erzählten Zeitablauf, so bietet sich lediglich
die Pause zwischen Siegfrieds Schwertleite und der Werbung um Kriemhild an, d. h. die Zeit zwischen der 2. und
3. Aventiure. Doch derartige Spekulationen sind eigentlich
unangemessen, weil es für die Erzählweise charakteristisch
ist, daß die Zeit der Expedition in die Wunderwelt vage
bleibt. Wichtig ist nur, daß diese Teile des Siegfried-Bildes
eingebracht und die Motive verfügbar werden.

Daß gerade Hagen über Siegfried Bescheid weiß und berichtend in die außerhöfische Welt ausgreift, hängt mit der
Konzeption dieser Figur zusammen, die wie Siegfried und
Brünhild besonders in der Vorzeitdimension verankert ist.
Hagen von Tronje, *Dem sint kunt diu rîche und ouch diu*
vremden lant (80,1), ein Mann, der Zusammenhänge und
die Zukunft richtig einschätzen kann, wird selbst auch mit
dem ›Märchenhaften‹ der vorzeitlichen Welt in Berührung
gebracht, indem er auf der Reise ins Hunnenland den drei
Wasserfrauen begegnet.

Für das Nachtragsverfahren, das der *Nibelungenlied*-
Dichter mit Hagens Bericht über Siegfrieds Jugendabenteuer praktiziert, gibt es ein prominentes, in der lateinischen Poetik des Mittelalters diskutiertes Modell: Vergils

Aeneis. Dort ist der sonst übliche *ordo naturalis*, der das Geschehen in chronologischer Abfolge erzählt, durch den *ordo artificialis* ersetzt, der von der Chronologie durch Umordnung abweicht: Der Untergang Trojas, Anlaß für Aeneas' Flucht und die Seereise, wird im zweiten Buch als rückblickender Bericht von dem Trojaner vor Dido nachgetragen. Die mittelalterlichen Adaptationen von Vergils Epos, der französische *Roman d'Eneas* und Veldekes *Eneasroman*, haben ein vermittelndes Verfahren gewählt: Sie übernehmen den Rückblick des Eneas in Karthago, aber sie schaffen zugleich einen dem *ordo naturalis* entsprechenden Anfang, indem sie die Grundzüge des Trojanischen Krieges resümieren, Eneas vorstellen und in die Geschichte des Krieges einbinden, seine Flucht begründen und die sieben Jahre dauernde Meerfahrt bis zur Landung in Libyen berichten (bei Veldeke rund 140 Verse über Troja, 80 Verse über die Meerfahrt). Später erzählt Eneas den Untergang Trojas genauer (über 300 Verse). Man kann sagen, daß Hagens Bericht über Siegfrieds Jugendabenteuer diesem modifizierten Modell entspricht: eine chronologische Darstellung von Siegfrieds Jugend mit einem ›Platzhalter‹ für weitere Taten und in der folgenden Aventiure an anderem Ort der Nachtrag als Erzählung in der Erzählung.

Daß das Verfahren Schule gemacht hat, zeigt sich auch im Artusroman, indem Hartmann von Aue in seinem *Iwein* – Chrétien de Troyes folgend – Kalogreant das Brunnenabenteuer, das die Vorgeschichte der Romanhandlung und die Initialzündung für Iweins Aventiurenweg darstellt, als rückschauende Erzählung am Artushof vortragen läßt. Die artifizielle Rückblende erweckte nicht nur erzähltechnisch Interesse, sie wurde auch funktional eingesetzt. In bezug auf den *Eneasroman* (beziehungsstiftende Momente zwischen Eneas und Dido) und für den *Iwein* (Kontrastierung der Abenteuer des Haupthelden) kann das hier nicht weiter ausgeführt werden; im *Nibelungenlied* besteht die Funktion in der Vermittlung zwischen der Höfisierung der Geschichte und der außerhöfischen Dimension des Stoffes. Zunächst dominiert das gegenwartsnahe Bild Siegfrieds als niederländischer Fürstensohn; als dann der Verständnisrahmen für das Publikum etabliert ist, wird es um die archaische Komponente erweitert.

Später bezieht der *Nibelungenlied*-Dichter Siegfrieds Kontakt zu dem märchenhaften Nibelungenland doch noch in die Haupthandlung mit ein. Er schafft mit forcierter Motivierung einen ›Ersatz‹ für die Abenteuer, auf deren direkte Erzählung er anfangs verzichtet hatte: Nach der Werbung auf Isenstein, wo der Tarnmantel im Wettkampf zwischen Brünhild und Siegfried zum Einsatz gekommen war, wird Siegfried als Herr des Nibelungenlandes vorgeführt. In einer fälschlich für bedrohlich erachteten Situation fährt er zu Schiff in sein anderes Reich, um 1000 Mann Verstärkung für die kleine Gruppe der Burgunden zu holen. Dieser Aktion ist ein Teil der 8. Aventiure gewidmet, der im Handlungsverlauf eigentlich einen Fremdkörper bildet und für den deshalb besondere Quellenvorgaben vermutet wurden (Bumke, B 4i: 1958). Wahrscheinlich reflektiert die Expedition, bei der sich Siegfried zunächst nicht als Herr des Landes zu erkennen gibt und mit einem Riesen sowie mit dem Zwerg Alberich kämpft und siegt, das Bestreben, den Stoffbereich der Jungsiegfriedabenteuer über Hagens Bericht hinaus noch stärker zu berücksichtigen. Die archaische Komponente von Brünhilds Wesen mag dafür bestimmend gewesen sein, den Ausflug in die verwandte Welt an dieser Stelle einzufügen. Indem Gunther vorgibt, er habe Siegfried beauftragt, die Verstärkung zu holen, ist die Episode sorgfältig in das Betrugsmanöver der Werbung eingepaßt.

7
Höfisierung und Aktualisierung der Geschichte

Kriemhild und Siegfried als höfische Dame und höfischer Ritter

Der Dichter des *Nibelungenliedes* war bemüht, die alte Geschichte von Mord und Rache dem Vorstellungshorizont und der Realitätserfahrung seiner Zeitgenossen anzupassen; er benutzte dazu kulturelle Errungenschaften der Adelsgesellschaft aus der zweiten Hälfte des 12. Jahrhunderts und spezielle Vorgaben der neuen höfischen Literatur. Damit leistete er für das *Nibelungenlied* eine Art *adaptation courtoise* (diese Bezeichnung wird sonst für die deutschen Bearbeitungen altfranzösischer Romane gebraucht). Das Prinzip mußte bei der zentralen Handlung zwar an Grenzen stoßen, aber in der Ausgestaltung der Vorbereitungs- und Zwischenphasen, die weite Erzählstrecken ausmachen, konnte es viel Raum erhalten.[1]

Die ersten beiden Aventiuren, in denen der Dichter Kriemhild und Siegfried vorstellt, sind konzentrierter Ausdruck dieser Höfisierung. Sie entwerfen für die Figuren und ihre Geschichte einen Lebensraum, in dem höfische Werte gelten. Schönheit, Ehre, Minne tauchen als Leitbegriffe auf. Die Exposition präsentiert das thematische Material, aber sie öffnet – wie bereits gezeigt – auch zeitlich den Blick auf das folgende Geschehen und macht die Gefährdung der vorgestellten Personen und der höfischen Welt bewußt.

1 Die von Alois Wolf (B 4d: 1995, 304 f.) für die Entfaltung des nibelungischen Großepos als entscheidend betrachtete Emotionalisierung des Stoffes – Kriemhilds Trauer ist für ihn das »Kraftzentrum« der Entwicklung – stellt nur eine Wirkungsdimension der übergreifenden Aktualisierung dar.

Zuerst wird Kriemhild eingeführt:

Ez wuohs in Burgonden   ein vil edel magedîn,
daz in allen landen   niht schœners mohte sîn,
Kriemhilt geheizen: si wart ein schœne wîp.
dar umbe muosen degene   vil verliesen den lîp.   (1)

(Es wuchs im Land der Burgunden ein hochadeliges
junges Mädchen heran, das war so schön, daß es auf
der ganzen Welt kein schöneres geben konnte; sie hieß
Kriemhild, und sie wurde später eine schöne Frau.
Ihretwegen mußten viele Helden ihr Leben verlieren.)

Hoher Adel und Schönheit zeichnen die Königstochter aus,
korrespondierend mit ethischen Qualitäten (*tugende*), die
die folgende Strophe übereinstimmend mit der idealen Har-
monie von äußerer Erscheinung und innerer Disposition
des Menschen anspricht. Ob das vorausgesagte Schicksal,
das ihr und vielen anderen bevorsteht, ursächlich aus der
Schönheit resultiert und damit eine Motivanalogie zum
Trojanischen Krieg herstellt (Helena, die schönste aller
Frauen, löste ihn aus und veranlaßte den Tod vieler Helden), ist nicht sicher (anders Heinzle, B 4f: 1987, 268 ff.).

Das Attribut *vil edel* spricht nicht dagegen, daß die
Kriemhild-Figur mit einem problematischen Aspekt verbunden sein könnte: denn *edel* gehört mit anderen Adjekti-
ven (*schœne, minneclîch, guot, rîche, stolz, küene, starc, snel,*
wætlîch, lobelîch) zu jenen rund zehn typisierenden Epi-
theta, die unabhängig von dem speziellen Erzählzusammenhang auftauchen und die Personen nicht individuali-
sierend charakterisieren, sondern als Angehörige der höfisch-
ritterlichen Gesellschaft ausweisen. Das geschieht auch an
Stellen, wo die Handlung aus der maßvollen Gesittung
(*zuht* und *mâze*) ausbricht. So wird Kriemhild noch nach
der grausamen Rache im unehrenhaften Tod der Zerstückelung als *edel* bezeichnet (*ze stucken was gehouwen dô daz*
edele wîp, 2374,2); die Burgunden werden *ritter ûz erkorn*

(873,3) genannt, unmittelbar nachdem der Erzähler den Treuebruch an Siegfried getadelt hat; Gunther bleibt sogar in der verhinderten Brautnacht, als er am Nagel hängt, *der snelle man* (638,1; der tapfere Mann).

Nach der höfischen Typisierung wird Kriemhild in den Familienverbund des Wormser Hofes eingeordnet, der im weiteren Verlauf der Geschichte eine wichtige Rolle spielt: Er vermittelt die Heirat, betreibt Siegfrieds Ermordung, ist für Kriemhilds Verbleiben in Worms nach Siegfrieds Tod ebenso entscheidend wie für die Heirat mit Etzel und die Folgen. Da der Vater, Dankrat, nicht mehr lebt, steht Kriemhild unter der Vormundschaft ihrer Brüder, Gunther, Gernot und Giselher. Die Mutter rangiert rechtlich in der Familie wie als Figur in der erzählten Handlung nach ihren Söhnen. Die Reihung der drei Könige bezeichnet die altersbedingte Rangfolge: Gunther steht an der Spitze, ihm nachgeordnet sind Gernot und *Gîselher der junge* (2,3), der dieses Beiwort auch behält, wenn die erzählte Zeit vergeht. Zu den Attributen der Könige, *edel und rîch* (2,1), kommen als weitere Qualitäten: hohe Abstammung, Körperkraft, Tapferkeit, Freigebigkeit und eine große ritterliche Gefolgschaft (*vil stolziu ritterscaft,* 4,2). Hagen von Tronje, der später als oberster Vasall agiert, wird zuerst genannt; neben anderen führt der Dichter dann die Inhaber von fünf Hofämtern auf (Truchseß, Marschall, Mundschenk, Kämmerer, Küchenmeister). Historische Fiktion und höfische Idealität erscheinen hier kombiniert: Während eine Königstrias an einem Fürstenhof des 13. Jahrhunderts wohl kaum gemeinsam herrschte, stabilisierte ein mächtiges Gefolge, das zumindest z. T. aus adeligen Lehnsleuten bestand und militärische Hilfe (*auxilium*) leisten konnte, die Macht des Hofes und suggeriert ebenso Realitätsnähe wie die namentlich vorgestellten Inhaber der Hofämter. Die vier alten *officia* (der Küchenmeister ist eine Ergänzung des 12. Jahrhunderts, s. S. 58) existierten seit König Otto d. Gr. als von Adeligen ausgeübte Ehrenämter; die tatsächlich anfallenden Aufga-

ben hatten indessen Ministerialen übernommen. Eine genaue ständische Zuordnung der Gefolgsleute erfolgt im *Nibelungenlied* nicht, d. h. zwischen Altadel und Ministerialen
ist nicht unterschieden. Wenn Otfrid Ehrismann (B 2: 1987,
108 f.) Rumold, Sindold und Hunold als Ministerialen, Hagen von Tronje, Volker von Alzey, Ortwin und Dankwart
als *vassi casati* (adelige Lehnsleute) wertet, so zieht er Indizien der weiteren Geschichte heran.

Der vorgestellte Hof besitzt große Macht, Würde und einen ritterlichen Repräsentationsrahmen. Ein Signalwort des
höfischen Lebens, *vreude* (festlicher Glanz und Hochstimmung), taucht auf, um dann durch Zukunftsvisionen als
ephemerer Zustand entlarvt zu werden.

Zur *adaptation courtoise* des *Nibelungenliedes* trägt in besonderer Weise die Minnethematik bei. Der Dichter führt
dieses zentrale Thema der höfischen Literatur in doppelter
literarischer Brechung ein: durch den Falkentraum und
durch das Gespräch zwischen Mutter und Tochter über die
Liebe, das sich an den berühmten Dialog zwischen Lavinia
und ihrer Mutter aus dem *Eneasroman* Heinrichs von Veldeke anlehnt. Im *Nibelungenlied* wie in Veldekes Roman
weist die Tochter für sich den Gedanken an die Liebe zurück, und die Mutter erläutert deren existenzbestimmende
Kraft. Der Dichter benutzt die Thematik dann weiterhin,
um die Handlung in Gang zu bringen und um einzelne
Schritte zu motivieren; er verbindet Brautwerbung und Minnedienst und nimmt sogar den Terminus *hôhe minne* auf,
die er als Dienst-Lohn-Beziehung definiert. Diese literarischen Motivcollagen kennzeichnen die Signatur des *Nibelungenlied*-Dichters in den nächsten Aventiuren. Nach dem
Präludium am Wormser Hof mit der Einführung der weiblichen Hauptfigur ist die 2. Aventiure Siegfried gewidmet.

Wie die Siegfried-Figur vor 1200 in deutscher Dichtung
ausgesehen hat, wissen wir nicht. Zu der Ausstattung des
Helden mit Hornhaut, Tarnkappe und Goldschatz paßt
eine naturbezogene Welt, ein Waldleben, wie es in der nor-

Kriemhilds Falkentraum

Holzschnitt-Illustration nach einer Zeichnung von
Julius Schnorr von Carolsfeld (1843)

dischen Überlieferung vorkommt.[2] Doch der Siegfried des *Nibelungenliedes* wird zunächst als höfischer Ritter vorgeführt, eingebettet in Lebensformen, wie sie die Literatur seit Ende des 12. Jahrhunderts propagiert und die auf die Kultur der realen Höfe bezogen sind.

Um die Figuren einander zuzuordnen, ist der Beginn der 2. Aventiure analog zur ersten formuliert: Siegfried in Xanten wie Kriemhild in Worms.

> *Dô wuohs in Niderlanden   eins edelen kuneges kint,*
> *des vater der hiez Sigemunt,   sîn muoter Sigelint,*
> *in einer rîchen bürge   wîten wol bekant,*
> *nidene bî dem Rîne: diu was ze Santen genant.*
>
> *Sîvrit was geheizen   der snelle degen guot.* (18,1–19,1)

> (Damals wuchs in den Niederlanden, in einer mächtigen, weithin bekannten Stadt, die am Niederrhein lag und Xanten hieß, ein Königssohn auf. Sein Vater hieß Siegmund, seine Mutter Sieglinde. || Er selbst hieß Siegfried, und er war ein tapferer, ausgezeichneter Held.)

Die Darstellung des jungen Fürsten gerät zu einem Muster des neuen adeligen Menschenbildes. Vor allem ist Siegfried durch seine königliche Abkunft und Kampftüchtigkeit definiert. Körperliche Stärke und Schönheit zeichnen ihn aus, sie korrespondieren als angeborene Adelsqualitäten mit gesellschaftlichem Ansehen (*êre*) und erotischer Ausstrahlung auf die Damen (*minne*). Damit tauchen wiederum zentrale Begriffe des höfischen Vorstellungskomplexes auf, und dazu gehört auch eine Erziehung, die angeborene Qualitäten zur Vollkommenheit (*tugende*) ausbildet. Außerdem disponie-

---

2 In der *Thiðrekssaga*, deren Verhältnis zum *Nibelungenlied* kontrovers beurteilt wird (nehmend, mittelbar gebend oder unabhängig), wächst Sigurd in einer Einöde auf und wird von dem Schmied Mime erzogen, den er später umbringt; er tötet einen Drachen, versteht die Vogelsprache, zieht zu Brünhild, von der er seinen Namen und seine Herkunft erfährt.

ren repräsentatives Auftreten und Kontakt mit klugen Ratgebern den Königssohn zur Herrschaft: *des moht er wol gewinnen beide liute unde lant* (23,4; so konnte er wohl die Herrschaft über Land und Leute übernehmen). Den größten Teil der 2. Aventiure (17 von 24 Strophen) nimmt dann die Schilderung von Siegfrieds Schwertleite ein. Sie ist in der Reihe der noch folgenden *hôchgezîte* das einzige Fest von ungetrübtem Glanz und hat einen klaren Bezug zu entsprechenden Veranstaltungen in der historischen Realität; denn auch an den zeitgenössischen Höfen war die feierliche Waffenübergabe an wehrfähig und heiratsfähig gewordene junge Adelige, die damit zu selbständigem Handeln freigestellt wurden, ein besonderer Anlaß zur Entfaltung festlicher Repräsentation.

Die alte Tradition der Wehrhaftmachung wurde seit Ende des 11. Jahrhunderts mit Vorstellungen der neuen *militia,* des Rittertums, verbunden, was sich zunächst aus der lateinischen, im 12./13. Jahrhundert auch aus der volkssprachigen Terminologie ablesen läßt (Bumke, B 7: 1986, 318 ff.). Wer das Schwert *leiten* (führen) durfte, wurde zum Ritter gemacht. Dementsprechend heißt es von Siegfried: *ze einen sunewenden, dâ sîn sun wol riters namen gewan* (31,4; zu jener Sonnenwende, als sein Sohn den Namen ›Ritter‹ erhielt).

Den Zusammenhang zwischen dichterischer Darstellung und historischem Modell belegt der Blick auf die Geschichtsschreibung deutlich. Die *Historia Gaufredi* des Jean de Marmoutier (um 1180) enthält die älteste Schilderung eines Schwertleitezeremoniells. Es umfaßt u. a. die kostbare Einkleidung der künftigen Ritter, die Beteiligung von Schwertmagen (Verwandte von väterlicher Seite), die Ausstattung mit Pferd, Rüstung, Sporen und zuletzt mit dem Schwert sowie anschließende Ritterspiele und weitere Unterhaltung.[3] In der deutschen Reichsgeschichte wird das

3 Jean de Marmoutier, »Historia Gaufredi ducis Normannorum et comitis Andegavorum«, hrsg. von Louis Halphen und René Poupardin, in: *Chroniques des comtes d'Anjou et seigneurs d'Amboise,* Paris 1913, S.179.

Mainzer Hoffest von 1184, das Kaiser Friedrich Barbarossa zur Schwertleite seiner Söhne Heinrich und Friedrich veranstaltete, von mehreren Historiographen beschrieben und als eines der glanzvollsten Feste aller Zeit gepriesen. Heinrich von Veldeke erwähnt es im Zusammenhang mit der Hochzeit von Eneas und Lavinia. Die in den verschiedenen Darstellungen vorkommenden Partien des Festablaufs (Gottesdienst, feierliche Umgürtung des Schwertes, Beschenkung von Bedürftigen und Spielleuten durch die neuen Ritter, Reiterspiele) kehren in Siegfrieds Schwertleite im *Nibelungenlied* wieder. Auch hier werden andere junge Adelige als Schwertmagen in die Zeremonie mit einbezogen; am Anfang steht die Einkleidung in golddurchwirkte, edelsteinverzierte Gewänder; dann folgen der Gottesdienst im Münster, als zentraler Akt die Aufnahme in den Ritterstand, ein Turnier, ein Festmahl, Unterhaltung durch Fahrende, Verteilung von Geschenken und die Lehnsvergabe durch Siegfried, indem er die Tradition seines Vaters erneuert.

Bei der engen Korrespondenz zu den historiographischen Darstellungen fällt auf, daß die Schwertübergabe oder Schwertumgürtung sowie die potentielle Segnung des Schwertes im *Nibelungenlied* nicht explizit erzählt werden. Lediglich vor dem eigentlichen Fest heißt es von den Schwertmagen: *mit dem jungen kunege swert genâmen si sît* (26,4; mit dem jungen König empfingen sie später das Schwert). Im übrigen wird nur erwähnt, wie die Erfahrenen den Unerfahrenen dienten (vielleicht bezieht sich das auf das Anlegen der Rüstung und das Umbinden der Sporen – ein Akt, auf den in Historiographie und bildlicher Darstellung besonderer Wert gelegt wurde), dann wird erzählt, daß großes Gedränge herrschte, *dâ si ze riter wurden nâch riterlicher ê* (31,3; wo sie zu Rittern wurden nach ritterlicher Tradition).

Zwar ist auch in anderen literarischen Texten der zentrale Vorgang nicht besonders ausführlich beschrieben, aber die

Schwertnahme wird doch wenigstens angesprochen. Gottfried von Straßburg verwendet im *Tristan*, der die nächste Behandlung des Themas nach dem *Nibelungenlied* enthält, die Bezeichnung *swertleite* (V. 4976); er spricht vom Ritter-Werden, *und sît du ritter worden bist* (V. 5024), aber auch davon, wie König Marke seinem Neffen Schwert und Sporen anlegt: *swert unde sporn stricte er im an* (V. 5021). Indem sich der *Nibelungenlied*-Dichter auf die unkonkrete Umschreibung *ze riter werden* beschränkt, vermeidet er eine Vorstellungskollision mit der Übernahme des berühmten Schwertes Balmung, das Siegfried – laut Hagens nachträglichem Bericht – im Nibelungenland gewinnt und das in der weiteren Geschichte wichtige Funktionen erhält. Wie der Dichter im Blick auf Siegfrieds Jugendabenteuer ein besonderes Verfahren anwendet, indem er in der 2. Aventiure eine Bemerkung über nicht verortete kämpferische Streifzüge macht, sie aber nicht konkretisiert, sondern später in der 3. Aventiure darüber berichten läßt, so liegt nahe, daß er auch die Schwertleite ohne Schwert als Promotion zum Ritter bewußt gestaltet hat.

Nach dem Fest ist Siegfried erwachsen und zum Herrscher befähigt, das bestätigt die Anerkennung durch die Mächtigen des Landes. Daß er dennoch zunächst zu Lebzeiten seiner Eltern auf die Übernahme der Herrschaft verzichtet, zeigt seine Demut gegenüber den Eltern und schafft im Ablauf der Geschichte den notwendigen Freiraum für sein weiteres Handeln: die Brautwerbungsreise und den Aufenthalt in Worms.

Mit Siegfried als höfischem Ritter und der Darstellung eines ›modernen‹ höfischen Festes hat der Dichter die Erwartung der Hörer in eine Richtung gelenkt, die er jedoch nicht konsequent weiter verfolgen konnte. Die handelnde Figur kommt mit dem anfangs entworfenen Bild nur partiell zur Deckung, etwa in der kämpferischen Bewährung im Dänen- und Sachsenkrieg, in der ersten Begegnung mit Kriemhild auf der Siegesfeier; doch andere, archaische Züge der Siegfriedfigur überlagern das höfische Bild bei seinem herausfordernden Auftritt am Burgundenhof, bei der Werbung um Brünhild und der Ermordung, der er zum Opfer fällt.

Sachsenkrieg und Siegesfest

Neben der Haupthandlung des ersten *Nibelungenlied*-Teils, die sich aus Siegfrieds Werbung um Kriemhild, Gunthers Werbung um Brünhild, dem Frauenstreit und Siegfrieds Ermordung zusammensetzt, stehen Erzählpartien, die die Geschichte zur Großform ausweiten und in denen der Dichter die Möglichkeit nutzt, die einleitend programmierte Höfisierung weiterzuführen. Der Krieg gegen die Sachsen und Dänen (4. Aventiure) und die anschließende Siegesfeier (5. Aventiure) stellen derartige Zusatzepisoden dar, die mit 126 und 60 Strophen jeweils beträchtlichen Umfang besitzen (vergleichsweise umfassen die 1. Aventiure 19, die 2. Aventiure 24, die 3. Aventiure 95 Strophen). Beide Episoden sind durch die Entfaltung personaler Beziehungen zwischen Siegfried und den männlichen Vertretern des burgundischen Hofes und vor allem zwischen Siegfried und Kriemhild mit dem zentralen Handlungsstrang verbunden. Die am Ende der 3. Aventiure markierte Verweildauer Siegfrieds in Worms von einem Jahr bildet den zeitlichen Rahmen des folgenden Geschehens.

Siegfrieds Werbung um Kriemhild hat der *Nibelungenlied*-Dichter nicht auf einen bestimmten Handlungsakt konzentriert, sondern als einen diffusen Prozeß zergliedert, der als Motivkomplex über mehrere Aventiuren reicht: Kämpferische Bewährung spielt als Voraussetzung, Kriem-

hild zu gewinnen, ebenso eine Rolle (3. und 4. Aventiure)
wie die Entfaltung gegenseitiger Zuneigung (5. Aventiure)
und der Vertrag mit dem Vormund der Braut über Leistung
und Gegenleistung (6. und 7. Aventiure). Damit stellt sich
Siegfrieds Werbung als Collage aus verschiedenartigen, der
zeitgenössischen Realität und Literatur entnommenen Elementen dar. Die politischen Gründe, die für die Eheschlie-
ßungen der mittelalterlichen Adelsgesellschaft entscheidend
waren, sind in dem handlungsbestimmenden Werbungshil-
fevertrag repräsentiert:

> »gîstu mir dîne swester,   sô wil ich ez tuon,
> di schœnen Kriemhilde,   ein kuneginne hêr«.   (331,2 f.)

(»Wenn du mir deine Schwester gibst, die schöne
Kriemhild, die erhabene Königin, dann werde ich dir
[bei der Werbung um Brünhild] helfen.«)

Doch diesen klaren Antrag, dessen Ziel für den Hörer seit
Anfang der 3. Aventiure feststeht, adressiert Siegfried an
den entsprechenden Rechtsvertreter erst, nachdem er sich
der Zuneigung Kriemhilds vergewissert hat, so daß im Erzählverlauf die Liebe an erster Stelle als wichtigste Voraussetzung für die Heirat steht, wie es die höfische Literatur
fordert.

Siegfrieds Bewährung als vollkommener Ritter wird im
Krieg gegen die Dänen und Sachsen vorgeführt. Als die Könige Liudegast und Liudeger das Land der Burgunden
grundlos überfallen und zurückgeschlagen werden müssen,
tritt Siegfried zum ersten Mal an Gunthers Stelle. Der burgundische König überträgt ihm den Oberbefehl über alle
Truppen, und d. h. auch über seine Brüder Gernot und Giselher, über Hagen, Ortwin, Dankwart, Sindold, Hunold,
Volker und ihre Leute. Niemand widerspricht dieser An-
ordnung, so daß die militärische Kooperation funktioniert.
Gunther und Siegfried handeln unter dem Vorzeichen der

Freundschaft. Zweimal fällt im Gespräch zwischen beiden über die Kriegsbedrohung das Signalwort *friunt* (153,3; 154,3). Zwar wird auch die emotionale Betroffenheit Siegfrieds und Gunthers zum Ausdruck gebracht, aber der entscheidungsfordernde Situationskontext macht deutlich, daß es um eine rechtliche Verpflichtung geht, *friuntschaft* im Sinne einer Rechtsbindung, wie sie als zwischenstaatliche und persönliche Beziehungsform seit dem Frühmittelalter im außen- und innenpolitischen Bereich historisch belegt ist und zum Prinzip gegenseitiger Treue und Leistung verpflichtete (Althoff, B 7: 1990, 88 ff.; J.-D. Müller, B 4g: 1987). In dem Sinne bewährt sich Siegfried als Freund. Die rechtliche Komponente seiner Kriegsherrnrolle und die auf ihn ausgerichtete Darstellungsperspektive der Gesamtepisode schließen wohl eine intendierte Abwertung Gunthers aus. Dennoch ist nicht zu übersehen: Die Tatsache, daß der König nicht selbst in den Krieg zieht, antizipiert quasi die Handlungskonstellation der Brautwerbung und wirkt sich auf das Gunther-Bild des *Nibelungenliedes* aus.[4]

Nur in der 4. Aventiure bringt das *Nibelungenlied* eine derart eingehende Kriegsdarstellung mit den verschiedenen Phasen von der Kriegserklärung über Verfahrensberatung, Aufgebot, Zug an den Kriegsschauplatz, Sicherung der Nachhut, Befehlsverteilung, Sondierung der Front, Einzelkampf zu Pferd und zu Fuß mit verschiedenen Waffen, allgemeine Kämpfe, Verwundung, Tötung, Gefangennahme bis zur Kapitulation und Heimkehr. Offenbar bestand ein Interesse an derartigen Schilderungen, wie es auch andere Erzählwerke der höfischen Epoche bezeugen; aber das wesentliche Darstellungsziel des *Nibelungenliedes* liegt in der Aristie Siegfrieds, und diese wird in doppelter Ausfertigung vermittelt: einmal im allgemeinen Erzählerbericht der Kriegsvorgänge, dann im Botenbericht vor Kriemhild. Der

---

4 Die Interpretation des schwachen Königs, wie sie Roswitha Wisniewski (B 4i: 1973), Ihlenburg (B 2: 1969) u. a. vertreten haben, isolieren Gunther zu stark aus dem übergreifenden Darstellungszusammenhang.

Erzähler deckt den Gesamtverlauf ab: Siegfried übernimmt die Führung; als Späher inspiziert er die gegnerische Front und trifft dabei auf den Dänenkönig Liudegast, den er nach hartem Kampf überwindet und gefangennimmt. Allgemeine blutige Kämpfe mit den zahlenmäßig überlegenen Sachsen und der Sieg über die beiden feindlichen Völkerschaften folgen, so daß sich der Sachsenkönig Liudeger in aussichtsloser Lage ergibt und Siegfried mit dem burgundischen Aufgebot, Gefangenen und Verwundeten siegreich nach Worms zurückkehren kann. Der Bote, den Kriemhild heimlich zu sich kommen läßt, um etwas über Siegfried zu erfahren, nimmt das höfische Bild der 2. Aventiure wieder auf, in der Siegfried als vollkommener Ritter vorgestellt worden war: *erst an allen tugenden ein riter küen unde guot* (228,4; er vereint alle Qualitäten, die einen tapferen und tüchtigen Ritter auszeichnen), und er stellt Siegfrieds Leistung über alle anderen:

> *Strît den aller hœhsten, der inder dâ geschach*
> *ze jungest und zem êrsten, den ieman gesach,*
> *den tet vil willeclîche diu Sîvrides hant.* (234,1–3)

> (Vom Anfang bis zum Schluß hat er dort aus eigenem Antrieb den hervorragendsten Kampf geführt, den man jemals gesehen hat.)

In dieser zweiten, auf Kriemhild ausgerichteten Berichtsversion dient das Kriegsgeschehen als Medium, die Liebe der Königstochter zu dem erfolgreichen Kämpfer darzustellen (238,4–239,3). Kriemhilds Interesse an Siegfried hat einen erzählerischen Vorlauf: bereits vor dem Kriegszug hat sie Siegfried bei Ritterspielen vom Fenster aus beobachtet und bewundert (wie Lavinia den Eneas in Veldekes Roman); sie hat ihn in ihre Gedanken eingeschlossen und insgeheim freundlich über ihn gesprochen, doch wohl eher im Selbstgespräch als »im Kreis ihrer Vertrauten« (130,4), wie Helmut Brackert übersetzt.

Erst das Siegesfest (5. Aventiure), an dessen Ende die Friedensbedingungen festgelegt werden, schließt die Kriegsereignisse ab. Auch darin nimmt das *Nibelungenlied* historisch bezeugte Rituale auf; denn eine umfangreiche Veranstaltung, die die ehemaligen Gegner mit einbezog, sollte Gemeinschaft im Gottesdienst, beim Festmahl und bei Geselligkeiten festigen und besaß u. U. den Wert eines geschlossenen Vertrages. Daß sich die Siegesfeier im *Nibelungenlied* über zwölf Tage erstreckt, beruht nicht unbedingt auf poetischer Übertreibung; Gerd Althoff erklärt die mehrtägige Dauer solcher Feste funktional. Sie vertiefte die gemeinschaftsbildende und befriedende Kraft (B 7: 1990, 205). Das mag im Prinzip zutreffen, auch wenn der Historiker selbst einräumt, daß eine derartige Wirkung nicht immer erreicht wurde. Das *Nibelungenlied* bietet bei dem Fest an Etzels Hof – freilich ein anderer Typ unter besonderen Bedingungen – selbst ein gegenteiliges Beispiel. Im literarischen Siegesfest äußern jedenfalls die Dänen nach der zwölftägigen Feier den Wunsch, mit den Burgunden einen dauerhaften Frieden (*stæte suone*) zu schließen, und sie bieten eine große Entschädigung in Gold. Bei der Beratung über die Friedensbedingungen kommen wiederum Siegfrieds höfische Qualitäten zur Geltung, indem er für den freien Abzug der Dänen und Sachsen ohne Lösegeld plädiert, der Vertrag solle lediglich mit Handschlag bekräftigt werden. In diesem Verfahren sieht er die beste Sicherung gegen einen künftigen Angriff. Der Verzicht, aus der Siegerposition Gewinn zu schlagen, entspricht den idealen Normen der ritterlichen Ethik und wird hier mit Vernunft begründet.

Diese politischen Aspekte des Siegesfestes bilden im übergreifenden Erzählzusammenhang nur Randerscheinungen. In besonderer Weise nutzt der Dichter den Rahmen, um die Repräsentationsfunktion der Frauen am Hof vorzuführen und aus dieser allgemeinen Inszenierung die erste Begegnung zwischen Siegfried und Kriemhild als Höhepunkt herauszuheben. Die Frauen, die in einem eigenen Bereich der Burg wohnten, waren offenbar im Ablauf des täglichen Lebens den allgemeinen Blicken entzogen, nur zu besonderen Anlässen wurde der Kontakt hergestellt. Darauf richtet sich bei der Siegesfeier im *Nibelungenlied* die männliche Erwartung, und dementsprechend wird die Wirkung betont:

> *Waz wære mannes wünne,   des vreute sich sîn lîp,*
> *ez entæten schœne megede   und hêrlichiu wîp?*
>
>   (272,1 f.)

(Was wäre für einen Mann ein schönerer Anblick, der ihn erfreut, als schöne Mädchen und glanzvolle Frauen.)

Die topische Steigerung, daß der Blick einer Dame, der Beachtung und Zuneigung ausdrückt, für viele junge Helden mehr bedeutet hätte als ein Königreich (475,3), stammt wie andere Metaphern dieser Szene aus dem Minnesang. Dort findet sich in den Liedern Kaiser Heinrichs VI. eine Hochschätzung der Liebe, die selbst den Wert von Macht und Herrschaft übersteigt (MF 4,17 f.; 5,23 ff.).

Kriemhilds Auftritt vor der Hofgesellschaft ist kunstvoll inszeniert, und die Annäherung an Siegfried vollzieht sich in mehreren Schritten (Gruß, Hand-in-Hand-Gehen, Kuß, Begegnung an allen weiteren elf Festtagen). Die Königstochter erscheint zusammen mit 100 anderen Damen, alle prächtig gekleidet und von ebenso vielen schwerttragenden Gefolgsleuten eskortiert. Kriemhilds Gruß an Siegfried gilt der Würdigung seiner Verdienste im Krieg; dabei entsprechen ihre Formulierung und seine Reaktion ganz der höfischen Konturierung der Figuren:

> *»sît willekomen, her Sîvrit,   ein edel riter guot.«*
> *dô wart im von dem gruoze   vil wol gehœhet der*
> *   muot.*   (290,3 f.)

Erste Begegnung von Kriemhild und Siegfried

Illustration aus Handschrift b (um 1440)

(»Seid willkommen, Herr Siegfried, edler Ritter.« Da
wurde er durch den Gruß in seinem Selbstbewußtsein
sehr gesteigert.)⁵

Siegfried verneigt sich und ergreift Kriemhilds Hand; beide
schreiten vor den Augen der Hofgesellschaft wie ein Herr-
scherpaar unter der Krone zu festlichen Anlässen in der
zeitgenössischen Wirklichkeit. Zu dem Kriemhild zugewie-
senen Part des Dankzeremoniells gehört auch der Kuß für
Siegfried. Doch es wird beschrieben, wie die zeremoniel-

---

5 *hôher muot* (freudige Hochstimmung und Selbstwertgefühl) gehört zu den
  Qualitäten, die die höfische Gesellschaft auszeichnen.

len Zeichen emotionalisierend wirken: *im wart in al der werlde nie sô liebe getân* (295,4; in ihm war noch niemals irgendwo solche Freude ausgelöst worden), und wie sie zum Ausgangspunkt einer privaten Beziehung werden, die sich neben der öffentlichen Demonstration entwickelt. Heimlicher Blickkontakt und Händedruck signalisieren die Zuneigung, deren persönlicher Charakter gerade durch die betonte Heimlichkeit ausgedrückt wird: *daz wart vil tougenlîch getân* (291,4b). Das Motiv der *tougen minne* (heimlicher Liebe) gehört zum System des Minnesangs; der *Nibelungenlied*-Dichter setzt es in Anschauung um und hält in der erzählten Geschichte zunächst weiter daran fest.

Das Zusammensein des Paares wird von dem Gottesdienst im Münster unterbrochen, wo Männer und Frauen getrennte Plätze einnehmen. Danach folgt, über den anfänglichen Gruß hinausgehend, ein Gespräch zwischen Kriemhild und Siegfried. Es bezieht sich auf den offiziellen Anlaß des Festes, Siegfrieds Verdienste im Krieg, und die Bande, die dadurch zu den Burgunden geknüpft sind, *sô holt mit rehten triuwen* (301,3), wobei mit *triuwe* (Treue) ein Kernwort der personalen Verpflichtungen gebraucht wird. Siegfried sichert seinerseits beständige Dienstbereitschaft zu, die aber ausdrücklich Kriemhild gilt. Dienst für die burgundischen Könige um Kriemhilds willen, das entspricht genau der Formel, unter der die Werbungshilfe für Gunther erfolgt, und sie ist die epische Konkretisierung des Minnedienstes.

Abgesehen von der Dienst-Formel, die das Lohn-Komplement impliziert, bleibt in dem Gespräch die persönliche Zuneigung ausgespart. Ein ›Diskurs‹ über die Liebe ergibt sich in der Szene allerdings mit den Hörern oder Lesern der Geschichte. Der Erzähler verwendet zur Darstellung von Kriemhilds erstem Auftritt Bilder, wie sie ähnlich im Minnesang vorkommen:

Nu gie diu minnecliche,   alsô der morgenrôt
tuot ûz den trüeben wolken.   (279,1 f.)

(Nun trat die Liebenswerte auf, wie das Morgenrot aus
dunklen Wolken hervorkommt.)

Sam der liehte mâne   vor den sternen stât,
des schîn sô lûterliche   ab den wolken gât,
dem stuont si nu gelîche   vor maneger frouwen guot.
des wart dâ wol gehœhet   den zieren helden der
                                muot.   (281)

(Wie der helle Mond, dessen Schein so rein aus den
Wolken leuchtet, die Sterne überstrahlt, so stand sie
[Kriemhild] jetzt vor vielen schönen und edlen Frauen.
Dadurch wurden die stattlichen Helden in Hochstim-
mung versetzt.)

Und die Wirkung von Kriemhilds wortlos ausgedrückter
Zuneigung zu Siegfried ist erzählerisch durch Adaptation
von lyrischen Jahreszeitbezügen gestaltet. Die beglückende
Wirkung der Liebe übertrifft die Freude, die Sommer und
Frühling hervorrufen:

Bî der sumerzîte   und gein des meien tagen
dorft er in sîme herzen   nimmer mêr getragen
sô vil der hôhen vreude,   denn er dâ gewan,
dô im diu gie enhende,   di er ze trûte wolde hân.
                                              (293)

(Weder Sommer noch Frühling hätten in seinem Herzen solche große Freude auslösen können, wie er sie
empfand, als er mit derjenigen Hand in Hand ging, die
er sich zur Geliebten wünschte.)

Vorher, beim ersten Anblick Kriemhilds, wartet der Dichter
mit einem inneren Zwiegespräch Siegfrieds auf, in dem er

formuliert, Trennung von Kriemhild sei schlimmer als der Tod: *sol aber ich dich vremeden, sô wære ich sanfter tôt* (283,3; müßte ich dich aber meiden, so wäre ich lieber tot). Diese Vorstellung kommt ebenfalls aus dem lyrischen Motivschatz und läßt sich in konkreten Analogien belegen. In einem Lied des Burggrafen von Rietenburg stehen die Verse: *senfter wære mir der tôt, / danne daz ich ir diene vil, / und si des niht wizzen wil* (MF 19,34–36; lieber wäre ich tot, als daß ich erfahren müßte, daß sie meinen vielfältigen Dienst nicht annimmt).[6] Daß das *Nibelungenlied* Reflexe der Minnelyrik enthält, ist an verschiedenen Punkten deutlich geworden; die Korrespondenz prägt sich in der Strophenform ebenso aus wie in bestimmten Motiven und terminologischen Anklängen. Helmut de Boor hat besonders auf den Kontakt zum frühen Minnesang hingewiesen (Ausg., Anm. zu Str. 281 ff.), doch Gestirnmetaphern sind nicht vor Heinrich von Morungen (MF 129,20 f.) und Walther von der Vogelweide (46,15) nachweisbar,[7] und auch der im Epos (45,1 und 129,4) verwendete Ausdruck *hôhe minne* kommt in der Lyrik erst bei Walther als feste Wortgruppe vor,[8] so daß man zeitlich weitergehen und auch Kenntnis von Walther-Liedern voraussetzen sollte. Besondere Ähnlichkeit fällt auf zwischen der Schilderung von Kriemhilds Erscheinen vor

6 Dietmar von Eist formuliert in einer Frauenstrophe: *sô tæte sanfter mir der tôt / liez er mich des geniezen niet* (MF 36,3 f.; lieber wäre mir der Tod, wenn er mir seine Liebe nicht zuwendet).

7 Anderer Art sind die Stellen bei dem Kürenberger (MF 10,1) und bei Heinrich von Veldeke (MF 58,21 f.). Eine analoge Formulierung bei Horaz, *velut inter ignis luna minores* (*Carmina* I,12; wie der Mond unter den Sternen), zeigt den topischen Charakter der Bilder. Bemerkenswert ist, daß im *Nibelungenlied* der Mond die Sterne überstrahlt, bei Walther die Sonne. Der Nachweis einer genauen Entsprechung fehlt.

8 Bei Friedrich von Hausen (MF 52,7) und Heinrich von Veldeke (MF 56,19) sprechen die syntaktischen Strukturen noch nicht für einen terminologischen Gebrauch von *hôhe minne* im Gegensatz zum *Parzival* Wolframs von Eschenbach (11,10; 318,15; 48,7), der neben dem *Nibelungenlied* ebenfalls die Übernahme des Ausdrucks in die Epik bezeugt mit der Bedeutung: Liebe, die Anstrengung und ethische Bewährung einschließt.

der Hofgesellschaft und einer Strophe aus Walthers Lied *Sô
die bluomen ûz deme grase dringent* (45,37 ff.):

> *Swâ ein edeliu schœne frowe reine,*
> *wol gecleit unde wol gebunden,*
> *dur kurzewîle zuo vil liuten gât,*
> *hovelîchen hôhgemuot, niht eine,*
> *umbe sehende ein wênic under stunden,*
> *alsam der sunne gegen den sternen stât, –*
> *Der meie bringe uns al sîn wunder,*
> *waz ist [ ] dâ sô wunneclîches under*
> *als ir vil minneclîcher lîp?*
> *wir lâzen alle bluomen stân*
> *und kapfen an daz werde wîp.*
>
> (46,10–20 = Cormeau 23,II)

(Überall, wo eine edle, schöne, keusche Dame, wohlge-
kleidet und mit Kopfputz, zur Unterhaltung in eine
große Gesellschaft geht, in höfischer Hochstimmung
mit Gefolge, ein wenig um sich schauend, wie die
Sonne die Sterne überstrahlt, auch wenn der Frühling
uns seine ganze Pracht zeigen mag, was ist da so schön
anzusehen wie ihre liebliche Gestalt? Wir lassen alle
Blumen stehen und blicken nur die schöne Frau an.)

Die Atmosphäre beider Szenen ist derart verwandt, daß
man einen Zusammenhang annehmen möchte (der Passauer
Hof käme als Austauschstätte in Frage), doch beweisen
läßt sich ein persönlicher Kontakt zwischen dem Minnesänger und dem Ependichter nicht. Ob es sich um einen
intertextuellen Bezug im Sinne einer absichtsvollen Anspielung handelt und ob die Parallele vom Publikum wahrgenommen wurde, muß offenbleiben. Der Dichter zielte
wohl nicht unbedingt auf einen Wiedererkennungseffekt,
sondern benutzte den Minnesang als Reservoir, aus dem
er Darstellungsmodi gewann, die es in besonderer Weise

ermöglichten, die alte Geschichte an literarische Vorstellungen der Gegenwart heranzurücken. Die Rezeption der Minnesangmotive ist eine wichtige Komponente der Höfisierung.

Rüdiger von Bechelarn – vollkommener Ritter und erbarmungswürdiger Mensch

Auch im zweiten Teil des *Nibelungenliedes* verzichtet der *Nibelungenlied*-Dichter nicht auf die *adaptation courtoise;* daß ihr Entfaltungsraum im Zuge der Rachehandlung mit der betrügerischen Einladung und zahlreichen Kampfszenen begrenzter bleibt als in den Anfangsaventiuren, liegt auf der Hand. Markgraf Rüdiger von Bechelarn repräsentiert in dem Figurenensemble des Etzel-Umkreises den höfischen Ritter par excellence. Diese Charakterisierung kommt in der vielzitierten Bezeichnung *vater aller tugende* (2199,4; Vater aller höfischen Qualitäten) sowie in mehreren rühmenden Attributen (u. a. *der guote Rüedegêr*, 2134,1; *der vil getriuwe man*, 2138,1; *ritter ûzerkorn*, 2146,2) explizit zum Ausdruck, und sie wird szenisch vorgeführt, insbesondere bei der gastlichen Aufnahme der Burgunden in Bechelarn, die einen weiteren Typ höfisch-festlicher Zeremonien innerhalb des *Nibelungenliedes* darstellt (27. Aventiure). Doch der höfische Phänotyp zeigt nur eine Seite Rüdigers; in Konfrontation mit den Kampfhandlungen gestaltet ihn der Dichter als gebrochene Figur. Er knüpft an ihn das alte heroische Motiv des Kampfes mit Freunden und Verwandten, und – darin liegt die ›Modernität‹ der Gestaltung – er läßt Rüdiger seine Situation als dilemmatischen Konflikt reflektieren (37. Aventiure).

Obwohl Rüdiger nicht zu den Hauptfiguren des *Nibelungenliedes* gehört, besitzt er als Brautwerber Etzels, der Kriemhild an den Hunnenhof bringt und später die Burgunden als Gäste dorthin geleitet, eine wichtige Vermittlerrolle im Handlungszusammenhang der beiden Teile des Epos; er ist in verschiedenen Szenen präsent, und zwei Aventiuren sind auf ihn zentriert.

Über die Vorgeschichte der Rüdigergestalt herrscht in der Forschung keine Einigkeit. Möglicherweise hat der *Nibelungenlied*-Dichter eine ältere Sagen- oder Liedfigur, die vielleicht sogar einen historischen Kern besaß, aufgenommen. Verschiedene historische und dichterische Vorbilder wurden erwogen. Für eine ältere Verbindung Rüdigers mit der Dietrichsage lassen sich Indizien beibringen, so daß die Figur auf dem Wege der Sagenkontamination ins *Nibelungenlied* gelangt sein könnte. Die *Thiðrekssaga* kennt einen Rodingeir, dessen Rolle aber nicht der Rüdigers im *Nibelungenlied* entspricht. (Er fungiert nicht als Brautwerber, und sein Kampf wird nicht problematisiert.)[9] Dagegen, daß Rüdiger erst vom *Nibelungenlied*-Dichter ›erfunden‹ wurde, sprechen zwei literarische Zeugnisse des 12. Jahrhunderts: In den um 1160 entstandenen *Quirinalia* des Metellus von Tegernsee (einem lateinischen Werk zu Ehren des Klosterpatrons Quirinus) heißt es zu dem Donaugebiet bei Pöchlarn, die Gegend sei bei den Deutschen durch ein Lied bekannt, das die Kraft des Grafen Rogerius und des alten Tetricus rühme. Die Namen meinen wohl Rüdiger von Bechelarn und Dietrich von Bern (Splett, B 4i: 1968, 25). Eindeutig ist der Personenbezug in einem Spruch aus dem Herger zugeschriebenen Spervogel-Corpus, der in die siebziger Jahre des 12. Jahrhunderts datiert wird (Bumke: B 7: 1979, 131 ff.). Rüdiger von Bechelarn erscheint darin als Modell der Freigebigkeit:

9 Eine Übersicht über die verschiedenen Hypothesen gibt Jochen Splett, B 4i: 1968, 25–43.

Dô der guote Wernhart
an dise welt geborn wart,
dô begonde er teilen al sîn guot.
dô gewan er Rüedegêrs muot,
Der saz ze Bechelaere
und pflac der marke menegen tac.
der wart von sîner vrumecheit sô maere.

(MF 25,33–26,5)

(Als der gute Wernhart auf diese Welt kam, da begann er seinen ganzen Besitz zu verschenken. Da nahm er die Gesinnung Rüdigers an, der in Bechelarn residierte und lange Zeit die Grenzmark verwaltete. Der wurde durch seine Vortrefflichkeit so berühmt.)

Für den Spruchdichter und sein Publikum muß der hier genannte Rüdiger eine prägnante Person gewesen sein. Einen Ableitungszusammenhang bieten die Verse nicht; der Gerühmte könnte einer nibelungischen Geschichte, einer Vorform des *Nibelungenliedes*, entstammen, aber auch eine historische Person gewesen sein wie der wegen seiner Freigebigkeit apostrophierte Sultan Saladin mit den durchbrochenen Händen (Walther von der Vogelweide, L 19,23 ff.). Wichtig ist jedenfalls die Übereinstimmung mit der vorbildhaften Erscheinungsform des Markgrafen im *Nibelungenlied*.

Auch diejenigen Forscher, die für die Existenz einer eigenen Rüdigersage und eines Rüdigerliedes eintreten, schreiben die Thematik der wesentlichen Szenen (die Problematisierung der Position zwischen den Fronten und Hagens Schildbitte) eher dem *Nibelungenlied*-Dichter zu. Eine Figur, an der keine ausgeprägte Geschichte haftete, eignete sich in besonderem Maße dazu, ein spezielles Anliegen zu artikulieren: die Kollision widerstreitender Verpflichtungen, die für viele Adelige im hohen Mittelalter ein aktuelles Problem darstellte. Sie wird an einem Ritter vorgeführt, der die im *Nibelungenlied* aufgenommenen höfischen Normen voll repräsentiert und einen besonderen Identifikationsanreiz bietet. Der Dichter bindet ihn in die zentrale Handlung ein und bereitet den Konflikt in zwei Etappen vor.

Rüdiger ist der bedeutendste Vasall König Etzels und – wie er bei der Verheiratung seiner Tochter selbst hervorhebt – ein Vertriebener: *wir sîn hie ellende, beide ich und mîn wîp* (1673,3; wir leben hier als aus unserem Land Vertriebene, ich und meine Frau). Woher sie kommen und warum sie ihr Land verlassen mußten, wird nicht erzählt. Als Vertriebener besitzt Rüdiger nur Lehen, kein Eigenland, trotzdem ist er ein mächtiger Mann, der über Gefolgsleute sowie über bewegliche Güter verfügt und glanzvoll Hof hält. Einmal wird er *fürste* genannt (1228,1), und durch diese ständische Einordnung erscheint die Heirat seiner Tochter mit einem der burgundischen Könige nicht als Mesalliance. Daß Rüdiger in Etzels Auftrag die Werbungsfahrt übernimmt, wird mit seiner langjährigen Kenntnis der burgundischen Könige und auch Kriemhilds begründet.

Von den drei großen Brautwerbungen des *Nibelungenliedes* vollzieht sich allein die von Rüdiger ausgeführte Unternehmung in höfisch zeremoniellen Formen. Ziel ist es, Kriemhilds Zustimmung zu gewinnen, doch die männlichen Familienvertreter werden zuerst angesprochen. Gespräche, Beratungen, Audienz vor der Umworbenen und die Entscheidung sind jeweils in mehrere zeitlich voneinander abgesetzte Phasen gegliedert. Im Verhandlungsverlauf widerstrebt Kriemhild paradoxerweise der Heirat, die ihr die Rachemöglichkeit eröffnet, zunächst heftig, und sie wird von denen gedrängt, die später den tödlichen Konsequenzen erliegen; nur Hagen stellt sich hellsichtig entgegen. Rüdiger beweist großes Verhandlungsgeschick und überwindet schließlich Kriemhilds Widerstand, indem er ihr seinen persönlichen Schutz und eine Zukunft verspricht, die sie für alles erlittene Leid entschädigen soll. Kriemhild läßt sich diese Zusagen eidlich bekräftigen:

si sprach: »sô swert mir eide,   swaz mir iemen
                                          getuot,
daz ir sît der nœhste,   der büeze mîniu leit.«
dô sprach der marcgrâve: »vrouwe, des bin ich
                                          bereit.«

Mit allen sînen mannen   swuor ir dô Rüedegêr
mit triuwen immer dienen,   unt daz die recken hêr
ir nimmer niht versageten   ûz Etzeln lant,
des si êre haben solde,   des sichert ir Rüedegêrs
                                          hant.   (1254,2–1255,4)

(Sie sprach: »Dann schwört mir einen Eid, daß Ihr, was
immer mir jemand zufügt, der nächste seid, der mein
Leid rächt.« Darauf sagte der Markgraf: »Dazu bin ich
bereit, Herrin.« || Mit allen seinen Gefolgsleuten
schwor Rüdiger, ihr stets treu zu dienen und daß die
tüchtigen Kämpfer aus Etzels Land ihr nichts versagen
würden, was ihrer Ehre diente. All das sicherte ihr
Rüdigers Hand zu.)

Der Darstellung zufolge sieht Kriemhild erst zu diesem
Zeitpunkt eine reale Rachechance, indem sie Handlungs-
möglichkeiten durch die neu gewonnenen Freunde entdeckt. Aus Liebe zu Siegfried stimmt sie der Heirat mit
Etzel zu; Rüdiger vermittelt diese ›Zweckehe‹ und wird,
ohne es zu erkennen, Garant des Racheplans.

An Rüdigers Residenz hat der Dichter höfische Szenen
angesiedelt, deren schwierige Konsequenzen sich erst später
enthüllen. Wenn Kriemhild auf der Reise zu Etzel in Bechelarn Rast macht, so präludiert dieser Besuch den großen
Empfang, den Rüdiger den burgundischen Königen und ihrem Gefolge später bereitet. Dabei spielen wiederum die
Frauen – hier Rüdigers Gemahlin Gotelind, ihrer beider
Tochter und weitere Damen des Hofes – ihre Repräsenta-
tionsrollen in den festlichen Abläufen vor der Burg beim
Grüßen, Küssen, Hand-in-Hand-Gehen sowie innerhalb

der Burg beim Festmahl, bei den Geselligkeiten und bei der Verteilung der Abschiedsgeschenke am Schluß des dreitägigen Aufenthalts. Rüdiger führt souverän Regie, z.B. indem er seine Tochter anweist, wen sie zur Begrüßung küssen muß. Exzeptionell unter den höfischen Motiven erscheint die epische Umsetzung eines Minnesangvortrags, in dem Volker mit seiner Fiedel vor der Markgräfin musiziert und singt: *er videlte süeze dœne und sanc ir sîniu liet* (1702,3; er spielte süße Melodien auf seiner Fiedel und sang ihr seine Lieder vor). Daß die verschiedenen festlichen Rituale nicht als Selbstzweck aus der Freude an den höfischen Lebensformen gestaltet sind, ergibt sich aus ihrer Funktion für den weiteren Verlauf der Handlung. Sie affirmieren eine Art Freundschaftsvertrag, und die Heirat zwischen Giselher und Rüdigers Tochter fügt noch eine Verwandtschaftsbindung hinzu.[10]

Die Zerreißprobe der Freundschaft folgt erst später; zeichenhaft wirkt, daß Giselher ohne seine Frau zu Etzels Fest weiterzieht und Rüdiger seine Tochter den Burgunden auf dem Rückweg mitgeben will (1683,2–4). Daß kein Wiedersehen stattfinden wird, bringen die Vorausdeutungen zum Ausdruck, die das bevorstehende Unheil ankündigen (1706,4; 1709,1 f.). So bildet die Einkehr der Burgunden auf der markgräflichen Burg an der Donau ein retardierendes Moment vor dem Ausbruch der Kämpfe. Als »Idyll von Bechelarn« sollte man sie jedoch nicht bezeichnen, wie es oft geschehen ist. Dagegen spricht einerseits das Gepränge höfischen Zeremonialhandelns, vor allem aber die Grundlegung von Rüdigers Bindungskonflikt. Die Geschenke des Freigebigen können ihre freundschaftsfestigende Wirkung nicht entfalten, sie werden zur Munition im unausweichlichen Kampf: Das Schwert, das Gernot von Rüdiger erhalten hat, schlägt später auf den Geber zurück. Für die Hörer und

10 Unterschiedlich wird in der Forschung von Giselhers ›Heirat‹ oder ›Verlobung‹ gehandelt. Die beschriebene Zeremonie spricht für die Eheschließung, der Ehevollzug im Beilager wird jedoch nicht ausdrücklich erwähnt.

Leser war offenkundig, daß Rüdigers Beziehung zu den
Burgunden mit dem Hilfeleistungsschwur für Kriemhild in
Kollision geraten mußte; denn im Gegensatz zu dem
ahnungslosen Markgrafen kannte das Publikum Hagens
Warnung und Kriemhilds Absichten.

Anders als Dietrich von Bern durchschaut Rüdiger nicht,
was die Burgunden an Etzels Hof erwartet. Als er es erfährt, versucht er, sich dem Kampf zu entziehen, und erreicht freien Abzug mit seinen Leuten aus dem Festsaal.
Dabei beruft er sich ausdrücklich auf die befriedende Kraft
des Freundschaftsverhältnisses: *sô sol ouch vride stæter guoten vriunden gezemen* (1993,4; beständiger Friede ziemt guten Freunden), und Gunther reagiert positiv, weil der
Markgraf seine Wohlgesonnenheit bekundet. In der Hand-
lungsregie des Epos werden auf diese Weise die beiden be-
deutendsten Helden an Etzels Hof, Rüdiger und Dietrich
von Bern, für die Schlußphase des letzten Tages aufgespart,
die dem Kampf mit Freunden und Verwandten als höchster
Steigerung vorbehalten ist.

Dieses alte heroische Motiv begegnet bereits im *Hildebrandslied*, dem einzigen Zeugnis deutscher Heldendichtung vor dem *Nibelungenlied*, allerdings in einer anderen
Variante als Vater-Sohn-Kampf. Dort erkennt nur der Vater
die Verwandtschaftsbeziehung, während sich der Sohn dem
Erkennen verschließt. Klage und Anrufung Gottes von seiten des wissenden Vaters helfen nicht, den Waffengang zu
vermeiden. Um dem Ehrverlust zu entgehen, kämpft der
Vater und tötet den Sohn. Der im *Hildebrandslied* präsentierte Typus hat vielleicht auch in die andersartige Konstellation des Rüdiger-Kampfes hineingewirkt.

Die 37. Aventiure ist Rüdigers Dilemma gewidmet. Erschien der Markgraf zuvor als hervorragender höfischer
Ritter mit diplomatischem Geschick, Repräsentant glanz-
voller Lebensformen, von Fürsten geachtet und als Verwandter akzeptiert, wird er nun in einer Konfliktsituation
vorgeführt, in der seine Qualitäten für ihn ihre Bedeutung

verlieren und er sich von allen Ehren entblößt als armer Mensch vorkommt, der auf Gottes Hilfe angewiesen ist. Er steht zwischen den kämpfenden Parteien, indem er einerseits seinem königlichen Lehnsherrn als Vasall und der Königin durch einen speziellen Eid zu militärischer Hilfe verpflichtet ist, andrerseits dürfte er die Burgunden nicht angreifen, an die ihn Freundschaft und Verwandtschaft binden. Aus diesem Konflikt könnte ihn nur die Neutralität befreien, die er in der Anfangsphase der Kämpfe praktiziert hatte, die sich jedoch nicht aufrechterhalten läßt.

Nach dem Saalbrand kehrt Rüdiger auf den Kampfschauplatz zurück; er hofft noch immer auf Befriedung, muß aber im Kontakt mit Dietrich von Bern erkennen, daß nach der inzwischen erfolgten Eskalation (Ermordung der burgundischen Knappen, Tötung des Etzelsohns, Anzünden des Saals über den Burgunden) Friede unerreichbar ist. Die Trauer angesichts der vielen Toten, die Unfähigkeit, schlichtend einzuwirken, und die Unmöglichkeit, aus dem Zwiespalt der Bindungen herauszukommen, bringen ihn immer wieder zum Weinen. Der sonst geläufige Ausdruck der Trauer beim Abschied auf Zeit oder beim Tod wird in dieser Szene zum Zeichen des psychischen Drucks der Rat- und Hilflosigkeit in einer weder durch kämpferische Aktivitäten noch durch Überlegungen zu lösenden Aporie.

Der weinende, kampflose oberste Lehnsmann Etzels muß für die zum Ärgernis werden, die seinen Konflikt nicht erkennen. Ein Hunne wirft ihm Feigheit vor, Rüdiger reagiert zornig und tötet den Verleumder zum Unwillen Etzels und Kriemhilds mit einem Faustschlag. Hier zeigt der Dichter Rüdiger außerhalb höfischer *mâze*. Die Königin will jetzt von dem Markgrafen die ihr geschworenen Dienste abrufen, doch Rüdiger widerstrebt, er glaubt sein Seelenheil gefährdet, wenn er gegen seine Freunde kämpft. Die Treuepflicht gegenüber den Burgunden begründet er wiederholt mit dem von ihm geleisteten Geleit, der Begleitung der Fürsten an Etzels Hof:

»*Daz ist âne lougen: ich swuor iu, edel wîp,*
daz ich durch iuch wâgete   êre unde ouch den lîp.
daz ich di sêle vliese,   des enhân ich niht gesworn.
zuo dirre hôhgezîte   bat ich die fürsten wolgeborn.«

(2147)

(»Das ist nicht zu leugnen, ich habe Euch geschworen,
edle Frau, daß ich für Euch Ehre und Leben einsetzen
werde. Daß ich das Seelenheil aufs Spiel setze, habe ich
nicht geschworen. Ich habe die hochgeborenen Fürsten
zu dem Fest gebracht.«)

Auch Etzel bittet um Rüdigers kämpferischen Einsatz, und
in Umkehrung des Verhältnisses von Lehnsherr und Vasall kniet das Königspaar vor Rüdiger nieder. Obwohl die
Rechtslage klar ist (die vasallitische Bindung an den hunnischen König ist das höhere Recht), wird nicht mit entsprechenden Begründungen argumentiert, vielmehr werden Erwartungen und Bedenken auf eine emotionale und religiöse
Ebene gerückt.

   Rüdiger sieht sich durch die Forderungen, die aus der
doppelten Bindung erwachsen, als höfische Person zerstört,
die ständischen Normen entgleiten ihm, und er wünscht
sich den Tod. Ihm erscheint seine Lage ausweglos; nur Gott
könnte helfen:

»*Ouwê mir gotes armen,   daz ich ditze gelebet hân!*
aller mîner êren   der muoz ich abestân,
triuwen unde zühte,   der got an mir gebôt.
ouwê got von himele,   daz mich es niht wendet der tôt!

Swelhez ich nu lâze   unt daz ander begân,
sô hân ich bôsliche   unde vil ubele getân.
lâze aber ich si beide,   mich schiltet elliu diet.
nu geruoche mich bewîsen,   der mir ze lebene geriet.«

(2150 f.)

(»Weh über mich erbarmenswürdigen Menschen, daß
ich das erlebe. Alle meine Ehren muß ich aufgeben,
Treue und höfische Gesittung, die mir Gott zuteil werden ließ. O Gott im Himmel, könnte mich doch der
Tod davor bewahren! || Was ich auch lasse und was ich
tue, in jedem Fall habe ich ehrlos und schlecht gehandelt. Wenn ich beides lasse, wird mich alle Welt tadeln.
Nun möge mir der helfen, der mir das Leben gegeben
hat.«)

Die Gestaltung der inneren Krise als Gewissenskonflikt mit
christlicher Perspektive ist ein weiteres Beispiel der mehrfach aufgewiesenen höfisierenden Tendenzen des *Nibelungenliedes*; denn die Frage, ob das Handeln der Protagoni-
sten vor Gott bestehen könne, ob sie Gottes Gnade erlangen, gehört seit Hartmanns erstem deutschen Artusroman
Erec zur Thematik auch der weltlichen Erzählwerke und
wird ebenso in der Lyrik angesprochen. Im *Nibelungenlied*
– jedenfalls in der *nôt*-Fassung – bleiben die Hauptfiguren
und die Haupthandlung von dieser Frage unberührt, doch
die Rüdiger-Episode schließt den religiösen Aspekt neben
anderen auf die historische Realität beziehbaren Gesichtspunkten mit ein.

Seit Jahrhunderten bereitete die Verpflichtung eines Vasallen gegenüber mehreren Lehnsherrn (bis zu zwanzig und
mehr Lehnsverhältnisse nebeneinander hat es gegeben) in
Kriegs- und Fehdefällen besondere Probleme. Die Kollision
der Pflichten konnte als taktisches Potential eingesetzt (vgl.
Althoff, B 7: 1990, 12), aber wohl auch als bedrängende
Situation empfunden werden. In Rüdigers Fall besitzen
die kollidierenden Bindungen unterschiedlichen Charakter. Der Lehnsherr konnte Waffenhilfe verlangen; die
Freundschaftstreue war weniger genau definiert; das durch
Heirat entstandene Verwandtschaftsverhältnis schloß den
Kampf aus. Nun gab es in der historischen Realität grund-
sätzlich die Möglichkeit, sich der Verpflichtung zur militäri-

schen Unterstützung durch Aufkündigung des Lehnsver-
hältnisses zu entziehen (*diffidatio*). Rüdiger unternimmt
einen derartigen Versuch. Er will auf sein Lehnsgut verzichten und entkleidet von den Insignien des Ritterstandes (un-
beritten) wie ein Büßer in die Verbannung ziehen. Doch
Etzel akzeptiert das Ersuchen nicht, denn er befindet sich
selbst in einer Notlage. Rüdigers Dilemma ignorierend, will
er die Position des Vasallen erhöhen: *du solt ein künec ge-
waltec beneben Etzeln sîn* (2155,4; du sollst als gewaltiger
König neben Etzel herrschen). Rüdiger reagiert auf dieses
Machtangebot nicht; alle Bindungen, auch die bisher positiv
geschätzte Freundschaft, werden für ihn zur verhängnisvol-
len Belastung. Als Kriemhild an sein Erbarmen, eine christ-
lich-ritterliche Tugend, appelliert: *nu lâ dich erbarmen unser beider sêr* (2159,2; nun hab Mitleid mit dem Schmerz
von uns beiden), beharrt Rüdiger nicht weiter auf der *diffidatio*. Er ist zum vasallitischen *auxilium* bereit, formuliert
das *beneficium*, das er erhalten hat, aber nicht dinglich, sondern als emotionalen Wert. Er müsse entgelten, was der
König und die Königin ihm *liebes* (an Freude und Glück)
gegeben hätten, d. h., er muß die Freude mit dem Leben bezahlen; der Tod beendet das Lehnsverhältnis, das sich aus
moralischen Gründen nicht aufkündigen ließ. Mit dieser
Wendung erhält das ostinate Thema des Epos, *wie liebe mit
leide ze jungest lônen kan* (15,3), eine individuelle Variante.
Dem narrativen Verfahren des *Nibelungenliedes* entsprechend, konstatiert der Erzähler dann unkommentiert den
Einsatz der ganzen Person: *Nu liez er an die wâge sêle unde
lîp* (2163,1; Da setzte er Seele und Leben aufs Spiel). Allerdings greift der Markgraf nicht wortlos zu den Waffen, er
formuliert die Absage an die Freunde dem Rechtsbrauch gemäß, wie überhaupt die gesamte Aventiure eine Fülle von
rechtssprachlichen Termini enthält (Wapnewski, B 4i: 1960).
Den Appellen der Burgunden an *gnâde* und *triuwe* hält Rüdiger seine Lehnspflicht entgegen, deren rechtliche Relevanz
Volker vorab für den Eintritt des Freundes in den Kampf

ironisierend erkannt hatte: *an uns wil dienen Rüedegêr sîne bürge und sîniu lant* (2170,4; im Kampf mit uns will Rüdiger für seine Burgen und seine Länder den erforderlichen Dienst leisten). Daß er wider Willen kämpft und daß der Zwang der Verhältnisse seine persönliche und emotionale Bindung nicht aufgehoben hat, betont Rüdiger im Gespräch mit Gunther, Gernot und Giselher. Entsprechende Stellungnahmen auf beiden Seiten artikulieren die Widersinnigkeit des Kampfes.

War Rüdigers wiederholter Anruf Gottes ohne direkte Resonanz geblieben, so gestaltet der Dichter mit symbolischen Mitteln eine Szene, die ihn in seinem Treuebruch moralisch entlastet. Bevor der Kampf beginnt, tritt Hagen auf der Treppe des ausgebrannten Saales Rüdiger entgegen und erbittet von ihm Ersatz für seinen Schild, das Geschenk Gotelinds, das die Hunnen zerhauen hätten. Rüdiger erfüllt die Bitte und gibt Hagen mit dem eigenen Schild ein letztes Geschenk, das das Fortbestehen der Freundschaft signalisiert. Bitte und Gabe sind als symbolische Gesten abgehoben von der Realität des Schauplatzes, wo Schilde der Gefallenen zuhauf herumliegen. Die Tränen der Umstehenden bestätigen die emotionale Dimension des Vorgangs, und Hagens Wunsch:

> *»Nu lôn iu got von himele, vil edel Rüedegêr.*
> *ez wirt iuwer gelîche deheiner nimmer mêr,*
> *der ellenden recken sô hêrliche gebe.*
> *got sol daz gebieten, daz iuwer tugent immer lebe.«*
>
> (2196)

(»Nun möge Euch Gott im Himmel belohnen, edler Rüdiger. Es wird niemals mehr jemanden geben, der wie Ihr fremden Helden so herrliche Geschenke macht. Gott möge bewirken, daß Eure Vollkommenheit ewig lebe.«), korrespondiert mit Rüdigers zuvor ausgesprochener Sorge um das Seelenheil, wenn man *immer leben* wie in anderen Kontexten auf das ewige Leben bezieht. Als Gegengabe kündigt der oberste Vasall der Burgunden seine Teilnahme am Kampf gegen Rüdiger auf, ganz gleich wie viele auf burgundischer Seite fallen. Hagen vermag die Neutralität zu praktizieren, die Rüdiger versagt blieb; er bewahrt hier die Treue, die er Siegfried gegenüber gebrochen hatte, und bringt sein Verständnis für die Zwangslage des Freundes zum Ausdruck: in dieser Szene wird eine Handlungsalternative literarisch gestaltet, die zeigt, daß neben Recht und militärischer Gewalt auch andere Dimensionen existieren und Entscheidungen bestimmen können. Verschiedene Motive und Motivierungen, Übernommenes und Neugeprägtes durchdringen sich in der Rüdiger-Aventiure.

Schließlich tritt Rüdiger in die Rolle des heroischen Kämpfers ein: *des muotes er ertobete* (2206,2; Kampfzorn ergriff ihn):

> *Vil wol zeigete Rüedegêr,   daz er was starc genuoc,*
> *küene unde wol gewâffent.   hey waz er helde sluoc!*
>
> (2212,1 f.)

(Sehr gut bewies Rüdiger, daß er stark, tapfer und wohlbewaffnet war. Er erschlug eine Unmenge Helden.)

Er trifft Gernot tödlich und wird von diesem mit dem geschenkten Schwert getötet. Unermeßliche Trauer auf beiden Seiten bringt eine Kampfpause. Kriemhild verdächtigt Rüdiger, er habe eine *suone* geschlossen, bis der Anblick der Leiche ihr die Wahrheit vor Augen führt.

In der zeitgenössischen Historie wurde, wie erwähnt, im Spannungsfeld einander überschneidender Bindungen die militärische Schlagkraft einzelner Lehnsherrn dadurch beeinträchtigt, daß die Vasallen in die Neutralität auswichen. Ein besonders spektakulärer Fall von Verweigerung der

Heeresfolge in der Reichsgeschichte, als Heinrich der Löwe
1175 in Chiavenna Kaiser Friedrich Barbarossa die Unterstützung gegen die oberitalienischen Städte versagte, stand
unter besonderen Bedingungen. (Es ist schwer, aus der wi-
dersprüchlichen Darstellung der Quellen im einzelnen ein
genaues Bild zu gewinnen.) Da der Kaiser kein allgemeines
Heeresaufgebot für den Italienzug erlassen hatte, war der
Herzog rechtlich nicht zum *auxilium* verpflichtet; da sich
Friedrich aber in einer schwierigen Lage befand, war für
den Lehnsmann eine moralische Verpflichtung gegeben.[11]
Ob der Kaiser wirklich sein Anliegen mit einem Kniefall
unterstützte, läßt sich nicht sichern, zumindest war ein solcher Akt als realer Vorfall denkbar. Die Analogie von Literatur und Geschichte, von Etzels und Barbarossas Bittstel-
lung, ist auffällig. Ob Rüdigers Kampf auf diesem Hintergrund beschrieben und gesehen wurde, muß jedoch offen
bleiben. Ein Plädoyer für die rechtliche und moralische Verbindlichkeit des Lehnsrechts war er allemal. Auch Kritik an
der geringen Konkretisierung, die Freundschaftsverträge
nach älterem Usus besaßen, läßt sich aus der Geschichte
herauslesen. Man versuchte seit dem 12. Jahrhundert zunehmend, diesem Problem durch schriftliche Fixierung bestimmter Rechte und Pflichten entgegenzuwirken, wo man
vormals darauf vertraute, daß die emotionalisierten Rituale
ein gemeinschaftliches Wohlverhalten bewirkten (Althoff,
B 7: 1990, 118 f.). Vor allem aber konnte man Rüdigers un-
gewollten Kampf gegen Freunde und Verwandte, seinen
Tod und die Klage auf beiden Seiten auch als Zeichen für die
Unsinnigkeit von Kämpfen unter derartigen Zwängen interpretieren. Daß eine solche Deutung durchaus Überlegungen der Zeit entsprechen kann, ergibt sich aus ähnlichen
Aussagetendenzen etwa im *Parzival* und *Willehalm* Wolframs von Eschenbach, in denen der Krieg problematisiert

11 Karl Jordan, *Heinrich der Löwe. Eine Biographie*, München ²1980,
    S. 188 ff.

wird, und aus dem *Liet von Troye* Herborts von Fritzlar, das Kampf und Tötung als Sünde verurteilt.

Wie an anderen Stellen des *Nibelungenliedes* überschneiden sich auch in der Rüdigerfigur verschiedene Verständnismuster, der höfische Ritter wird zum *gotes armen* und bewährt sich schließlich als heroischer Held. Nicht nur die *alten mæren*, auch die ›neuen Geschichten‹ führen vor, daß der höfischen Humanisierung unüberwindliche Widerstände entgegenstehen.

8

Unhöfische Grundzüge und Motivierungen der Geschichte

Bei aller höfischen Überformung des *Nibelungenliedes*, die gezeigt werden konnte, bleiben die zum Stoff gehörigen Konflikte und Gewalttakte als archaische Substrate der Geschichte handlungskonstitutiv. Sie bewahren – im historischen Gedächtnis modifizierend erklärt – negative Erfahrungen (wie den Untergang großer Teile des burgundischen Volkes); und mit der Geschichte von Siegfrieds Ermordung stellt der erste Epenteil einen entsprechenden Negativkomplex voran, den man in Doppelung zu ›Kriemhilds Rache‹ als ›Brünhilds Rache‹ für Betrug und Beleidigung betrachten kann, auch wenn die Motivierungen differenzierter erzählt werden. Betrug, Mord und das Ausmaß der Rache erscheinen allerdings nicht als primär intendierte Maßnahmen, sondern sie werden zur Durchsetzung bestimmter Ziele (Siegfrieds Werbung um Kriemhild, Gunthers Werbung um Brünhild) benutzt und fordern die Reaktion tödlich wirkender Rache heraus. Wiederholt bewahrheitet sich der Fluch der bösen Tat.

Der »archaisch«, »heroisch«, »unhöfisch« genannte Kontrastbereich zu der höfischen Sphäre umfaßt Elemente verschiedener Art und verschiedenen Alters, die keineswegs alle in der Stofftradition verankert sind. Gemäß dem vielfach geübten Verdoppelungs- und Multiplikationsverfahren sind sicher auch Varianten von Betrug und Mordbegründung auf der jüngsten Textebene hinzugekommen.

Im folgenden sollen wichtige Beispiele der unhöfischen Dimension – Motive, Personencharakteristika und Szenen –

gezeigt werden. Meist sind sie in höfisches Ambiente eingebettet und mit anderen Zügen verbunden, doch verlieren sie
dadurch nicht ihre Wirkungsmächtigkeit.

Siegfrieds Auftritt in Worms

In der 3. Aventiure bricht Siegfried aus Xanten auf, um
Kriemhild, zu der ihn Fernliebe hinzieht, zur Frau zu gewinnen; doch in Worms angelangt, fordert er nicht die
Hand der Königstochter, sondern die Herrschaft über das
Burgundenreich. Er tritt mit wenigen Begleitern als wilder
Herausforderer – wenngleich fürstlich gekleidet und gerü-
stet – auf. Hagen weiß über ihn märchenhafte Abenteuer
zu berichten, die ihm eine Aura von Kraft und Bedrohung
verleihen und die ihn von der realitätsanalogen Hofgesellschaft abrücken. Dieser Umbruch vom höfischen Ritter
zum unhöfischen Herausforderer, der voraussetzungslos
den Kampf sucht und das Brautwerbungsanliegen gar nicht
erwähnt, hat die Forschung vielfältig beschäftigt.[1]

Indem Hagen seinen Bericht über Siegfried damit beginnt, daß dieser die Könige Schilbung und Nibelung erschlagen und Wundertaten vollbracht habe, macht er die
von dem Fremden ausgehende Gefahr für das burgundische
Reich deutlich; er rät deshalb, Siegfried freundlich aufzunehmen, um nicht seine Feindschaft zu provozieren. Allerdings benennt Hagen auch den anderen, in der zweiten
Aventiure ausgeführten dynastischen Aspekt – Siegfried
stamme aus einem edlen Geschlecht, sei Sohn eines mächti-

---

1 Vgl. den Überblick bei Otfrid Ehrismann, B 2: 1987, 117; darunter besonders wichtige Beiträge: Haug (B 4h: 1974), J.-D. Müller (B 4i: 1974), Ehrismann (B 4i: 1975), Burger (B 4h: 1985).

gen Königs –, der die Gefahr relativiert. Der Fremde bestätigt zunächst das von Hagen beschworene Bild des *vreislîchen* Siegfried. Er fordert den burgundischen König zum Kampf heraus, um seine Herrschaftsfähigkeit zu bewähren. Er verlangt Land und Herrschaft als Kampfpreis für den Sieger und setzt seinerseits das gleiche ein. Doch Gunther nimmt die Provokation nicht an, er weist einen Legitimationszwang zurück und führt rechtliche Gründe an. Dabei bewegt er sich durchaus auf einer realitätsanalogen Argumentationsebene: Er habe Reich und Herrschaft von seinem Vater ererbt und besäße sie zu Recht. Siegfrieds Herausforderung wird dadurch zum Unrechtsakt deklariert. Die Kampfbereitschaft der Vasallen akzeptiert Gunther nicht, abgesehen davon, daß Siegfried es für unter seiner Würde hält, mit jemand anderem als dem König zu kämpfen. *ich bin ein kunec rîche, sô bistu kuneges man* (116,3; Ich bin ein mächtiger König, du aber ein [Lehns- oder Dienst-]Mann des Königs), sagt er zu Ortwin von Metz. *Übermüete* (mit komplexer, aber tendenziell negativer Bedeutung: Überheblichkeit, Unbedachtsamkeit u. ä.; vgl. Wolfgang Hempel, B 4h: 1966) ist der Begriff, unter dem der Erzähler die Auseinandersetzung zwischen Siegfried und den Angehörigen des Hofes faßt, die der Königsbruder Gernot zu befrieden sucht. An dieser Stelle nimmt der Erzähler den bei Siegfrieds Auftreten in Worms zunächst ausgeblendeten Motivstrang der Liebe und Werbung um Kriemhild wieder auf, indem er sagt: *dô gedâhte ouch Sîvrit an di hêrlichen meit* (121,4; da fiel Siegfried das schöne Mädchen wieder ein). Der Gedanke bewirkt nicht abrupt einen Verhaltensumschwung, leitet ihn aber ein. Gernot bemüht sich, Siegfried in das höfische Zeremoniell, das zum Empfang eines Gastes zur Verfügung steht, einzubinden (Begrüßungstrunk, Ablegen der Waffen, Unterbringung der Knappen), und er hat Erfolg. Zum Protokoll gehört auch das verbale Angebot, der Gast möge über alles verfügen, was die Gastgeber besitzen:

Dô sprach der wirt des landes: »allez daz wir hân,
geruochet irs nâch êren,   daz sî iu undertân,
und sî mit iu geteilet   lîp unde guot.«
dô wart der herre Sîvrit   ein lutzel sanfter gemuot.

(125)

(Da sagte der Herr des Landes [d. i. Gunther]: »Alles,
was wir haben, steht in Ehren zu Eurer Verfügung; Leben und Gut wollen wir mit Euch teilen.« Da wurde
Herr Siegfried ein wenig besänftigt.)

Siegfried hatte das gleiche konkret gefordert, was Gunther
jetzt in einer Höflichkeitsgeste anbietet, freilich mit der
Kautel *nach êren*, die das Recht wahrt. Es gelingt, Siegfried
durch dieses Angebot in die höfischen Spielregeln zurück-
zuführen. Vielleicht zeugt die Umdeutung der Redewen-
dung, die Walter Haug »höfische Kontrafaktur« von Siegfrieds Forderung nennt (B 4h: 1974, 41), von dem Befrie-
dungs- bzw. Sublimierungsprozeß, den das Gewaltpotential
der Adelsgesellschaft durch das höfische Zeremoniell prinzipiell erfuhr.

Wie der Erzähler nachdrücklich betont, wird Siegfried im
Laufe eines Jahres zum hochgeehrten, gerngesehenen Gast
am burgundischen Hof. So ist das Bild des vollkommenen
Ritters wiederhergestellt und wird Kriemhild vermittelt,
ohne daß eine Begegnung des füreinander bestimmten Paares stattfindet.

In dem Wechsel der Handlungsmotivierung – hier von
der Brautwerbung zur Machtprobe, um Land und Herrschaft zu erlangen – begegnet man dem ersten Beispiel jenes
für das *Nibelungenlied* typischen Erzählverfahrens, bei dem
zwei oder mehr Motive aneinandergereiht, aber nicht logisch verknüpft werden. Mentalitätsbezogene Erklärungen
für die Provokation (jugendlicher Überschwang; Schwietering, B 2: 1941, 202) sind wohl ebenso abwegig wie die Berufung auf die Vorgabe einer unbekannten Sagentradition

(Nagel, B 2: 1965, 141 ff., u. a.) und wie die Ableitung aus der zeitgenössischen Realität (J.-D. Müller, B 4i: 1974, 93; ähnlich Czerwinski, B 4h: 1979, 55). Näher liegt, daß der Verfasser sich an zwei verschiedenen literarischen Modellen orientiert hat, am Minnesang und am höfischen Roman, die allerdings beide in seinem Kontext schwer adaptierbar waren. Von der Aufnahme zweier verschiedener Brautwerbungsmuster – gewaltsamer Brautraub und friedliche Werbung (Müller, B 2: 1993, 154) – sollte man nicht sprechen, weil in Siegfrieds aggressivem Auftritt das Werbungsanliegen nicht vorkommt.

Beide Gesichtspunkte, Minnedienst und Einsatz von Gewalt, werden vor der Abreise in Xanten thematisiert. Siegfried will Kriemhild *verdienen* (45), er verwirft die *hervart* (56), denkt nur im Notfall an Kampf (53). Bei der Ankunft in Worms tritt er dann zwar nicht mit einem Kriegsheer, aber doch als Aggressor auf, der um Land und Herrschaft kämpfen und seine Idoneität erweisen will (105–108). Er erscheint damit quasi in der Rolle eines Helden aus dem höfischen Roman, der ein Land und die Hand einer Frau zu erringen sucht. Kontakt zur Artusepik läßt sich für den *Nibelungenlied*-Dichter nicht nachweisen, es sei denn in der Gesamttendenz des Epos als Reaktion auf den Optimismus des arthurischen Romans (s. S. 263 f.), doch sicher kannte er Veldekes *Eneasroman*, in dem der Trojaner vor Laurentum kämpfen muß, um das Reich des Latinus und seine Tochter zu gewinnen. Entsprechend tritt Siegfried zum Kampf an. Allerdings bestehen wichtige Differenzen, die die Rollen nicht zur Deckung kommen lassen: Siegfried ist nicht wie Eneas und die meisten Artusritter ein Held ohne Land, sondern ein mächtiger Königssohn, und in der realitätsanalogen Welt des *Nibelungenliedes* mußte der grundlose Angriff auf legitim ererbte Herrschaft als Unrechtsakt und Friedensstörung gelten. (Hagen formuliert dieses Unrecht des Aggressors in Str. 119.) Das herbeizitierte Modell wird denn auch im *Nibelungenlied* nicht weitergeführt, es hinterläßt aber eine für die weitere Handlung relevante Wirkung. Ungeachtet der befriedenden Integration des Fremden in den burgundischen Hof kann später beim Mordrat Siegfrieds aggressive Potenz in Erinnerung gebracht werden.

Die literarische Anregung für das Minnedienstmodell hat der *Nibelungenlied*-Verfasser aus der Lyrik übernommen. Korrespondierend zu Siegfrieds anfangs erzählter Absicht, sind die letzten acht Strophen dieser Aventiure der epischen Umsetzung einer Beziehung gewidmet, wie sie sonst der Minnesang thematisiert: die Liebenden wenden sich in Gedanken einander zu, leiden Sehnsuchtsqualen und hoffen auf eine Begegnung. Die Diktion belegt diesen literarischen Bezug: neben *hôhe minne* (45,1 und 129,4) stehen *herzenliebe* (133,4) und *er leit ouch von ir minne dicke michel arbeit* (135,4). Aber was im lyrischen Diskurs als psychische Disposition überzeugt, wirkt in epischer Ausführung eher unmotiviert, weil uneinsichtig bleibt, warum Siegfried keine Aktivitäten entwickelt, um Kriemhild zu sehen und seine Werbung vorzubringen. Das sind Fragen, die im lyrischen Kontext nicht aufkämen. Für die erzählte Geschichte gilt, daß die erste Begegnung des Paares im Rahmen der Siegesfeier als Ziel des langen Wartens kunstvoll gestaltet ist (s. S. 156–162). Das Minnedienstmodell wird also weiter durchgehalten, während das Aggressormotiv entfällt. Vielmehr vertritt bei der ungerechtfertigten Kampfansage der Dänen und Sachsen Siegfried im Dienste der Burgundenkönige die Rechtsposition.

Zu fragen ist, welchen Aussagewert die aufgenommenen literarischen Modelle für das zeitgenössische Publikum besaßen, wenn man die angesprochenen Vorstellungen von Dienst, Machtprobe und Herrschaftslegitimität auf den Assoziationshintergrund der Adelsgesellschaft bezieht. Eine mögliche Antwort liegt in dem Hinweis auf die realitätsanaloge Darstellung des Wormser Hofes. Das Erbprinzip begründete die Rechtmäßigkeit von Herrschaft, die im Zusammenwirken der *familia* (der Angehörigen des Hofes)

ausgeübt wurde. – Das trifft übrigens für Xanten genauso
zu wie für Worms. – Demgegenüber stellt die Forderung,
die Stärke des einzelnen zu erweisen, das im 12./13. Jahrhundert geltende dynastische Prinzip in Frage. Insofern
dürfte Siegfrieds Auftritt als Bedrohung von Recht und
Ordnung gewirkt haben, eine Gefahr, der man im Zusammenhang mit dem Aufstieg von Ministerialen und dem
Absinken von Adeligen in Abhängigkeitsverhältnisse historisch realiter begegnete. Am ausführlichsten hat Jan-
Dirk Müller (B 4i: 1974) das Publikumsverständnis vor dem
Hintergrund von Umstrukturierungen des dynastischen
Adels erörtert und dabei neben der 3. Aventiure auch die
Brünhildwerbung und den Frauenstreit mit einbezogen. Er
meint, die zeitgenössischen Rezipienten mußten Siegfrieds
Minnedienst und den Dienst im Interesse des burgundischen Hofes als ambivalentes Verhalten auffassen. Freiwillig
geleistet gehörte Dienst zum Funktionieren eines Herr-
schaftssystems, das auf persönlichen Bindungen zwischen
Ebenbürtigen beruhte; wenn er jedoch eingefordert wurde,
konnte Dienst als standesmindernder Akt erscheinen in
einer Gesellschaft, die die Standeshierarchie als von Gott
gesetzten *ordo* verstand und in den Mediatisierungspro-
zessen und der Gleichstellung von Altadel und Ministerialität eine Ordnungsstörung erblickte. Während der letzten
Jahrzehnte hat die Forschung das Bild von gesellschaftlichen Umstrukturierungen im 12./13. Jahrhundert differen-
ziert, das Faktum gegenläufiger Veränderungen, die sicher
auch die Zeitgenossen wahrnahmen, wurde dabei bestätigt.

Brünhild – eine amazonenhafte Königin
im Norden

Die schreckenerregende Seite Siegfrieds besitzt in Brünhild, der Königin von Island, ein weibliches Pendant. Ihr *vreisliche sit* (328,2; 338,2) und ihr *ubermuot* tauchen als gleiche Merkmale auf, und es ist dementsprechend auch bezeichnend, daß Siegfried die unhöfische Dimension Brünhilds kennt und den Burgunden über sie Auskunft gibt wie zuvor Hagen über Siegfried. Analog erkennt Brünhild Siegfried als den Stärksten, der als Partner für sie in Frage käme. Beide Figuren reichen in eine vage Vorzeit zurück. Allerdings läßt sich das Bild, das der Verfasser des *Nibelungenliedes* von Brünhild in der mündlichen Tradition vorfand, schwer präzisieren, auch die nordische Überlieferung hilft wenig zu einer Rekonstruktion. Unter den *Edda*-Liedern erzählen die unvollständig erhaltenen *Sigrdrífumál* von einer rüstungsgepanzerten Frau, die von Sigurd aus langem Schlaf erweckt wird, aber erst in der *Völsungasaga* (um 1400 überliefert, entstanden wohl Mitte des 13. Jahrhunderts) trägt sie den Namen Brynhild. Die Saga handelt ausführlicher als andere Dichtungen von der Begegnung der kriegerischen Schildjungfrau mit Sigurd, die ein Paar werden und sich unverbrüchliche Treue schwören; doch ein Vergessenstrank löscht am Hof der Gjukungen Sigurds Erinnerung an Brynhild aus, so daß er Gudrun heiratet; erzählt wird weiter, wie Sigurd seinen Schwager Gunnar bei der Werbung um Brynhild unterstützt, wie er in dessen Gestalt einen Feuerwall durchreitet und damit die von Brynhild verlangte Freierprobe erfüllt; es folgen der Frauenstreit, Sigurds Ermordung und Brynhilds Tod als letztliche Vereinigung mit Sigurd. Die *Thiðrekssaga* erscheint demgegenüber als drastischere, kürzere, aber vielleicht ältere Variante. (Von der Ermordung Sigurds handeln auch andere *Edda*-Lieder.) Die verschiedenen Motive der skandinavischen Dichtungen, deren Alter nicht sicher zu bestimmen ist (vor- oder nachnibelungisch), besitzen im *Nibelungenlied* keine genaue Entsprechung. Gemeinsam sind bestimmte Rahmenmotive, aber die Füllung differiert. Auf jeden Fall fehlt im *Nibelungenlied* die Erzählung einer älteren Beziehung zwischen Brünhild und Siegfried, aus der psychologisierende Begründungen der weiteren Handlung ableitbar wären. Zwar kennt Siegfried Brünhild, ihre Werbungsbedingungen und die Burg Isenstein, doch die Voraussetzungen dieser Kenntnis werden nicht genannt. So bleibt undeutlich, ob sich die beiden vor der erzählten Zeit des *Nibelungenliedes* begegnet waren (409; 417). Auch Hagen hatte in Worms von Siegfried berichtet, zugleich aber betont, ihn noch nie gesehen zu haben. Das Publikum mag, je nach Kenntnis einer mündlich tradierten Vorgeschichte, die vagen erzählerischen Andeutungen für sich ergänzt haben.

In der 6. Aventiure wird Brünhild mit einer Strophe vorgestellt, die analog zu der Einführung Kriemhilds und Siegfrieds abgefaßt erscheint:

> *Ez was ein kuneginne   gesezzen uber sê,*
> *ir gelîche enheine   man wesse ninder mê.*
> *diu was unmâzen schœne,   vil michel was ir kraft.*
> *sie schôz mit snellen degenen   umbe minne den schaft.*
>
> (324)

(Jenseits des Meeres lebte eine Königin, der – soweit man wußte – nirgendwo eine andere gleichkam. Sie war über alle Maßen schön und besaß große Kraft. Um den Preis ihrer Liebe mußten sich tapfere Helden mit ihr im Speerwurf messen.)

Schönheit als übliche Qualität der körperlichen Erscheinung weiblicher und männlicher Angehöriger des Adels ist bei Brünhild (ihr Name wird in Str. 327,2 genannt) mit der sonst männlichen Eigenschaft *kraft* verbunden, die sie im sportlichen Wettkampf mit männlichen Gegnern unter Be-

weis stellt. Den siegreichen Kampf mit ihr im Steinwerfen,
Weitspringen, Speerwerfen hat sie zur Bedingung für den
Gewinn ihrer Liebe und Heirat gesetzt. Dem Verlierer entgeht nicht nur der Preis, sondern ihn erwartet der Tod wie
auch alle tapferen Helden, die ihn begleiten. Das ist die
schreckenerregende Sitte, auf die Siegfried sich im Gespräch
mit den Burgunden bezieht. Verglichen mit Kriemhilds
Liebe, die im Anblick des turnierenden Ritters und durch
die Kunde von seinem Kampfruhm entsteht, verglichen
auch mit der ersten Begegnung im Rahmen der Siegesfeier
und Siegfrieds beständigem Minnedienst, entbehrt Brünhilds *minne* aller höfischen Merkmale und gehört in eine
andere Welt, wo das Gesetz der Stärke gilt. Wie weit diese
Welt durch älteren Erzählstoff präformiert ist, läßt sich
nicht klären. Während man überwiegend annimmt, die an-
drogynen Züge Brünhilds und das doppelte Kräftemessen
(im Kampf und später in der Hochzeitsnacht) stammten aus
der mündlichen Stofftradition, zieht Otfrid Ehrismann (B 2:
1987, 127) in Erwägung, daß die Kampfspiele vom Verfasser
des *Nibelungenliedes* erfunden sein könnten, weil sie in der
sonstigen Überlieferung keine Parallele besitzen. Sie entsprechen funktional dem Ritt durch den Flammenwall und
wirken wie dessen entmythologisierte Variante. Übernommen oder neu erdacht, in jedem Fall bieten sie eine eigene
Form der Freierprobe, in der der Kampf des Bewerbers mit
einem Rivalen, wie er etwa im *Eneasroman* oder im *Parzival* begegnet, zum Kampf mit der Umworbenen selbst um-
formuliert ist. Der Kampf zwischen Mann und Frau reizt
zur Anwendung moderner psychologischer Erklärungsmo-
delle, die aber außerhalb des Verständnishorizonts des mittelalterlichen Publikums liegen, der hier interpretierend
erschlossen werden soll. Albrecht Classen (B 4h: 1991) re-
kurriert problematisch auf einen »Subtext«, der – dem
Dichter selbst unbewußt – in Brünhilds Reich den Kampf
der Frauen um die Erhaltung des Matriarchats und dessen
Untergang darstelle.

Im Blick auf die mittelalterlichen Rezipienten ergibt sich die Frage, ob diese schreckenerregende, kampfgewandte, starke, zugleich aber auch schöne und prächtig gekleidete Frau auf der Folie sonstiger höfischer Lebensformen und literarisch gestalteter Brautwerbungen als karikierende Verzerrung wirkte oder ob bestimmte Motive in mehr oder weniger geläufige Vorzeitvorstellungen eingeordnet werden konnten.

Der Erzähltenor ist durchaus ernsthaft. Brünhilds Reich liegt jenseits des Meeres, später (416,1 u. ö.) wird der Name Island genannt, den die Aventiurenüberschrift, *Wie Gvnther gen Isenlande nach Prvnhilt fvor* (Handschrift A), antizipiert. Ihre Burg heißt Isenstein. Auch wenn sich mit Island für Autor und Publikum keine genauen Vorstellungen verbanden, so sprach der Name »Eisland« für sich und rückte es in nördliche Fernen. Daß die erzählte Reise dorthin nur zwölf Tage – eine epische Zeitspanne – dauert, sollte nicht zum Anlaß genommen werden, das Ziel an die Rheinmündung zu verlegen (van der Lee, B 4h: 1983, 235; prinzipiell zustimmend Ehrismann, B 2: 1987, 123). Es ging um ein reales Land im Nordmeer. Wenn man dazu bedenkt, daß die Existenz eines kriegerischen, männerfeindlichen Frauenvolkes, wie die Amazonen, von mittelalterlichen Geschichtsschreibern beglaubigt wurde, auch wenn sie inzwischen als vernichtet galten, so spricht das dafür, daß Brünhilds Reich auf Island als Vorzeitkosmographie rezipierbar war, zumal es neben der antiken literarischen Tradition (Troja- und Alexanderstoff), die die Amazonen in Kleinasien lokalisierte, seit dem 10. Jahrhundert eine Vorstellung von einem entsprechenden Reich im Norden Europas gab, Adam von Bremen (1074/76) nennt eine *terra feminarum* in der Nähe von Estland.[2]

---

2 Adam von Bremen, »Gesta Hamaburgensis ecclesiae pontificum«, in: Werner Trillmich / Rudolf Buchner (Übers. und Bearb.), *Quellen des 9. und 11. Jahrhunderts zur Geschichte der hamburgischen Kirche und des Reiches*, Darmstadt 1961, S.456 ff.

Nun ist sicher Brünhild keine Amazonenkönigin – zu ihrem Hof und Heer gehören auch Männer –, aber die Lage ihres Reiches, ihre männlichen Qualitäten und die Tendenz, sich gegen Werbung und Heirat zu wehren (sie sinnt auch auf den Tod des vermeintlichen Werbers Siegfried, 416), mußten für die Kundigen unter den Rezipienten an das kriegerische Frauenvolk erinnern und waren wohl in dieser Analogie konzipiert. Auch hier besteht eine Parallele zu Veldekes *Eneasroman*, in dem Camilla, die – schön und stark wie Brünhild – ihre Jungfräulichkeit sorgsam zu bewahren sucht und dadurch im Normhorizont der höfischen Gesellschaft ins Zwielicht gerät.[3]

So dominieren an Brünhild bei dem Bericht über sie am Wormser Hof zunächst die archaischen Züge; wenn der Erzählschauplatz nach Isenstein wechselt, werden sie mit einem modernen Gewand umhüllt: Kleider, Hofstaat, Burg und ein Teil der Umgangsformen sind höfischen Vorstellungen angepaßt. Daß Brünhild im gleichen Gespräch, in dem Siegfried ihre *vreisliche* Art schildert, von Gunther als *minneclich* bezeichnet wird (330,2 f.), erklärt sich nicht nur als Personenperspektive, sondern entspricht der Zweidimensionalität der Figur und dem für das *Nibelungenlied* typischen Nebeneinander unaufgelöster Kontraste.

---

3 Ursula Schulze, »Sie ne tet niht alse ein wîb. Intertextuelle Variationen der amazonenhaften Camilla«, in: *Deutsche Literatur und Sprache von 1050–1200*, Fs. Ursula Hennig zum 65. Geburtstag, Berlin 1995, S. 235–260.

Der Werbungs- und Brautnachtbetrug

Es gehört zur konstitutiven Handlungskonstellation des *Nibelungenliedes*, daß Siegfried und Brünhild zwar in ihren vorzeitlichen Merkmalen verwandt sind, daß Siegfried die von Brünhild geforderten Konditionen besitzt (er ist der Stärkste), daß aber dennoch beide nicht ein Paar werden. Vielmehr ist im Figurenquartett des Epos Brünhild Gunther zugeordnet, der sie – trotz Siegfrieds Abraten – um jeden Preis zur Frau gewinnen will. Er akzeptiert dazu Siegfrieds Unterstützung, ohne die weitreichenden Konsequenzen zu ahnen. Im Zuge der Werbung erfolgt eine fatale Verwirrung der natürlichen und ständischen Ordnung durch das Täuschungsmanöver, das Siegfried und die drei Burgunden (Gunther, Hagen und Dankwart), die in *recken wîse* (339,1; als Einzelkämpfer) nach Island fahren, vor Brünhild inszenieren. Siegfried ist bereit, Gunther zu der gewünschten Braut zu verhelfen, wenn er dafür Kriemhild zur Frau erhält; und diese Abmachung wird eidlich bekräftigt. So entsteht die widersinnige Situation, daß sich Siegfried für Brünhild als Mann qualifiziert, um Kriemhild zur Frau zu gewinnen. Gunther erscheint überragend, indem Siegfried an seiner Stelle handelt und ihm dient.

Der Werbungsbetrug, den die Männer verüben, bildet das Komplement zu Brünhilds unhöfischen Heiratsbedingungen. Dabei kommt der aus Siegfrieds vorzeitlichen Abenteuern stammende Tarnmantel zum Einsatz. Indem er den Träger unsichtbar macht, ermöglicht er, daß Siegfried im Wettkampf Stein und Speer wirft und springt, während Gunther nur die Bewegungen ausführt. Zugleich handelt es sich auch um einen ›Kraftmantel‹, der die Stärke von zwölf Männern verleiht, die offenbar erforderlich ist, um Brünhilds unmäßige Kraft zu übertreffen. Die doppelte Wirkung des Zaubermantels steigert für den männlichen und weiblichen Part die grotesken Züge der Wettkampfszene, die –

ausführlich in 34 Strophen dargestellt – wohl durchaus im Interesse von Verfasser und Publikum lag. Die Kampfgeräte (Schild, Stein und Speer), die von mehreren Personen herangeschleppt werden, wirken überdimensional und lösen bei den Burgunden Angst aus. Brünhild erscheint selbst für den grimmigen Hagen auf Grund ihrer Kräfte als *des tîveles wîp* (436,4), das besser als Braut in die Hölle paßte (448,4). Die Bedrohung, die hier aufscheint, erinnert an Siegfrieds Auftritt in Worms, doch stehen die Burgunden auf Isenstein ohne den Schutz ihres Hofverbandes, allein auf Siegfried angewiesen. Die Todesgefahr dieser fremden Welt kann nur mit Zaubermitteln überwunden werden. Im Kontext der archaischen oder archaisierten Motive symbolisiert die *tarnkappe* Siegfrieds Kraft, sie ist zeichenhaft mit ihm verbunden wie der Hort und das Schwert, sie stellt die Konkurrenz zu Brünhilds übernatürlichen Kräften her. Darum sollte man Siegfried und den Tarnmantel auch nicht rationalisierend auseinanderdividieren etwa in dem Sinne, daß er Brünhild nicht aus eigener Kraft besiege.

Dem vorgetäuschten Krafterweis Gunthers im Wettkampf ist als weiteres Betrugsmotiv die Standeslüge vorgeschaltet. Siegfried verlangt als Voraussetzung für das Gelingen des Werbungsunternehmens, daß alle einhellig behaupten: *Gunther sî mîn herre, und ich sî sîn man* (384,3). *herre* und *man* bedeuten hier – wie es einer Möglichkeit des zeitgenössischen Sprachgebrauchs im Bezug auf zwei Könige entspricht – »Lehnsherr« und »Lehnsmann«. Daß es um die Fiktion von Siegfrieds Vasallität und die Erhebung Gunthers zum Ranghöheren in der Lehnshierarchie geht, läßt sich auch aus der Inszenierung entnehmen, die die Recken bei ihrer Ankunft am Ufer von Isenstein veranstalten: Während Brünhilds Mädchen von den Burgfenstern heimlich herunterschauen, leistet Siegfried Gunther den Zügel- und Bügeldienst. Er führt Gunthers Pferd vom Schiff und hält es am Zaum, bis der König aufgesessen ist. Der Erzähler betont das Außerordentliche dieser Handlung im Blick auf Siegfried:

er het solchen dienest   vil selten ê getân,
daz er bî stegereife   gestuonde helde mêr.   (396,2 f.)

(Niemals vorher hatte er einen solchen Dienst verrichtet, daß er einem Helden den Steigbügel gehalten hatte.)

Für das zeitgenössische Publikum veranschaulichte der Stratordienst als rechtssymbolische Handlung die vasallitische Unterordnung; nur deshalb konnte es für Friedrich Barbarossa zum Streitpunkt werden, ob er dem Papst das *officium stratoris* leistete, wie es von päpstlicher Seite seit dem Frühmittelalter verlangt wurde und noch im *Sachsenspiegel* fixiert ist.[4] Konkret gesehen führte Siegfried die Aufgabe eines Marschalls aus, der als Dienstmann am Hof für das Wohl des Königs, für die Pferde, die Reiterei sowie für das ganze Heer im Kriege verantwortlich war.

Über die Rechtsstellung des Lehnsmannes – ob er als freier Adeliger oder unfreier Ministeriale gedacht war – sagt die Vorspiegelung der *herre-man*-Relation zunächst also nichts, denn beide Gruppen waren im 12. Jahrhundert lehnsfähig, auch wenn im Verfügungsrecht über die Lehen Unterschiede bestanden; und seit der Epoche Kaiser Friedrichs I. traten Edle in die Ministerialität über und stiegen umgekehrt Ministerialen zum niederen Adel auf. Erst Brünhild versucht an späterer Stelle der Handlung in Worms, Siegfrieds ständische Position zu vereindeutigen.

Der fingierten Rangordnung widerspricht allerdings die Kleidung der Angekommenen, denn Gunther und Siegfried wie ihre beiden Pferde sind in gleicher Art schneeweiß ge-

---

4 Sebastian Kreiker, »Marschall«, in: LexMA, Bd. 6, 1993, Sp. 325; *Sachsenspiegel I und II. Landrecht und Lehnrecht*, hrsg. von Karl August Eckhardt, Göttingen ⁵1973, hier: *Landrecht* I,1.

wandet, die tatsächlichen Untergebenen, Hagen und Dankwart, dagegen schwarz. Beim Empfang der vier Männer vor
Brünhild folgt auf die visuelle Demonstration der Standeslüge eine verbale Variante. Protokollgemäß beginnt die Begrüßung mit dem Ranghöchsten. Als Brünhild zuerst Siegfried anspricht, weist er diesen Vorzug mit der Behauptung
zurück, daß Gunther der erste Gruß gebühre, *wand er ist
mîn herre* (418,4; denn er [d. h. Gunther] ist mein Herr), ein
edler König, der Brünhild zur Frau begehre. Auf Grund
dieser Erklärung akzeptiert Brünhild Gunther als Freier.
Sie nennt ihm ihre Bedingungen und überträgt ihm, nachdem er vermeintlich den Wettkampf gewonnen hat, die
Herrschaft (464). Ihr Interesse an Siegfried ist durch die angebliche Feststellung seiner Unterordnung erloschen. Für
sie kommt nur der als Mann in Frage, der die anderen in jeder Hinsicht überragt.

Forderung und Beweis absoluter Überlegenheit werden
also im *Nibelungenlied* auf mehreren Ebenen artikuliert.
Daß zu dem archaischen Motiv körperlicher Kraft die rechtliche Stellung in der Lehnshierarchie kommt und so nachdrücklich vorgeführt wird, läßt sich kaum aus dem Handlungszusammenhang ableiten. Notwendig war es nicht, für
Siegfrieds Minnedienst durch das Lehnsverhältnis einen formalen Rahmen zu schaffen, seine Dienstbereitschaft durch
die Unterordnung zu steigern (Bostock, B 2: 1960, 205) oder
seine Helferrolle in der Brautwerbung durch ständische
Minderrangigkeit zu kongruieren (Müller, B 2: 1993, 156).
Auch hier handelt es sich wiederum um eine der im *Nibelungenlied* vielfach auftretenden Motivdoppelungen: Die
herausragende Qualität einer Person wird in verschiedener
Weise zum Ausdruck gebracht, durch den magisch-physi-
schen und durch den gesellschaftlich-hierarchischen Aspekt.
Verweist das Kraftmotiv in die Vorzeit, so bringt das Stan-
desmotiv eine ›moderne‹ rationale Variante (vgl. Ehrismann,
B 2: 1987, 124, mit anderen Akzenten). Beide werden in der
folgenden Geschichte weiterverwendet und miteinander

verschränkt, was nicht immer widerspruchsfrei gelingt. Sie bilden auf Grund ihrer betrügerischen Verwendung das Konfliktpotential, das zum Frauenstreit und zu Siegfrieds Ermordung führt.

Diese Dynamik ist Grund genug, nach der möglichen Bewertung des Täuschungsmanövers durch Verfasser und Rezipienten zu fragen. Das Wortfeld von Betrug entstammt der neuzeitlichen Motivbeschreibung, im Text selbst taucht nur einmal ein Ausdruck mit negativer Valenz auf, wo der Erzähler die Standeslüge als *ubermüete* der Beteiligten bezeichnet (385,2). Doch in dem Verständniskontext, den das *Nibelungenlied* selbst herstellt und der mit dem Bewußtsein der zeitgenössischen Adelsgesellschaft korrespondierte, besaß die Standeshierarchie einen hohen Stellenwert, z.B. spielt sie im Begrüßungszeremoniell eine Rolle, im 3. Aventiure weist Siegfried den Kampf mit einem Unebenbürtigen zurück, und der Frauenstreit entzündet sich an Rangfragen. Demgemäß dürfte die Nichtachtung der gegebenen Standesposition – wenn auch nur zum Schein behauptet – als Verletzung des *ordo* gewirkt haben – eine Verletzung, die Folgen haben mußte.

Zu dem Komplex des Werbungsbetruges gehört auch der Ehevollzug: In der Brautnacht muß die mit Brünhilds Virginität verbundene Kraft gebrochen werden. Diese Leistung bildet unter den vorgetäuschten Idoneitätserweisen des Bräutigams (ständischer Vorrang, Sieg im Wettkampf, Überwältigung der Braut im Bett) am ehesten den Ausgangspunkt einer denkbaren Entwicklungsreihe. Die *Thiðrekssaga* konzentriert sich denn auch allein auf dieses Motiv. Im Ablauf der Geschichte des *Nibelungenliedes* steht es jedoch an letzter Stelle und fungiert nicht mehr primär als Überlegenheitsnachweis, sondern ist über die Standeslüge in die Ereignisse der Doppelhochzeit eingebunden. Die bereits gewonnene Braut verweigert ihre Liebe aus akutem Anlaß und muß gewaltsam bezwungen werden. Als Gunther zunächst für sich selbst einsteht, wird in einer burlesken, für

den König unwürdigen Szene vorgeführt, daß er Brünhild
nicht gewachsen ist: Sie fesselt den Zudringlichen mit ihrem
Gürtel und hängt ihn an einen Haken an der Wand – allerdings den Blicken der Hofangehörigen entzogen. Wiederum bedarf er Siegfrieds Hilfe, der Brünhild in der folgenden Nacht niederringt, so daß Gunther den Beischlaf
vollziehen kann. Hier hat der Verfasser – wohl um Siegfried
von Untreue freizuhalten – die Überwindung der Kraft und
die Defloration, die eigentlich eine magische Verbindung
bilden, entkoppelt und – anders als in der *Thiðrekssaga* –
auf Siegfried und Gunther verteilt. Das Ergebnis der Szene,
die sicher ihren besonderen Unterhaltungswert besaß, besteht darin, daß Brünhild ihre körperliche Kraft verliert und
im Hofleben als Ehefrau domestiziert erscheint und später
dann durch die Geburt eines Sohnes das Fortbestehen der
Dynastie sichert. Doch auf einer anderen Ebene entfaltet sie
neue Kraft, indem sie zum Katalysator des Unheils wird,
das aus dem Werbungsbetrug hervorgeht.

Die Hochzeitsfeier der beiden Paare bildet das Vorspiel
der Brautnacht. Im Rahmen dieses Festes kommen wiederum die Formen höfischer Repräsentation zur Geltung;
ihr Glanz wird aber durch die Auswirkungen der Standeslüge sehr bald getrübt. Brünhilds Tränen offenbaren eine
Leidkomponente und deuten den Umbruch des Glücks an,
das in der Vereinigung von Siegfried und Kriemhild sowie
von Gunther und Brünhild erreicht scheint. Die erste Begegnung der Frauen steht durchaus unter dem Zeichen besonderer Herzlichkeit, die über das höfische Zeremoniell
hinausgeht:

> *Di vrouwen sich beviengen   mit armen dicke hie.*
> *sô minneclich enpfâhen   gehôrte man noch nie,*
> *sô di vrouwen beide   der briute tâten kunt.*
> *vrou Uote unt ir tohter   di kusten dicke ir suozen*
> > *munt.* (586)

(Die Damen umarmten sich mehrmals. Noch nie hatte
man von einem so liebevollen Empfang gehört, wie ihn
die beiden Frauen, Ute und ihre Tochter, der Braut be-
reiteten. Sie küßten sie immer wieder auf ihren schönen Mund.)

Indem der Verfasser dann im Erzählerdiskurs die Gelegen-
heit zu einem Schönheitsvergleich nutzt und die Kundigen
zugunsten Kriemhilds entscheiden läßt, thematisiert er
einen Konkurrenzaspekt, ohne ihn unmittelbar weiterzuführen.

Noch steht die Eheschließung zwischen Siegfried und
Kriemhild aus. Sie erfolgt vor dem Festmahl in Abwesenheit Brünhilds, als Siegfried den Lohn für seine Werbungshilfe einfordert. Die rechtlichen Formen – der Kreis der
umstehenden Verwandten und Freunde und die Konsens-
erklärung beider Partner – werden durch den Ausdruck
emotionaler Verbundenheit begleitet. Diese setzt die Perspektive der höfisierten Liebesbeziehung fort und hebt den
Gegensatz zu der Verbindung von Gunther und Brünhild
hervor, der in der kontrastiven Schilderung der Brautnacht
gipfelt.

Da Brünhild den Eheschließungsakt nicht miterlebt hat,
erblickt sie an der Festtafel zum ersten Mal Kriemhild an
Siegfrieds Seite. Sie bricht in Tränen aus und erklärt, ihre
Betroffenheit sei durch die Entehrung ausgelöst, die Kriemhild durch die Plazierung neben Siegfried erfahre:

»Ich mac wol balde weinen«,   sprach diu schœnin meit.
»umb dîne swester   ist mir von herzen leit.
di sihe ich nâhen sitzen   dem eigenholden dîn.
daz muoz ich immer weinen,   sol si alsô verderbet
                              sîn.«   (617)

(»Ich muß wohl berechtigt weinen«, sagte die schöne
Jungfrau. »Mir tut deine Schwester von Herzen leid,
die ich ganz nahe neben deinem Eigenmann sitzen

sehe. Ich werde darüber nicht hinwegkommen, wenn
sie auf diese Weise degradiert wird.«)

Gunther will die Antwort zuerst verschieben; als aber
Brünhild mit Liebesverweigerung droht, stellt er Siegfrieds
königliche Machtposition klar, allerdings ohne die Diskrepanz zu den Aussagen auf Isenstein zu berühren:

> »er hât als wol bürge   als ich unt wîtiu lant.
> daz wizzet sicherliche: er ist ein kunic rîch.
> dar umb gan ich im ze minnen   di schœnen maget
>   lobelich«.   (620,2–4)

(»Er besitzt wie ich Burgen und weite Länder. Dessen
könnt Ihr gewiß sein: Er ist ein mächtiger König. Deshalb habe ich ihm das schöne, vielgerühmte Mädchen
zur Frau gegeben.«)

Brünhild gibt sich jedoch mit dieser Erklärung nicht zufrie-
den. Die Tafel wird aufgehoben, die Freude des Festes ist
nachhaltig beeinträchtigt. Noch – so hebt der Erzähler hervor – besteht zwischen den beiden Frauen keine Feindschaft. Als sie sich zur Nacht in ihre Gemächer zurückziehen, heißt es: *noch was iz ân ir beider nît* (623,4b). Dagegen
wird großer Wert darauf gelegt, Brünhilds Betroffenheit
durch die unstandesgemäße Heirat im Erzählzusammenhang ernsthaft zu betonen; denn daran knüpft der Verfasser
ihre weiteren Reaktionen und die Motivierung der Geschichte. Aber Brünhilds Beurteilung von Siegfrieds Stellung ist problematisch, da sie nicht ohne weiteres durch
Wort und Bild des Täuschungsmanövers auf Isenstein gedeckt ist.

Die Bedeutung der Standeslüge

Das vorgetäuschte Verhältnis, unter dem Siegfried und Gunther bei der Werbung auf Isenstein auftreten, hat der *Nibelungenlied*-Verfasser in die Formel *herre unde man* gekleidet. So verpflichtet Siegfried die beteiligten Burgunden auf die entsprechende Parole, vor Brünhild bezeichnet er Gunther als *mîn herre*; und Brünhild nimmt die Formel auf: *Si sprach: »ist er dîn herre unt bistu sîn man [...]«* (421,1). Die vorgespielte Stratordienstszene, zu deren Zuschauerinnen Brünhild selbst nach dem Erzählzusammenhang nicht gehörte, veranschaulicht für die Hörer des *Nibelungenliedes* wie für die Mädchen an den Burgfenstern die lehnsrechtliche Bedeutungsdimension der Herr-Mann-Beziehung, die einen doppelten Bezug zuläßt: auf einen adeligen Vasallen oder auf einen unfreien Ministerialen.

Einen adeligen Vasallen zu heiraten hätte für die burgundische Königstochter keine Standesminderung gebracht, wie auch an späterer Stelle der erzählten Geschichte die Verbindung des Königsbruders Giselher mit der Tochter des Markgrafen Rüdiger, eines Vasallen König Etzels, unanstößig ist (s. S. 167) und wie in der historischen Realität Königstöchter und Königssöhne mit Adeligen verschiedenen Ranges vermählt wurden.[5] Die Ehe einer Fürstentochter mit einem Ministerialen hätte dagegen – in der Regel – den Übergang in den niederen Stand zur Folge gehabt (*Sachsenspiegel*, Landrecht, I,45). Allerdings waren gerade Ehe-

---

5 Bertha, eine Tochter König Konrads III. ∞ Markgraf Hermann von Baden; Sophia, eine Tochter Kaiser Friedrichs I. ∞ Markgraf Wilhelm II. von Montferrat; Maria, eine Tochter König Philipps von Schwaben ∞ Herzog Heinrich II. von Brabant; Margarethe, Tochter Kaiser Friedrichs II. ∞ Markgraf Albrecht von Meißen; Otto von Burgund, ein Sohn Kaiser Friedrichs I. ∞ Margarethe von Blois; Herzog Konrad von Schwaben, ein Sohn Friedrichs I. ∞ Berengaria von Kastilien; König Heinrich (VII.), Sohn Kaiser Friedrichs II. ∞ Margarethe von Österreich; König Konrad IV., Sohn Friedrichs II. ∞ Elisabeth von Bayern.

schließungen mit freien Frauen einer der Punkte, die im Laufe des 12. Jahrhunderts zur Angleichung der Ministerialen an den Adel und zur Aufhebung der Unfreiheit beitrugen.[6] Wie weit diese gesellschaftlichen Umschichtungen im Assoziationshintergrund von Dichter und Publikum virulent waren und die Motivierung mitbestimmten, läßt sich kaum entscheiden.

Nun bezeichnet Brünhild auf dem Hochzeitsfest und im weiteren Verlauf der Geschichte Siegfried aber nicht als *dienestman*, wie das gängige Wort für Ministeriale lautet, sondern der Verfasser hat ihr Komposita mit *eigen* (*eigenman* und *eigenholde*) in den Mund gelegt, und es ist eine schwierige und kontrovers diskutierte Frage in der *Nibelungenlied*-Forschung, welches zeitgenössische Verständnis mit diesen Bezeichnungen verbunden war; und von der Klärung dieser Frage hängt die Funktionsbestimmung der Aussage in der erzählten Geschichte ab. Ein Teil der Interpreten (von Zallinger, B 4h: 1899; Bumke, B 4d: 1960; J.-D. Müller, B 4i: 1974, nicht mehr B 2: 1993; u. a.) deutet – eine mögliche Synonymie von *eigenman* und *dienestman* voraussetzend – das von Brünhild benutzte Wort als Ministeriale.[7] Demgegenüber hat Ursula Hennig gemeint, die Bedeutung ›Ministeriale‹ ausschließen zu können; sie versteht *eigenman* als ›Leibeigener‹, ›Höriger‹ (B 4h: 1981, 182). Dabei erklärt sie die Verwendung des Begriffs textintern als Provokation von seiten Brünhilds, die damit die Lehnsunfähigkeit Siegfrieds behaupte; rechtsgeschichtlich stützt sie sich auf ausdrückliche Unterscheidungen zwischen *dienestman* und *eigenman* im *Mainzer Reichslandfrieden* von 1235 und

---

6 Knut Schulz, »Ministerialität, Ministerialen«, in: LexMA, Bd. 6, 1993, Sp. 637.

7 Diese in sich uneinheitliche Gruppe von Unfreien war im 12./13. Jahrhundert rechtlich im Aufstieg begriffen. Im Ringen um ihre politische und wirtschaftliche Anerkennung verursachten sie diverse Konflikte; als Heiratspartner für Fürstentöchter kamen sie jedoch kaum in Frage. Vgl. A. Erler, »Ministeriale«, in: HRG, Bd. 3, 1984, Sp. 577 ff.; Knut Schulz (Anm. 6), Sp. 636–639.

den Nachfolgegesetzen. Auf einer breiteren Quellengrundlage stellt sich das Bedeutungsspektrum von *eigenman* jedoch·weiter dar. Die Bezeichnung umfaßt zum einen auch Ministerialen, und zum anderen konnte eine bestimmte Gruppe von Eigenleuten durchaus Lehen empfangen.

Die kontroversen Forschungsmeinungen hängen mit einer generellen Schwierigkeit der Bedeutungsbestimmung mittelalterlicher Rechtswörter zusammen, die oft nicht streng terminologisch fixierbar, sondern begrifflich offener sind. Aus dem semantischen Spektrum werden in verschiedenen Kontexten unterschiedliche Aspekte akzentuiert. So bezeichnen »Eigenmann« und »Eigenleute« zunächst die Unfreien schlechthin; aber wie es verschiedene Arten von *vrî* und *unvrî* gibt, werden mit dem gleichen Wort verschiedene Gruppen erfaßt, wie Karl Kroeschell im »Handwörterbuch der Rechtsgeschichte« ausgeführt hat (Bd. 1, 1971, Sp. 881 f.): Neben den *stipendiarii* oder *servi cottidiani*, die einem Herrn täglich dienten und von ihm unterhalten wurden, ohne mit einer bäuerlichen Stelle ausgestattet zu sein, gab es die Hörigen (*servi casati* oder *manentes*),[8] die auf einer Hufe saßen und Abgaben leisteten. Beide Gruppen wuchsen seit dem 13. Jahrhundert zu der neuen, in sich sehr ungleichartigen Schicht der Leibeigenen zusammen (*proprius de corpore* 1289 und *lipeigen* 1388 belegt). Außerdem heißen auch Ministerialen »vor ihrem Aufstieg zur Freiheit bisweilen ausdrücklich Eigenleute. Vor allem erstreckt sich die Bezeichnung aber im deutschen Südosten auf die einschildigen Ritter, die als Eigenleute von Rittersart galten« (ebd., Sp. 881). Karl Kroeschell stützt diese Feststellung u. a. auf einen Beleg aus dem *Schwabenspiegel* (Langform M,18); und in einer bayrischen Urkunde vom Ende des 13. Jahrhunderts ist von einem Lehen die Rede, das *eigen-*

---

8 Die Bezeichnung »hörig« für die grundherrliche Unterordnung eines Bauern ist ein wissenschaftlicher Terminus, für den es erst seit dem 14. Jahrhundert auf das Niederdeutsche begrenzte Belege gibt (E. Kaufmann, »Hörige«, in: HRG, Bd. 2, 1978, Sp. 241).

liute innehaben.[9] Die Eigenleute im Sinne von Ministerialen und Einschildrittern waren nicht an den Hof gebunden, und für sie steht die Lehnsfähigkeit außer Frage. Damit galten für sie die Lehnspflichten: Hof-, Kriegs- und andere Dienste (Kroeschell, Sp. 882).

Für Brünhilds Äußerungen im *Nibelungenlied* kommt der Bezug auf die Leibeigenen und Hörigen im engeren Sinne nicht in Frage; im gegebenen Kontext geht es vielmehr um einen Unfreien allgemein oder einen Ministerialen. Daß der *Nibelungenlied*-Dichter die zunächst möglich erscheinende Deutung des vorgespielten Herr-Mann-Verhältnisses als König und freier adeliger Vasall, was sich von Siegfrieds Status weniger entfernt und durchaus auch eine Abstufung zu Gunther ergeben hätte, ausschalten mußte, wenn er die Standeslüge zur Konfliktmotivierung in der weiteren Handlung benutzen und mit dem Anschein von Kriemhilds Mesalliance argumentieren wollte, leuchtet ein. Er brauchte eine Deutung in malam partem als unfreier Lehnsmann. Daß er nicht mit dem Wort *dienestman* operiert, könnte daran liegen, daß dieses Kompositum im Wortschatz des *Nibelungenliedes* generell fehlt, obwohl insbesondere bei der Vorstellung des Wormser Hofes dafür Platz gewesen wäre. Wo der Küchenmeister Rumold, der Mundschenk Sindold und der Kämmerer Hunold, die für den Hof und sein Ansehen Sorge tragen, *der drîer kunege man* (8,3) genannt werden, liegt es nahe, sie wie die Inhaber solcher Ämter in der historischen Realität als Ministerialen zu betrachten, aber sie werden nicht ausdrücklich als solche bezeichnet. Wahrscheinlich decken andere Wörter die Sache ab (*man, eigenman*). Außerdem ist zu berücksichtigen, daß im *Nibelungenlied* die ständerechtliche Fixierung der Figuren im allgemeinen vage bleibt[10] und daß der Dich-

9 *Corpus der altdeutschen Originalurkunden bis zum Jahr 1300*, Bd. 4, hrsg. von Helmut de Boor und Diether Haacke, Lahr 1963, Nr. 3106.
10 Paul Kluckhohn, »Ministerialität und Ritterdichtung«, in: ZfdA 52 (1910) S. 165.

ter sich meist »mit Rudimenten der Bezeichnung von Herrschaft und Abhängigkeit: Herr und Mann« begnügt hat (Hennig, B 4h: 1981, 179). Als er aber bei der Funktionalisierung der Standeslüge präzisieren muß, setzt er die Ausdrücke *eigenman* und *eigenholde* ein, um das Moment der Unfreiheit und Dienstpflicht hervorzuheben. Die Wörter im Sinne der später sogenannten Leibeigenen oder Hörigen zu verstehen, die täglich am Hof verfügbar oder Hufebauern waren, erscheint angesichts des Erzählkontexts abwegig; denn Brünhild schleudert sie nicht erst in der affektgeladenen Situation des Streits Kriemhild an den Kopf, wo die Erniedrigungsabsicht die absurde Übertreibung erklären würde, sondern sie gebraucht sie beim Anblick des Paares in der Hochzeitsszene, als sie die vermeintlich unstandesgemäße Verbindung entdeckt. Um das Gefälle zu konstatieren, reicht die Bedeutung Unfreier allgemein oder Ministeriale aus, denn einem solchen stand eine Königstochter als Frau nicht zu. Das gleiche gilt für den Beginn der 12. Aventiure, in der Brünhild die Einladung von Siegfried und Kriemhild veranlaßt. Hier sind die Bezeichnung *eigen man* und die Irritation über nicht geleistete Dienste in Brünhilds Gedanken verlegt, und das ist eine Ebene, in der auch im *Nibelungenlied* das Benannte und das Gemeinte übereinstimmen. Daß der Verfasser hier die Vorstellung eines ›Leibeigenen‹, ›Hörigen‹ evoziert, wäre abwegig. Es geht um den *eigenman* als einen Unfreien, zu Dienst Verpflichteten. In dieser Bedeutung macht auch die Korrektur des C-Redaktors Sinn, der den Ausdruck bereits in Siegfrieds Verhaltensanweisung bei der Werbung antizipiert: *Gunther sî mîn herre, ich sî sîn eigen man* (C 395,3); nur im Bezug auf einen Leibeigenen wäre der in der Forschung erhobene Vorwurf, die Veränderung sei abwegig, berechtigt, weil dann die vorgeführte Marschallfiktion nicht mehr paßte.

Das Kompositum *eigenholde*, das Brünhild neben *eigenman* verwendet (617,3 bei der Hochzeitsfeier und 800,3 bei der Bewirtung der Gäste in Worms), ist außerhalb des

Nibelungenliedes nicht belegt. Es wird synonym mit *eigen-man* verwendet. *holde* besitzt wie *man* ein breites semanti-sches Spektrum, das gegebenenfalls durch den Kontext genauer definiert wird. Die Bedeutung reicht von dem Getreuen eines Herrschers oder anderer Personen über Lehns- oder Dienstmann bis zum Einwohner (DRWb, Bd. 5, 1953–60, Sp. 1418 ff.). Ursula Hennig sieht in *eigen-holde* eine »pathetische Neubildung des Dichters«, die dazu diene, »die Ungeheuerlichkeit der Erniedrigung des so Be-zeichneten« zu demonstrieren (B 4h: 1981, 185, Anm. 27). Diese Erklärung wird dadurch relativiert, daß der Neolo-gismus vor dem Frauenstreit auftaucht und dort für eine Er-niedrigungsstrategie wenig geeignet erscheint. Wahrschein-lich spielt eher der Aspekt der Treue und Ergebenheit (*fide-litas*) in dem Basiswort *holde* eine Rolle, beruhend auf dem etymologischen Zusammenhang mit *hulde*,[11] dann wäre die besondere Treueverpflichtung Siegfrieds zu Gun-ther angesprochen. In der zugespitzten Auseinandersetzung der Frauenstreitszene wird nur der Ausdruck *eigenman* aufgenommen, er bezeichnet einen unfreien, lehnsfähigen, zu Diensten verpflichteten Mann.

---

11 *hulde* steht allgemein und speziell im Lehnsverhältnis – neben der Gnade des Herrn – vor allem für die Treue des Mannes gegenüber seinem Herrn, die seit dem 11. Jahrhundert in positiven Pflichten, die der Herr einfordern konnte, definiert wurden und ins *Decretum Gratiani* eingegangen sind. Vgl. B. Diestelkamp, »Hulde«, in: HRG, Bd. 2, 1978, Sp. 256–259.

Beunruhigung, Frauenstreit und die Folgen

Während die magisch verursachte Täuschung im Wettkampf und im Bett für Brünhild undurchschaubar bleibt, bekommt der Betrug durch die Standeslüge eine offene Stelle, wo die Diskrepanz des auf Isenstein Gesagten zu der Wirklichkeit am Burgundenhof wahrnehmbar wird und wo die weitere Motivierung ansetzen kann. Daß die vorgespiegelte Unterordnung Siegfrieds in Worms nicht weiter zur Geltung kommt, macht der Verfasser zum konkreten Grund für Brünhilds Beunruhigung, und es müssen dafür nicht psychologisierend Motive außerhalb des Gesagten gesucht werden, wie es in der Forschung immer wieder geschehen ist. Für neuzeitliche Betrachter mag Brünhilds Beschäftigung mit Standes- und Dienstpflichterwägungen befremdend wirken und eine affektive Motivierung durch Liebe zu Siegfried und Eifersucht gegenüber Kriemhild näher liegen, doch ist diese im Unterschied zur *Edda* und zur *Thiðrekssaga* in der expliziten Darstellung des Textes nicht zu finden, ja wohl eher vermieden. Wenn die Überlegung in der weiteren Handlung immer wieder auf die Statusfrage zurückgelenkt wird, so leuchtet das auch erzählungsimmanent ein, weil trotz Gunthers Hinweis auf Siegfrieds königliche Machtposition die Diskrepanz zu dem Auftritt in Island unklar geblieben ist.

Brünhilds Beunruhigung überdauert – wie später Kriemhilds Rachebegehren – lange Zeit. Mehr als zehn Jahre vergehen, in denen Siegfried in den Niederlanden im Vollbesitz seiner herrscherlichen Macht und Ehre für die Hörer und Leser dargestellt wird, während Brünhild ständig über den Status der Verwandten sinniert:

> *Nu gedâht ouch alle zîte   daz Gunthers wîp:*
> *»wi treit et alsô hôhe   vrou Kriemhilt den lîp?*
> *nu ist doch unser eigen   Sîfrit ir man.*
> *er hât uns vil lange   lützel dienste getân.«*

Diz truoc si in ir herzen   unt wart ouch wol verdeit.
daz si ir vremde wâren,   daz was ir harte leit,
daz man ir sô selten diente   von Sîfrides lant.
wâ von daz komen wære,   daz hete si gerne bekant.

(721 f.)

(Gunthers Gemahlin beschäftigte sich immer wieder
mit folgenden Gedanken: »Wieso ist Frau Kriemhild
so stolz, obwohl doch Siegfried unser Eigenmann ist:
Er hat uns sehr lange keine Dienste geleistet.« ‖ Das
bewegte sie in ihrem Innern, aber sie schwieg darüber.
Es bedrückte sie sehr, daß sie so weit entfernt von ihr
waren und daß niemand aus Siegfrieds Land ihr Dienste leistete. Woher das kam, hätte sie gern gewußt.)

Auch hier, wo der Erzähler die Figur ungeschützt in ihren
Gedanken ohne bestimmten Adressaten zeigt, eröffnet er
nicht eine private Sphäre persönlicher Emotionen, sondern
läßt das Bewußtsein an der Relation von Herrschaft und
Unterordnung, die sich im Dienst ausdrückt, festhalten.
Wiederum – wie beim Tränenausbruch am Hochzeitstag –
beziehen sich die Gedanken zuerst auf Kriemhild (724,2).
Deren Selbstwertgefühl scheint durch Siegfrieds und damit
durch Kriemhilds eigene inferiore Stellung nicht gerechtfertigt. Brünhild sucht nach Anzeichen, ob Kriemhild *verderbet* sei, wie sie es beim ersten Anblick des Paares prognosti-
ziert hatte. So ist auch die Erkundigung, die sie bei dem Boten einholt, der aus Xanten zurückkehrt, mehr als eine konventionelle Frage nach dem Wohlergehen:

»*[...] hât noch ir schœner lîp*
behalten iht der zühte,   der si wol kunde pflegen?«

(768,2b f.)

(»[...] Besitzt die schöne Frau noch immer die vollen-
dete Haltung, durch die sie sich früher auszeichnete?«)

Die Aufklärung, die Brünhild durch die Einladung von Kriemhild und Siegfried nach Worms sucht (*diu mær ervinden* heißt es 632,4), wird explizit nicht zu Vermutungen verdichtet. Daß sie »den Betrug aufdecken« wolle, wie Otfrid Ehrismann sagt (B 2: 1987, 136), ist ein Grad der Konkretion, den der Text selbst nicht bietet. Gleichwohl markiert der Verfasser im Zusammenhang mit Brünhilds forcierter Einladung eine *reservatio mentalis: Diz truoc si in ir herzen unt wart ouch wol verdeit* (722,1; Das bewegte sie in ihrem Herzen, und sie verschwieg es). Die vorgeschobene Sehnsucht nach den Verwandten und die geschönte Reminiszenz an das Hochzeitsfest (Str. 727) entsprechen nicht der Erinnerung des Herzens. Diese Diskrepanz schafft einen nach außen abgeschirmten Innenraum der Brünhild-Figur,[12] der vom Erzähler zwar nicht psychologisierend beleuchtet wird, aber an diesem Punkt konnten deutende Spekulationen des mittelalterlichen Publikums wie der neuzeitlichen Interpreten ansetzen, indem die übergreifende Kenntnis der Zusammenhänge, über die sie verfügen, Brünhild als Vermutung zugeschoben wird. Deutlich gemacht wird auf jeden Fall, daß Brünhild Gunther über die Beweggründe des gewünschten Verwandtenbesuchs täuscht und daß diese Täuschung die sie irritierenden, im Grunde betrügerischen Verhältnisse aufklären soll; doch das gelingt letztlich nicht. Die Konfrontation von Brünhild und Kriemhild führt zur Kraftprobe der Frauen und zu tödlicher Feindschaft. Für das Bewußtsein der Figuren werden die Zusammenhänge nicht aufgedeckt: Kriemhild erfährt nicht, was auf Isenstein vorgegangen und wie Siegfried zu Brünhilds Ring und Gürtel gelangt ist, und Brünhild vermag den Betrug nicht zu durchschauen.

Der Frauenstreit, Kulminations- und Wendepunkt des

---

12 Ähnliche Beobachtungen hat Walter Haug an der Kriemhild-Figur im zweiten Epenteil gemacht und weitgehende Folgerungen gezogen: »Kriemhild ist die erste wirklich individuelle Gestalt in der abendländisch-mittelalterlichen Erzählliteratur« (B 4i: 1987, 290).

ersten *Nibelungenlied*-Teils, gehört zu dem alten Kernbe-
stand des Stoffes, der – anders gestaltet – auch in altnordischen Dichtungen vorkommt. Dort geht es ebenfalls um
Rangfragen, in deren Zusammenhang der Werbungs- und
Brautnachtbetrug aufgedeckt werden. Doch während sich
im *Alten Sigurdlied* (*Brot af Sigurðarkviðu*) Gudrun und
Brünhild beim Baden im Fluß um den Vorrang ihrer Männer streiten und in der *Thiðrekssaga* die beiden Frauen den
Platz auf dem Thronsitz der Königshalle beanspruchen,
entsteht im *Nibelungenlied* der Streit bezeichnenderweise
im Rahmen des Festes, das für Kriemhild und Siegfried am
Wormser Hof veranstaltet wird und in friedlicher Atmosphäre beginnt. Der Erzähler betont, daß Brünhild den Gästen durchaus wohlgesonnen war (*Brünhilt ir gesten dan-
noch vil wæge was*, 809,2); das gleiche Wort *wæge* war schon
vorher auf Siegfried allein bezogen worden (800,4). Als
Kontrastfolie zu dem späteren Geschehen wird am Schluß
der 13. Aventiure dargestellt, wie Kriemhild und Brünhild
gemeinsam friedlich im Münster die Morgenmesse besu-
chen. Eine Vorausdeutung kündigt den bevorstehenden
Umbruch an (809,4). Der Streit bricht dann am elften Tag
des Festes aus.

War an früherer Stelle die gemeinschaftsstiftende Funktion von Festen in der historischen Realität hervorgehoben
worden, so ist hier zu ergänzen, daß die Emotionalisierung
der Teilnehmer auch ins Gegenteil umschlagen konnte, unter Umständen durch die längere Dauer des Zusammenseins
gefördert oder wenn die Verhältnisse bereits vorher ange-
spannt waren. Z.B. berichtet Ekkehard IV. in den *Casus
St. Galli* (cap. 13), wie am Ende eines vom Konstanzer Bischof Salomo III. veranstalteten Gastmahls die ehemaligen
Gegner, mit denen der Bischof Frieden geschlossen hatte,
die kostbaren Gastgeschenke, zwei Glaspokale, zu Scherben
warfen; die Feindschaft hielt an (Althoff, B 7: 1990, 207).

Den Streit hat der *Nibelungenlied*-Dichter mit großer
Darstellungskunst in drei wirkungsvoll gesteigerten Auf-

tritten gestaltet: 1. ein Dialog zwischen Kriemhild und Brünhild unter vier Augen, als sie ihren Männern beim Turnier zuschauen, 2. eine Auseinandersetzung im Angesicht der Hoföffentlichkeit vor dem Münster, 3. die eskalierende Fortsetzung nach dem Gottesdienst. Hier ist eine dramatische Darstellung gelungen, die quasi funktional die in dieser Zeit nicht vorhandene Gattung des weltlichen Dramas ersetzt.

In einer Situation des noch friedlichen Nebeneinanders, als die beiden Königinnen wie zwei Minnedamen bewundernd an ihre Männer denken, erhebt Kriemhild zuerst ihre Stimme:

> »ich hân einen man,
> daz elliu disiu rîche   ze sînen handen solden stân.«
>
> (813,3b f.)

(»Ich habe einen so hervorragenden Mann, daß er eigentlich über alle diese Reiche verfügen müßte.«)

Die Bewunderung ist in eine rechtssprachliche Wendung gefaßt, ähnlich wie im Minnesang häufig herrschaftsanaloge Metaphern verwendet werden. Über die Frage, ob Kriemhild mit ihrer Bemerkung einen provozierenden Machtanspruch erhebt oder ob sie Siegfried lediglich absichtslos mit einer Herrschaftsmetapher preist, gibt es in der Forschung keinen Konsens.[13] Alle Annahmen bleiben psychologisierend spekulativ. Deutlich ist nur, daß Brünhild provoziert reagiert, indem sie eine Relation zu Gunther herstellt. Immer noch in freudiger Stimmung, setzt Kriemhild ihren Siegfried-Preis mit einem Bild fort, das der Lyrik entstammt und an früherer Stelle (280,1) vom Erzähler für sie selbst verwendet wurde, also ein Lob, ohne Machtansprü-

---

13 Im Sinne einer Provokation lesen die Stelle z. B. Beyschlag (B 4h: 1951/52), Ihlenburg (B 2: 1969), Haustein (B 4i: 1993), im Sinne einer unbedachten oder situationsbedingten Äußerung z. B. Maurer (B 4h: 1951), Bischoff (B 4h: 1970), Müller (B 2: 1993).

che zu implizieren: *alsam der liehte mâne vor den sternen tuot* (814,3; wie der helle Mond vor den Sternen). Auf Brünhilds Replik, Gunther gebühre der Vorrang *vor allen künegen* (815,4), zieht sich Kriemhild einlenkend auf die Gleichrangigkeit Siegfrieds mit Gunther zurück, *er ist wol Gunthers genôz* (816,4). Doch an dieser Stelle referiert Brünhild die Standeslüge von Isenstein, und zwar in der offenen Version *küneges man* und der von ihr ergänzten Interpretation:

> *dâ jach des selbe Sîfrit,   er wære küneges man.*
> *des hân ich in für eigen,   sît ich ez in hôrte jehen«.*
>
> (818,2 f.)

(»Da sagte es Siegfried ausdrücklich, er sei des Königs Mann. Deshalb halte ich ihn für unfrei, da ich es von ihm gehört habe.«)

Das Stichwort *eigen* (unfrei) im Rekurs auf Zusammenhänge, die für Kriemhild uneinsichtig sind, ist auf Siegfried gemünzt, betrifft aber Kriemhilds Position gleichermaßen und entfacht ihren Zorn. Daraufhin will sie vor der Hofgesellschaft ihren unbeeinträchtigten Adel und den Vorrang Siegfrieds demonstrativ erweisen, indem sie vor Brünhild das Münster betritt. Mit ironisch übersteigerter Zuspitzung bezeichnet sich Kriemhild hier selbst als unfreie Dienerin und erhebt sich zugleich über alle:

> *du solt noch hînte kiesen,   wi diu eigene diu dîn*
>
> *ze hove gê vor recken   in Burgonden lant.*
> *ich wil selbe tiuwerer wesen,   danne iemen habe bekant*
> *deheine kuneginne,   diu krône ie her getruoc.«*
>
> (825,4–826,3)

(»Du sollst heute noch sehen, wie deine unfreie Dienerin vor allen Helden in Burgund am Hof mit ihrem Gefolge auftreten wird. || Ich will selbst vornehmer

sein als alle überhaupt bekannten Königinnen, die jemals eine Krone getragen haben.«)

Aus dem Vergleich der Männer ist der Rangstreit der Frauen geworden. Ein Intermezzo dient der Ausstattung zum öffentlichen Auftritt:

> »Nu kleidet iuch, mîne meide«, sprach Sîfrides wîp.
> »ez muoz âne schande belîben hie mîn lîp.
> ir sult wol lâzen schouwen, und habt ir rîche
>   wât. [...]«   (828,1–3)

(»Legt prächtige Gewänder an, meine Mädchen«, sagte Kriemhild. »Ich muß ohne jede Erniedrigung bleiben. Ihr sollt zeigen, daß ihr kostbare Kleider besitzt. [...]«)

Selten wird die Funktion der Ausstattung als visuelles Zeichen der Macht so explizit artikuliert. Kriemhilds Reichtum erscheint unübertrefflich, und sie trägt ihn zur Schau, um Brünhild zu verletzen: *wan ze leide Brünhilde, ez hete Kriemhilt verlân* (834,4; Kriemhild tat es nur, um Brünhild Leid zuzufügen). In der Konfrontation vor dem Münster werden dann Machtmotivik und Ehebruchsmotivik, die auf der Standeslüge und dem Brautnachtbetrug beruhen, miteinander verschränkt. Dem Ausdruck *eigen diu*, mit dem Brünhild die voranschreitende Kriemhild aufzuhalten versucht, wird *mannes kebse* (836,4) entgegengesetzt, womit Kriemhild ihre Gegnerin schmäht und die Begründung hinzufügt, daß Siegfried als erster mit ihr geschlafen habe.

Dem erzählten Geschehensverlauf entspricht das nicht; doch in der Figurenperspektive sieht es anders aus. Kriemhilds Eindruck ergibt sich aus der für sie unerklärten Abwesenheit Siegfrieds während der zweiten Nacht nach der Hochzeit und aus den Geschenken von Brünhilds Ring und Gürtel, die sie mit zeitlicher Verzögerung von Siegfried in Xanten erhalten hat. Beides sind konventionelle Symbole

Der Frauenstreit

Illustration von Carl Otto Czeschka (1908)

der Defloration und der Vermählung. Daß Kriemhilds Ent-
schlüsselung des Zeichencodes nicht stimmt, liegt an der
Verworrenheit der Verhältnisse. (Siegfried fungierte zwar
als Helfer in der Brautnacht, hat aber nicht mit Brünhild
geschlafen und sich dennoch die Symbole für den nicht
vollzogenen Akt angeeignet.) Angesichts der veränderten
Brautnachtgestaltung im *Nibelungenlied* sind die alten Zeichen depraviert, und ihre Verwendung erscheint erzählerisch ungerechtfertigt. Der Verfasser war sich dieser Problematik bewußt, denn er läßt den Erzähler Siegfrieds Mit-
nahme von Ring und Gürtel besonders kommentieren:

> er zôch ir ab ir hende   ein guldîn vingerlîn,
> daz si des nie wart innen,   diu edle kunegîn.
>
> Dar zuo nam er ir gürtel,   daz was ein borte guot.
> ine weiz, ob er daz tæte   durch sînen hôhen muot.
>
> (676,3–677,2)

(Er zog ihr einen goldenen Ring vom Finger, ohne daß
die edle Königin es merkte. || Außerdem nahm er ih-
ren Gürtel mit, ein schönes Stück. Ich weiß nicht, ob er
aus Übermut handelte.)

Später fügt er hinsichtlich des Geschenks an Kriemhild
hinzu: *swaz er ir geben solde, wi lützel erz belîben lie!*
(681,4; er konnte leider nicht darauf verzichten, ihr zu geben, was er ihr geben sollte). Was handlungslogisch unpas-
send und irrational erscheint, dient der Vorbereitung der
Frauenstreitszene, wo der Dichter die Utensilien als Be-
weismittel einsetzt. Erzählerisch wird die Ungereimtheit
nicht aufgelöst; doch die notwendige Stoffintegration ist geleistet. Kriemhild behandelt die Zeichen, als seien sie intakt.
Sie ist hier ähnlich wie Brünhild in einer Täuschung befan-
gen, und der Streit eskaliert zu der letzten Stufe auf Grund
von Vorstellungen beider Seiten, die nur Bruchstücke von
Wahrheit enthalten.

Nach gespannter Pause während des Gottesdienstes hält Brünhild die Gegnerin auf, um zu hören, wie sie zu dem Kebsenvorwurf gekommen sei. *kebse* bezeichnet mittelhochdeutsch eine allerseits willfährige Frau, eine Hure; ob der abfällige Ausdruck auch die Bedeutung des niedrigen Standes einschließt, ist nicht sicher.[14] Das Wort steht im Kontrast zu *friedel*, der Bezeichnung, die Kriemhild für Siegfried als legitimen Geliebten gebraucht.[15] Die Schmach für die Königin Brünhild, die Kriemhild hier publik macht, Siegfried habe als erster mit der burgundischen Königin geschlafen, fällt nicht gleichermaßen entehrend auf Siegfried und Kriemhild zurück; denn in der zeitgenössischen Argumentation wurde nur der Ehebruch durch die Frau für straf-, ja todeswürdig erachtet, weil er die Reinblütigkeit der Erben gefährdete. Erst im 14. Jahrhundert setzte die Kirche die gleichwertige Behandlung beider Geschlechter in diesem Punkt allmählich durch.[16] Doch all das wird im *Nibelungenlied* erzählerisch nicht ausgefaltet. Dialog, Beweisführung und der abwehrende Vorwurf, Ring und Gürtel seien Brünhild gestohlen, werden auf wenige Momente von äußerer Prägnanz komprimiert. Daß damit der Betrug aufgedeckt sei, wie Otfrid Ehrismann meint (B 2: 1987, 145), trifft allerdings nicht zu. Die Verwirrung für die Figurenperspektive hält in gesteigertem Maße an.

Kriemhild geht aus dem Streit siegreich hervor, doch auf weitere Sicht zeigt sich, daß sie einen Pyrrhussieg errungen hat. Brünhild, in Tränen aufgelöst, ruft König Gunther herbei. Für ihn und seine Familie wäre es eine Entehrung, hätte Siegfried Brünhild berührt und sich damit gebrüstet. So be-

---

14 H.-W. Strätz, »Kebsehe, -kind«, in: HRG, Bd. 2, 1978, Sp. 695 f.

15 W. Ogris, »Friedelehe«, in: HRG, Bd. 1, 1971, Sp. 1293 ff. *Friedel* war nach altem Recht keine heimliche Beischläferin, sondern eine Ehefrau und Herrin des Hauses ohne Ehevertrag. Das Wort hält sich für beide Geschlechter mittelhochdeutsch in der positiven Bedeutung: Geliebte(r), Braut/Bräutigam, Gattin/Gatte.

16 R. Lieberwirth, »Ehebruch«, in: HRG, Bd. 1, 1971, Sp. 836 ff.

steht Klärungsbedarf. Der Reinigungseid, den Siegfried anbietet, ist ein damals übliches Rechtsmittel, die Unschuld zu
beweisen. Indem ein Kreis gebildet wird und Siegfried die
Hand erhebt (das sind die entscheidenden Vollzugssymbo-
le), leistet er – entgegen der abweichenden Ansicht eini-
ger Forscher – wirklich den Eid. Gunther erläßt ihn ihm
nicht. Seine Worte:

> »*mir ist sô wol bekant*
> *iuwer grôz unschulde;   ich wil iuch ledic lân,*
> *des iuch mîn swester zîhet,   daz ir des niene habt*
> *getân.*«   (857,2b–4)

(»Mir ist Eure völlige Unschuld bekannt. Ich spreche
Euch frei von dem, was meine Schwester Euch vor-
wirft, und bestätige, daß Ihr es nicht getan habt.«),

stellen klar, daß er den Eid anerkennt und daß für ihn der
Fall erledigt ist. Das Fortwirken der öffentlichen Beleidigung im Streit der Frauen kann er mit dieser Deklaration
aber nicht aufhalten. Auch wenn das Faktum des Ehebruchs
nicht zutrifft und eine Aufklärung der Zusammenhänge ab-
gewehrt wird, bleibt die Ehrverletzung der Königin und
fordert Rache. Hagen – nicht Gunther – verspricht Brünhild, sie zu üben. Er betreibt den Mordrat gegen Siegfried
mit heterogenen Motiven, die alle das Handeln in eine politische Dimension überführen: Sühne für die Entehrung der
Königin; Ausschalten potentieller, von Siegfried ausgehen-
der Gefahr; Machtzuwachs für die Burgunden durch Gewinn von Siegfrieds Reichen. Diesem Begründungskomplex
erliegt Gunther nach anfänglichem Zögern und bricht gegenüber dem Helfer, Freund und Verwandten die Treue,
wie der Erzähler am Schluß der 14. Aventiure betont (873).
    Im Frauenstreit und im daraus resultierenden Mord hat
sich also das archaische Potential der Geschichte konzentriert – wenn auch neu aufbereitet – erhalten.

Siegfrieds Ermordung

Zur Aufbereitung der Ermordungsgeschichte trägt vor allem die besonders hervorgehobene politische Begründung bei. Siegfried Beyschlag (B 4h: 1951/52 und 1967) hat von dem »Motiv der Macht bei Siegfrieds Tod« gesprochen und dies auch von Anfang an im Frauenstreit aufzuweisen versucht. Das politische Erklärungsmodell hebt sich markant von der nordischen Dichtung ab, wo Brünhild die Ermordung Sigurds anstiftet, indem sie aus Eifersucht den Vorwurf seines Eid- und Ehebruchs erfindet. Ihr Ausspruch »Einer von uns dreien muß sterben, Sigurd oder du oder ich« aus der *Völsungasaga* wird sinngemäß auch für das bruchstückhaft überlieferte *Alte Sigurdlied* in Anspruch genommen, das mit der Frage nach dem Grund für Sigurds Tod einsetzt. Gunnar wirft Sigurd Eidbruch vor, Högni begreift und benennt Brünhilds Eifersucht als Hintergrund. Im *Nibelungenlied* werden Streit und Mord von einer Privatangelegenheit zum öffentlichen Fall erhoben. Der Dichter leitet von Brünhilds Betroffenheit zum Handeln Hagens über:

> dô trûret also sêre   der Brünhilde lîp,
> daz ez barmen muose   den Guntheres man.
>
> (860,2 f.)

(Da war Brünhild derart von Traurigkeit erfüllt, daß es Gunthers Vasall zu Mitleid bewegen mußte.)

Hagen übernimmt die Regie, er ignoriert den Eid und suggeriert eine von Siegfried ausgehende Gefahr für das Reich, die er beseitigen will.

Doch obwohl der oberste Vasall den Mord plant und ausführt, nennt das *Nibelungenlied* an drei Stellen Brünhild als Initiatorin. Der Gedanke, Siegfried zu töten, taucht bei ihr bereits während des Streites nach Kriemhilds Kebsenvor-

wurf auf (842,4); der später geleistete Reinigungseid tilgt
ihre Verletzung wie auch die Erwägung von Konsequenzen
nicht. Vor dem Aufbruch zu der mörderischen Jagd gibt
dann der Erzähler einen Vorausblick auf Siegfrieds Tod mit
der Pointe: *daz het gerâten Brünhilt, des kunic Guntheres
wîp* (914,4; das hatte Brünhild, König Gunthers Frau, geraten). Und schließlich konstatiert Kriemhild im Angesicht
von Siegfrieds Leiche: *ez hât gerâten Brünhilt, daz ez hât
Hagen getân* (1007,4; Brünhild hat es veranlaßt, Hagen
hat es ausgeführt). Auf diese Weise bleibt neben dem mit
Hagen verbundenen politischen Motivstrang auch die Verantwortung Brünhilds erhalten, sie ist nicht versehentlich
»durchgeschlüpft« (de Boor, Ausg., Anm. zu 917,4), sondern der Mord wird ausdrücklich auch als Rache einer Frau
gezeigt für die ihr angetane Beleidigung und den Betrug,
den sie nachträglich erkannt hat, ohne ihn durchschauen zu
können. Diese Sinneinschreibung des Mordes als Brünhilds
Rache bildet das Pendant zu Kriemhilds Rache im zweiten
Teil des *Nibelungenliedes*. Dazu paßt die letzte Strophe der
18. Aventiure, mit der der Verfasser Brünhild aus dem Epos
verabschiedet:

> *Brünhilt diu schœne   mit übermüete saz.*
> *swaz geweinte Kriemhilt,   unmær was ir daz.*
> *sine wart ir guoter triuwe   nimmer mêr bereit.*
> *sît getet ouch vrou Kriemhilt   diu vil herzenlichen*
>   *leit.*   (1097)

(Die schöne Brünhild saß voll Übermut auf dem
Thron. Wie sehr Kriemhild weinte, das rührte sie
nicht. Sie war niemals mehr zur Aussöhnung bereit.
Später fügte auch ihr Frau Kriemhild herzzerreißendes
Leid zu.)

Brünhild triumphiert gegenüber der trauernden Kriemhild,
doch der Triumph ist nicht von Dauer; denn sie wird ein
vergleichbares Schicksal treffen wie jetzt Kriemhild. Diese

künftige Wirkung rückt allerdings nur die *Klage*, nicht das *Nibelungenlied* selbst in den Blick.

Die 15. Aventiure, die der Vorbereitung des Mordes dient, enthält die größten Perfidien der ·Gesamthandlung, wo auch der Erzähler mit einer sonst nirgends vorkommenden Häufung abwertender Bemerkungen den von Hagen und Gunther geübten Verrat und ihre Untreue verurteilt. Er macht damit für jedermann deutlich, daß der Mordplan gegen den Verwandten, Freund und Gast, dem bei seinem Aufbruch von Worms in die Niederlande alle drei Könige Treue und Dienstbereitschaft bis an ihr Lebensende versprochen hatten (689), durch nichts zu rechtfertigen ist.

Wie auf Isenstein treten Schein und erzählte Wirklichkeit auseinander. Hörer bzw. Leser des *Nibelungenliedes* können das Handeln der Burgunden durchschauen, während Siegfried und Kriemhild wie einst Brünhild die Täuschung nicht erkennen. Das jetzt gespielte Theater besitzt größeres Ausmaß, da mehr Personal beteiligt ist. Zweiunddreißig Männer läßt Gunther an den Hof reiten, und er verhandelt mit den Boten. Fingiert wird eine Fehdeansage der Dänen und Sachsen, um Siegfried zur Unterstützung zu bewegen und Kriemhilds Sorge um Siegfried zu erregen. Gerade indem die Intriganten die Situation der 4. Aventiure zum Schein wiederholen und Siegfried sein Hilfsangebot macht, wird die gleichbleibende Reaktion des Freundes akzentuiert, die seine Widersacher im Plan zu seiner Beseitigung mißbrauchen.

Vor dem erlogenen Aufbruch in den Krieg spielt Hagen eine niederträchtige Rolle, um die einzig verwundbare Stelle am Körper des Unverwundbaren zu erfahren. Er gibt vor, Siegfried beschützen zu wollen, und Kriemhild erzählt *ûf genâde* (898,1), im Vertrauen auf Hagens Treue und Verbundenheit, wie beim Bad im Drachenblut ein Lindenblatt zwischen Siegfrieds Schultern fiel. Der Nachtrag dieses bisher ausgesparten Details aus dem märchenhaften Sagenkomplex ist für die Erzählung von Siegfrieds Tod notwendig. Der Verfasser hat es effektvoll in der Mordvorbereitung funktionalisiert, indem der sonst vorzeitkundige Hagen das Geheimnis nicht kennt und Kriemhild mit der Preisgabe ihres Wissens Siegfried seinen Mördern ausliefert. Hagen veranlaßt die Bezeichnung der verwundbaren Stelle: *wâ ich in müge behüeten, sô wir in sturme stân* (900,3; wo ich ihn beschützen kann, wenn wir im Kampf stehen). Der Erzähler verurteilt dieses Vorgehen als *meinræte* (903,3; hinterhältigen Verrat). Kriemhild glaubt subjektiv, es diene Siegfried zum besten, *ein tougenlichez kriuze* (901,2) auf das Gewand zu nähen, während sie objektiv Siegfrieds Tod mit verschuldet:

> *dô wând ouch des diu vrouwe,   ez sold im vrume sîn:*
> *dô was dâ mite verrâten   der Kriemhilde man.*
>
> (902,2 f.)

(Da glaubte die Herrin, es geschähe zu Siegfrieds Nutzen, doch auf diese Weise wurde Kriemhilds Mann verraten.)

Hier wird einmal das auch sonst im *Nibelungenlied* vorkommende Widerspiel zwischen bewußter Intention und verselbständigter, gegenläufiger Wirkung ausdrücklich markiert. Dieses Modell der Kontraproduktivität stellt die positive Lenkbarkeit des Geschehens durch menschliches Handeln in Frage.

Eine weitere fingierte Botschaft revoziert die Fehdeansage, und eine Jagd,[17] zu der man Siegfried einlädt, bildet den Rahmen für die Mordhandlung. Die Jagd – wie das Fest

---

17 Der Ort der Jagd differiert in der handschriftlichen Überlieferung: *zem Waskenwalde* in Handschrift B (911,3) meint den Wasgenwald, die Vogesen, doch dorthin wäre kein Rheinübergang nötig, von dem erzählt wird; so leuchtet die Redaktion von Handschrift C (919,3) *zem Otenwalde* (Odenwald) ein.

ein wichtiger Akt adeliger Lebensgestaltung – ermöglicht
noch einmal eine Aristie Siegfrieds als des besten Jägers,
dem, mit nur einem Spürhund und einem schnellen Pferd
ausgestattet, keine Beute entgeht, der Tiere aller Art, sogar
einen Löwen, erlegt und den ganzen Wald zu entvölkern
droht. Diese hyperbolische, mit Ironie durchsetzte Darstellung dient nicht nur als Ritardando vor der Mordszene,
sondern hat eine durchaus ernsthafte Bedeutung. Sie ver-
sinnbildlicht, daß derjenige, der der ganzen Tierwelt Herr
wird und dessen Stärke niemand übertrifft, doch dem betrügerischen Komplott hilflos erliegt. Daß Siegfried selbst
das eigentlich gejagte Wild ist, wird für den Rezipienten des
Epos bei dem Jagdunternehmen von Anfang an vorausblik-
kend deutlich gemacht und insbesondere durch einen von
Kriemhilds Träumen (s. S. 125) veranschaulicht: Sie sieht
Siegfried von zwei Wildschweinen über eine Lichtung ge-
jagt und die Blumen von Blut rot werden.

Zum Abschluß des Täuschungsmanövers folgt der inszenierte Lauf zu einer Quelle, weil Hagen den Jagdgefährten
beim Mahl die Getränke vorenthält. Noch einmal siegt
Siegfried in einem letzten Wettlauf, noch einmal läßt er war-
tend Gunther den Vortritt beim Trinken. Das wird als höfische Geste verstanden, vom Erzähler als *grôze tugende*
(975,1) bezeichnet; deutlich wiederholt Siegfried dabei die
Selbstzurücknahme von Isenstein. Über die Quelle gebeugt
wird er dann hinterrücks von Hagens Speer ins Herz getroffen:

Dâ der herre Sîfrit   ob dem brunnen tranc,
er schôz in durch das kriuze […].   (978,1 f.)

(Als Herr Siegfried an der Quelle trank, schoß er auf
ihn durch das Kreuz […].)

Die Sterbeszene umfaßt 18 Strophen (978–995). Siegfried
stirbt einen unheroischen Tod ohne Möglichkeit zur kämpferischen Gegenwehr wie ein Tier des Waldes. Die abgeleg-

Siegfrieds Ermordung

Illustration aus Handschrift b (um 1440)

ten Waffen hat ihm Hagen an der Quelle entwendet, nur den Schild kann er noch gegen den Mörder schleudern; sonst verfügt er lediglich über Worte, mit denen er das Verbrechen beim Namen nennt. Er konfrontiert die eigene Treue mit dem Treuebruch der Mörder und verflucht sie:

Dô sprach der verchwunde: »jâ ir vil bœsen zagen,
was helfent mîniu dienest   daz ir mich habet erslagen?
ich was iu ie getriuwe;   des ich engolten hân.
ir habt an iuwern mâgen   leider ubele getân.   (986)

mit laster ir gescheiden   sult von guoten recken sîn.«
(987,4)

(Da sagte der tödlich Verwundete: »Ach, ihr elenden
Feiglinge, was nützen mir nun meine Dienste, da ihr
mich ermordet habt? Ich war euch immer treu, das hat
man mir nicht gelohnt. Euren eigenen Verwandten
habt ihr damit Böses angetan. || Mit solcher Schande
werdet ihr nicht mehr zu den vortrefflichen Helden
gehören.«)

Die Figurenrede nimmt das Urteil des Erzählers über das
nicht zu rechtfertigende Vorgehen der Mörder auf. Daß die
Klage über die Vergeblichkeit des Dienstes noch besondere
Rezeptionssignale setzte, ist wahrscheinlich; auf jeden Fall
erfolgt die Verurteilung des Mordes in dem Normengefüge
rechtlicher Bindungen, die Schutz und Frieden hätten ga-
rantieren sollen.

Es gibt auch eine Siegfried verbundene klagende Partei
unter den Burgunden, die vorher für die gütliche Beilegung
des Konflikts eingetreten war. (Giselher und Gernot hatten
sich überhaupt nicht an der Jagd beteiligt.) Jetzt schlägt sich
Gunther auf ihre Seite, doch Siegfried entlarvt seine Tränen
als Heuchelei und identifiziert ihn als Mittäter. Hagen be-
kennt sich offen und triumphierend zu seinem politischen
Handeln, das vermeintlich der burgundischen Herrschafts-
stabilisierung dient:

Dô sprach der grimme Hagene: »jâne weiz ich, waz
ir kleit.
allez hât nu ende   unser sorge unt unser leit.

wir vinden ir vil wênic,   di getürren uns bestân.
wol mich, deich sîner hêrschaft   ze râte hân getan.«

(990)

(Da sagte der grimmige Hagen: »Ich weiß überhaupt
nicht, was Ihr beklagt. Unsere Sorge und unser Leid
haben nun ein Ende. Es gibt wohl niemand mehr, der
es wagt, sich gegen uns zu erheben. Wohl mir, daß ich
uns von seiner Herrschaft befreit habe.«)

Wenn Siegfried vor seinem Tod Kriemhild der Treue
Gunthers empfiehlt, den er gerade als treulos angeprangert
hat, so liegt darin keine Ironie, sondern der Appell *ûf iuwer
genâde* (993,4) findet in der Bedeutung mittelalterlicher
Blutsbande und weiblicher Schutzbedürftigkeit seine Erklärung. Gunther ist als Bruder Kriemhilds angesprochen, seinem Beistand übergibt Siegfried die Schwester. Kriemhild
akzeptiert im Prinzip diese Rückbindung an die eigene Familie, indem sie nicht mit Siegmund in die Niederlande
zieht, sondern ihre Trauer in Worms zelebriert und in zeitlicher Distanz auch den weiteren Schritt der Versöhnung mit
Gunther vollzieht. Doch konträr zu diesen formalrecht-
lichen Beziehungen macht die Geschichte von Kriemhilds
Trauer und Rache deutlich, daß im Ausnahmefall die innere
Bindung an den angeheirateten und verlorenen Ehemann
die Verpflichtungen gegenüber der angestammten Familie
außer Kraft setzt.

Siegfrieds Tod wird schließlich mit einer sentimentalisier-
ten collagenartigen Strophe abgeschlossen, die den Blick auf
Naturelemente richtet, welche an Kriemhilds Angstträume
erinnern, und den Tod als allegorische Figur mit schneiden-
der Waffe evoziert:

Di bluomen allenthalben   von bluote wurden naz.
dô rang er mit dem tôde.   unlange tet er daz,

want des tôdes wâfen   ie ze sêre sneit.
dô moht reden niht mêre   der recke küen unt
                              gemeit. (995)

Die Blumen wurden überall von Blut naß. Da rang er
mit dem Tode. Das dauerte nicht lange, denn die Waffe
des Todes schnitt wie immer scharf. Da versagte dem
tapferen und stolzen Helden die Stimme.)

Orientiert man sich an Helmut de Boors Definition heroischen Denkens als Überwindung leidvoll-dunkler Schick-
salserfahrung in der Selbstbehauptung der sittlichen Per-
sönlichkeit (B 2: 1953, 152), so ist die 16. Aventiure, *Wie
Sîfrit erslagen wart*, nicht von solchem Denken geprägt. Der
starke Sîfrit, der sogar über die Tiere des Waldes Herr wird,
ist nur durch hinterhältigen Mord zu fällen. Er selbst sieht
es entscheidend für seinen Tod, daß er Hagens Mordabsicht
(*den mortlichen sit*, 991,2) nicht erkannt hat. Im übertrage-
nen Sinne bezeichnet er damit seine verwundbare Stelle.
Statt heroischen Todestrotz zu demonstrieren, kommt hier
ein anderes Darstellungsmodell zur Geltung: Wehrlosigkeit
des Starken gegenüber perfider Intrige. Die erzählte Geschichte führt vor, daß politisches Handeln nicht im offenen
Kräftemessen, sondern in Überlistung besteht. Der Erzähler verurteilt das zwar als *untriuwe, meinrât, verrât*, konstatiert es aber als herrschendes Prinzip.

   Auf die Frage, wer für den Mord an Siegfried verantwortlich ist, gibt das *Nibelungenlied* verschiedene Antworten. Der Vasall plant und insistiert, der König gibt sein Pla-
zet und wird ausdrücklich mit dem Tadel des Erzählers
belegt, weil er dem Mord zugestimmt hat: *Der künic gevol-
gete ubele Hagenen, sînem man* (873,1; Es war nicht recht,
daß der König seinem [Lehns-]Mann folgte). An dem Täuschungsmanöver wirkt Gunther aktiv mit im Gegensatz zu
den beiden anderen Königsbrüdern, und Siegfried versteht
auch ihn als Täter, obwohl er von Hagens Speer getroffen

ist. Das entspricht dem Vorausblick auf zwei am Mord Beteiligte im Falkentraum und dessen Deutung in der 1. Aventiure (zwei Adler zerfleischen den Falken, 11,3). Später jedoch wird Hagen als einzelner exponiert. Kriemhild identifiziert ihn sofort als Täter und Brünhild als Anstifterin (1007,4). Sie stellt psychologisierend den schon in der 15. Aventiure vorbereiteten Zusammenhang zwischen dem Frauenstreit und der Bezeichnung der verwundbaren Stelle her. Die von Kriemhild geforderte Bahrprobe bestätigt ihre Einsicht: Als Hagen an die Bahre tritt, beginnen Siegfrieds Wunden zu bluten. Diese Art des Gottesurteils ist im *Nibelungenlied* zum ersten Mal bezeugt und wird wohl auch deshalb ausdrücklich erklärt (1041). Gunther widerspricht zwar der Identifizierung Hagens als Täter, allerdings nicht durch eine Solidarisierung von Herr und Mann, sondern durch die falsche Aussage: *in sluogen schâchære, Hagen hât es niht getân* (1042,4; Räuber haben ihn erschlagen, Hagen hat es nicht getan). Die Vereinzelung Hagens wird im weiteren Verlauf des Epos fortgesetzt. Er bleibt von der *suone* (Versöhnung als Rechtsakt), die zwischen Kriemhild und Gunther nach dreieinhalb Jahren erfolgt, ausgeschlossen. In der Vorverhandlung, die Gernot, Giselher, Ortwin und Gere mit Kriemhild führen, wird unterschieden zwischen dem Mörder als eigentlichem Täter – das ist Hagen allein – und dem, der durch *rât* mitgewirkt hat – das ist Gunther. Nicht der Täter gewesen zu sein, würde Gunther notfalls gerichtlich darlegen (1107,3), als Zustimmender fühlt er sich aber mitschuldig an Kriemhilds Leid (1111,3 f.). Auf diese Weise plädiert der *Nibelungenlied*-Verfasser für die »Eigenverantwortung des Mörders« (Schmidt-Wiegand, B 4h: 1982, 380) im rechtlichen wie im christlich-moralischen Sinne, und er bereitet die Konfrontation von Hagen und Kriemhild in der Rachehandlung des zweiten *Nibelungenlied*-Teils vor. Zuvor erneuert Hagen seine Täterrolle durch den Hortraub.

Hort, Hortraub und Hortforderung

Reichtum begründet Macht und dient der Herrschaftssicherung; diese Realitätserfahrung ist in europäischer Sage und Literatur vielfältig behandelt und problematisiert worden. Wo sich die Wunschvorstellung unerschöpflichen Reichtums märchenhaft erfüllt, wird der Besitz der Schätze oft zugleich als Gefahr und Keim des Untergangs gezeigt. Für den lydischen König Krösus vermag der Reichtum sein Glück nicht zu sichern, und König Midas von Phrygien droht an dem Gold, das seine Berührung schafft, zu ersticken. Der unermeßliche Nibelungenschatz bringt seinen Besitzern letztlich nur Verderben. Er spielt in den verschiedenen dichterischen Ausformungen der Nibelungensage unterschiedliche Rollen. Im *Alten Atlilied* trägt er die Handlung, indem die Goldgier des Hunnenherrschers zur Tötung der Schatzbesitzer, Gunnar und Högni, und zum Tode Atlis selbst führt, nachdem Gunnars Hortverweigerung eine Vision des im Rhein versunkenen Schatzes gebracht hat. Im *Lied von Fafnir* gewinnt der junge Sigurd den Schatz aus der Gewalt eines Drachen, aber auf dem Besitz liegt ein Fluch, d. h., hier ist magisch fixiert, was die Handlung anderer Erzählzweige als Wirkung vorführt.

Im *Nibelungenlied* besitzt das Hortmotiv keine handlungskonstituierende Funktion, aber es durchzieht begleitend beide Teile der erzählten Geschichte und erscheint als unverzichtbares Signum der Siegfriedfigur, das der Verfasser bis zum Schluß immer wieder in Erinnerung bringt. Als Hagen in der 3. Aventiure auf die vorzeitliche Dimension Siegfrieds ausgreift, nimmt die Hortgewinnung den meisten Raum ein (Str. 86–97), und sie ist mit Gewalt verbunden. Siegfried soll den Schatz der Fürsten des Nibelungenlandes teilen, da diese jedoch mit dem Ergebnis unzufrieden sind, erschlägt er sie. Krafterweis und Hortgewinnung greifen ineinander. Der Schatz, der Tarnmantel und die schützende

Hornhaut werden aus dem Nibelungenland in die höfische
Welt transferiert, sie kennzeichnen Siegfrieds überragende
Macht. In diesem Sinne werden der Hort und die Herr-
schaft über das Reich der Nibelungen vor Siegfrieds und
Kriemhilds Reise nach Worms in Erinnerung gebracht
(719). Aber die Außerordentlichkeit von Reichtum und
Macht bewahrt Siegfried nicht vor dem Tod, sondern zieht
Neid und Feindschaft auf sich. Der Hort erscheint als besonderes Objekt von Hagens Machtstreben. Er preist die
Unerschöpflichkeit und wünscht ihn für immer ins Land
der Burgunden (771). Wie der Hortbesitzer nach Worms
geladen und dann getötet wird, so veranlaßt Hagen nach
Siegfrieds Tod die Überführung des Schatzes, muß aber –
anders als anvisiert – auch diesen beseitigen. Die Unmöglichkeit, ihn zu nutzen, bringt eine der erzählerischen Zukunftsprognosen zum Ausdruck (1134,4).

Mit einem rechtlichen Argument bindet der *Nibelungenlied*-Verfasser das archaische Goldschatzmotiv authentisie-
rend in die Handlung ein (Schmidt-Wiegand, B 4h: 1982,
377): Kriemhild hat den Hort als Morgengabe erhalten, wie
erst in der Zeit ihrer Witwenschaft erzählend nachgetragen
wird (1113). Gerade im bayrisch-österreichischen Raum,
wo das *Nibelungenlied* entstand, war das Rechtsinstitut der
Morgengabe gebräuchlich, mit dem der Frau für den Todes-
fall des Mannes eine Versorgungsgrundlage versprochen
wurde, auf die sie in der Regel erst nach dem Ableben des
Mannes Zugriff erhielt.[18] So mußte es rechtskonform wirken, wenn der Schatz für die Witwe Kriemhild nach Worms
überführt wurde. Die Versöhnung mit Gunther, die Hagen
als Mittel zum Zweck benutzt, bildet die Voraussetzung,
um den Hort einzuholen. Kriemhild stimmt zu, daß ihre
nicht an dem Mord beteiligten Brüder, Gernot und Giselher, ins Nibelungenland fahren, und selbst Alberich, den

18 Formen und Funktion der Morgengabe differierten in den verschiedenen
   Regionen; vgl. Th. Mayer-Maly, »Morgengabe«, in: HRG, Bd. 3, 1984,
   Sp. 678 ff.

Siegfried zum Hüter des Schatzes eingesetzt hatte, erkennt das Recht der Morgengabe an (1115,3 f.). Für den Transport wird die Unerschöpflichkeit überschaubar gemacht (zwölf riesige Wagen fahren vier Tage und vier Nächte täglich vier Touren mit ihren Lasten von dem Berg zu den Schiffen am Meer), dann schaltet der Dichter gleich wieder zu der Inkommensurabilität zurück:

> Ez enwas niht anders   wan steine und golt.
> unt ob man al di werlde   het dâ von versolt,
> sîn newære niht minner   einer marke wert.
> jâne hetes âne schulde   niht gar Hagen gegert.   (1120)

> (Es waren alles Edelsteine und Gold. Auch wenn man die ganze Welt damit beschenkt hätte, wäre sein Wert nicht um eine Mark gemindert worden. Ja, Hagen hat ihn nicht ohne Grund begehrt.)

Kriemhild füllt damit in Worms Kammern und Türme, dennoch wiegt der Reichtum den Tod Siegfrieds für sie nicht auf. Anschließend wiederholt sich in bezug auf den Hort das Schema von Aneignung und Verlust, das im *Nibelungenlied* öfter begegnet. Die verwitwete Königin nutzt ihr neues Machtmittel, indem sie sich Kämpfer auch aus der Fremde durch Freigebigkeit so zahlreich verpflichtet, daß Hagen darin eine Gefahr erblickt, wobei er Kriemhilds Racheabsicht voraussetzt. Zunächst nimmt er ihr die Schlüssel zur Schatzkammer ab, schließlich versenkt er den Schatz im Rhein. Unklar bleibt in der Darstellung der Vorgänge die Mitschuld der Könige. Der gestaffelte Raub geschieht gegen Gunthers Willen, aber er schreitet auch nicht dagegen ein. Gernot erkennt die Gefahr, die das Gold birgt, und befürwortet die Versenkung im Rhein; Hagen führt sie in Abwesenheit der Könige aus. Vorher bekräftigen alle mit einem Eid, daß sie lebenslang das Geheimnis hüten werden. Wenn die Könige dennoch Hagens Vorgehen tadeln: *er hât übele getân* (1136,1), so ist das nur im Blick auf Kriemhilds Klage

als lügnerische Fassade verständlich, die ähnlich wie nach
Siegfrieds Ermordung aufgebaut wird, doch diesmal mit
voller Belastung Hagens. Heterogene Momente sind hier,
vielleicht vorbereitend für spätere Anknüpfungsmöglichkei-
ten am Schluß des Epos (Heinzle, B 2 und 4f: 1987; Göhler,
B 4: 1996), montiert. Aus der Ermordung Siegfrieds und
dem Hortraub (d. h. der Beseitigung der fürstlichen Macht-
grundlage) leitet der Erzähler am Ende des ersten Epenteils
Kriemhilds lebenslanges Leid ab:

> *Mit iteniuwen leiden   beswæret was ir muot,*
> *umb ir mannes ende,   unt dô si ir daz guot*
> *alsô gar genâmen.   dô gestuont ir klage*
> *des lîbes nimmer mêre   unz an ir jungesten tage.*
>
> (1138)

(Mit neuem Leid war Kriemhilds Herz beschwert,
durch Siegfrieds Tod und weil sie ihr ihren Besitz vollständig geraubt hatten. Da fand ihre Klage bis zu ihrem Tod kein Ende.)

Indem der Verfasser beide Gründe nennt, kann er auch im
weiteren Handlungsverlauf Kriemhilds Verletztheit auf verschiedene Weise ins Gedächtnis rufen.

Im zweiten Teil des *Nibelungenliedes* wird das Hortmotiv weiter verwendet. Eine Dublette des Raubes taucht vor
Kriemhilds Abreise ins Hunnenland auf (s. S. 133–135), und
ein kleiner Rest vom Rest des unendlichen Reichtums sichert ihr auf der Reise in Bechelarn ihre statusmäßige Ver-
haltensweise. Mit der Rückforderung des Hortes formuliert
der Verfasser die Konfrontation zwischen Kriemhild und
Hagen bei der Ankunft der Burgunden am Etzelhof und in
der tödlichen Schlußszene. Wie konkret diese Forderungen
gemeint sind, darüber streiten die Interpreten. Bedenkt man
den skizzierten begleitenden Charakter des Hortmotivs im
Nibelungenlied insgesamt und versteht man den Hortbesitz
als Zeichen für Macht und Außerordentlichkeit sowie den

Verlust als Ausdruck unendlicher Beleidigung und Ent-
machtung, so kann man die Hortforderung wohl kaum auf
das Verständnis der Herausgabe des Goldes aus Besitzgier
im Sinne des *Alten Atliliedes* beschränken; schon der engere
und weitere Kontext führt solche Deutung ad absurdum.
Angesprochen werden für die Hörer und Leser der komplexe Zusammenhang von Siegfrieds Tod, verlorener Macht
und die Unmöglichkeit, beides zu restituieren. Die Formu-
lierungen im einzelnen und der szenische Kontext fördern
den Bezug auf verschiedene Komponenten der Geschichte.

Bei der Begrüßung der Burgunden (28. Aventiure) hält
Kriemhild ihre feindliche Gesinnung gegenüber den Gästen
nicht zurück; sie küßt nur Giselher und führt ihn an der
Hand. Auf dem Hintergrund des sonst betonten Verhal-
tenszeremoniells bedeutet ein derartiger Konventionsbruch
gleichsam eine erste Kampfansage. Die Feindschaft wird in
Auseinandersetzung mit Hagen zunächst an dem geraubten
Hort festgemacht. Zwar erscheint die einleitende Frage
noch vage:

> *»saget, waz ir mir bringet   von Wormez über Rîn,*
> *dar umb ir mir sô grôze   soldet willekomen sîn.«*
>
> (1736,3 f.)

(»Sagt, was Ihr mir vom Rhein mitbringt, weshalb Ihr
mir sonderlich willkommen sein solltet.«)

Im nächsten Schritt bezieht sich Kriemhild jedoch – auf
Hagens Hohn reagierend – auf den geraubten Besitz:

> *»hort der Nibelunge,   war habt ir den getân?*
> *der was doch mîn eigen,   daz ist wol bekant.*
> *den soldet ir mir füeren   in daz Etzeln lant.«*
>
> (1738,2–4)

(»Wo habt Ihr den Hort der Nibelungen hingebracht?
Der war doch mein Eigentum, wie Ihr wohl wißt, den
hättet Ihr mir ins Land Etzels mitbringen sollen.«)

Tatsächliche Hoffnung auf gegenwärtige Gaben oder die
künftige Rückgabe ist daraus nicht zu entnehmen, was
Kriemhild selbst deutlich macht (1740). Hagen repliziert
mit Ironie und Trotz, alles sei längst verjährt:

>*Entriuwen, mîn vrou Kriemhilt,   des ist vil manec tac,*
daz ich hort der Nibelunge   niene gepflac.
den hiezen mîne herren   senken in den Rîn,
dâ muoz er wærliche   unz an daz jungeste sîn.«

(1739,1–3)

(»Wahrlich, Frau Kriemhild, es ist lange her, daß ich
mich nicht mehr um den Nibelungenhort gekümmert
habe, den meine Herren in den Rhein versenken ließen, dort wird er wahrlich bis zum jüngsten Tag bleiben.«)

Diese Antwort entspricht Hagens Abwehrreaktion auf
Dietrichs Warnung, daß Kriemhild immer noch über Siegfrieds Tod trauere (1722). Die Parallele zeigt, wie Mord und
Raub als Gründe für Kriemhilds Feindschaft und Rache zu-
sammengerückt werden. Der Mord kommt dann zwischen
Kriemhild und Hagen in einer Szene schärfster Konfrontation (29. Aventiure) auch direkt zur Sprache. Als Hagen neben Volker auf dem Burghof sitzt, hält er Siegfrieds Schwert
auf den Knien und verweigert der Königin, die unter der
Krone auftritt, Ehrerbietung und Gruß. Die provokativ
präsentierte Waffe, die er seit dem Mord besitzt, ist ein zei-
chenhaftes Bekenntnis zu der Tat[19]; dadurch wird Kriemhilds Leid ganz gegenwärtig. Darauf folgt die offene verbale
Bestätigung:

19 Mag Hagens Pose an das Bild des Richters erinnern (Wynn, B 4i: 1965),
bedeutungsvoll eingesetzt ist das hier wohl kaum. Auch der schwer nachweisbare, von Wynn und Wolf (B 4d: 1995, 359 ff.) angenommene Bezug
auf die Wilhelmsepik bliebe ohne Bedeutungsanalogie zum *Nibelungenlied*. Eher gebärdet sich Hagen als selbstgerechter Herrscher, dem niemand
etwas anhaben kann.

*»ich binz aber Hagene, der Sîfriden sluoc,
den helt zu sînen handen. [...]* (1787,2 f.)

ich enwolde danne liegen, ich hân iu leides vil getân.«
(1788,4)

(»Ich bin immer noch derselbe Hagen, der Siegfried,
den Helden, erschlagen hat. [...] || Ich bekenne es of-
fen: ich habe Euch viel Leid angetan.«)

Aber zu dem Zeitpunkt wagt keiner der von Kriemhild auf-
gebotenen Hunnen, den Kampf mit Hagen und Volker aufzunehmen; so führt das Bekenntnis nur zu einer weiteren
Demütigung Kriemhilds.

Dann kehrt das Hortmotiv in der Schlußszene des Epos
wieder. Nachdem der Erzähler vorausblickend klargestellt
hat, daß Kriemhilds Rache Hagen und Gunther treffen
wird (2363,4), stehen der gefangengenommene Mörder und
die Rächerin in einem letzten feindlichen Wortwechsel einander gegenüber. Kriemhild beginnt wiederum mit einer
doppeldeutigen Formulierung:

*»welt ir mir geben widere, daz ir mir habt genomen,
sô muget ir wol lebende heim zen Burgunden
komen.«* (2364,3 f.)

(»Wenn Ihr mir wiedergebt, was Ihr mir genommen
habt, dann könnt Ihr noch lebend nach Burgund zurückkehren.«)

Hagen bezieht die Aufforderung vereindeutigend auf den
Hort und verweigert ihn in zwei Etappen: Er könne ihn
nicht preisgeben, solange einer seiner Herren am Leben sei.
Kriemhild zögert nicht, Gunther zu töten, und als sie dessen Kopf Hagen vor Augen hält, triumphiert dieser:

den schatz, den weiz nu niemen   wan got âne mîn:
der sol dich, vâlendinne,   immer verborgen sîn.«

(2368,3 f.)

(»Jetzt weiß niemand, außer Gott und mir, wo der
Schatz sich befindet. Dir, Teufelin, wird er immer verborgen bleiben.«)

Nach dieser erneuten Beleidigung schlägt Kriemhild Hagen
mit Siegfrieds Schwert den Kopf ab.

Diese Szene hat immer wieder Interpreten irritiert: Es
wurden ein Motivierungsbruch (z. B. Hans Kuhn, B 4i:
1948) oder eine undeutbare Motivaddition (Heinzle, B 2
und 4f: 1987) behauptet. Doch nach dem vorbereitenden,
vielfältig verweisenden Umgang mit dem Hortmotiv, den
ich aufgezeigt habe, sind derartige Urteile schwer zu halten.
Im Blick auf den Darstellungszusammenhang ist Kriemhilds Angebot genauso irreal wie die Frage nach den Gaben
bei der Ankunft der Gäste in Etzelnburg. Die vage Formulierung unterstreicht dies, denn Hagen hat ihr den Mann,
ihren Besitz und damit ihre gesellschaftliche Machtstellung
genommen und dadurch ihre Versetzung in die fremde Welt
veranlaßt. Außerdem spricht das im ganzen Epos entwor-
fene Bild Hagens und Kriemhilds dagegen, im Figurenhori-
zont ernsthaft mit der Möglichkeit zu rechnen, Hagen
würde durch ein Tauschgeschäft sein Leben retten, oder
Kriemhild würde zugunsten des Hortes auf die Blutrache
verzichten wollen. Gleichwohl ergab sich aus der Analogie
des ambivalenten Schlagabtauschs zu historisch nachweis-
baren Bestrebungen, Rache durch Bußzahlungen abzulö-
sen,[20] eine rechtlich verstehbare Bezugsmöglichkeit; doch
wie sich in der Realität des Rechtslebens die Transformation
schwer durchsetzte, so kam sie für das *Nibelungenlied*
handlungslogisch nicht in Frage. Kriemhilds Vorschlag und

---

20 W. Preiser, »Blutrache«, in: HRG, Bd. 1, 1971, Sp. 461.

Kriemhild erschlägt Hagen

Kohlezeichnung von Ernst Barlach (1922)

234 Unhöfische Grundzüge und Motivierungen

Hagens Verweigerung des Hortes, der Verweis auf den Eid,
der es verbiete, den Lagerort preiszugeben, solange einer
der Burgundenkönige lebe, sind Vehikel, die die feindliche
Auseinandersetzung zwischen Hagen und Kriemhild zu-
spitzen und den Tod Gunthers und Hagens erzählerisch
accelerierend herbeiführen (ähnlich Ehrismann, B 2: 1987;
Müller, B 2: 1993; Göhler, B 4h: 1996). Über das Thema des
Mordes wäre das vielleicht schwieriger gewesen. Die naht-
lose emotionalisierte Überleitung auf das Schwert als einzi-
ges, was Kriemhild von ihrem geliebten Mann geblieben sei
(Hagen trägt es an seiner Seite), und auf das von Hagen ver-
schuldete Leid führen direkt zu der Rachetat:

> *Si sprach: »sô habt ir übele   geltes mich gewert.*
> *sô wil ich doch behalten   daz Sîfrides swert.*
> *daz truoc mîn holder vriedel,   dô ich in jungest sach,*
> *an dem mir herzeleide   von iuwern schulden*
> > *geschach.«*   (2369)

(Sie sprach: »So habt Ihr mir schlecht Ersatz geleistet.
So will ich doch wenigstens Siegfrieds Schwert behalten. Das trug mein geliebter Mann, als ich ihn zuletzt
gesehen habe, durch dessen Tod Ihr mir tiefes Leid zugefügt habt.«)

Unter entwicklungsgeschichtlichen Gesichtspunkten ist
festzustellen: Auch nach der Kontamination von Siegfriedsage und Burgundenuntergangssage mit dem Rollentausch
von Atli/Etzel und Gudrun/Kriemhild blieb das Hortmotiv
erhalten, obwohl es handlungslogisch wohl entbehrlich gewesen wäre. Der *Nibelungenlied*-Dichter oder ein Vorgän-
ger verankerte das Motiv durch eine außerordentlich ge-
schickte Erfindung im ersten Teil der Geschichte: durch den
Hortraub. Er konnte dabei an Siegfrieds Hortbesitz an-
knüpfen und ihn später auf Kriemhild übertragen. Der
Hortraub wiederholt die Verletzung Kriemhilds, die ihr
durch den Mord zugefügt worden war, in anderer Kon-

figuration. Diese Doppelung reiht sich in die zahlreichen additiven Motivierungen des *Nibelungenliedes* ein. Sie schafft zugleich eine Sinnverbindung, mit der der Verfasser dann weiterhin operieren kann. Unter dieser Voraussetzung verlieren die Motivanalogien der Schlußszene des *Nibelungenliedes* zum *Alten Atlilied* ihre Irritation, sie sind im übergreifenden Zusammenhang funktionalisiert und neu zu verstehen.

Kriemhilds Rache – *der grôze mort*

Mord und Raub, die Kriemhild nachhaltig verletzt haben, fordern von Rechts wegen Vergeltung, und deren Vorbereitung und Ausführung ist dann auch der zweite Teil des *Nibelungenliedes* gewidmet, der den Burgundenuntergang als Folge von Siegfrieds Ermordung deutet und als Kriemhilds Rachewerk erzählt. Dies geschieht auf der Grundlage zeitgenössischer und älterer Rechtsformen, auch wenn sie im Handlungskontext z. T. übersteigert werden und in aberrechtliche Dimensionen übergehen.[21]

In einer Zeit, die noch keine geregelte Strafverfolgung von seiten des Staates kannte, lag die Vergeltung bei den Betroffenen und ihren Familien. Blutrache und Fehde sind die beiden vorstrafrechtlichen Formen, mit denen die Geschädigten auf Totschlag, Raub u. a. reagierten. Die Vorstellung, daß der Totschlag durch das Blut des Mörders oder eines seiner Verwandten gesühnt werden müsse, war – wie Taci-

---

21 Als Aberrecht versteht man u. a. Überlieferungen, »die zwar äußerlich eine gewisse Ähnlichkeit mit Rechtsvorgängen haben, aber in Wirklichkeit nie der rechtlichen Ordnung des Gemeinschaftslebens zugehörig waren« (K.-S. Kramer, »Aberrecht«, in: HRG, Bd. 1, 1971, Sp. 10).

tus für die germanische Frühzeit und die Volksrechte für die
fränkische Zeit (6.–8. Jahrhundert) bezeugen – ein von alters her geläufiger Rechtsgrundsatz, der auch im Mittelalter
und darüber hinaus Gültigkeit besaß. Er verpflichtete die
Familienangehörigen des Getöteten zur Blutrache, und
nicht selten weitete sich der Vergeltungsakt zum Krieg zwischen ganzen Familienverbänden aus und konnte zu ihrer
Vernichtung führen. Versuche, die Rache durch Bußzahlungen zu ersetzen und den Streit durch einen Sühnevertrag
unblutig zu beenden, wurden während des gesamten Mittelalters immer wieder unternommen, jedoch ohne durch-
schlagenden Erfolg.

Auch die Fehde als bewaffnete Form außergerichtlicher
Selbsthilfe im Mittelalter war hauptsächlich durch Blutrache
bedingt, sie konnte aber außerdem aus vielen anderen
Gründen erfolgen, sich gegen Angehörige der eigenen Familie richten, und sie durfte nicht nur von dem Verletzten
und seinen Verwandten, sondern auch *pro amico*, im Interesse von Verbündeten, geführt werden.[22] Zwar bemühte
sich die Kirche, durch die Setzung von Friedenszeiten (Got-
tesfrieden) das Fehdewesen einzudämmen, und die Land-
friedensgesetze von seiten der königlichen Zentralgewalt im
12. und 13. Jahrhundert verfolgten das gleiche Ziel, aber es
wurde erst am Ende des 16. Jahrhunderts im Zusammenwirken verschiedener Kräfte (Ewiger Landfriede von 1495,
Einsetzung des Reichskammergerichts und Durchsetzungs-
möglichkeiten der Landesherrn) weithin erreicht.

Vor diesem Hintergrund der Spannung praktizierter
Blutrache und Fehde einerseits und der Bemühung um un-
blutige Sühne von Rechtsverletzungen und Friedenswah-
rung andrerseits ist das *Nibelungenlied* entstanden und zu
verstehen. Der Forschungsdissens, ob Kriemhilds Rache als
Blutrache oder als Adelsfehde anzusehen sei (Zacharias,
B 7: 1961/62, 182 ff., versus Mitteis, B 4h: 1952, 241, und

22 E. Kaufmann, »Fehde«, in: HRG, Bd. 1, 1971, Sp. 1083–93.

Schmidt-Wiegand, B 4 h: 1982, 381) wird gegenstandslos, wenn man bedenkt, daß sich in der Praxis beide Rechtsformen durchdringen und daß gerade die Totschlagsfehde von dem Blutrachegedanken ausgeht und in weitere Bereiche ausgreift.

Von Anfang an hat es Kriemhild auf die Sühne durch den Tod des Mörders abgesehen (1021). Doch während die Blutrache unverzüglich erfolgen sollte, wird sie in der erzählten Geschichte zu einem Langzeitunternehmen. Kriemhild rät Siegfrieds Vater und seinen Leuten, die sofort nach dem Mord auf Rache drängen, diese angesichts der Übermacht der Burgunden aufzuschieben, damit sie nicht die eigene Vernichtung durch einen Gegenschlag heraufbeschwören (1033). Es geht ihr außerdem um die ›öffentliche‹ Ermittlung des Mörders, den die von ihr geforderte Bahrprobe erweist. Der *Nibelungenlied*-Dichter erklärt dieses Gottesurteil als ein großes Wunder, indem die Wunden des Toten zu bluten beginnen, wenn der Mörder in die Nähe kommt (1044). Daß sich Siegmund der *ratio* der Machtverhältnisse beugt, entspricht dem auch in der historischen Realität in solchen Fällen wirksamen Regulativ; daß er sich schließlich in die Niederlande zurückzieht und Kriemhild, einer Frau, die Rache überläßt, ergibt sich aus dem Handlungskonzept der weiteren Geschichte.

Konsequenterweise bleibt der erwiesene Mörder Hagen von der späteren *suone*, die Kriemhild mit Gunther und ihrer Familie schließt, ausgenommen (1112). Er allein hat seinerseits Kriemhilds Racheabsicht durchgehend gegenwärtig, wie sich zeigt, als sie über den Schatz verfügt, als Etzel um sie wirbt (1202, 1209) und als sie die Burgunden ins Hunnenland einlädt (1458). Ihm ist auch das Wort in den Mund gelegt, daß Kriemhilds Rache einen langen Atem habe: *jâ ist vil lancræche des künec Etzeln wîp* (1458,4).

Die tödliche Konfrontation von Hunnen und Burgunden hat der *Nibelungenlied*-Verfasser dann effektvoll als Verflechtung von einer Rache gestaltet, die auf eine bestimmte

Person ausgerichtet ist, und vom Kampf zweier Völker, die zur Feindschaft provoziert einander gegenüberstehen und zu permanenten Vergeltungsakten angetrieben werden, wobei zwischendurch eingeschaltete Friedensbemühungen (von seiten der Burgunden, Rüdigers und Dietrichs) erfolglos bleiben. Gerade die zeitverschobene Ausführung und eine Frau als Trägerin der Rache eröffnen den Gestaltungsraum für die Ausweitung zur Fehde gegen die gesamte Königsfamilie und für die Emotionalisierung des Handelns durch die Leiderfahrung, die an die Liebesbeziehung zwischen Siegfried und Kriemhild und an ihren Ehrverlust zurückgebunden wird. Bei der vorstrafrechtlichen Rachepflicht der Familienangehörigen ist eine emotionale Komponente nicht faßbar und spielte wohl auch keine oder nur eine untergeordnete Rolle; im Epos dagegen trägt sie wesentlich zur Motivierung der erzählten Geschichte bei und erklärt Kriemhilds Handeln. So ist es symptomatisch für diese wichtige, die Rechtssphäre ergänzende Dimension, daß Kriemhilds *herzeleit* als Objekt ihrer Rache genannt wird:

> Zeinen sunewenden   daz grôze mort geschach,
> daz diu vrouwe Kriemhilt   ir herzeleit errach
> an ir næhesten mâgen   unde anderem manigem man,
> dâ von der künec Etzel   vreude nimmer mêr gewan.
>
> (2083)

(Zur Zeit der Sonnenwende geschah das große Morden, indem Frau Kriemhild ihr inneres Leid an ihren nächsten Verwandten und vielen anderen Männern rächte, so daß dem König Etzel für immer die Freude genommen wurde.)

Diese markante, in sich abgeschlossene Strophe, die vor dem Anzünden der Halle das weitere Geschehen zusammenfaßt, macht einerseits Kriemhilds Rachehandeln aus ihrer inneren Verletztheit verständlich und verurteilt es andrerseits gleichzeitig als Verwandten- und Massenmord. Das Wort *mort* besitzt hier wie an anderen Stellen der höfischen Epik, z.B. im *Willehalm* Wolframs von Eschenbach,[23] besonders nachdrückliche negative Valenzen, indem es »das sinnlose Niedermetzeln Schuldiger wie Unschuldiger« und die »Vernichtung ganzer Völkerschaften« meint (Schmidt-Wiegand, B 4h: 1982, 384). Auf diese Weise wird verdeutlicht, daß das Ausmaß der emotionalisierten Rache die rechtliche Dimension weit übersteigt. Das trifft gleichermaßen auf die Tatsache zu, daß eine Frau als Rächerin agiert und den Ausbruch der Fehde veranlaßt, denn Frauen waren aktiv und passiv nur begrenzt rechtsfähig.[24] In der höfischen Dichtung wird ein ähnlicher Normbruch im Blick auf andere weibliche Figuren reflektiert, wenn der Erzähler im *Tristan* Gottfrieds von Straßburg von der Unziemlichkeit spricht, daß Isolde zum Schwert greift, um ihren Oheim zu rächen, und wenn Lunete im *Iwein* Hartmanns von Aue beklagt, daß eine Frau keine Rache üben könne. Vielleicht stellen beide Passagen sogar Reaktionen auf Kriemhilds Rache dar.

Der in zwölf Aventiuren erzählte ›Untergang der Burgunden‹ am Etzelhof beginnt und endet mit der Konfrontation von Mörder und Rächerin: bei der Ankunft eingeleitet durch die Frage nach den mitgebrachten Gaben und Hagens offenes Bekenntnis zur Mordtat, am Schluß vollendet mit der Hortverweigerung und der Tötung des Mörders. Daß dann auch die Rächerin mit dem Leben büßen muß, ist ein besonderes Appendix. Zwischen diesem Anfangs- und Schlußakt wird die ausgreifende bewaffnete Auseinandersetzung von Gruppen und Einzelkämpfern inszeniert.

23 Dort heißt es über die Schlacht von Alischanz: *dâ wart sölhiu riterschaft getan, / sol man ir geben rehtez wort. / diu mac vür war wol heizen mort* (10,18–20).
24 Vgl. Rainer Zacharias, B 7: 1961/62, 193 ff., und Ruth Schmidt-Wiegand, B 4h: 1982, 381.

Zunächst versucht Kriemhild in mehreren Anläufen, Hunnen zum Kampf gegen Hagen und die Burgunden aufzureizen, doch sie schrecken zurück. Hagen reagiert mit verstärktem Schutz (Schildwache in der Nacht, Aufforderung zur Bewaffnung selbst beim Kirchgang, was er als heimische Sitte gegenüber Etzels Verwunderung verteidigt), und er bereitet seine *lieben herren, dar zuo mâge und man* (1853,1) auf den bevorstehenden Kampf und Tod vor. Während sonst der Gottesdienstbesuch nur eine formelle Begleiterscheinung der Vorgänge bildet, fordert Hagen hier auf, *sorge* und *nôt* vor Gott zu bringen, was Helmut Brackert (Ausg., Anm. zu Str. 1855) wohl richtig als Rat zum Sündenbekenntnis versteht. Doch auch dieser religiöse Aspekt dient vor allem dazu, das nahe Ende deutlich zu machen. Ein Turnier präludiert mit großen Aufgeboten die folgenden ernsthaften Kämpfe und zeigt den Übergang von Spiel in Ernst. Hier greift Etzel einmal befriedend als Gastgeber ein, indem er die Reaktion von Verwandten abwehrt, als Volker einen Hunnen erschlagen hat. Durch zwei ineinandergreifende Maßnahmen läßt der *Nibelungenlied*-Dichter Kriemhild dann den Ausbruch der Kämpfe herbeiführen. Sie kauft Etzels Bruder Bloedel, der die burgundischen Knappen überfällt, die unter Dankwarts Aufsicht tafeln. Der Hunne begründet seinen Angriff als Racheakt für Siegfrieds Ermordung, den er an Hagens Bruder vollziehen wolle. Zwar wird er selbst von Dankwart getötet, aber die hunnischen Krieger bringen im Gegenschlag 9000 burgundische Knappen um, nur Hagens Bruder überlebt.

Bei dem parallel stattfindenden Gastmahl der Herren trifft Kriemhild eine weitere Vorbereitung, die der Erzähler scharf verurteilt (1909). Sie läßt Ortlieb, ihren und Etzels Sohn, an die Tafel bringen, und der König reagiert mit Stolz und Zukunftshoffnung:

Dô der künec rîche   sînen sun ersach,
zuo sînen konemâgen   er güetliche sprach:
»nu seht, ir friunt di mîne,   daz ist mîn einec sun,
und ouch iuwer swester.   daz mac iu allen wesen
                              frum.

Gevæht er nâch dem künne,   er wirt ein küene man,
rîch und vil edele,   starc unde wolgetân.«

(1911,1–1915,2)

(Als der mächtige König seinen Sohn sah, sagte er
freundlich zu seinen Verwandten: »Nun seht, meine
Freunde, das ist mein einziger Sohn und das Kind
eurer Schwester. Das kann euch allen [später einmal]
nützlich sein. || Wenn er nach seinem Geschlecht gerät,
wird er ein tapferer Mann, mächtig und edel, stark und
schön.«)

Etzel will seinen Sohn bis zu dessen Volljährigkeit mit nach
Burgund schicken und denkt ihn sich als zukünftigen Verbündeten seiner Verwandten. Zu der feindseligen Spannung
der Situation, die Etzel nicht wahrzunehmen scheint, steht
dieser irreale Zukunftsentwurf in absurdem Kontrast, ungeachtet dessen, daß ein solches Verfahren für die Erziehung
von Fürstensöhnen der geläufigen Praxis entsprach (Bumke,
B 7: 1986, 433 f.). Doch Hagen zerstört Etzels Vorstellungen durch die Prognose, daß der junge König vom Tode gezeichnet sei. Noch einmal gestaltet der *Nibelungenlied*-Ver-
fasser hier den Umbruch von Freude in Bedrückung. Leid
erfaßt Etzel und die Burgundenkönige; und der kleine Sohn
wird zum exponierten Ziel der Rache. Als bald danach der
blutüberströmte Dankwart den Tod der Knappen meldet,
schlägt Hagen dem Kind den Kopf ab und setzt damit die
unversöhnliche Totschlagsfehde in Gang. Etzel ist nun seinerseits zur Vergeltung verpflichtet, aber er kämpft nicht
selbst, er läßt kämpfen und bleibt in der Dynamik der sich
steigernden Waffengänge statisch, während sich die burgun-

Ortliebs Tod

Holzschnitt-Illustration nach einer Zeichnung von
Julius Schnorr von Carolsfeld (1843)

dischen Könige als Heroen im Kampf bewähren und ihnen auf hunnischer Seite große Gegner gegenübertreten.

Abweichend von der Darstellung im *Nibelungenlied* motivieren die *Thiðrekssaga* und die sogenannte *Heldenbuch-Prosa*[25] den Ausbruch des Kampfes und die Tötung des Etzelsohnes auf andere Weise. Dort veranlaßt Kriemhild das Kind, Hagen ins Gesicht zu schlagen, und dieser reagiert, indem er dem Königssohn den Kopf abschlägt. Die Verbindung mit einer weiteren vorlaufenden Kampfhandlung gibt es in beiden Fällen nicht. Das Vorkommen des Backenschlagmotivs in verschiedenen Gestaltungen des Nibelungenstoffes spricht für dessen Existenz in der mündlichen Sagentradition. Wenn der Verfasser des *Nibelungenliedes* die Tradition kannte, hat er bewußt auf diese Art Begründung verzichtet. Der von Kriemhild angestiftete Überfall auf die Knappen als erster Angriff und die Tötung des zuvor mit Stolz präsentierten königlichen Erben besitzen eine rechtliche Relevanz, die dem machtpolitischen Diskurs, der dem *Nibelungenlied* auch an anderen Stellen eingeschrieben ist, voll entspricht.

In der Forschung wird nicht nur angenommen, daß der *Nibelungenlied*-Dichter das Backenschlagmotiv gekannt habe, sondern darüber hinaus werden aus seiner Darstellung Indizien für eine gemeinsame Quelle von *Nibelungenlied* und *Thiðrekssaga* extrapoliert. Die Argumentation knüpft an die bereits zitierte Strophe (1909) zu Beginn des Festmahls an. Darin wird angedeutet, daß die Mutter ihr Kind als Mittel zum Zweck benutzt und daß der Etzelsohn im weiteren Verlauf der Handlung getötet werden wird. Das muß zur unversöhnlichen Feindschaft des Hunnenkönigs gegen die Burgunden führen und den Kampf erzwin-

---

25 *Heldenbuch*, nach den ältesten Drucken in Abbildungen hrsg. von Joachim Heinzle, 2 Bde., Göppingen 1981–87 (Litterae, 75/I,II). Dabei handelt es sich um eine zusammenfassende Darstellung deutscher Heldensagen, die aus den siebziger Jahren des 15. Jahrhunderts überliefert ist. Zu der *Thiðrekssaga* steht sie in keiner Verbindung.

gen. Kriemhild schafft die Voraussetzung für diesen Handlungsgang, und Hagen erkennt den Zusammenhang, wenn er auf die stolze Präsentation des Kindes mit der Todesprognose antwortet. Versteht man die Strophe derart in den Kontext eingebettet, so wird die wiederholt in der Forschung vorgetragene Behauptung fragwürdig, sie sei nur in Verbindung mit dem Backenschlagmotiv sinnvoll und entstamme einer früheren Textfassung, die entsprechend erzählte (z. B. Heinzle, B 2: 1987, 38 ff.; Wolf, B 4d: 1995, 373). Diese Schlüsse lassen sich aus der Strophe nicht ableiten. Ihr in sich geschlossener antizipierender, kommentierender und andeutender Charakter, der u. a. als Argument für die vorgeprägte Übernahme benutzt wird, begegnet im *Nibelungenlied* öfter, z. B. beim Vorausblick auf den *grôzen mort* (2086), und entspricht dem Erzählstil des Epos. In welcher Form der *Nibelungenlied*-Dichter die Tötung des Etzelsohnes kennengelernt hat, läßt sich nicht erschließen.

Eine ebenfalls in sich geschlossene Strophe mit mehrschichtiger Metaphorik, die unterschiedliche Interpretationen erfahren hat, geht als programmatischer Auftakt dem allgemeinen Kampf voran. Hagen sagt, als er vom Tod der Knappen erfahren hat:

> »*Ich hân vernomen lange   von Kriemhilde sagen,*
> *daz si ir herzeleide   wolde niht vertragen.*
> *nu trinken wir die minne   unde gelten sküneges wîn.*
> *der junge vogt der Hiunen,   der muoz der êrste*
> sîn.«   (1957)

(»Ich habe seit langem gehört, daß Kriemhild ihr tiefes Leid nicht verschmerzen wollte. Nun denn, trinken wir den Gedächtnistrank und bezahlen wir den Wein des Königs. Der junge Herr der Hunnen soll der erste sein [der einen Schluck erhält].«)

Wie in rituellen Gemeinschaften zur Pflege der Memoria eines Toten ein Liebesmahl veranstaltet und ein Minnetrank[26] gereicht wurden, mitunter als Gegenleistung für die Stiftung von Gütern,[27] so will Hagen zum Gedächtnis Siegfrieds den Becher erheben und ihn dem jungen König als erstem reichen. Ganz der Racheabsicht Kriemhilds entsprechend, verwandelt er das Gastmahl am hunnischen Hof zu einer Totengedächtnisfeier. Dabei bedeutet der Trank, den Hagen austeilen will, nach altem metonymischen Sprachgebrauch die tödlichen Schläge. Hagen vergilt den Wein Etzels, und d. h. den tatsächlich getrunkenen und das Blut der getöteten Knappen, mit dem Blut des Königssohnes und der noch folgenden Toten. Ein positiver, ritueller Brauch, der rechtliche Verbindlichkeiten impliziert, erfährt hier eine metaphorische Ironisierung von makabrer Wirkung. Dieses überzeugende Verständnis hat Ute Schwab (B 4h: 1990) im Rückgriff auf vorgeprägte Bildlichkeit von Essen, Trinken und Kämpfen und in bezug auf die zeitgenössische Praxis erschlossen, und sie hat damit kontroverse Deutungen von Andreas Heusler bis Helmut de Boor und Helmut Brackert zurechtgerückt.

Aus der Interpretation der Minnetrankstrophe ergibt sich rückblickend ein prinzipieller Hinweis für die Hortforderungsszene: Die subtil eingesetzte Metaphorik und ironische Umkehr erweisen das metonymische Sprechen als ein Darstellungsmittel, mit dem der *Nibelungenlied*-Verfasser an entscheidenden Stellen souverän umgeht und das daher auch für Kriemhilds Worte: *welt ir mir geben widere, daz ir mir habt genomen* (2364,3), nicht in Frage gestellt werden sollte.

---

26 A. Niederhellmann, »Minnetrank«, in: HRG, Bd. 3, 1984, Sp. 590–592, erläutert die rechtliche Bedeutung der Sitte des Minnetrinkens.

27 Für Stiftungen an kirchliche Institutionen zur Begehung des *jârzît* (des Totengedenktages) mit einer besonderen Mahlzeit gibt es besonders zahlreiche urkundliche Belege im 13. Jahrhundert; vgl. *Corpus der altdeutschen Originalurkunden bis zum Jahr 1300*, hrsg. von Friedrich Wilhelm [u. a.], 5 Bde., Lahr 1932–83.

Das große Morden dauert zwei Tage. Nachdem Hagen den Königssohn und seinen Erzieher getötet hat, beginnt der Kampf im Palas, den die Burgunden bis zum Schluß nicht mehr verlassen und zu dem immer neue Truppen des Hunnenkönigs und seiner Vasallen nachrücken. Im ersten Anlauf werden 7000 Hunnen als Äquivalent für den Tod der burgundischen Knappen erschlagen. Insgesamt zeichnet sich eine Abfolge vom wilden Gemetzel anonymer Massen zum Kampf mit namhaften Gegnern und ihrem Gefolge ab. Der Verfasser inszeniert zunächst den Rückzug Dietrichs von Bern und Rüdigers von Bechelarn, die Neutralität wahren wollen, weil sie sich beiden gegnerischen Seiten verbunden fühlen. Dietrich führt auch die hier angsterfüllt gezeigte Kriemhild und Etzel schützend aus der Halle heraus.

Es gehörte offenbar zum episch-stofflichen Konzept, Etzel, obwohl er durch eigene Rachepflicht in den Konflikt eingebunden worden war, nicht aktiv an den Kämpfen zu beteiligen. Das problematische Bild des Hunnenherrschers, das durch seine passive Haltung entsteht, versucht der Verfasser an zwei Stellen zu korrigieren, indem er Etzels prinzipielle Kampfbereitschaft und seine unbedingte Forderung, die Rachefehde durchzuhalten, zum Ausdruck bringt: Nach dem Erfolg der Burgunden in der ersten Saalschlacht stehen viele tausend Männer mit dem Herrscher im Burghof; da schmähen Hagen und Volker den König, daß er nicht in vorderster Reihe kämpfe, wie er es als Schutzherr seines Volkes tun müßte. Etzel will sich daraufhin in den Kampf stürzen, doch Kriemhild hält ihn zurück, er solle bezahlte Krieger einsetzen, statt sich selbst in Gefahr zu begeben. Auch wenn der König einen doppelten Anlauf nimmt und der Erzähler zweimal seine Tapferkeit betont: *Etzel (Der künec der) was sô küene* (2018,1; 2019,1), und ihn positiv von zeitgenössischen Königen abhebt, gelingt es im Vergleich zu dem Einsatz anderer Figuren nicht recht, die dem Hunnenkönig zugemessene Rolle verständlich zu ma-

chen.[28] Sein Stolz und Rechtsbewußtsein werden dann noch
einmal besonders hervorgehoben, als er die Friedensbitte
der Burgunden am Ende des ersten Kampftages ablehnt:

> »Ûf schaden alsô grôzen,   als ir mir habt getân.
> ir sult is niht geniezen,   unde sol ich mîn leben hân:
> mîn kint, daz ir mir sluoget   und vil der mâge mîn.
> vrid unde suone   sol iu vil gar versaget sîn.«   (2087)

(»Nach so großem Schaden, den ihr mir zugefügt habt
– ihr habt mein Kind und viele meiner Verwandten erschlagen –, sollt ihr keine Gunst erfahren. Friede und
ein Sühnevertrag bleiben euch versagt.«)

Keiner soll lebend davonkommen (2092,4). Im Gegensatz
zu dieser scharfen Zurückweisung zeigt sich Kriemhild ge-
sprächsbereit unter der Bedingung, daß Hagen ausgeliefert
werde. Friedensverhandlungen und die Vereinbarung eines
Sühnevertrags unter situationsbedingtem Druck waren
durchaus eine übliche Rechtsform, eine Fehde zu beenden.
Das Bemühen der Burgunden resultiert nicht aus Erfolglosigkeit im Kampf; denn dem ersten Vergeltungsschlag war
der Sieg über den dänischen Markgrafen Iring gefolgt, und
sie hatten eine Schlacht gegen weitere 2000 Hunnen über-
standen, doch ihre Perspektive erscheint aussichtslos, da immer neue Truppen aufziehen. Dramaturgisch bildet die Verhandlung einen Rahmen, die Bewährung des Treueverhält-
nisses der burgundischen Könige zu Hagen in Szene zu setzen. Trotz der ungeheuren Goldangebote vermochte bisher
kein Hunne, für Kriemhild Hagens Kopf zu erkämpfen; in
der Verhandlung sieht sie die Chance, das eigentliche Objekt ihrer Rache zu isolieren, doch der Versuch schlägt in einen Triumph der *triuwe* – der Kernvorstellung personaler

---

28 Die heterogene Herkunft der Bewertung Etzels und die Konsequenzen in
    der Dichtung behandeln Helmut de Boor (B 4i: 1932) und Jennifer Wil-
    liams (B 4i: 1981).

Bindung im mittelalterlichen Feudalsystem – um. Gernot
formuliert das unverbrüchliche Einstehen der Herren für
den Vasallen:

> »*Nune welle got von himele*«,   *sprach dô Gêrnôt.*
> »*ob unser tûsent wæren,   wir lægen alle tôt,*
> *der sippen dîner mâge,   ê wir dir einen man*
> *gæben hi ze gîsel: ez wird et nimmer getân.*«   (2102)

(»Gott im Himmel möge das verhüten«, sagte Gernot.
»Selbst wenn wir, deine Verwandten, hier zu Tausen-
den wären, würden wir uns eher alle dem Tod auslie-
fern, als daß wir dir einen einzigen Mann als Geisel
übergäben. Das tun wir niemals.«)

Giselher läßt eine einfache, zu seinem Gesamtverhalten
konforme Begründung folgen: *wande ich deheinen mînen
friunt an den triuwen nie verlie* (2103,4; denn ich habe noch
nie einem Freund die Treue gebrochen). Die rechtsver-
pflichtende und die emotionale Bindung an den *friunt* werden hier gleichermaßen intoniert. In der realen politischen
Welt des Dichters und der Rezipienten, in der sich Fürsten
und Adel keineswegs immer gegenseitiger Vertragstreue sicher sein konnten, mußten diese Äußerungen als pathetisch
übersteigertes Ideal erscheinen. Wohl gerade deshalb hat die
Szene in der neuzeitlichen Rezeption besonderes Interesse
auf sich gezogen, sie wurde zum Ausgangspunkt für das be-
rühmt-berüchtigte Schlagwort ›Nibelungentreue‹ (s. S. 293).

Die Verweigerung ihrer Bedingung provoziert Kriemhild, den Palas in Brand zu setzen, um Hagen und die Brüder kampflos zu vernichten. Auch diese Saalbrandszene ist
viel beachtet worden. Die Eingeschlossenen überleben die
Nacht, indem sie auf Hagens Anweisung den Durst mit
dem Blut der Getöteten stillen, die Füße mit Blut kühlen
und sich an die Steinwände drängen, während das bren-
nende Gebälk herabstürzt. Diese Horrorbilder werden
durch metaphorische Einblendungen (das getrunkene Blut

als der beste je kredenzte Wein und die Brandnacht als schreckliches, von Kriemhild veranstaltetes Fest) ironisch gebrochen.

Im Blick auf die Darstellung der Kämpfe im Schlußteil des *Nibelungenliedes* hat Otfrid Ehrismann (B 2: 1987, 180 und 183) von einer Ästhetisierung des Mordens und des Todes gesprochen. Soweit er damit den Einsatz metaphorischer Mittel und eine bestimmte Auswahl von dargestellten Momenten meint, trifft das zu, aber die Grausamkeit des Geschehens wird nicht durchgängig metonymisch überformt und in Distanz gerückt; denn es gibt viele Schilderungen von eher schockierender Konkretheit. Das Trinken des Blutes in der Saalbrandnacht setzt gerade umgekehrt eine alte Kampfmetapher, die an anderer Stelle auch im *Nibelungenlied* vorkommt (*hie schenket Hagene daz aller wirsiste tranc*, 1978,4 – hier schenkt Hagen den allerschlimmsten Trank ein), in direktes Handeln um. *bluot* ist ein Leitwort in den Kampf- und Todesszenen. Es dringt aus den Kettenpanzern der Verwundeten, strömt aus den Wunden, bedeckt die Schwerter und die Krieger, steht auf dem Boden des Saales, die Toten fallen hinein, es spritzt auf und fließt nach außen über die Abflußsteine. Der Blick richtet sich zwar nicht auf den Schmerz der Verwundeten und Sterbenden, aber der Dichter visualisiert die Vorgänge in zeichenhafter Grausamkeit, wobei ein historiographisches Muster von Kriegsdarstellungen[29] aufgenommen und der noch heute geläufige Topos des Blutvergießens erzählerisch materialisiert wird. Eine Verharmlosung, wie sie Otfrid Ehrismann aus Str. 2078 kommentierend herausliest (»das Blut strömt durch die Abflußlöcher und plätschert in die Rinnsteine«,

---

29 Wie der Weg zum Tempel über Leichenberge und durch Ströme von Blut führte, die ihm bis zu den Knien reichen, beschreibt bei der Einnahme Jerusalems auf dem Ersten Kreuzzug Raimund von Aguilers, *Historia Francorum qui ceperunt Jerusalem. Recueil des historiens des croisades*, hrsg. von der Académie royale des inscriptions et belles-lettres, Bd. 3: *Historiens occidentaux*, Paris 1866, Nachdr. Paris 1967.

B 2: 1987, 183), sehe ich in den entsprechenden Beschreibungen nicht. Ästhetisierende Distanz bewirkt allerdings
die dominierende Fiedelmetaphorik bei dem Hervortreten
Volkers in der ersten Saalschlacht:

> *sîn videlboge im lût   an sîner hende erklanc.*
> *dô videlte ungefuoge   Guntheres spileman.* (1963,2 f.)

(Sein Fiedelbogen erklang ihm laut in seiner Hand. Da
fiedelte Gunthers Spielmann auf ungestüme Art.)

> *er begonde videlende   durch den palas gân;*
> *ein hertez swert im ofte   an sîner hende erklanc.*
> (1973,2 f.)

(Er begann fiedelnd durch den Palas zu gehen. Ein
scharfes Schwert erklang ihm immer wieder in seiner
Hand.)

> *Sîne leiche lûtent ubele,   sîne züge, di sint rôt:*
> *jâ vellent sîne dœne   vil manigen helt tôt.* (1999,1 f.)

(Seine Gesänge klingen schlecht, seine Bogenstriche
sind rot. Wahrlich, seine Töne töten viele Helden.)

und ähnlich 2004,2–4; 2006,3–2007,3; 2269 f. Kontrastierend zu dieser uneigentlichen Rede stehen drastische Schilderungen, z. B. in der gleichen Aventiure:

> *Dô sluoc daz kint Ortlieben   Hagen der helt guot,*
> *daz im gegen der hende   ame swerte vlôz daz bluot,*
> *unt daz dem künege   daz houbet spranc in di*
> *schôz.* (1958,1–3)

(Da erschlug Hagen, der vortreffliche Held, das Kind
Ortlieb, so daß ihm das Blut am Schwert herab auf die
Hände floß und der Kopf der Königin in den Schoß
flog.),

oder wenn bei dem Iringkampf Hagen einen zu seinen Füßen liegenden Speer nach dem Gegner wirft, der in dessen Kopf steckenbleibt, so daß die Stange herausragt. Iring läuft zu den Dänen, sie ziehen ihm den Speer aus seinem Kopf, während er noch den Helm aufhat, dann stirbt er. Hier werden Kampfhandlungen nicht in literarischer Aufbereitung beschönigend rezipierbar gemacht, sondern die übertriebene Grausamkeit und gesteigerte Zeichenhaftigkeit stellen ein abschreckendes Bild von Krieg und Tod vor Augen. Das geht bis zu dem letzten Schwertschlag Hildebrands gegen Kriemhild, die einen angstvollen, ungeheuren Schrei ausstößt. Demgegenüber bildet der Tod von Dietrichs jungem, hitzigem Gefolgsmann Wolfhart, den Giselher tödlich verwundet und der diesen seinerseits tötet, eine figurenbezogene Ausnahme, wenn er sterbend von einem »herrlichen Tod« durch die Hand eines Königs spricht (2299).

Auf den Saalbrand folgt der Kampf der Burgunden mit Markgraf Rüdiger von Bechelarn (s. S. 174), in dem der erste aus dem engeren Kreis der Königsfamilie fällt. Im Streit der Nibelungen mit den Amelungen, den Gefolgsleuten Dietrichs von Bern, stehen sich schließlich die Helden zweier Sagenkreise gegenüber. Die Kollision mit den Burgunden erfolgt gegen Dietrichs Willen, der seine Leute nur ausgeschickt hatte, um sich Gewißheit über Rüdigers Tod zu verschaffen; doch sie waren trotz gegenteiliger Anweisung bewaffnet losgezogen. Der Kampf entsteht aus der Weigerung der Burgunden, Rüdigers Leiche herauszugeben, aber er wird vom Erzähler schließlich als Rache für den mit den Amelungen befreundeten Markgrafen erklärt (2279,4). Namentlich genannte Helden kämpfen in der Endphase gegeneinander. Kampfwut (*zorn*), löwenhafte Sprünge, sprühende Funken der Schwerter, durch die Luft wirbelnde Panzerringe und Schwertspitzen, zerschlagene Helme, zerschnittene Helmbänder kennzeichnen die Stilisierung eines heroischen Kampfes, in dem Volker durch Hildebrand, Dietrichs

Waffenmeister, Dankwart durch Helferich, Giselher durch Wolfhart fallen und alle anderen Burgunden und Berner bis auf Hagen, Gunther und Hildebrand den Tod finden. Die letzten braucht der Epiker für den Schlußakt.

Das epische Arrangement weist Dietrich von Bern die Rolle eines Außenstehenden zu, der als Verbannter an Etzels Hof Zuflucht genießt. Er überschaut die Zusammenhänge ähnlich wie Hagen, er warnt die Burgunden bei ihrer Ankunft vor Kriemhilds Rache, er weigert sich, für sie zu kämpfen, und Etzel kann nicht über ihn verfügen. Ihm fällt wie partiell in den Dichtungen des eigenen Sagenkreises die Trauer über den Verlust der ihm Nahestehenden zu. Dieser Verlust zwingt ihn schließlich doch zum Eingreifen und verwandelt ihn zum Überhelden. Mit außerordentlicher Kraft vermag er Hagen und Gunther zu überwältigen; er verwundet beide, tötet sie jedoch nicht, sondern übergibt sie nacheinander gebunden an Kriemhild mit der Aufforderung, sie als Geiseln zu betrachten. Dieses Vorgehen hat in der Forschung Befremden erregt (Wachinger, B 4f: 1960, 135; W. Schröder, B 4h: 1968, 161 f.; Horacek, B 4i: 1976, 324), wie überhaupt die Dietrichfigur kontrovers beurteilt wird (er gilt als Friedensfürst oder als zögernder Held), doch die Geiselnahme hat in verschiedener Hinsicht Sinn und Funktion. Wiederum dient eine Rechtsform zur Motivierung einer stoffbedingten Konstellation (vgl. Schmidt-Wiegand, B 4h: 1982). Es wird ein rechtliches Verfahren anvisiert, das auf einen Abschluß der Fehde durch einen *suone*-Vertrag zielt, so wie es der *Nibelungenlied*-Verfasser im Dänen- und Sachsenkrieg als Möglichkeit vorgeführt hatte (s. S. 154 f.), wo die Könige als Geiseln gefangengenommen waren, Urfehde (*stæte suone*) geschworen hatten und in Frieden wieder abziehen konnten. Dieses herbeizitierte Modell scheitert aber an Kriemhilds Unversöhnlichkeit. Ihre Antwort auf Dietrichs Vorschlag: *Si jach, si tæt iz gerne* (2362,1), ist wohl weniger »nichtssagend« (Ehrismann, B 2: 1987, 196) als vielmehr der Ausdruck des Rachezwangs, unter dem sie gezeigt wird. Sie täte es gern, wenn sie nicht – gegen alle Rücksichten – zur Vollendung ihrer Rache schreiten müßte, wie es der narrative Kommentar (2363) und die Figurenrede, »*Ich bringez an ein ende*« (2366,1), bestätigen. Durch eine Vergeiselung wird also dramaturgisch erreicht, daß Hagen und Gunther nicht im Kampf fallen – ein heldischer Tod ist ihnen damit wie Siegfried versagt –, und sie werden Kriemhild überantwortet. Demonstriert wird, daß Kriemhild eine letzte rechtliche Versöhnungsmöglichkeit zurückweist und bereit ist, eine weitere Schwelle der Grausamkeit zu überschreiten. Den Mittäter und den Mörder trifft nacheinander abgestuft ihre Rache. Sie läßt Gunther töten, Hagen tötet sie selbst. Damit, daß sie den Kopf ihres Bruders an den Haaren herbeiträgt und Hagen eigenhändig enthauptet, ist sie zu der Teufelin (*vâlendinne*, 2368,4) geworden, als die Hagen sie in der Schlußszene apostrophiert. Es sind die Männer, Hagen und Etzel, die schmerzerfüllt gezeigt werden: *dô wart (was) im leide genuoc* (2366,4b; 2370,4b); die Frau bleibt ohne Erbarmen.

Indem Kriemhild ihre Rache rücksichtslos ausführt, den eigenen Sohn opfert, Tausende von Kriegern in den Kampf zwingt, das Massenmorden und den Tod ihrer Brüder in Kauf nimmt, dem Gebot der Versöhnung unzugänglich bleibt und, die Rolle der Frau verlassend, selbst das Schwert ergreift, erscheint ihre anfangs verständliche und gerechtfertigte Rache letztlich als Untat, die ihrerseits Bestrafung verlangt. Hildebrand – nicht Dietrich und nicht Etzel – führt den Vergeltungsschlag aus, der Kriemhild nicht nur enthauptet, sondern zerstückelt.[30] Als Strafvollzug an einer Frau besitzt dieser Akt keine Rechtsgrundlage, aber er bringt das Gerechtigkeitsgefühl des Epikers zum Ausdruck: Die Konsequenzen der Rache treffen schließlich auch die Rächerin selbst.

---

30 Nach alter apotropäischer Vorstellung sollte die Zerstückelung einer Leiche teuflische Kräfte und Wiedergängertum bannen (J. Wetzel, »Todesstrafe«, in: LexMA 8, Sp. 836).

9
Die Interpretierbarkeit
des *Nibelungenliedes*

In den vorangehenden Kapiteln habe ich die erzählte Geschichte auf der Grundlage des expliziten Textes, der verwendeten Motive, Figurenkonstellationen und Handlungs-
strukturen analysiert und bezugnehmend auf Vorstellungsmuster, Rechts- und Vergesellschaftungsformen des hohen
Mittelalters erläutert. Die literarische Darstellung wurde
also vor dem Assoziationshintergrund der Entstehungszeit
betrachtet. Dieses Verfahren ermöglichte es, dem Text ein-
geschriebene, abrufbare Bedeutungen zu ermitteln und zeit-
genössisches Verständnis des *Nibelungenliedes* zu rekonstruieren. Spekulationen über kausalpsychologische Begründungen auf der Figurenebene habe ich im Gegensatz zu
zahlreichen anderen Interpreten grundsätzlich vermieden,
da sie kein adäquates Mittel zur Deutung mittelalterlicher
Texte darstellen. Die erläuternden Ausführungen haben gezeigt, daß die aktualisierende Aufbereitung des übernommenen Stoffes quantitativ reiches Material für die Entfaltung der epischen Großform ergab und konzeptionell mit
den höfischen Verhaltensnormen, rechtlichen Konventionen
und emotionalen Valenzen neue Motivierungen einbrachte,
die jedoch die archaischen Grundzüge nicht entkräftet, sondern in einem besonderen Spannungsverhältnis neu profiliert haben. Auch in der höfischen Lebenswelt und trotz der
Minnethematik bleibt es eine Geschichte von Betrug und
Mord im ersten Teil und von einer alles rechtliche Maß
übersteigenden Rache im zweiten Teil. Spannung resultiert
u. a. daraus, daß Absichten und Handlungen einzelner Per-

sonen das Geschehen vorantreiben, daß aber die Ergebnisse
der Verfügung entgleiten, ins Gegenteil umschlagen oder
weit über das gedachte Ziel hinausgehen: Der Stärkste, fast
Unverwundbare wird ermordet; die geplante Rache an der
Person des Mörders gerät zu einem völkervernichtenden
Gemetzel, und an die Stelle des Inbegriffs einer höfischen
Fürstin tritt ein tötendes Ungeheuer.

Für die Rezeption der Gesamtgeschichte hat der Dichter
von Anfang an ein bestimmtes Verständnismodell mitgege-
ben: die Determination alles Geschehens zum Untergang,
wie sie die Vorausdeutungen signalisieren (s. S. 121 ff.), jedenfalls soweit sie den Umschlag vom Positiven ins Negative, von *liebe* in *leit*, ankündigen. Dieses Modell erklärt die
vorletzte Strophe (2375) zur Grundstruktur des Weltlaufs,
und das *Nibelungenlied* soll als Beleg dieses Gesetzes verstanden werden. In der *nôt*-Fassung des Textes (Handschriften A und B), die der vorangehenden Interpretation
zugrunde liegt, wird die Untergangsdetermination gleichsam als handlungsübergreifend konstatiert, aber nicht kommentierend erläutert oder aus dem dargestellten Geschehen
abgeleitet. Doch auf dem christlichen Vorstellungshinter-
grund der zeitgenössischen Rezipienten, den der Dichter
zwar nicht ausdrücklich angesprochen hat, der aber als Verständnisrahmen auch nicht ausgeschaltet werden konnte,
mußte diese pessimistische Perspektive als Analogie zur To-
pik der Vergänglichkeit alles Irdischen erscheinen, wie sie
biblisch vorgegeben und vielfältig auch literarisch repetiert
worden war. Selbst im Krönungszeremoniell und in der
Herrschaftssymbolik der deutschen Kaiser wurde kontrastierend an die Endlichkeit der *gloria mundi*, des Ruhms der
Welt, erinnert.[1] Zu der gesteigerten Selbstvernichtung im
Zuge machtbestimmten Handelns, wie sie der *Nibelungenlied*-Dichter vorführt, hat Hans Fromm (B 4h: 1990) eine

---

1 Vgl. Percy Ernst Schramm, *Sphaira. Globus. Reichsapfel*, Stuttgart 1958,
  bes. S. 86, und P. E. Schramm, *Kaiser, Rom und Renovatio*, Leipzig 1929,
  Nachdr. Darmstadt 1992, bes. S. 209.

Parallele in der *Weltchronik* Ottos von Freising (gest. 1158) aufgewiesen, wo die Reichsgeschichte des Investiturstreites in ähnlich pessimistischer Sicht reflektiert wird: »Und wie sonst könnte ich die am hinfällige Ehren streitenden Menschen nennen als Tiere des Meeres? Müssen wir doch mitansehen, wie die Kleinen von den Großen, die Geringen von den Mächtigen verschlungen werden und wie diese sich schließlich, wenn sie keine andere Beute mehr finden, gegenseitig zerfleischen! Daher das Wort [des Lukan, *Pharsalia* 1,81]: ›Großes zerstört sich selbst‹.«[2] Bei dem bischöflichen Chronisten steht allerdings die Betrachtung über die Selbstzerstörung der Macht als höchster Ausdruck der Vergänglichkeit im geistlichen Kontext, und d. h., es gibt noch eine andere weiterführende Perspektive. Der Dichter der *nôt*-Fassung hat die Destruktion des höfischen Glanzes erzählend und kommentierend nicht durch einen christlichen Ausblick, nicht durch die Hoffnung auf eine andere Welt außerhalb des Erzählten aufgefangen. Er stellt lediglich das Ergebnis dar, weist auf den Mechanismus, ohne Voraussetzungen zu zeigen.[3]

Offenbar irritierte diese bloße Feststellung die mittelalterlichen Rezipienten des *Nibelungenliedes*, weil eine Erklärungsformel fehlte, die zum Verständnis der erzählten Geschichte und deren Aneignung helfen konnte. Eine grundlegende Schuld, ihre Konsequenzen und Sühnemöglichkeiten sind in der *nôt*-Version des *Nibelungenliedes* nicht eindeutig benannt. Weibliche Schönheit und die Feindschaft der beiden Frauen Kriemhild und Brünhild stehen als Motive für das schreckliche Ende neben der *übermüete* der Werber auf Isenstein sowie der *untriuwe* Hagens

---

2 Otto von Freising, *Chronica sive Historia de duabus civitatibus*, hrsg. von Adolf Hofmeister und Walther Lammers, übers. von Adolf Schmidt, Darmstadt 1961 (Ausgewählte Quellen zur deutschen Geschichte des Mittelalters, 16), VI, Prologus, 431.

3 Im Unterschied zu diesen potentiellen Deutungskonsequenzen nimmt Dietz-Rüdiger Moser (B 4h: 1992) ein »theologisch-philosophisches Konzept« für das *Nibelungenlied* an, das auf die Einsicht in das zum Untergang führende Fehlverhalten ziele.

und Gunthers bei der Planung und Ausführung des Mordes an Siegfried. Gut und Böse sind nicht auf bestimmte Personen fixiert. Zwar läßt sich der Werbungsbetrug als die Tat begreifen, die fortzeugend Böses gebiert; doch die Verantwortlichen, Gunther und Siegfried, fungieren im folgenden eher als Objekte, nicht als Subjekte des Handelns. Der Text gibt keine klare Antwort auf die Frage: Ist Hagen als Mörder der Hauptschuldige für den weiteren Verlauf des Geschehens, oder ist es Kriemhild als gnadenlose Rächerin, die für den Tod aller beteiligten männlichen Mitglieder ihrer Familie und deren Gefolge sorgt, oder sind es beide? Die Mordhandlung des ersten Epenteils weist auf Hagens Schuld, aber im zweiten Teil geht die Eindeutigkeit verloren. Hagens Bild wird durch positive Züge aufgehellt. Der Erzähler nennt ihn *den Nibelungen ein helflicher trôst* (1523,2). Hagen will die Reise ins Hunnenland vermeiden, die Burgunden schützen. Er wird im Widerspruch von Handeln und Bewußtsein gezeigt: Obwohl er um die Todesbestimmung weiß, rüstet er zur Gegenwehr; er provoziert feindliche Zusammenstöße und entwickelt Strategien zum Überleben. Durch eine Versöhnungsgeste zieht er sich sogar zeitweise aus dem Kampf mit Rüdiger zurück. Der *übermuot* aller verhindert, Etzel zu informieren, der den schrecklichen Kampf verhindert hätte (1862). Am Schluß ist es dann Kriemhild, die gleichsam abgeurteilt wird. Hagen apostrophiert sie als *vâlandinne* (2368,4), wie er Brünhild bei ihren unweiblichen Kampfauftritten *des tîvels wîp* (438,4) genannt hatte. Beide Bezeichnungen alludieren, auch wenn sie nur punktuell eingesetzt sind, Wirkungszusammenhänge, die man in einem klerikalen Erklärungsmodell weiterdenken konnte: Wesen und Handeln der Frauen seien vom Teufel bestimmt und Kriemhild die Inkarnation des Bösen.

Daß eine solche Deutung nicht nur eine neuzeitliche hypothetische Erwägung darstellt, sondern daß Kriemhild von mittelalterlichen Rezipienten z.T. derart beurteilt wurde, zeigt ein korrigierendes Diktum Bertholds von Regensburg: »Man sagt, daß Kriemhild ganz und gar böse gewesen sei, aber das stimmt nicht.«[4] Auch Bertholds positiveres Kriemhild-Bild steht nicht allein, es entspricht dem wichtigen Zeugnis der *Klage*, die vielleicht als Reaktion auf das *Nibelungenlied* entstanden ist (s. S. 265–267). Sie präsentiert dieselbe Geschichte unter dem Raster von Gut und Böse und erklärt den Untergang mit Hilfe christlicher Kategorien: Kriemhild handelt aus Treue zu Siegfried entschuldbar:

> *swer ditze mære merken kan,*
> *der sagt unschuldic gar ir lîp,*
> *wan daz daz vil edel werde wîp*
> *tæte nâch ir triuwe*
> *ir râche in grôzer riuwe.*   (154–158)

(Jeder, der diese Geschichte richtig versteht, wird sagen, daß sie ganz unschuldig ist, denn die edle, hochstehende Frau führte ihre Rache in großer Trauer aus.)

Nach Meinung des *Klage*-Dichters verliert Kriemhild das Heil ihrer Seele nicht:

> *sît si durch triuwe tôt gelac,*
> *in gotes hulden manegen tac*
> *sol si ze himele noch geleben.*   (571–573)

(Da sie infolge ihrer Treue zu Tode gekommen ist, möge sie in Gottes Gnade im Himmel ewig leben.)

Daß Hildebrand sie tötet, wird als unsinnig verurteilt. Im Gegensatz zu Kriemhild habe Hagen aus *übermuot* (das Wort steht hier im Sinne der Ursünde *superbia*), vom Teufel angestiftet, gehandelt, für ihn werde es keine Rettung ge-

---

4 Dicitur quod crimhilt omnino mala fuerit, sed nihil est (zit. nach: Wilhelm Grimm, *Die deutsche Heldensage*, Gütersloh ³1889, S. 181, *61ᵇ).

ben. Der *Klage*-Dichter operiert mit einem Verdienst-Lohn-Modell, das im *Nibelungenlied* nicht existiert. Der durchgängige Überlieferungsverbund beider Werke macht allerdings deutlich, daß das vereinfachende Reimpaargedicht offenbar als notwendige Erläuterung, als Interpretation des *Nibelungenliedes*, empfunden wurde. Die *liet*-Fassung der Handschrift C hat den Text in der gleichen Richtung, mit deutlichen Schuldzuweisungen und Entschuldigung Kriemhilds, redigiert. Nach der Zahl der überlieferten Handschriften zu urteilen, hat diese klarer wertende Überarbeitung größere Resonanz gefunden, was auch die Position des berühmten Predigers Berthold bestätigt.

Diese frühe Deutungskontroverse, die zentrale Personen und das Verständnis der gesamten Geschichte betrifft, weist auf ein Dilemma, das sich in den neuzeitlichen Interpretationen des *Nibelungenliedes* fortsetzt. Es resultiert aus den wechselnden wertenden Akzenten innerhalb des Textes und aus der besonderen Erzählstruktur des Epos. Anders als bei den meisten höfischen Romanen französischer Provenienz ist die Handlung des *Nibelungenliedes* nicht logisch durchkonstruiert. Bei der Erläuterung verschiedener Aventiuren wurde gezeigt, daß die Motivierung öfter nicht einsinnig verläuft, daß Begründungen und Handlungen in mehreren Anläufen, auf mehreren Ebenen formuliert werden, daß Erzählstränge abbrechen und Motive aus vorher nicht entfalteten Zusammenhängen auftauchen, daß es andrerseits aber auch motivlich vorbereitende und weiterführende Korrespondenzen gibt. Diese Eigenart des Textes hat in der Forschung sehr unterschiedliche Beurteilungen erfahren.

Interpretationen des *Nibelungenliedes*, die versuchen, die Bedeutung des Textes insgesamt und im Detail zu ermitteln, gibt es – von Einzelfällen abgesehen – in der Literaturwissenschaft zunehmend erst seit den fünfziger Jahren des 20. Jahrhunderts. Im 19. Jahrhundert dominierte die Handschriftenfrage in der Forschung; mit großer Schärfe wurde der ›Nibelungenstreit‹ um die dem Original am nächsten

kommende Überlieferung zwischen wissenschaftlichen
Schulen ausgetragen. Danach folgte die eingehende Beschäftigung mit der Vorgeschichte des *Nibelungenliedes*, Sagen-
forschung und Rekonstruktion von Vorstufen interessierten
mehr als das konkret überlieferte Werk. Die Reaktion auf
dieses ›vorliterarische‹ Interesse führte dann zur Konzentration auf den Text selbst und löste eine Welle von *Nibelungenlied*-Interpretationen aus, deren z. T. widersprüchliche Deutungen frustrierend wirken, besonders wo in litera-
turimmanenter Beschränkung das Werk nicht als Zeugnis
einer bestimmten historischen Epoche verstanden wird und
wo die Interpreten die gereihten Paradigmen logisch oder
psychologisierend verknüpfen, ohne ihr methodisches Vorgehen zu reflektieren.[5] Warnende Stimmen versuchten, den
Strom der Deutungen zu stoppen. Friedrich Neumann (B 2:
1967) und Hans Fromm (B 4a: 1974/1989) betonten die An-
dersartigkeit, ja Brüchigkeit des Textes, das Fehlen einer
Einheit schaffenden Idee gegenüber etwa gleichzeitig entstandenen Werken und forderten zur Zurückhaltung bei der
Interpretation auf. Diese Forderung leuchtet vor allem dort
ein, wo das *Nibelungenlied* ahistorischer Betrachtung ausgeliefert ist oder wo die Bedeutung von Motiven an deren
Funktion in anderen Texten gemessen wird. Gegenüber der
Problematisierung der Textkonstitution des *Nibelungenliedes* hat Walter Haug (B 4h: 1974) gerade die Spannung von
heroischer Tradition und höfischer Idealität als wesentliches
Thema des *Nibelungenliedes* verstanden, die das Werk zwischen Mündlichkeit und Schriftlichkeit überhaupt erst ermöglichte und seine besonderen Aussagen ergäbe. Joachim
Heinzle vertritt dagegen die Ansicht (B 2 und 4f: 1987

---

5 Werner Hoffmann (B 2: 1987/92, 7–34) gibt einen Überblick über die Forschungsgeschichte, darin geht er u. a. auf die Gesamtdeutungen von Weber
(B 2: 1963), Nagel (B 2: 1965), Wahl-Armstrong (B 4h: 1979), Ihlenburg
(B 2: 1969) kritisch ein. In Otfrid Ehrismanns (B 2: 1987) Dreischritt »Epoche – Werk – Wirkung«, der durch das Konzept der Bandreihe vorgegeben
ist, sieht Hoffmann das gegenwärtig vorherrschende Erkenntnisinteresse
repräsentiert (ebd., 31 f.).

u. ö.), daß das *Nibelungenlied* überhaupt nicht zu interpretieren sei, jedenfalls soweit es darum gehe, die Brüche und Lücken der erzählten Handlung zu schließen, denn jede Interpretation eröffne nicht Werksinn, sondern führe zur »Sinnunterstellung«. Orientiert an der durchgängig entfalteten Handlung anderer höfischer Romane wertet er die Erzählstruktur des *Nibelungenliedes* als defizitär. Die Zusammenstellung divergierender Stoffelemente und die mehrschichtige Motivierung zeigten, daß die Verschriftlichung mündlicher Traditionen nicht wirklich bewältigt sei. Jeder Versuch, die mangelhafte Motivationsstruktur interpretierend auszugleichen, sei daher eine unzulässige Interpolation. Im Gegensatz dazu begreift Jan-Dirk Müller (B 2: 1998) gerade die Widersprüche und Brüche als konzeptionell begründet. Er zeigt deren Fülle auf verschiedenen Ebenen – in den personalen, gesellschaftlichen, politischen und ideellen Strukturen – und folgert, daß das Widersprüchliche zur allseitigen Zerstörung führe und zwangsläufig den Untergang bedinge ohne begründende Leitidee. Diese konträren Wertungen als erzählerisches Defizit oder als poetologische Konzeption reagieren mit je eigenen Akzenten auf den gleichen Befund des Textes.

Konzeptionelle Fähigkeiten und bewußtes Vorgehen des *Nibelungenlied*-Dichters werden durch zahlreiche Momente in der Mikro- und Makrostruktur des Epos bezeugt. Es wäre für den Dichter wohl auch nicht schwierig gewesen, Brüche zusammenzufügen und logische Verbindungen herzustellen, wenn es seiner Erzählintention entsprochen hätte, wie Walter Haug bereits 1974 betont hat (B 4 h). Diese Feststellung führt allerdings nicht unbedingt zu einer positiven Bewertung der Unstimmigkeiten als konzeptionell verantwortet und schließt nicht generell eine andere Begründung des Untergangs aus (Haug B 4 f: 2001). Sie verweist eher auf ein mangelndes Interesse an solcher Harmonisierung und darauf, daß die nibelungische Erzählstruktur ein eigenes Modell darstellt, das durch seine Stellung im Prozeß von

Mündlichkeit und Schriftlichkeit sowie durch die Bestimmung für den abschnittweisen Vortrag geprägt ist.

Die Rezipienten sind – damals wie heute – zum Verstehen des nibelungischen Textes aufgerufen, und dabei dürften sich in jedem Fall Differenzen ergeben haben. Nicht die Brüchigkeit der Textmotivierung ist primär für die Interpretationskontroversen bestimmend, wie Heinzle argumentiert (B 2 und 4f: 1987), sondern sie sind Reaktionen auf die komplexen Verständnisappelle, die von den Texten ausgehen. Kontroversen prägen sich auch in mittelalterlichen Ansichten und neuzeitlichen Interpretationen zu anderen Werken aus, denen eine konsequente Handlungsmotivierung zugesprochen wird. Romanfiguren Heinrichs von Veldeke und Hartmanns von Aue – Dido und Eneas, Laudine und Lunete – wurden im Mittelalter wie Kriemhild unterschiedlich beurteilt. Es gibt prominente Beispiele für divergierende Auslegungen von Handlungsbegründungen, z.B. die Schuld des Titelhelden in Wolframs von Eschenbach *Parzival* oder Hartmanns von Aue *Iwein* betreffend. Unter verschiedenen Prämissen bieten sich kontrastierende Diskursmöglichkeiten, wenn etwa in Wolframs *Willehalm* die Verurteilung des Krieges und die Glorifizierung heldenhaften Kampfes gegen die Heiden nebeneinander stehen und in Gottfrieds von Straßburg *Tristan* die Verletzung höfischer Verhaltensnormen unter bestimmten Bedingungen positiv gesehen wird, ohne die höfische Wert- und Sozialordnung in Frage zu stellen.

Beim *Nibelungenlied* wie bei anderer Erzählliteratur ergibt sich die Deutung einzelner Textpartien und der Gesamtgeschichte aus einem korrespondierenden Prozeß von Signalen, die im Text enthalten, ihm mehr oder weniger bewußt eingeschrieben sind, und aus Verstehenskategorien, über die die Rezipienten verfügen, sei es als relative Zeitgenossen des Autors, die sich den Text aneignen, sei es als neuzeitliche Interpreten, die versuchen, historische Verständnismöglichkeiten zu rekonstruieren. Der Deutungsprozeß führt je nach den ausgewählten Signalen zu divergierenden Ergebnissen.[6] Diese sind durch Referenz auf Vorgaben des Textes und auf bestimmte Orientierungssysteme wie den Familienverband, die politische Einheit des Hofes, Standeshierarchie, Lehnsbeziehungen, Rachepflicht, Friedensgebot u. a. sowie durch literarische Analogien determiniert, also nicht frei assoziierbar. Z.B. kann das Motiv der Macht von Siegfrieds Auftreten in Worms über verschiedene Stationen bis zum Mord als handlungsbestimmend verfolgt werden, oder ein Teil der Handlung kann als Minnegeschichte gelesen werden, von der Liebe, die Siegfried nach Worms treibt, über den konfliktbegründenden Minnedienst bis zu dem Reflex in der Schlußszene, als Kriemhild sich an ihren *holden vriedel* erinnert. Außerdem bewahren die eingeflochtenen archaischen Mythen und Relikte das Bild eines Vorzeithelden, der der Intrige des Hofes zum Opfer fällt. Gerade die Überlagerung mehrerer Darstellungsschichten prägt die Komplexität von Figuren und Ereignissen und trägt wesentlich zur Faszination des *Nibelungenliedes* bei.

Die prinzipielle Möglichkeit zur mehrsträngigen, für verschiedene Deutungen offenen Aussage hat der *Nibelungenlied*-Dichter besonders intensiv genutzt. Sicher haben Motivvarianten, die er in der mündlichen Tradition vorfand, seine Verfahrensweise wesentlich veranlaßt, und vielleicht hat auch Erfahrung im Umgang mit geistlichen Texten unterstützend gewirkt; denn die Reihung von Aussageparadigmen ist der Auslegung eines biblischen Textes in mehrfachem Schriftsinn oder der konträren Deutung von Realsymbolen im geistlichen Kontext vergleichbar. Derartige Verfahren waren durch die Predigt auch theologisch nicht

6 Die rezeptionstheoretischen Vorstellungen Wolfgang Isers (»Die Appellstruktur der Texte«, in: *Rezeptionsästhetik. Theorie und Praxis*, hrsg. von Rainer Warning, München 1975, S. 228–252), auf die sich Joachim Heinzle (B 2 und 4f: 1987) in anderem Sinne bezieht, sind mit den von mir beschriebenen Rezeptionsvorgängen durchaus vereinbar.

gebildeten Rezipienten vertraut, und so hatte wohl das zeitgenössische Publikum mit der paradigmatischen Erzählweise weniger Schwierigkeiten als neuzeitliche Interpreten.

Auch wenn sich Gemeinsamkeiten zu anderen epischen Texten aufweisen lassen, dominiert in Erzähltechnik und Aussagetendenz das Gegensätzliche, so daß das *Nibelungenlied* als Kontrastmodell zum höfischen Roman erscheint. Die Reihung von Paradigmen und Schaubildern in einem großbögigen Handlungsgerüst des *Nibelungenliedes* steht einer kontinuierlich fortschreitenden Handlung und struktursymbolischen Sinnvermittlung im höfischen Roman gegenüber. Die pessimistische Weltsicht des *Nibelungenliedes* widerspricht dem Leistungsoptimismus des Artusromans, der die Lehre propagiert, wer die richtigen Normen befolge und reflektierend verinnerliche, könne den Gang seines Lebens auch über Ab- und Umwege positiv steuern und beständige Anerkennung in der Gesellschaft und vor Gott erlangen, wie Hartmann von Aue zu Beginn des *Iwein* formuliert. Abgesehen davon, daß im *Nibelungenlied* nicht auf Gottes Gnade Bezug genommen wird, fallen hier, wie erwähnt, positive Absicht und erzieltes Ergebnis immer wieder auseinander, und der Untergangsmechanismus läßt sich nicht aufhalten. Diese Antithese zum idealisierenden höfischen Roman stellte für die Zeitgenossen eine große Herausforderung dar und hat eine ungewöhnliche Rezeptionsgeschichte ausgelöst.

Die *Klage* – Fortsetzung und Umdeutung
des *Nibelungenliedes*

Im Zusammenhang mit der Überlieferung des *Nibelungenliedes* und der Interpretationsproblematik wurden bereits wirkungsgeschichtliche Aspekte angesprochen und
auf das exzeptionelle Phänomen hingewiesen, daß Rezep-
tionszeugnisse, die über bloße Reflexe in anderen literarischen Werken hinausgehen, unmittelbar nach der Entstehung des Werkes und seiner ›Publikation‹ auftauchen.
Eines der frühen Zeugnisse bringt die Redaktion der
Handschrift C, die Ergänzungen und Ansätze zu einer
moralisierenden Deutung des Geschehens enthält (s. S.
48–50). Die Umdeutung geht weiter in der *Klage*, die als
erste Interpretation des *Nibelungenliedes* bezeichnet worden ist. Doch diese Auffassung, die die Entstehung des
Textes nach dem Epos voraussetzt, ist nicht unumstritten
und auch nicht letztgültig zu beweisen.

Das über 4000 Reimpaarverse umfassende Gedicht eines
unbekannten Verfassers steht durch seine Versform, die zugleich einen Wechsel vom gesungenen zum gesprochenen
Vortrag bedeutet, der geistlichen und höfischen Erzählliteratur näher als dem *Nibelungenlied*, dessen komplexe
Handlung und Personengestaltung es auf religiös-morali-
sche Vorstellungsmuster reduziert. Ein Prolog und Epilog
umrahmen den dreigliedrigen Hauptteil. Der Epilog bringt
die Verbindung des Nibelungenstoffes mit Passau (s. S. 25 f.)
im Rahmen einer Quellenberufung, die zwar nicht wörtlich
zu nehmen ist, aber wohl Wahrheitselemente enthält wie

den Verweis auf die Überlieferung des Nibelungenstoffes in Sieghardingischer Familientradition.

Die außergewöhnliche Tatsache, daß die *Klage* mit einer Ausnahme in allen vollständig überlieferten Handschriften auf das *Nibelungenlied* folgt, daß beide also in einem festen Rezeptionsverbund erscheinen und so auch in verschiedenen Fassungen überliefert sind, hat sehr unterschiedliche Erklärungen erfahren, die mit den jeweiligen Positionen zur Verschriftlichung des mündlich tradierten Stoffes und zur Frage »der oder die Dichter des *Nibelungenliedes*« gekoppelt sind. Dementsprechend gibt es Plädoyers für die Entstehung der *Klage* vor und nach dem *Nibelungenlied*, und d. h. auch für eine Bewertung als unabhängige oder auf das Epos reagierende Dichtung.

Im 19. Jahrhundert herrschte zunächst, Karl Lachmanns tendenzieller Äußerung entsprechend (Ausg., 1826), die Auffassung von der Priorität der *Klage*. Karl Bartsch (Ausg., 1865) kehrte die Reihenfolge um, und Friedrich Vogt (B 5: 1913) verschaffte der Vorstellung, der Archetyp des *Nibelungenliedes* im Sinne von Wilhelm Braunes Handschriftenstemma sei vorauszusetzen, weitreichende Geltung; er meinte, der Verfasser der *Klage* habe sein Werk gleichsam in eine *Nibelungenlied*-Handschrift hineingedichtet. Die frühere Reihenfolge hat Karl Bertau (B 2: 1972) wiederum ins Gespräch gebracht, indem er die *Klage* als Initialzündung für die Verschriftlichung der mündlichen Nibelungentradition auffaßte. Michael Curschmann ist ihm darin gefolgt; er versteht die Reimpaardichtung als andersartige gattungstypologische Antwort auf dieselbe Situation mündlicher Stofftradition, auf die auch das *Nibelungenlied* reagiere. Als »literarisches Experiment« mit den Mitteln der gelehrten Literatur habe die *Klage* dem »revolutionären Neuling« *Nibelungenlied* den Weg in die schriftliche Tradition erst ermöglicht (B 5: 1979, 119). Norbert Voorwinden (B 5: 1981) hat ebenfalls versucht, die *Klage* als ältere »selbständige epische Dichtung« zu erklären, gesteht aber zu, daß sie im Überlieferungsverbund mit dem *Nibelungenlied* Kommentarcharakter erhalten habe. Allgemein durchsetzen konnte sich die Frühdatierung jedoch nicht.

Gegen die Priorität der *Klage* spricht vor allem ihre literarische Konzeption, die das *Nibelungenlied* mit seinen beiden Teilen voraussetzt. Darauf hat u. a. Burghart Wachinger (B 5: 1981) besonders hingewiesen, der zwar die Vermittlungsfunktion der *Klage* auf dem Wege des *Nibelungenliedes* von der mündlichen Existenzform in die Buchliteratur akzeptiert, aber ein relativ gefestigtes Vortragsepos, das die Gesamtgeschichte erzählt, als Vorgabe annimmt.

Mit hoher Wahrscheinlichkeit reagiert die *Klage* auf das Epos, das die Geschichte von der *Nibelunge nôt* erzählt, während es schwerer vorstellbar ist, daß die Verschriftlichung des Sagenstoffes mit einem kurzen Resümee der eigentlichen Handlung beginnen und das Hauptgewicht auf einer Anschlußgeschichte liegen sollte, die die Beklagung der Toten, ihre Bestattung und die Benachrichtigung ihrer Verwandten darstellt; denn diese Teile machen den Inhalt der *Klage* aus und lassen sie als Fortsetzung des *Nibelungenliedes* erscheinen. Die Datierungen schwanken zwischen relativ engem zeitlichem Anschluß der *Klage* an das *Nibelungenlied* und größerer Distanz (Beginn der zwanziger Jahre des 13. Jahrhunderts), die Raum läßt für Einflüsse eines veränderten literarischen Umfeldes und textliche Entlehnungen aus anderen Werken (*Herzog Ernst*, Hartmanns Œuvre, Wolframs *Willehalm*). Die neue Datierung der Handschriften B und C sowie des Fragments Z nach 1225 (s. S. 35) erleichtert es, der Spätdatierung zu folgen.

Zwar ist die *Klage* durch den Überlieferungsverbund mit dem *Nibelungenlied* in die Problematik der divergierenden Fassungen eingebunden, doch ungeachtet der textlichen Abweichungen bleiben Sujet und Grundtendenz gleich. Das bestätigt auch Joachim Bumkes umfangreiche Untersuchung (B 5: 1996). Er unterscheidet vier Versionen der *Klage*: *B und *C als Hauptfassungen, *J und *D als Nebenfassungen, und er stellt fest: Die Redaktoren von *B und *C gingen in erster Linie von der *liet*-Version des *Nibelungenliedes* aus, kannten aber auch die *nôt*-Version; *J ist eng mit der *Klage*-Fassung *B, *D mit *C verwandt.

Der Titel der Reimpaardichtung ergibt sich aus dem Schlußvers *ditze liet heizet diu klage* (B 4322, C 4428) und wurde schon in Handschrift C zu der Überschrift *Aventure von der klage* benutzt. Die Nennung des thematischen Zentrums ist jedoch nicht im Sinne einer Gattungsbestimmung wie ›Totenklage‹ oder ›Sündenklage‹ zu verstehen, da zu großen Teilen auch erzählt und kommentiert wird. Als Texttyp besitzt die *Klage* im Mittelalter keine Parallele, und diese Einzigartigkeit gibt ihr, abgesehen von der funktionalen Bedeutung, gattungstypologisch besonderen Wert. Max Wehrli hat eine Verbindung zu Wolframs *Titurel* geschlagen. Die Vergleichbarkeit besteht darin, daß Wolframs Fragment an abgeschlossene Erzählstränge des *Parzival* anknüpft und – die Kenntnis des Stoffes beim Leser oder Hörer voraussetzend – das Geschehen »in einer meditativ-kommentierenden und klagenden Weise« ergänzt (B 5: 1972, 104), wie auch die *Klage* ihre volle Aussagedimension erst auf dem Hintergrund des *Nibelungenliedes* gewinnt. Sie hebt die Katastrophe auf, indem sie die Handlung äußerlich fortsetzt und umdeutet.

Beklagung und Bestattung der Toten gehören in den realen Erfahrungsraum der mittelalterlichen Welt, sie schließen ein christliches Leben mit einem bestimmten Zeremoniell ab und helfen, das Leid der Hinterbliebenen zu bewältigen. Der *Nibelungenlied*-Dichter hat nach Siegfrieds Tod diesem Zeremoniell die ganze 17. Aventiure gewidmet und sogar die Fürsorge für das Schicksal der Seele gemäß seiner höfisch-christlichen Orientierung mit eingeschlossen. Im zweiten Teil des Epos werden Rüdiger von Bechelarn und Dietrichs Mannen beklagt; das Bemühen um Rüdigers Leiche scheitert und führt zu den letzten Kämpfen. Der großen Zahl der Toten, auch den namhaften Trägern der Handlung,

bleibt in der – verglichen mit den ausführlichen Kampfse-
quenzen – beschleunigten, knappen Coda ein Klage- und
Bestattungszeremoniell versagt. Der Dichter bricht mit dem
kurzen Blick auf den klagenden Dietrich und Etzel (2374)
und die weinenden Ritter, Frauen und Knappen die Geschichte von *der Nibelunge nôt* ab; und dieser Abbruch bestimmt wesentlich den trostlosen Schlußeindruck.

Hier setzt der *Klage*-Dichter an; denn seine eigenständige
Handlungsdarstellung beginnt an diesem Punkt (587 ff.).
Vorher rekapituliert und kommentiert er im *Nibelungenlied*
Erzähltes, um eine Basis für seine Klagezeremonie zu schaf-
fen. Zu den Voraussetzungen für das Klagen gehört eine
Auflistung der Toten, sie werden zusammengetragen, Etzel,
Dietrich von Bern und Hildebrand erheben dann ihre Stim-
men und verbinden Klage und Nachruf, die retrospektive
Deutungen des Geschehens eröffnen. Kriemhild, Ortlieb
und Bloedel sind zuerst im Blick, es folgen Iring, Gunther
und Hagen, Volker und Dankwart, einzelne von Dietrichs
Mannen, Gernot, Giselher und zuletzt Rüdiger. Klagen,
Aufbahren, Einsargen und Begraben von 1700 vornehmen
Toten der beiden gegnerischen Seiten dauern drei Tage. Die
weiteren Scharen der Umgekommenen, u. a. die 9000 bur-
gundischen Knappen, erhalten ein Massengrab. Der Gestus
der Klage in der fast 2000 Verse umfassenden Szenerie an
Etzels Hof ist – wie auch das Bild der Toten – z. T. drastisch
übersteigert. Etzel klagt so sehr, daß dadurch Türme und
Palas der Burg erschüttert werden, ihm strömt – wie auch
anderen beim Klagen – Blut aus Mund und Ohren; junge
Mädchen und Frauen reißen sich die Haare aus und die
Kleider vom Leib, sie brechen sich beim Händeringen die
Finger; die Toten liegen mit zerbissenen Zähnen in Blut und
Asche, sie gleichen Vieh, das Löwen zerrissen haben. Das ist
eine andere Bildlichkeit, als sie das *Nibelungenlied* in der
Regel verwendet, ihre Muster kommen aus der geistlichen
Geschichtsdichtung, z.B. enthält das *Liet von Troye* Her-
borts von Fritzlar Darstellungen dieser Art.

Im nächsten, fast gleich langen Teil der *Klage* wird die
Nachricht von den schrecklichen Ereignissen an die Her-
kunftsorte der wichtigsten Beteiligten getragen; die Boten
gehen den Weg der Nibelungen über Wien, Bechelarn, Passau nach Worms zurück. Verbliebene Knappen Rüdigers,
der Spielmann Schwemmel und Dietrich von Bern ziehen
aus. Dietrich will selbst Rüdigers Frau und ihrer Tochter –
sie trägt in der *Klage* den Namen Dietlind – die Trauerbot-
schaft überbringen, doch beide haben sie schon vorher von
den Durchreisenden erfahren. Gotelind überlebt die Nachricht nur kurze Zeit, aber für die junge Generation wird
eine Zukunftsperspektive eröffnet: Dietrich verspricht Rüdigers ehemals mit Giselher verbundener Tochter einen
neuen Gatten. Schwemmel benachrichtigt Bischof Pilgrim in
Passau, der dann – laut Epilog – für die Aufzeichnung der
Ereignisse sorgt. Zielort ist Worms, wo Schwemmel einen
doppelten Bericht gibt, zuerst vor Brünhild allein, dann vor
dem versammelten Hof. Das *volc* verlangt die Inthronisa-
tion des jungen Königs, Brünhilds und Gunthers Sohn. Das
glänzende Krönungsfest, *ein alsô grôziu hôhzît* (4089), leitet
mit den notwendigen Neubelehnungen und der aufkom-
menden Freude eine neue Zeit ein. Das burgundische Reich
besteht fort. Auch Dietrich kehrt mit seiner Frau Herrad
und Hildebrand nach Bern in sein angestammtes Reich zurück. Nur Etzel verschwindet im Dunkel. Er sinkt in Be-
wußtlosigkeit, überläßt sein einst großes Imperium sich
selbst, *und niemen ûf in niht enahte* (4203; und niemand
kümmerte sich um ihn). Daß ihm die *memoria* versagt
bleibt, hängt wohl mit der negativen religiösen Bewertung
zusammen, die er in der *Klage* erhält. An ihm exemplifiziert
der Verfasser die Sünde der *desperatio*. Der Hunnenkönig
war fünf Jahre lang Christ, ist aber wieder vom Glauben
abgefallen; er zweifelt, daß Gott eine neue Bekehrung ak-
zeptiere, sieht das Geschehen als ihn treffende Strafe (*gotes
slac*, 954) und verzweifelt. In das Etzelbild des friedenstif-
tenden Fürsten, das in der Dietrichsage herrscht, von wo es

in die deutsche Nibelungentradition und z.T. auch in die *Klage* übernommen wurde, sind hier Züge eingedrungen, die der geistlichen Sicht Attilas als Geißel Gottes entsprechen (vgl. de Boor, B 4i: 1932).

Im Rahmen der Rekapitulation und Fortsetzung der Geschichte bringt der *Klage*-Verfasser seine Umdeutung zur Geltung. Er setzt der pessimistischen Feststellung des unausweichlichen Untergangs die Auffassung entgegen, die Katastrophe wäre vermeidbar gewesen:

> *diz was doch allez âne nôt:*
> *man möht ez lîhte erwendet hân.* (282 f.)

(Das war alles nicht notwendig, man hätte es leicht abwenden können.)

Faßbares menschliches Fehlverhalten macht der Verfasser für den Untergang verantwortlich, und er versucht, Schuld und Entschuldigung moralisierend klar zu verteilen, was freilich nicht restlos gelingt. Kriemhilds *triuwe* zu Siegfried soll ihr Handeln verständlich machen, außerdem beabsichtigte sie, die Rache auf Hagen zu beschränken, das hätten jedoch die Burgunden verhindert. Zu diesem Konzept, die weibliche Hauptgestalt in positives Licht zu rücken, gehört es wohl auch, daß der Verfasser nach anfänglicher Bezugnahme auf Kriemhilds eigenhändige Tötung Hagens die Rächerin später von der ungeheuerlichen Tat entlastet. Schwemmel berichtet in Worms: *den recken lobelîchen / hiez si beiden* [Gunther und Hagen] *nemen den lîp* (3938 f.). Dementsprechend erscheint auch Hildebrands Strafakt gemildert, indem er die Königin nicht in Stücke schlägt, sondern enthauptet, was der Verfasser darüber hinaus als unsinnige Tat kommentiert. Die Bezeichnung *vâlandinne,* die Hagen der Rächerin in der Schlußszene des *Nibelungenliedes* entgegenschleudert, ist in der *Klage* von Kriemhild weggenommen und auf Hagen umgeleitet. Hildebrand konstatiert im Nachruf Hagens Hauptschuld:

>*nu seht wâ der vâlant
liget der ez allez riet.
daz manz mit guote niht ensciet,
daz ist von Hagenen schulden, [...].*«   (1250–53)

(»Nun seht, wo der Teufel liegt, der mit seinem Rat
[zur Ermordung Siegfrieds] alles veranlaßt hat. Daß
man es nicht zum Guten wenden konnte, geschah
durch seine Schuld, [...].«)

Wie zur Exkulpation Kriemhilds ihre Treue auf verschiedenen Redeebenen – im Kommentar des Erzählers und der
klagenden Figuren – immer wieder repetiert wird, so auch
übermuot (Überheblichkeit) und *untriuwe* aller anderen mit
besonderer Konzentration auf Hagen. *Superbia*, Todestrotz
und übertriebener Kampfwille, haben verhindert, daß Etzel
die Zusammenhänge erfuhr und den allgemeinen Kampf
verhinderte. (An diesem Verschweigen ist allerdings auch
Kriemhild beteiligt.) Habgier, die die Burgunden zum
Hortraub veranlaßte, bezieht der Verfasser in das Schuld-
konto mit ein. Er betont, die burgundischen Helden hätten
den schrecklichen Zorn Gottes langfristig heraufbeschwo-
ren und den Tod verdient. Gott wird ausdrücklich als Auk-
tor des Geschehens benannt, und er verfährt nach dem Ver-
dienstprinzip.

Für das Handeln aus *triuwe, untriuwe* und *übermuot* gibt
es Vorgaben im Epos, wo einzelne Szenen oder Personen
unter diesen Gesichtspunkten charakterisiert werden, der
Klage-Dichter hat daraus durchgängige Motivierungen gemacht und die Qualitäten auf bestimmte Personen fixiert.
Sogar für den Gedanken, die Katastrophe hätte abgewendet
werden können, bot das *Nibelungenlied* in Str. 1862 einen
Ansatz.

Während in den ersten beiden Teilen der *Klage* die
Gründe für die Katastrophe auf den Begriff gebracht sind,
schlagen im Schlußteil bei der Berichterstattung und den

Reaktionen die konkreten heterogenen Motive des *Nibe-lungenliedes* stärker durch. Z.B. sieht Bischof Pilgrim in dem Hortraub den entscheidenden Ausdruck des *übermuo-tes*, der den Untergang herbeigeführt habe. Schwemmels Bericht in Worms, der die Ereignisse des zweiten *Nibelun-genlied*-Teils geschickt kondensiert, nennt als handlungsbe-stimmend die Ermordung Siegfrieds und Kriemhilds Haß, ohne beides weiter abzuleiten. Brünhild parallelisiert Kriemhilds einstiges und ihr eigenes gegenwärtiges Leid; sie macht Kriemhilds Ehrsucht für beides, Siegfrieds Tod und die Folgen, verantwortlich. Rumold gibt von allen die aus-führlichste Deutung, sie ist auf Hagens Schuld perspekti-viert. Dabei verbindet er Mord und Hortraub:

> do er *Kriemhilde* nam ir man
> und ir ir guot an gewan
> in grôzen untriuwen, [...].   (4033–35)

(Als er Kriemhild ihren Mann und ihren Besitz in gro-ßer Treulosigkeit raubte, [...].)

Die Ermordung Siegfrieds sei grundlos gewesen, den Streit der Frauen, Ausdruck ihrer *tumpheit*, hätte man auf sich be-ruhen lassen sollen. (Der Werbungsbetrug wird allerdings in der *Klage* nirgends angesprochen.) Später wären dann immer noch – Rumolds Rat entsprechend – die Reise, und d. h. der Untergang, vermeidbar gewesen. Für Schaltstellen des Geschehens werden also alternative Möglichkeiten auf-gewiesen und damit das Geschehen rationalisiert.

Indem die *Klage* den Untergang erklärt und zeigt, daß der Weltlauf weitergeht, daß christliche Reiche fortexistie-ren, daß Gott lenkend im Hintergrund steht, präsentiert sie den Nibelungenstoff unter geläufigen Aspekten der mit-telalterlichen Geschichtsauffassung. Diese Perspektive wirk-te auf das Verständnis des *Nibelungenliedes* zurück, sie machte das inkommensurable Geschehen von *der Nibelunge nôt* kommensurabel. Darin liegt die interpretatorische Leistung des *Klage*-Dichters. Er hat die Geschichte von Siegfrieds Ermordung, von Kriemhilds Rache und dem Untergang der Burgunden im doppelten Sinne des Wortes ›aufgehoben‹: eingeordnet in den Lauf der von Gott gelenkten Weltgeschichte – d. h. auch aus der mythischen Zeitlosigkeit an die Geschichtlichkeit der Gegenwart herangerückt – und als schreckliches Geschehen bewältigt, rezipierbar gemacht. Während bei der höfisierenden epischen Ausweitung der mündlichen Sagentradition im *Nibelungenlied* die heroisch-archaische Struktur des Geschehens erhalten blieb, hat die *Klage* sie aufgelöst.

Der Impuls zu einer solchen Uminterpretation von *der Nibelunge nôt* läßt sich einleuchtend aus der literarischen Kommunikation an einem Hof zu Beginn des 13. Jahrhunderts erklären: Das vorgetragene Epos rief Fragen, Gespräche, Deutungen hervor, wie sie der Reflex in der Predigt Bertholds von Regensburg anzeigt; ein Kleriker bekam den Auftrag, diskutierte Antworten in einer kommentierenden Dichtung auszuformulieren; das Ergebnis ist die *Klage*.

Die *Kudrun*

Als Reaktion auf das *Nibelungenlied* kann auch die *Kudrun* verstanden werden, ein wohl im 13. Jahrhundert verfaßtes, aber nur in einer Handschrift vom Anfang des 16. Jahrhunderts überliefertes Werk, das der Forschung viele Rätsel aufgibt.[1] Die *Kudrun* nimmt mit leichter Veränderung in der letzten Langzeile die Nibelungenstrophe auf und besitzt in sprachlich-stilistischen Wendungen viele Anklänge an das

---

1 Vgl. Karl Stackmann, »Kudrun«, in: VL², Bd. 5, 1985, Sp. 410–426.

Nibelungenlied. Ihr Stoff, der z.T. auf eine ältere, mit der Hilde-Figur verbundene Sagentradition zurückgeht, ist durch die Vervielfältigung des Brautwerbungsschemas geprägt. Der Rezeptionsaspekt des 1705 Strophen umfassenden anonymen Werkes gegenüber dem *Nibelungenlied* ergibt sich aus dem Schluß der erzählten Handlungsabläufe, der sich als Kontrast zu dem rachebedingten Untergang der Burgunden lesen läßt. Kudrun selbst hat eine leidvolle Geschichte; Entführung, Erniedrigung und physischer Schmerz brechen ihren Widerstand gegen eine ungewollte Eheschließung nicht. Doch im Gegensatz zu Kriemhild stiftet Kudrun, als sie Macht und Herrschaft zurückerlangt hat, Frieden, und zwar durch ein in der historischen Realität bewährtes Mittel von Heiratsverträgen – neben ihrer eigenen werden drei weitere Ehen geschlossen –, die die Versöhnung verfeindeter Parteien befördern und die Befriedung festigen. Der von Kudrun ausdrücklich verkündete Grundsatz: *daz niemen mit übele sol deheines hazzes lônen* (1595,3; daß niemand Feindschaft mit Bösem vergelten soll), und dessen epische Konkretisierung zeigen einen anderen Weg als im *Nibelungenlied*, mit erfahrenem Unrecht und Leid umzugehen.

Mißt man die Resonanz dieser Antithese an der handschriftlichen Überlieferung, so war sie gering, vielleicht hat der Konzeptor des *Ambraser Heldenbuches*, in dem die *Kudrun* auf *Nibelungenlied* und *Klage* folgt, die kontrastierenden Aussagen wahrgenommen; in der Forschung hat sie Werner Hoffmann in den Blick gerückt.[2] Erst im Zuge der neuzeitlichen Rezeption des *Nibelungenliedes* erfuhr auch die *Kudrun* stärkere Beachtung, indem sie korrespondierend mit dem als »deutsche Ilias« apostrophierten *Nibelungenlied* zur *Odyssee* avancierte (zuerst Rosenkranz 1830, besonders verbreitet durch Gervinus 1835 u.ö.). Die Prä-

---

2 Werner Hoffmann, *Kudrun. Ein Beitrag zur Deutung der nachnibelungischen Heldendichtung*, Stuttgart 1967.

missen dieser Pendantbildung liegen allerdings außerhalb der Inhaltsvorgaben des Textes, sie sind – wie die Rezeptionsgeschichte des *Nibelungenliedes* selbst – durch applizierte Verständnismuster entstanden.

Das *Lied vom Hürnen Seyfrid*

Das anonyme, auf Siegfried konzentrierte *Lied vom Hürnen Seyfrid* ist kein Zeugnis der *Nibelungenlied*-Rezeption; denn der Text enthält gerade Züge, die in den Epos-Fassungen des 13. Jahrhunderts nicht vorkommen, sondern mit der *Lieder-Edda, Völsungasaga* und *Thiðrekssaga* übereinstimmen[3]: Seyfrids Kindheit bei einem Schmied, der ihn in den Wald schickt, wo er einen Drachen, der ihn töten soll, überwindet; der Name Gybich für den Vater der burgundischen Könige; Hagen als Bruder von Günther und Gyrnot. Offenbar haben diese und andere Elemente subliterarisch im Repertoire fahrender Sänger neben dem *Nibelungenlied* fortgelebt[4] und im *Hürnen Seyfrid* eine kompilatorische Aufbereitung erfahren. Trotzdem hat das Werk für die Rezeptionsgeschichte des *Nibelungenliedes* Bedeutung. Das in Drucken des 16. und 17. Jahrhunderts verbreitete 179strophige Lied und seine Prosaauflösung im *Volksbuch*, die bis ins 19. Jahrhundert populär waren, zeigen, daß Teile des Nibelungenstoffes durchgängig bekannt blieben, auch in der Zwischenphase vom 16. Jahrhundert bis zur 2. Hälfte des

---

3 Horst Brunner, »Hürnen Seyfrid«, in: VL², Bd. 4, 1983, Sp. 317–326.
4 Hugo von Trimberg, *Der Renner,* hrsg. von Gustav Ehrismann, Tübingen 1908, Nachdr. Berlin 1970 (D. Neudrucke, Reihe Mittelalter), V. 16188 und 16194, z. B. erwähnt *Sîfrides wurm* und *der Nibelunge hort* als begehrte Stoffe.

18. Jahrhunderts, für die es kaum Belege über die Kenntnis des *Nibelungenliedes* gibt; außerdem ist anzunehmen, daß die spätere Rezeption des Epos von dem Siegfried-Bild des *Volksbuchs* mit beeinflußt wurde. Siegfried, der Drachentöter, der Hortgewinner und Hortbesitzer, hat darin besonderes Gewicht, seine gerechte Herrschaft als Mitregent in Worms erregt den Neid seiner Schwäger und führt zu seiner Ermordung. Krimhild tritt demgegenüber zurück; die Rachegeschichte fehlt. In den aktualisierenden Kommentaren und bildlichen Darstellungen des 19. Jahrhunderts, die sich explizit auf das *Nibelungenlied* beziehen (s. S. 283 f.), spielen die Jungsiegfriedabenteuer eine größere Rolle, als es durch das Epos gerechtfertigt ist, wo gerade diese Motive durch erzählerische Brechung in den Hintergrund gerückt sind. Die Vorstellungen von Siegfried dürften u. a. aus der Kenntnis des *Volksbuchs* ergänzt sein.

Bereits vor den erhaltenen Druckfassungen des *Hürnen Seyfrid* gibt es Reflexe von dessen Hauptteil, wo der Held die von einem Drachen entführte Krimhild rettet und sich mit ihr vermählt, so in den *Nibelungenlied*-Handschriften m (*Darmstädter Aventiurenverzeichnis*, um 1400) und n (1449), vielleicht auch in anderen Dichtungen, hier ist aber die Priorität umstritten. Daß Taten, die der *Hürnen Seyfrid* erzählt, insbesondere die Entführung und Befreiung Krimhilds, während des 15. Jahrhunderts in Redaktionen des *Nibelungenliedes* eingegangen sind, signalisiert bestimmte Interessenveränderungen, die zur Ruhe des Epos in den Bibliotheken geführt haben.

Der Aufstieg zum
deutschen Nationalepos

Die neuzeitliche Rezeptionsgeschichte des *Nibelungenliedes*
beginnt im 18. Jahrhundert. Nach der Aufnahme in das
Ambraser Heldenbuch Kaiser Maximilians (geschrieben
1504–17) wurde es rund 250 Jahre kaum beachtet. Wolfgang
Lazius hatte 1551, 1557 u. ö. lediglich einzelne Strophen als
historische Zeugnisse zitiert, ohne damit die Kenntnis des
Epos weiter zu vermitteln.[5] 1755 fand der Lindauer Arzt
und Privatgelehrte Jakob Hermann Obereit die später mit
C bezeichnete *Nibelungenlied*-Handschrift in der Bibliothek des Grafen von Hohenems. Die Bekanntmachung des
Fundes übernahm Johann Jakob Bodmer, den Max Wehrli
den »Wiederentdecker des deutschen Mittelalters« genannt
hat.[6] Er veröffentlichte 1757 den Schlußteil des *Nibelungenliedes*, beginnend mit dem Aufenthalt der Burgunden in
Bechelarn, unter dem Titel *Chriemhilden Rache und die
Klage*; 1767 ließ er eine Umdichtung in Hexametern folgen,
Die Rache der Schwester; weiterhin beschäftigte er sich mit
dem Stoff und der Überlieferung. Für die Betrachtung des
Nibelungenliedes schuf er die bis in die Gegenwart bestim-
mende Analogie zum antiken Epos, denn er erblickte in
dem mittelalterlichen Werk »eine Art von Ilias« und sprach
von dem »iliadischen Gedicht« (s. S. 108). Die Koordinaten
einer solchen Betrachtung ergaben sich aus Bodmers eigener
Literaturästhetik sowie aus dem epochalen Interesse an der

---

5 Gerard Jaspers, »Die deutschen Textfragmente in den lateinischen Werken
des Wolfgang Lazius«, in: *In diutscher Diute*, Fs. Anthony van der Lee zum
60. Geburtstag, Amsterdam 1983 (ABÄG 20), S. 56–73.
6 Max Wehrli, *Geschichte der deutschen Literatur im Mittelalter*, Stuttgart
³1997, S. 180. – Bodmer hat 1745 das 1639 von Martin Opitz zuerst gedruckte *Annolied* mit einem neuen Kommentar herausgegeben, 1753 den
Parcival, 1748 einen Teil, 1758/59 fast den gesamten Text der Manessischen
Handschrift, die sich damals in Paris befand.

Antike,[7] und sie wurden unter dem Eindruck der Homer-Studien Thomas Blackwells (1735) besonders geprägt. Daß die homerische Vergleichsperspektive die historische Eigenart des *Nibelungenliedes* verfehlte, ist eine Erkenntnis, die sich erst im letzten Drittel des 20. Jahrhunderts durchgesetzt hat, nachdem aktualisierende Aneignung und Funktionalisierung in zeitgeschichtlichen Bedürfnissen zwei Jahrhunderte lang wenig kritisch reflektiert worden waren.

Ein breiteres Interesse an den mittelalterlichen Werken vermochten Bodmers Publikationen nicht zu erwecken, und das gelang auch der ersten vollständigen Ausgabe seines Schülers Christoph Myller von 1782 nicht (erster Teil nach der 1779 ebenfalls auf Hohenems aufgefundenen Handschrift A, zweiter Teil und *Klage* nach der Handschrift C). Myller widmete sie Friedrich dem Großen, der die Dedikation annahm und 1782 positiv bestätigen ließ, insbesondere auf ein sprachliches Problem des Deutschen bezogen, mit dem der Preußenkönig sich beschäftigt hatte. Friedrich Zarncke hat darauf hingewiesen, daß der Brief König Friedrichs mit den vielzitierten Äußerungen, die mittelalterlichen Dichtungen seien »elendes Zeug« und keinen Schuß Pulver wert, von 1784 stamme und nicht direkt auf das *Nibelungenlied* gemünzt sei.[8] Doch es gab im literarischen Interessenhorizont Friedrichs und der meisten seiner Zeitgenossen wenig Beziehungspunkte für das archaisch-höfische Zwittergebilde in einer fremden Sprachform.

Demgegenüber bildet die positive Wirkung der *Nibelungenlied*-Ausgabe, die eine Rezension von Johannes von Müller 1783 in den »Göttingischen Anzeigen von gelehrten Sachen« für ihn und seine Gesprächspartner dokumentiert, eine Ausnahme. Mit dem Satz »Der Nibelungen Lied

---

7 Seit 1755 erschienen die Schriften Johann Joachim Winckelmanns, 1764 die *Geschichte der Kunst des Altertums*.

8 Friedrich Zarncke, »Friedrich der Große und das Nibelungenlied« (Miscellaneen germanistischen Inhalts), in: *Berichte über die Verhandlungen der Königlich Sächsischen Gesellschaft der Wissenschaften zu Leipzig*, phil.-hist. Classe, Bd. 22, Leipzig 1870, S. 193–226, bes. S. 203–206.

könnte die Teutsche Ilias werden«[9] hat von Müller die Homer-Analogie weitergetragen. Goethe dagegen, der Bodmers Abschrift des *Nibelungenliedes* 1779 in Zürich gesehen hatte, ließ die ihm 1782 zugeschickte Ausgabe Myllers über 20 Jahre ungelesen liegen. Erst die allgemeine patriotische Interessenbildung im ersten Jahrzehnt des 19. Jahrhunderts brachte neue Aufnahmebedingungen. Als Goethe 1808/09 im Literaturkreis der »Weimarer Mittwochsvorträge« aus dem *Nibelungenlied* vorlas und begleitende Kommentare gab, reagierte er auf Erwartungen, die an ihn herangetragen worden waren. Zum Einstieg benutzte er die damals allgemein beachtete Übertragung Friedrich Heinrich von der Hagens von 1807 (s. S. 281 f.), griff dann aber zu dem »Original«, das er aus dem Stegreif übersetzte.[10]

Der nationalbewußten Rezeption ging die Beschäftigung der Frühromantiker mit dem *Nibelungenlied* wie mit der altdeutschen Dichtung überhaupt voran. Das Mittelalter wurde als rückwärtsgewandte Utopie betrachtet, es repräsentierte eine Zeit, in der man zu finden glaubte, was man in der Gegenwart vermißte: religiöse Ausrichtung von Geist und Leben, politische Einheit, den Glanz des Heiligen Römischen Reiches, das 1806 infolge von Napoleons Siegeszug ein Ende gefunden hatte. Das gegenwärtig auf realpolitischem Terrain Verlorene sollte auf geistig-kulturellem Gebiet und im Blick auf eine bedeutende Vergangenheit kompensiert werden. Dabei war das *Nibelungenlied* nur ein, aber wohl der wichtigste Faktor in dem Gefüge übersetzter alter und mittelalterbezogener neuer Texte.[11] Für Friedrich

9 Johannes von Müller, *Sämtliche Werke*, hrsg. von Johann Georg Müller, Tl. 10: *Geschichte der Schweizerischen Eidgenossenschaft*, Bd. 2 (1786), Tübingen 1811, S. 171; vgl. Ehrismann, B 2: 1987, 250.
10 Johann Wolfgang von Goethe, »Tag- und Jahreshefte« (1807 und 1809), in: J. W. v. G., *Werke. Hamburger Ausgabe*, hrsg. von Erich Trunz, Bd. 10, München [7]1981, S. 500 und 506.
11 Ludwig Tieck, der 1803 eine Übersetzung der Lieder der Manessischen Handschrift publiziert hatte, plante auch eine Übertragung des *Nibelungenliedes*, über die er 1804 mit dem Berliner Verleger Reimer verhandelte.

Schlegel sollte es »so ganz Grundlage und Eckstein unsrer Poesie werden«, wie er an Tieck am 15. September 1803 schrieb,[12] d. h., es sollte zur Erneuerung der deutschen Literatur der Gegenwart dienen. August Wilhelm Schlegel nahm 1802 in seinen Berliner Vorlesungen *Über schöne Literatur und Kunst* den Homer-Vergleich auf mit dem Ergebnis, das *Nibelungenlied* überrage die *Ilias*, was die »Lebendigkeit und Gegenwart der Darstellung, dann die Größe der Leidenschaften, Charaktere, und der ganzen Handlung betrifft«.[13] In einer Vorlesung speziell zum *Nibelungenlied* rühmte er die kolossalen, tragischen Dimensionen: »es endigt wie die *Ilias*, nur in weit größerem Maßstabe, mit dem überwältigenden Eindrucke allgemeiner Zerstörung.«[14] Hier taucht ein Gesichtspunkt auf, der in der weiteren Rezeption des *Nibelungenliedes* öfter wiederkehrt: die positive Faszination durch den Untergang und eine Bewunderung erstaunenswürdiger »Größe und Reinheit der Gesinnungen«.[15] Das *Nibelungenlied* wird zum Projektionsraum gemacht, in dem sich der »deutsche Nationalcharakter« spiegelt. Allerdings nimmt August Wilhelm Schlegel auch etwas von den Ambivalenzen des *Nibelungenliedes* wahr, indem er von der Gefahr eines vernichtenden Eindrucks der Größe spricht. Die Vorstellungen, die die Romantiker im Kontext ihres Entwurfs einer Universalpoesie entwickelten, hatten noch keine Breitenwirkung, diese ergibt sich erst durch den nationalistisch verengten Blick auf das Epos in einer bestimmten historischen Situation.

Ein Jahr nach der Auflösung des Deutschen Reiches, während der Napoleonischen Herrschaft in Europa, erschien 1807 Friedrich Heinrich von der Hagens *Nibelun-*

12 *Briefe an Ludwig Tieck*, ausgew. und hrsg. von Karl Holtei, Bd. 3, Breslau 1864, S. 328–331.
13 August Wilhelm Schlegel, *Kritische Schriften und Briefe*, hrsg. von Edgar Lohner, Bd. 4, Stuttgart 1965, S. 110.
14 Ebd., Bd. 3, Stuttgart 1964, S. 186.
15 Ebd., Bd. 4, S. 109.

genlied-Übertragung – eine in heutiger Sicht problematische Mischung aus Mittelhochdeutsch und Neuhochdeutsch
– mit einer programmatischen Einleitung, die das Werk als
trostspendende »wahrhafte Erbauung« anpreist. Die dort
ausgeführte Charakterisierung von menschlichen Qualitäten, grauenvollem Verhängnis und vom Umschlag von
Trauer in Trost ist ein Meisterstück der Applikation frem-
der Vorstellungen auf einen mittelalterlichen Text; insbesondere wird die Hoffnung, daß die Erfahrung des Untergangs zu neuem Glanz führe, behauptet. Der applizierte
deutsche Tugendkatalog steht in der Nachfolge der humani-
stischen Beschäftigung mit Tacitus.[16]

F. H. von der Hagen hat der Rezeption eine Wendung gegeben, nach der das *Nibelungenlied* im Zusammenhang mit
der französischen Fremdherrschaft und den Befreiungskrie-
gen (1813–15) enthusiastisch als Nationalepos[17] gefeiert und
zum ›Kultbuch‹ gemacht wurde. 1812 forderte August Wilhelm Schlegel, daß es ein »Hauptbuch bey der Erziehung
der deutschen Jugend werden« müsse,[18] – ein Plädoyer für
die Einführung des *Nibelungenliedes* als Schullektüre (vgl.
Wunderlich, B 6: 1991). Er und sein Bruder planten Textausgaben, die aber nicht ausgeführt wurden.

Breiteste Resonanz fand die Agitation zum »deutschen
Heldengeist«, die August Zeune während der Freiheitskriege mit dem *Nibelungenlied* betrieb. Der Geographie-
professor und Direktor der Berliner Blindenanstalten hielt
vor gefüllten Sälen in Berlin, Frankfurt, Heidelberg und
Worms Vorträge über das *Nibelungenlied*, die er direkt an

16 In seiner *Germania* hält Tacitus den Römern die germanischen Tugenden
als Spiegel vor; vgl. Klaus von See, *Deutsche Germanen-Ideologie – Vom
Humanismus bis zur Gegenwart*, Frankfurt a. M. 1970, S. 55 u. ö.
17 Zu dem Begriff im Sinne eines Objekts nationaler Identifikation vgl. von
See, B 6: 1991.
18 August Wilhelm Schlegel, »Aus einer noch ungedruckten historischen Untersuchung über das Lied der Nibelungen«, in: *Deutsches Museum*, hrsg.
von Friedrich Schlegel, Bd. 1, Wien 1812, S. 20.

die »tapferen vaterländischen Krieger« adressierte, und er stellte 1815 eine in Kleinformat gedruckte »Feld- und Zeltausgabe« des von ihm übersetzten *Nibelungenliedes* als »Palladium« im bevorstehenden Feldzug bereit. Das Bemühen, patriotische Gefühle und Kampfbereitschaft zu entzünden, verband sich bei Zeune mit nationalistischem antifranzösischen Pathos: Das *Nibelungenlied* erscheint als »Spiegel der Deutschheit«, Siegfried kämpft gegen den »Schlangenkaiser« Napoleon. »Doch der mächtige Schlangentöter hat sich erhoben, und unser heiliger deutscher Boden ist wieder rein und frei von dem fremden Gewürme.«[19]

An der Formulierung und bestimmten Motiven wird hier ein Phänomen deutlich, das die *Nibelungenlied*-Rezeption begleitet. Die Äußerungen über das Werk und die Vorstellung von den Figuren beziehen Elemente mit ein, die nicht im Epentext selbst vorkommen, sondern aus anderen Kontexten übertragen sind. Zeune lehnte sich an das 1808 mit großem Erfolg vom Publikum aufgenommene Drama *Sigurd der Schlangentödter* von Friedrich de la Motte Fouqué an. Es ist Teil einer 1810 abgeschlossenen Trilogie, *Der Held des Nordens*, die wesentlich auf Sagenstoffen der nordischen Tradition basiert. Die Dramen bestimmten das Siegfried-Bild und die Aufnahme der im *Nibelungenlied* erzählten Geschichte mit. Auch in Weimar war Fouqués Werk in Hofkreisen bekannt, und Richard Wagner, der später seinerseits die Vorstellung von der Geschichte der Nibelungen stark beeinflußt hat, wurde bei seiner Sagenverknüpfung u. a. von dem *Helden des Nordens* geleitet. Gerade der Drachenkampf und die Gewinnung des Hortes, die im *Nibelungenlied* eine untergeordnete Rolle spielen, werden in der Rezeption besonders exponiert und symbolisch gedeutet: Der Drache bezeichnet die »Bedrohung alter deutscher Einheit«, der Hort einen »verborgenen, noch zu

---

19 *Das Nibelungenlied*, ins Neudeutsche übertr. von August Zeune, Berlin 1814, S. III.

hebenden Fundus der Nation« (Brackert, B 6: 1971, 362),
und zwar nicht nur am Anfang des 19., sondern auch noch
im 20. Jahrhundert. Ludwig Uhland trug ebenfalls zu den
ergänzenden Zügen der Siegfried-Figur bei. Sein Gedicht
Siegfrieds Schwert von 1812 ist durch das *Volksbuch vom
gehörnten Siegfried* angeregt, wie aus einem Brief an Justi-
nus Kerner vom 8. Dezember 1809 hervorgeht. Uhland präsentiert darin einen Helden, der aufbricht und sich selbst
rüstet, um »die Riesen und Drachen in Wald und Feld« zu
schlagen. Zum Zeitpunkt der Entstehung war der gemeinte
Gegner offenkundig.

Wie weit die Aktualisierung ging, zeigt ein Brief von der
Hagens an Tieck vom 12. März 1813, der die Teilnehmer an
den Freiheitskriegen mit bestimmten Figuren des *Nibelungenliedes* identifiziert:

Auch Fouqué kam in diesen Tagen mit 80 Mann hier
an, und geht wieder zu seinem alten Regiment: es ist
Volker der Spielmann, der jetzt den Fiedelbogen mit
dem Schwert abwechselt; ich habe ihn ermahnt, den
Französischen Hunden wacker zum Tanz aufzuspie-
len; und er wollte mich durchaus mithaben, eingedenk
des Verses: ›Hagene und Volker geschieden sich doch
nie‹ [...] Es muß freilich eine herrliche Lust sein, die
Franzosen zu jagen und zu schlagen.[20]

Symptomatisch ist außerdem die Auswahl der Illustrati-
onsentwürfe zum *Nibelungenlied*, die Peter Cornelius 1813
dem Verleger Dietrich R. Reimer vorlegte: »den Auszug der
Nibelungen gegen die Sachsen und Dänen« und »die unter
lautem Freudenjubel rückkehrenden Sieger«; er kommentiert selbst die Analogie zur Zeitgeschichte (Schulte-Wülwer, B 6: 1980, 32). Nebenszenen der Haupthandlung wer-

20 *Briefe an Ludwig Tieck* (Anm. 12), Bd. 1, S. 268; vgl. Schulte-Wülwer, B 6:
1980, 34.

den bevorzugt, weil in ihnen die gegenwärtige Aufbruch-
stimmung und -hoffnung darstellbar ist.

Die Verwertungsmethode, die die Rezeption des *Nibelungenliedes* bestimmt, läßt sich hier deutlich erkennen:
Wahrgenommen wurde nicht die erzählte Geschichte mit
ihren komplexen Handlungs- und Motivationsstrukturen,
sondern man griff Einzelszenen und Teilansichten von Figuren heraus und funktionalisierte sie zu Ideologieträgern
und Orientierungsmustern. Dabei wurde ignoriert, daß andere Passagen des Epos Gegenteiliges erzählen. Z. B. bei der
viel strapazierten ›deutschen Treue‹, die das *Nibelungenlied*
demonstrieren sollte und die im zweiten Teil des Werkes in
der Weigerung der Burgunden, Hagen auszuliefern, ihren
Anhalt findet, ist völlig ausgeblendet, daß das Lied andrerseits von Verrat, Treulosigkeit und Hinterlist derselben Personen handelt und sich als Ganzes kaum zu einem Tugend-
spiegel eignet.

Hatte August Wilhelm Schlegel am Anfang seiner Beschäftigung mit dem *Nibelungenlied*, als es um die poetische Orientierung ging, die Komplexität des Textes durchaus hervorgehoben, so verlor er sie im Interesse der patrio-
tischen Aufrüstung anscheinend aus den Augen. Es waren
gerade diejenigen, die den Text gut kannten, die die verfäl-
schenden Vorzeichen setzten, wie von der Hagen und
Zeune. Ihren Übersetzungen stellten sie pervertierende Ein-
leitungen voran; sie suggerierten Identifikationsangebote,
die durch den Text nicht gedeckt waren. Ihre enthusiasmie-
rende Wirkung verblaßte dann im Zuge der enttäuschenden
Entwicklung nach den Freiheitskriegen, die statt Einheit
Zersplitterung und statt Demokratisierung und Liberalisie-
rung die Reaktion der alten politischen Machtträger brachte
(vgl. Körner, B 6: 1911, 233).

Zunächst implizierte die nationalistische Aneignung des
Nibelungenliedes während der Freiheitskriege in der Regel
fortschrittliche politische Gesinnung, die selbst August
Zeune der Zensur verdächtig machte (vgl. Schulte-Wülwer,

B 6: 1980, 35), später aber wurde das Epos von konservativ-
monarchistischer Seite vereinnahmt. Dafür bietet die wir-
kungsmächtige *Geschichte der deutschen Nationalliteratur*
von August Friedrich Christian Vilmar (seit 1845 bis 1911
in 27 Auflagen erschienen) das wichtigste Beispiel.[21] Der
lutherische Theologe propagierte das *Nibelungenlied* als
Paradigma der Treue des deutschen Volkes; Adressat der Ergebenheit, die nur der Tod auflösen kann, ist der König:

> Für den lieben König und Herrn wird alles gethan,
> wird treulich gekämpft, wird willig geblutet, wird
> freudig in den Tod gegangen, für ihn wird mehr gethan
> als gestorben: für ihn werden starken Herzens auch die
> Kinder geopfert. [...] Diese Züge, von denen ich hier
> nur einige der hervorstechendsten aushob, sind das
> eigentliche Lebenselement des deutschen Volkes, das
> eigentlich schlagende Herz des deutschen Epos.[22]

Das heute wohl abstoßendste Zeugnis aktualisierender
Nibelungenlied-Rezeption bietet ein Gedicht von Felix
Dahn aus dem Jahre 1859, wo im Blick auf einen eventuel-
len Krieg, den Deutschland gegen Rußland, Frankreich und
Italien führen müßte, eine Orgie von Blut, Feuer und heroi-
schem Untergang fatalistisch beschworen wird mit den
Schlußversen:

> Brach Etzels Haus in Glut zusammen, als er die
>   Nibelungen zwang,
> So soll Europa stehn in Flammen bei der Germanen
>   Untergang![23]

21 Sibylle Ohly, *Literaturgeschichte und politische Reaktion im 19. Jahrhundert*, Göppingen 1982, (GAG 361), S. 243, Anm. 6.
22 August Friedrich Christian Vilmar, *Geschichte der deutschen National-
   Literatur*, Bd. 1, Marburg/Leipzig ⁵1848, S. 76 und 78.
23 Felix Dahn, »Deutsche Lieder« (1859), in: F. D.: *Gesammelte Werke*,
   2. Serie, Bd. 5, Leipzig/Berlin 1912, S. 553.

Ein gewissenlos mit Worten agitierender Versemacher verherrlicht die Schrecken des Krieges, die das mittelalterliche Werk sehr wohl als leidvoll zum Ausdruck bringt.

Das Epos wurde konträren Interessen dienstbar gemacht und sollte gegensätzliche Vorstellungen belegen: Siegfried als Retter Deutschlands (bei Zeune) und als gewaltsamer Eroberer, deutscher Napoleon (bei Kotzebue).[24] Möglich war diese absurde Praxis durch das »völlig unliterarische Verhältnis zum *Nibelungenlied*« (Brackert, B 6: 1971, 355), indem der Text nicht als zeitbedingtes Literaturzeugnis betrachtet und interpretiert, sondern zum Beleg für vorgefaßte Denkmuster pervertiert wurde. Dieses Rezeptionsverfahren, das sich in verschiedenen Mutationen im 20. Jahrhundert fortsetzt, hat Joachim Heinzle (B 6: 1991 und 1995) auf die besondere Handlungs- und Motivationsstruktur des Textes zurückführen wollen, die seines Erachtens auch die Uninterpretierbarkeit des *Nibelungenliedes* bedingt (s. S. 260 f.). Doch die aktualisierende Aneignung läßt sich in der Regel überhaupt nicht auf Textzusammenhänge und -aussagen ein, sondern benutzt – wie gezeigt – Figuren und Szenen als Projektionsfeld für aufgeblendete Ideologeme. Anwendbar wäre das Verfahren bei jedem Text. Daß gerade das *Nibelungenlied* in dem beschriebenen Sinne mißbraucht wurde, liegt an der anscheinend größeren Realitätsnähe der erzählten Geschichte im Vergleich zu den utopischen Zügen des höfischen Romans. Daß das *Nibelungenlied* speziell zum Repräsentanten des deutschen Nationalcharakters deklariert wurde, beruht vor allem auf der Herkunft des Stoffes aus der deutschen Heldensage, während andere Erzählwerke des Mittelalters aus der französischen Literaturtradition kamen. August Wilhelm Schlegel hat diese Bedingung ausdrücklich angesprochen.[25]

Neben dem distanzlosen Umgang mit dem *Nibelungen-*

---

24 August von Kotzebue, *Politische Flugblätter*, Bd. 1, Königsberg 1814, S. 145; vgl. Schulte-Wülwer, B 6: 1980, 35.
25 August Wilhelm Schlegel (Anm. 18), S. 24.

lied, der ihm eine kurzfristige Popularität verschaffte, gibt
es wenige Stimmen, die für eine historisierende Betrachtung
sprachen. Sie wiesen dem Werk seinen Platz in der Literaturgeschichte zu und suchten es damit vor einer verabsolu-
tierenden Wertung zu bewahren:

Goethe hat sich 1827 in einem Rezensionsentwurf zu
Karl Simrocks *Nibelungenlied*-Übersetzung noch einmal
zum *Nibelungenlied* geäußert. Darin wird deutlich, daß er
die Vielschichtigkeit des Textes und die in ihm enthaltenen
genetisch bedingten Kontraste sehr wohl wahrgenommen
und das Werk als Zeugnis der Kulturhistorie verstanden
hat, dessen Kenntnisnahme er befürwortet: »Die Kenntnis
dieses Gedichts gehört zu einer Bildungsstufe der Nation.«[26] Er sah in Simrocks Übersetzung eine angemessene
Vermittlungsmöglichkeit. Daß gerade sie das *Nibelungenlied* in biedermeierlichem Geist und entsprechendem Wortschatz verfälscht und damit als Spiegel deutscher Tugenden
mit aufbereitete, hat Goethe nicht moniert. Die kritische
Analyse der seit 1827 in vielen Auflagen gedruckten und die
Rezeption des *Nibelungenliedes* bis ins 20. Jahrhundert
bestimmenden Übersetzung blieb der ideologiekritischen
Forschung seit den siebziger Jahren unseres Jahrhunderts
vorbehalten.[27] Ein wesentlicher Einwand Goethes gegen das
Nibelungenlied, den er nach Notizen von Zeitgenossen öfter geäußert hat, betrifft den »Hyperpaganismus« des Werkes, der die Menschen unter einem »ehernen Himmel« her-
metisch abschließt, so daß das Ganze keine humanisierende
Kraft zu entfalten vermag.[28] Allerdings wehrt die Betonung

26 Johann Wolfgang von Goethe, »Das Nibelungenlied« (1827), in:
    J. W. v. G. (Anm. 10), Bd. 12, München ⁷1981, S. 348–350.
27 Joachim Heinzle, »›diese reinen kräftigen Töne‹. Zu Karl Simrocks Über-
    setzung des *Nibelungenliedes*«, in: Heinzle/Waldschmidt, B 6: 1991, 111–
    118.
28 Johann Wolfgang von Goethe, *Gedenkausgabe der Werke, Briefe und Ge-
    spräche*, hrsg. von Ernst Beutler, Bd. 22: *Gespräche*, Tl. 1, Zürich 1949,
    S. 521; vgl. Bracken, B 6: 1972, und Werner Schröder, »Das Nibelungenlied
    in unserer Zeit«, in: Masser, B 3: 1981, 9–18 und 183–192.

der »grundheidnischen« Motive zugleich auch die romantische Interpretation etwa August Wilhelm Schlegels ab, daß das *Nibelungenlied* »seinem innersten Geiste nach christlich« zu verstehen sei.[29]

Hegel hat in seiner *Ästhetik* (1817–29) das *Nibelungenlied* in die Alterität der Geschichtlichkeit gerückt und es zur Erkenntnis des Selbst im Anderssein für weniger geeignet erachtet als die homerischen Epen (Brackert, B 6: 1971, 352). Der Historiker Georg Gottfried Gervinus steht in seiner Literaturgeschichte von 1835 – anders als Vilmar – dem *Nibelungenlied* skeptisch gegenüber. Offenbar weil er den Text als ganzen im Blick hat, begreift er die aktualisierende Aneignung als unangemessene Projektion: »Wie auch Nationalsinn durch dies Gedicht geweckt werden solle, wäre uns ein Räthsel.«[30]

Die Philologen des 19. und der ersten Hälfte des 20. Jahrhunderts distanzierten sich kaum von der höchst problematischen Rezeption. Sie beschäftigten sich zwar mit anderen Fragestellungen, vornehmlich mit der Überlieferung und den sagengeschichtlichen Entstehungsbedingungen, aber die Wertung des *Nibelungenliedes* als Nationalepos haben sie dabei, wie Helmut Brackert zu Recht betont (B 6: 1971, 353), weithin unausgesprochen vorausgesetzt.

29 August Wilhelm Schlegel, *Vorlesungen über die schöne Literatur und Kunst*, hrsg. von Jakob Minor, Bd. 3, Heilbronn 1884, S. 124.
30 Georg Gottfried Gervinus, *Geschichte der deutschen Dichtung*, Bd. 1, Leipzig ⁴1853, S. 350.

Mißbrauch und ›neue Sachlichkeit‹
im 20. Jahrhundert

Wurde die Rezeptionsgeschichte der ersten Hälfte des 19. Jahrhunderts, die das *Nibelungenlied* ins allgemeine Bewußtsein gerückt hat, eingehender betrachtet, so läßt sich die vielschichtige Wirkung bis in die Gegenwart nur summarisch mit wenigen Einzelbeispielen charakterisieren. Seit Helmut Brackert 1971 die ideologiekritische *Nibelungenlied*-Forschung in Gang gebracht hat, gefolgt von Otfrid Ehrismann 1975, Werner Wunderlich 1977, Ulrich Schulte-Wülwer 1980, entstanden eine Reihe von Studien, Materialsammlungen und Bibliographien, welche die Bildungsgeschichte und verschiedenste Bereiche kultureller Äußerungen, die ins Wirkungsfeld des *Nibelungenliedes* gehören, genauer behandeln. Neben der Bezugnahme auf Figuren und Motive des Epos in jeweils zeitbedingten Situationen tauchen zahlreiche selbständige Dichtungen verschiedenen Umfangs aus dem weiteren Stoffkreis der Nibelungensage auf (vgl. Grosse/Rautenberg, B 6: 1989). Nur wenige davon haben, wie Friedrich Hebbels *Nibelungen* und Richard Wagners *Der Ring des Nibelungen*, eine Wirkung entfaltet, die ihre Entstehungszeit überdauert.

Wagners Operntetralogie fungiert gleichsam als eine Überleitung von den politischen Anliegen der Mitte des 19. Jahrhunderts in die Wilhelminische Ära nach der Reichsgründung 1871. Das Interesse des Dichter-Komponisten an der Siegfried-Gestalt erwuchs aus der Beschäftigung mit Ideen des Vormärz. 1851 hat Wagner die Dichtung abgeschlossen, 1874 die Musik zum *Ring* fertiggestellt; 1876 wurde das Gesamtkunstwerk zum ersten Mal vollständig aufgeführt und in der Folgezeit bis heute von einer Wagnergemeinde, die den Kaiser des Zweiten Reiches und den Führer des Dritten Reiches einschloß, begeistert aufgenommen. In die Rezeptionsgeschichte des *Nibelungenliedes* gehört der *Ring* weniger unter produktionsgeschichtlichen als unter wirkungsgeschichtlichen Aspekten; denn die Züge der Operngestalten haben auf die Vorstellung von den *Nibelungenlied*-Figuren eingewirkt, obwohl Wagner das Epos nur in geringem Maße stofflich für seine Dichtung heranzog. Den strahlenden Helden, »der das Fürchten nicht gelernt«, konzipierte er in ausdrücklicher Absetzung vom *Nibelungenlied*, das er als konventionelle historische Einkleidung durchdringen wollte, um »durch die Dichtungen des Mittelalters hindurch bis auf den Grund des alten deutschen Mythos« zu gelangen.[31] Seine Absicht, aus den »Bildern der Vergangenheit« den »Menschen der Zukunft« zu schaffen, stand den Vorstellungen der Brüder Grimm nicht fern (vgl. Ehrismann, B 2: 1987, 250 ff.). Zwar wandelte sich Wagners anfängliches Ziel, die »Wiedergeburt eines germanischen Heldengeschlechts oder Wiederkehr der deutschen Reichsherrlichkeit« (Koebner, B 6: 1991, 311) zu gestalten, im Zuge des Gesamtkonzepts (»Der Heilsplan der Handlung wird durch einen Unheilsplan ersetzt«; Koebner, ebd., 317), doch die Rezeption der Opern hat das Bild des strahlenden Helden nicht zerstört, sondern es wurde durch die Musik verklärend intensiviert. Der heldenhafte Siegfried war und blieb die Identifikationsfigur des neuen Reiches, auch wenn daneben im Zusammenhang mit dem Ersten Weltkrieg und nationalsozialistischen wehrhaften Männerbünden der grimmige Hagen besonderes Interesse auf sich zog.

In der Forschung herrscht Konsens darüber, daß die Rezeption des *Nibelungenliedes* im 19. und 20. Jahrhundert weithin nach den gleichen Deutungsprinzipien funktionierte. Die geschichtlichen Bedingungen veränderten sich von den Freiheitskriegen über die Restauration, die gescheiterte Revolution, die Reichsgründung von 1870/71 zum Ersten Weltkrieg und nationalsozialistischen Dritten Reich,

---

31 Richard Wagner, »Eine Mitteilung an meine Freunde« (1851), in: R. W., *Die Musikdramen*, hrsg. von Joachim Kaiser, München 1978, S. 508–510.

aber immer wurde das Verständnis des *Nibelungenliedes* – oder herausgelöster Teile – den jeweiligen Bedürfnissen angepaßt. In einzelnen historischen Phasen dominierten bestimmte Vorstellungskomplexe, die nibelungisch authentisiert wurden (vgl. von See, B 6: 1991). Durchgängig erscheint die Behauptung der Treue als Quintessenz des *Nibelungenliedes*. Auf dieser Basis prägte der Reichskanzler Fürst von Bülow vor dem Reichstag am 20. März 1909 das bis heute geläufige Schlagwort »Nibelungentreue«. Er wollte damit die Beziehung des Deutschen Reiches zu Österreich-Ungarn charakterisieren, war sich aber der gefährlichen Assoziation bewußt, die der Vergleich durch den weiteren Kontext des *Nibelungenliedes* hervorrufen konnte, wo blutiger Kampf und Untergang der Treuebekundung folgen. Darum betonte von Bülow ausdrücklich die friedenssichernde Kraft der Bündnistreue.[32]

Zur Bewältigung des verlorenen Ersten Weltkrieges und des als demütigend empfundenen Versailler Vertrages wurden wiederum nibelungische Mythologeme beschworen: »Wie Siegfried unter dem hinterlistigen Speerwurf des grimmigen Hagen, so stürzte unsere ermattete Front; vergebens hatte sie versucht, aus dem versiegenden Quell der heimatlichen Kraft zu trinken«, lautet Hindenburgs Kommentar zu der Kapitulation des Deutschen Reiches (Schulte-Wülwer, B 6: 1980, 164). Derartige Tendenzen wurden durch das neue Medium des Films breitenwirksam gesteigert. In *Siegfried* 1923 und *Kriemhilds Rache* 1924 wollte Fritz Lang das »geistige Heiligtum der Nation« verfilmen.[33] Die Stilisierung von Figuren und Räumen, die sich stellenweise eng an Carl Otto Czeschkas ornamental erstarrte Jugendstilillustrationen von 1908 (s. Abb. S. 210 f.) an-

---

32 *Fürst Bülows Reden*, hrsg. von Wilhelm von Massow, Bd. 5, Leipzig 1914, S. 127 f.

33 Fritz Lang, »Worauf es beim Nibelungenfilm ankam«, in: *Die Nibelungen* (Programmbroschüre) [o. O., o. J.] S. 12 f.

Siegfried mit seinem Schwert

Szene in Fritz Langs Film *Siegfried* (1923)

lehnt,[34] läßt den Geschehensverlauf von einem schicksalhaften Mechanismus gesteuert erscheinen. Hinzu kommt die primitivierende Verzerrung der Hunnen. Die Übertragung dieser Eindrücke auf die jüngste deutsche Geschichte entzog die historischen Ereignisse rationaler Durchdringung und nährte einen irrationalen Größenwahn. Das geht deutlich aus der Resonanz des Films hervor: »Ein geschlagenes Volk dichtete seinen kriegerischen Helden ein Epos in Bildern, wie es die Welt bis heute kaum noch gesehen hat.«[35] Adolf Hitler bewunderte den Film, der u. a. in den Anordnungsprinzipien der Massenaufmärsche des Dritten Reiches weiterwirkte.

34 In: Franz Keim, *Die Nibelungen*, Wien/Leipzig 1908 (Gerlachs Jugendbücherei, 22).
35 *Die Filmwoche*, Nr. 7, 1924.

Daß die Untergangsdetermination der erzählten Geschichte der Verwendbarkeit des *Nibelungenliedes* als Nationalepos entgegenstand, bemerkte nach epochenübergreifend praktizierten Umwertungs- und Abblendverfahren 1942 Hans Naumann, der den »lichten Ausblick«, d. h. jede Art von hoffnungsgebendem Element im *Nibelungenlied*, der »tragischsten Dichtung, die es überhaupt auf Gottes Erdboden gibt«, vermißte (B 6: 1942, 54 ff.). Allerdings steht sein Ersatzangebot dem von ihm verworfenen Werk an furchtbarer Aussichtslosigkeit kaum nach: Er empfiehlt Adolf Hitler »in der Geschichte seiner Erscheinung« als »Nationalepos urältester Struktur«, das man nur in Verse zu gießen brauche. Hans Naumann war nicht der einzige Germanist, der in der Geschichte der *Nibelungenlied*-Rezeption eine unrühmliche Rolle gespielt hat. Gustav Roethe gehört zu denen, die in antidemokratischer Agitation mit dem »deutschen Heldentum« und der Dolchstoßlegende den Ungeist des Nationalsozialismus vorbereiteten (von See, B 6: 1991, 75 f.).

Als Hermann Göring am 30. Januar 1943 im Luftfahrtministerium vor Abordnungen der Wehrmacht in einer Rede, die danach im *Völkischen Beobachter* abgedruckt wurde, unmittelbar nach der mörderischen Kesselschlacht bei Stalingrad zur »Mobilisierung aller Ressourcen« und zur »Selbsterhaltung des Regimes« auf die Nacht der Burgunden in der brennenden Halle und den Kampf bis zum letzten hinwies (vgl. Krüger: B 6: 1991, 154), setzte er wiederum auf den Umschwung der Stimmungsperspektive: Stalingrad als »Stempel zum Endsieg«. Die Nachruhmpotenz der Dichtung sollte den Fortbestand des Reiches suggerieren. Der Kriegsverlauf hat in den folgenden zwei Jahren und dreieinhalb Monaten die Parallele geradlinig zu Ende geführt.

Gegenüber dem Wust positiv funktionalisierter nibelungischer Figuren und applizierter Ideologeme, die Kampf-

Kriemhild mit Gunthers Haupt

Kohlezeichnung von Ernst Barlach (1922)

bereitschaft, Heldenmut, Selbstsicherheit und Auserwählt-
heitsbewußtsein entfachen sollten, sei wenigstens ein Ge-
genbild erwähnt: die Illustrationen Ernst Barlachs zum
Nibelungenlied, obwohl sonst die Geschichte der bildlichen
Umsetzung des Epos, die ideologisch mit den skizzierten
Rezeptionstendenzen weithin konform verläuft, in diesem
Band nicht weiter berücksichtigt werden konnte.[36] Aus der
Erfahrung des Ersten Weltkrieges heraus zeichnete Barlach
1922/23 unheroische Gestalten in Kampf und Sterben, die
Leideindrücke vermitteln, und damit hebt er eine Komponente hervor, die sonst in der Rezeption des mittelalterlichen Epos selten erfaßt worden ist. Auch Barlachs Gestalten stehen in zeichenhafter Vereinzelung, sie sollen extreme
menschliche Affekte veranschaulichen; aber der Künstler
suchte sie ganz bewußt vor ideologischer Vereinnahmung
zu bewahren und verzichtete auf ihre graphische Vervielfältigung (Schulte-Wülwer, B 6: 1980, 174). 1937 wurde gerade
an den Zeichnungen zum *Nibelungenlied* das Unheroische
von Barlachs Kunst angeprangert.[37]

Mit dem Dritten Reich endet die positivierende, nationale
und nationalistische Aneignung des *Nibelungenliedes*. Der
Umgang mit dem Werk ist, soweit es überhaupt noch zum
allgemeinen Bildungsgut gehört, eher ratlos, ironisierend,
entmythologisierend, auf jeden Fall nicht mehr identifika-
torisch. »Seit 1945 haben die Nibelungen keine Gewalt
mehr über die Köpfe der Deutschen, und die Deutschen
sind keine Nibelungen mehr« (Münkler, B 6: 1988, 132). An
dieser Feststellung ändert auch Joachim Fernaus Buch *Disteln für Hagen* (1966) nichts. Das albern-geschmäckleri-
sche Psychogramm der deutschen Seele mit nibelungischer

---

36 Ulrich Schulte-Wülwer (B 6: 1980) hat die ausführlichste Darstellung dieses Bereichs vorgelegt.
37 Die Zeichnungen der zwanziger Jahre sind zusammen mit früheren ge-
druckt in der *Nibelungenlied*-Übertragung von Günter Kramer, Hanau
1983, mit einer Studie zu Barlachs Zeichnungen von Elmar Jansen.

Abstammung kennzeichnet keinen allgemeinen Trend, es gründet in dem nicht revidierten ideologischen Horizont der faschistischen Vergangenheit des Autors (vgl. Bachorski: B 6: 1988). In Harald Reinls zweiteiligem Nibelungenfilm *Siegfried in Xanten* und *Kriemhilds Rache* (1967), der ebenfalls an ältere Filmtraditionen anknüpft und bestimmte Klischees privater und politischer Beziehungen propagiert, wäre die Nibelungengeschichte durch einen anderen Stoff beliebig austauschbar. Der Auftritt nibelungischer Figuren in Heiner Müllers *Germania Tod in Berlin* (1978) zielt auf die Destruktion der Mythifizierung, die der Nibelungenstoff in der deutschen Geschichte erfahren hat, und er soll wohl zugleich die Gefahr demonstrieren, daß das Syndrom des zwanghaften Kriegszirkels, das hinter dem heroisierten Kampf bis zum letzten stand, fortbestehen könnte. Gunther, Hagen, Gernot und Volker treten überlebensgroß auf dem Leichenfeld von Stalingrad auf und schlagen sich gegenseitig in Stücke; aus den Teilen der Leichen formiert sich dann ein »Monster aus Schrott und Menschenmaterial«. Die Szene geht also von der Rezeption des *Nibelungenliedes* aus und parodiert die funktionalisierten Heroen. Doch das sind Einzelfälle; in der populären Mittelalterkonjunktur der achtziger Jahre tritt die Geschichte der Nibelungen ganz hinter dem Artusstoff zurück, den Bücher, Theaterstücke und Filme präsentieren. Ob eine neuerliche Bearbeitung des Nibelungenstoffes in der Unterhaltungsindustrie, angeregt durch Aktivitäten der Stadt Worms (Nibelungenmuseum, Nibelungenfestspiele mit einem Stück von Moritz Rinke 2001/02), oder die Aufführung eines szenischen Oratoriums *Kriemhilds Hochzeit* in Klosterneuburg (2003) ein breites Interesse am Stoff und am *Nibelungenlied* wiederbelebt, ist fraglich.

*

Die Literaturwissenschaft der letzten Jahrzehnte hat bei der Betrachtung des *Nibelungenliedes* neuere Frageansätze verschiedenster Art aufgenommen (sozialgeschichtliche, mentalitätsgeschichtliche, geschlechterspezifische, diskursanalytische u. a. Erkenntnisinteressen kommen zur Geltung); dominierend ist der Blick auf die Erschließung des Textverständnisses in seiner historisch bedingten, alteritären Vorstellungswelt gerichtet. Die in diesem Band resümierten Konsequenzen aus der Forschung bis zum Ende des 20. Jahrhunderts sollen Voraussetzungen und Anregungen bieten für die weitere Beschäftigung mit diesem in vieler Hinsicht außerordentlichen Zeugnis der deutschen Literatur des hohen Mittelalters.

Bibliographie

Aus der Fülle der Textausgaben, Übersetzungen und Forschungsliteratur zum *Nibelungenlied* wird hier eine die Darstellung fun-
dierende und ergänzende Auswahl geboten. Im Text wird auf die
nachfolgend verzeichneten Titel der Bibliographie (B) jeweils in
Klammern mit dem Verfassernamen, der Nummer des bibliogra-
phischen Abschnitts, dem Publikationsjahr und der Seitenzahl
verwiesen.

Siglen

ABÄG	Amsterdamer Beiträge zur Älteren Germanistik
AfdA	Anzeiger für deutsches Altertum
ATB	Altdeutsche Textbibliothek
DRWb	Deutsches Rechtswörterbuch. Wörterbuch der äl- teren deutschen Rechtssprache. Bearb. von Richard Schröder, Eberhard Freiherr von Künßberg [u. a.]. Bd. 1 ff. Weimar 1914 ff.
DU	Der Deutschunterricht
DVjs	Deutsche Vierteljahrsschrift für Literaturwissen- schaft und Geistesgeschichte
Euph.	Euphorion. Zeitschrift für Literaturgeschichte
GAG	Göppinger Arbeiten zur Germanistik
GLL	German Life and Letters
GR	The Germanic Review
GRM	Germanisch-Romanische Monatsschrift
HRG	Handwörterbuch zur deutschen Rechtsgeschichte. Hrsg. von Adalbert Erler und Ekkehard Kauf- mann. Bd. 1 ff. Berlin 1971 ff.
HZ	Historische Zeitschrift
IASL	Internationales Archiv für Sozialgeschichte der deutschen Literatur

JEGPh	Journal of English and Germanic Philology
LexMA	Lexikon des Mittelalters. Hrsg. und Berater Robert-Henri Bautier [u. a.]. München/Zürich 1980 ff.
MDU	Monatshefte für deutschen Unterricht, deutsche Sprache und Literatur
MF	Des Minnesangs Frühling. Unter Benutzung der Ausgaben von Karl Lachmann und Moriz Haupt, Friedrich Vogt und Carl von Kraus bearb. von Hugo Moser und Helmut Tervooren. Bd. 1: Texte. 38., rev. Aufl. Stuttgart 1988.
MGH	Monumenta Germaniae Historica
MGH AA	MGH Auctores antiquissimi
MGH LL	MGH Leges
MGH SS	MGH Scriptores
MIÖG	Mitteilungen des Instituts für Österreichische Geschichtsforschung
MLR	Modern Language Review
Neoph.	Neophilologus. An International Journal of Modern and Medieval Language and Literature
PBB	Beiträge zur Geschichte der deutschen Sprache und Literatur
RUB	Reclams Universal-Bibliothek
SAG	Stuttgarter Arbeiten zur Germanistik
SM	Sammlung Metzler
Stud. Neophil.	Studia Neophilologia. A Journal of Germanic and Romance Languages and Literature
UTB	Uni-Taschenbücher für Wissenschaft
VL	Die deutsche Literatur des Mittelalters. Verfasserlexikon. Begründet von Wolfgang Stammler, fortgef. von Karl Langosch. 2. Aufl. Hrsg. von Kurt Ruh zus. mit G. Keil, W. Schröder, B. Wachinger, F. J. Worstbrock. Bd. 1 ff. Berlin / New York 1978 ff.
WdF	Wege der Forschung

WW   Wirkendes Wort

ZfdA   Zeitschrift für deutsches Altertum und deutsche
                Literatur

ZfdPh   Zeitschrift für deutsche Philologie

ZfrPh   Zeitschrift für romanische Philologie

1. Ausgaben und Übersetzungen

a) *Nibelungenlied* und *Klage*

Der Nibelunge Not und die Klage. In der ältesten Gestalt mit den Abweichungen der gemeinen Lesart. Hrsg. von Karl Lachmann. Berlin 1826. 2., erw. Aufl. 1841. 5. Aufl. 1878. Anastatischer Neudruck der 5. Ausgabe mit Vorwort und vervollständigtem Handschriftenverzeichnis vers. von Ulrich Pretzel. 1948. Neue [6.] Aufl. Berlin 1960. [Ausgabe der Handschrift A.]

Das Nibelungenlied. Nach der Ausgabe von Karl Bartsch. Hrsg. von Helmut de Boor. 10. Aufl. Leipzig 1940. 22., rev. und von Roswitha Wisniewski erg. Aufl. Mannheim 1988. (Dt. Klassiker des Mittelalters.) [Ausgabe überwiegend nach Handschrift B mit Zusätzen und Änderungen nach den Handschriften C und A.]

Das Nibelungenlied. Nach der St. Galler Handschrift. Hrsg. und erl. von Hermann Reichert. Berlin / New York 2005.

Das Nibelungenlied nach der Handschrift C. Hrsg. von Ursula Hennig. Tübingen 1977. (ATB 83.)

Das Nibelungenlied. Paralleldruck der Handschriften A, B und C nebst Lesarten der übrigen Handschriften. Hrsg. von Michael Stanley Batts. Tübingen 1971.

Das Nibelungenlied. Mhd. Text und Übertragung. Hrsg., übers. und mit einem Anh. vers. von Helmut Brackert. 2 Bde. Frankfurt a.M. / Hamburg 1970–71. (Fischer-Bücherei. 6038/39.)

Das Nibelungenlied. Mhd./Nhd. Nach der Handschrift B. Hrsg. von Ursula Schulze. Ins Nhd. übers. und komm. von Siegfried Grosse. Stuttgart 2010. (Reclam Bibliothek.)

Das Nibelungenlied. Mhd./Nhd. Nach der Handschrift B. Hrsg. von Ursula Schulze. Ins Nhd. übers. und komm. von Siegfried Grosse. Stuttgart 2011. (RUB 18914.)

Das Nibelungenlied. Nach der Handschrift C der Badischen Landesbibliothek Karlsruhe. Mhd. und Nhd. Hrsg. und übers. von Ursula Schulze. Düsseldorf/Zürich 2005.

Das Nibelungenlied. Nach der Handschrift C der Badischen Landesbibliothek Karlsruhe. Mhd. und Nhd. Hrsg. von Ursula Schulze. München 2008. (dtv 13693.)

Das Nibelungenlied. Text und Einführung. Nach der St. Galler Handschrift. Hrsg. von Hermann Reichert. Berlin 2005.

St. Galler Nibelungenhandschrift (Cod. Sang. 857). Parzival, Nibelungenlied, Klage, Karl der Große, Willehalm. 2. erweiterte Aufl. Hrsg. von Michael Stolz. St. Gallen 2005. (Codices electronia Sangallenses 1.)

Das Nibelungenlied nach der Handschrift n. Hs. 4257 der Hessischen Landes- und Hochschulbibliothek Darmstadt. Hrsg. von Jürgen Vorderstemann. Tübingen 2000. (ATB 114.)

Eine spätmittelalterliche Fassung des Nibelungenliedes. Die Handschrift 4257 der Hessischen Landes- und Hochschulbibliothek Darmstadt. Hrsg. und eingel. von Peter Göhler. Wien 1999. (Philologica Germania. 21.)

Die Nibelungenlied-Bearbeitung der Wiener Piaristenhandschrift (Lienhart Scheubels Heldenbuch: Hs. k). Transkription und Untersuchungen. Hrsg. von Margarete Springeth. Göppingen 2007. (GAG 660.)

Nibelungenlied und Klage. Redaktion I. Hrsg. von Walter Kofler. Stuttgart 2011.

Das Nibelungenlied nach der Handschrift d des Ambraser Heldenbuch (Codex Vindobonensis Ser. nova 2663, Wien, Österreichische Nationalbibliothek) – Transkription und Untersuchungen. Hrsg. von Roswitha Pritz. Wien. Diss. 2009.

Diu Klage. Mit den Lesarten sämtlicher Handschriften. Hrsg. von Karl Bartsch. Leipzig 1875. Unveränd. Nachdr. Darmstadt 1964.

Die Nibelungenklage. Synoptische Ausgabe aller vier Fassungen. Hrsg. von Joachim Bumke. Berlin / New York 1999.

Die Nibelungenklage. Mittelhochdeutscher Text nach der Ausgabe von Karl Bartsch. Einführung, nhd. Übersetzung und Kommentar von Elisabeth Lienert. Paderborn/München 2000. (Schöninghs mediävistische Editionen. 5.)

b) Weitere Primärtexte ·

Die Edda. Götterdichtung, Spruchweisheit und Heldengesänge der Germanen. Übertr. von Felix Genzmer. Eingel. von Kurt Schier. München ²1992.

Gottfried von Straßburg: Tristan. Nach dem Text von Friedrich Ranke. Ins Nhd. übers., mit einem Stellenkomm. und einem Nachw. von Rüdiger Krohn. 3 Bde. Stuttgart 1980. ⁶1993. (RUB 4471–73.)

Das Hildebrandslied. In: Althochdeutsches Lesebuch. Hrsg. von Wilhelm Braune und Ernst Ebbinghaus. Tübingen ¹⁷1994. S. 84 f.

Kudrun. Hrsg. von Karl Bartsch. Leipzig 1865. 5. Aufl. überarb. und neu eingel. von Karl Stackmann. Wiesbaden 1965. (Dt. Klassiker des Mittelalters. 2.)

Das Lied vom Hürnen Seyfrid nach der Druckredaction des 16. Jahrhunderts. Mit einem Anhange: Das Volksbuch vom gehörnten Siegfried nach der ältesten Ausgabe (1726). Hrsg. von Wolfgang Golther. Halle ²1911. (Neudrucke dt. Literaturwerke des 16. und 17. Jahrhunderts. 81/82.)

Des Minnesangs Frühling. Unter Benutzung der Ausgaben von Karl Lachmann und Moriz Haupt, Friedrich Vogt und Carl von Kraus bearb. von Hugo Moser und Helmut Tervooren. Bd. 1: Texte. 38., rev. Aufl. Stuttgart 1988.

[Thidrekssaga:] Die Geschichte Thidreks von Bern. Deutsche Übers. von Fine Erichsen. Düsseldorf/Köln ²1967. (Sammlung Thule. 22.)

[Völsungasaga:] Die Geschichte von den Völsungen. In: Isländische Heldenromane. Übertr. von Paul Herrmann. Hrsg. von Felix Niedner und Gustav Neckel. Neuausg. mit einem Nachw. von Siegfried Gutenbrunner. Darmstadt 1966. (Sammlung Thule. 21.) S. 37–136.

Walther von der Vogelweide: Leich, Lieder, Sangsprüche. 14. völlig neubearb. Aufl. der Ausg. Karl Lachmanns mit Beitr. von Thomas Bein und Horst Brunner. Hrsg. von Christoph Cormeau. Berlin / New York 1996.

Wolfram von Eschenbach: Parzival. Mhd. Text nach der Ausg. von Karl Lachmann. 2 Bde. Übers. und Nachw. von Wolfgang Spiewok. Stuttgart 1981. (RUB 3681/82.)

– Willehalm. Text nach der Ausg. von Werner Schröder. Neubearb. Übers., Vorw. und Reg. von Dieter Kartschoke. Berlin / New York 1989.

2. Gesamtdarstellungen des *Nibelungenliedes* in der Forschung

Bartsch, Karl: Untersuchungen über das *Nibelungenlied*. Wien 1865. Unveränd. Nachdr. Osnabrück 1968.

Bertau, Karl: Beweinte Phantasmagorie im *Nibelungenlied*. In: K. B.: Deutsche Literatur im europäischen Mittelalter. Bd. 1: 800–1197. München 1972. S. 730–748.

Boor, Helmut de: *Nibelungenlied* und Klage. In: H. d. B. / Richard Newald: Geschichte der deutschen Literatur. Von den Anfängen bis zur Gegenwart. Bd. 2: Die höfische Literatur. Vorbereitung, Blüte, Ausklang. 1170–1250. München 1953. 11. Aufl. bearb. von Ursula Hennig. München 1991. S. 149–161.

Bostock, John Knight: The Message of the *Nibelungenlied*. In: MLR 55 (1960) S. 200–212. – Übers. u. d. T.: Der Sinn des *Nibelungenliedes*. In: Rupp, B 3: 1976, 84–109.

Curschmann, Michael: *Nibelungenlied* und Klage. In: VL². Bd. 6. 1987. Sp. 926–969.

Dürrenmatt, Nelly: Das *Nibelungenlied* im Kreis der höfischen Dichtung. Diss. Bern 1945.

Ehrismann, Otfrid: *Nibelungenlied*. Epoche – Werk – Wirkung. München 1987.

– Das *Nibelungenlied*. München 2005. (Beck'sche Reihe 2372.)

Falk, Walter: Das *Nibelungenlied* in seiner Epoche. Revision eines romantischen Mythos. Heidelberg 1974.

Göhler, Peter: Das *Nibelungenlied*. Erzählweise, Figuren, Weltanschauung, literaturgeschichtliches Umfeld. Berlin 1989.

Haymes, Edward R.: Das *Nibelungenlied*: Geschichte und Interpretation. München 1999. (UTB 2070.)

Heinzle, Joachim: Das *Nibelungenlied*. Eine Einführung. München Zürich 1987. Überarb. Neuausg. Frankfurt a. M. 1994.

– Die Nibelungen. Lied und Sage. Darmstadt 2005.

– Die Nibelungen. Lied und Sage. Gekürzte und überarb. Aufl. Darmstadt 2010.

Hoffmann, Werner: Das *Nibelungenlied*. Interpretation. München 1969. ³1978. (Interpretationen zum Deutschunterricht.)

– Die Nibelungendichtungen. In: W. H.: Mittelhochdeutsche Heldendichtung. Berlin 1974. (Grundlagen der Germanistik. 14.) S. 69–111.

– Das *Nibelungenlied*. Stuttgart 1987. ⁶1992 (SM 7.)

Ihlenburg, Karl Heinz: Das *Nibelungenlied*. Problem und Gehalt. Berlin 1969.

Kaiser, Gert: Das *Nibelungenlied*. In: Neues Handbuch der Literaturwissenschaft. Bd. 7: Europäisches Hochmittelalter. Hrsg. von Henning Krauss. Wiesbaden 1981. S. 184–202.

Körner, Josef: Das *Nibelungenlied*. Leipzig/Berlin 1921. (Aus Natur und Geisteswelt. 591.)

Miedema, Nine R.: Einführung in das *Nibelungenlied*. Darmstadt 2011. (WBG Einführung in die Germanistik.)

Müller, Jan-Dirk: Das *Nibelungenlied*. In: Interpretationen. Mittelhochdeutsche Romane und Heldenepen. Hrsg. von Horst Brunner. Stuttgart 1993. (RUB 8914.) S. 146–172.

– Spielregeln für den Untergang. Die Welt des *Nibelungenliedes*. Tübingen 1998.

– Das *Nibelungenlied*. Berlin 2002. (Klassiker-Lektüren. 5.)

Nagel, Bert: Das *Nibelungenlied*. Stoff – Form – Ethos. Frankfurt a. M. 1965. [2]1970.

Neumann, Friedrich: Das *Nibelungenlied* in seiner Zeit. Göttingen 1967. (Kleine Vandenhoeck-Reihe. 253 S.)

Panzer, Friedrich: Das *Nibelungenlied*. Entstehung und Gestalt. Stuttgart/Köln 1955.

Schmidt-Wiegand, Ruth: *Nibelungenlied*. In: HRG. Bd. 3. 1984. Sp. 965–974.

Schröder, Franz Rolf: Nibelungenstudien. Bonn/Leipzig 1921. (Rhein. Beiträge und Hülfsbücher zur germanischen Philologie und Volkskunde. 6.)

Schröder, Walter Johannes: Das *Nibelungenlied*. Versuch einer Deutung. In: PBB (Halle) 76 (1954/55) S. 56–143.

Schulze, Ursula: *Nibelungen* und *Kudrun*. In: Epische Stoffe des Mittelalters. Hrsg. von Volker Mertens und Ulrich Müller. Stuttgart 1984. S. 111–140.

– *Nibelungenlied*. In: Aus der Mündlichkeit in die Schriftlichkeit: Höfische und andere Literatur. 750–1320. Hrsg. von Ursula Liebertz-Grün. Reinbek 1988. (Deutsche Literatur. Eine Sozialgeschichte. Hrsg, von Horst Albert Glaser. Bd. 1.) S. 264–278.

– *Nibelungenlied*. In: Deutsche Dichter. Leben und Werk deutschsprachiger Autoren. Hrsg. von Gunter E. Grimm und Frank Rainer Max. Bd. 1: Mittelalter. Stuttgart 1989. (RUB 8611.) S. 142–163.

Schwietering, Julius: Heldenepos. In: Die deutsche Literatur des Mittelalters. Potsdam 1932–41. Nachdr. Darmstadt 1957. (Handbuch der Literaturwissenschaft.) S. 194–219.

Weber, Gottfried: Das *Nibelungenlied*. Problem und Idee. Stuttgart 1963.

3. Sammelbände zur *Nibelungenlied*-Forschung

Badisches Landesmuseum / Badische Landesbibliothek (Hrsg.): Uns ist in alten Mären … Das Nibelungenlied und seine Welt. Darmstadt 2003.

Bönnen, Gerold / Gallé, Volker (Hrsg.): Der Mord und die Klage. Das *Nibelungenlied* und die Kulturen der Gewalt. Dokumentation des 4. Symposiums der Nibelungenlied-Gesellschaft Worms e.V. vom 11. bis 13. Oktober 2002. Worms 2003.

Buschinger, Danielle / Spiewok, Wolfgang (Hrsg.): La Chanson des Nibelungen hier et aujourd'hui. Actes du Colloque Amiens 12 et 13 janvier 1991. Amiens 1991. (Wodan. 7. Ser. 3.)

Ebenbauer, Alfred / Keller, Johannes (Hrsg.): 8. Pöchlarner Heldenliedgespräch. Das *Nibelungenlied* und die Europäische Heldensage. Wien 2006. (Philologica Germanica. 26.)

Fasbender, Christoph (Hrsg.): *Nibelungenlied* und *Nibelungenklage*. Neue Wege der Forschung. Darmstadt 2005.

Gallé, Volker (Hrsg.): Siegfried: Schmied und Drachentöter. Worms 2005. (Nibelungenedition 1.)

Greenfield, John (Hrsg.): Das *Nibelungenlied*. Actas do Simpósio Internacional 27 de Outubro de 2000. Porto 2001.

Hauck, Karl (Hrsg.): Zur germanisch-deutschen Heldensage. Sechzehn Aufsätze zum neuen Forschungsstand. Darmstadt 1961. (WdF 14.)

Heinzle, Joachim / Klein, Klaus / Obhof, Ute (Hrsg.): Die Nibelungen. Sage – Epos – Mythos. Wiesbaden 2003.

Keller, Johannes / Kragl, Florian (Hrsg.): 9. Pöchlarner Heldenliedgespräch. Heldenzeiten – Heldenräume. Wann und wo spielen Heldendichtung und Heldensage? Wien 2007. (Philologica Germanica 28.)

– 10. Pöchlarner Heldenliedgespräch. Heldinnen. Wien 2010. (Philologica Germanica 31.)

Knapp, Fritz Peter (Hrsg.): *Nibelungenlied* und *Klage*. Sage und Geschichte, Struktur und Gattung. Passauer Nibelungengespräche 1985. Heidelberg 1987.

Kragl, Florian (Hrsg.): *Nibelungenlied* und Nibelungensage. Kommentierte Bibliographie 1945–2010. Bearb. von Elisabeth Martschini, Katharina Büsel und Alexander Hödlmoser. Berlin 2012.

Masser, Achim (Hrsg.): Hohenemser Studien zum *Nibelungenlied*. Dornbirn 1981. (Montfort. 3/4. 1980.)

McConnell, Winder (Hrsg.): A Companion to the *Nibelungenlied*.

Camden House 1998. (Studies in German Literature, Linguistics and Culture.)

Moser, Dietz Rüdiger / Sammer, Marianne (Hrsg.): *Nibelungenlied* und *Klage*. Ursprung – Funktion – Bedeutung. Symposium Kloster Andechs 1995 mit Nachträgen bis 1998. München 1998. (Beibände zur Zeitschrift *Literatur in Bayern*. 2.)

Rupp, Heinz (Hrsg.): *Nibelungenlied* und *Kudrun*. Darmstadt 1976. (WdF 54.)

Wunderlich, Werner / Müller, Ulrich / Scholz, Detlef (Hrsg.): »Waz sider da geschach«, American-German Studies on the *Nibelungenlied*. Text and Reception. With Bibliogr. 1980–1990/91. Göppingen 1992. (GAG 564.)

Zatloukal, Klaus (Hrsg.): Pöchlarner Heldenliedgespräch. Das *Nibelungenlied* und der mittlere Donauraum. Wien 1990. (Philologica Germanica. 12.)

– 2. Pöchlarner Heldenliedgespräch. Die historische Dietrichepik. Wien 1992. (Philologica Germanica. 13.)

– 3. Pöchlarner Heldenliedgespräch. Die Rezeption des *Nibelungenliedes*. Wien 1995. (Philologica Germanica. 16.)

– 6. Pöchlarner Heldenliedgespräch. 800 Jahre *Nibelungenlied*. Rückblick – Einblick – Ausblick. Wien 2001. (Philologica Germanica. 23.)

4. Forschungsbeiträge zu verschiedenen Themenbereichen

a) Autorproblematik, Anonymität

Dieterich, Julius Reinhard: Der Dichter des *Nibelungenliedes*. Ein Versuch. Darmstadt 1923.

Falk, Walter: Wer war Volker? In: W. F.: Die Entdeckung der potentialgeschichtlichen Ordnung. Tl. 1: Der Weg zur Komponentenanalyse. Frankfurt a. M. / Bern / New York 1985. S. 174–201.

Fromm, Hans: Der oder die Dichter des *Nibelungenliedes?* In: Colloquio italo-germanico sul tema: I Nibelunghi. Organizzato d'intesa con la Bayerische Akademie der Wissenschaften. Rom 1974. S. 63–74. – Wiederabgedr. in: H. F.: Arbeiten zur deutschen Literatur des Mittelalters. Tübingen 1989. S. 275–288.

Hansen, Walter: Die Spur des Sängers. Das *Nibelungenlied* und sein Dichter. Bergisch Gladbach 1987.

Höfler, Otto: Die Anonymität des *Nibelungenliedes.* In: DVjs 29 (1955) S. 167–213. – Erg. Fassung in: Karl Hauck, B 3: 1961. 330–392.

Jones, George Fenwick: *ze Osterîch lernt ich singen unde sagen* (Walther 32,14). In: Leuvense Bijdragen 58 (1969) S. 69–77.

Kralik, Dietrich: Wer war der Dichter des *Nibelungenliedes?* Wien 1954.

Krogmann, Willy: Der Dichter des *Nibelungenliedes.* Berlin 1962.

Lee, Anthony van der: Vom Dichter des *Nibelungenliedes.* In: Levende Taln. 1970. S. 341–353.

Lösel-Wieland-Engelmann, Berta: Verdanken wir das *Nibelungenlied* einer Niedernburger Nonne? In: MDU 72 (1980). S. 5–25.

– Die wichtigsten Verdachtsmomente für eine weibliche Verfasserschaft des *Nibelungenliedes.* In: Feminismus. Inspektion der Herrenkultur. Ein Handbuch. Hrsg. von Luise F. Pusch. Frankfurt a.M. 1983. S. 149–170.

Meves, Uwe: Bischof Wolfger von Passau, *sin schriber, meister Kuonorât* und die Nibelungenüberlieferung. In: Masser, B 3: 1981, 72–89.

Münz, Walter: Zu den Passauer Strophen und der Verfasserfrage des *Nibelungenliedes.* In: Euph. 65 (1971). S. 345–367.

Nolte, Theodor: Der Dichter des *Nibelungenliedes* – Begründer der deutschen Heldenepik des Mittelalters. In: Ostbairische Lebensbilder. Hrsg. von Hartmut Wolff. Bd. 2. Passau 2005. S. 9–24.

Wunderlich, Werner: Meister Cuonrât – Konradus. Vom Mythos einer Dichterfiktion zum *Nibelungenlied.* In: Künstler, Dichter, Gelehrte. Hrsg. von Ulrich Müller und Werner Wunderlich. Konstanz 2005. (Mittelalter Mythen 4.) S. 359–374.

b) Überlieferungsproblematik

Becker, Peter Jörg: Handschriften und Frühdrucke mittelhochdeutscher Epen. Wiesbaden 1977.

Boor, Helmut de: Die Schreiber der Nibelungenhandschrift B. In: PBB (Tübingen) 94 (1972) S. 81–112.

Brackert, Helmut: Beiträge zur Handschriftenkritik des *Nibelungenliedes.* Berlin 1963.

Braune, Wilhelm: Die Handschriftenverhältnisse des *Nibelungenliedes.* In: PBB 25 (1900) S. 1–222.

Bumke, Joachim: [Rez. zu Helmut Brackert, Beiträge zur Handschriftenkritik des *Nibelungenliedes*, Berlin 1963.] In: Euph. 58 (1964) S. 428–438.

Haferland, Harald: Das Gedächtnis des Sängers. Zur Entstehung der Fassung *C des *Nibelungenliedes*. In: Kunst und Erinnerung. Memoriale Konzepte der Erzählliteratur des Mittelalters. Hrsg. von Ulrich Ernst und Klaus Ridder. Köln/Weimar/Wien 2003. S. 87–135.

Heinzle, Joachim: Mißerfolg oder Vulgata. Zur Bedeutung der *C-Version in der Überlieferung des *Nibelungenlieds*. In: Blütezeit. Fs. Peter Johnson zum 70. Geburtstag. Tübingen 2000. S. 207–220.

– Die Handschriften des *Nibelungenliedes* und die Entwicklung des Textes. In: Heinzle, B 3: 2003, 191–212.

– Zu den Handschriftenverhältnissen des *Nibelungenliedes*. In: ZfdA 137 (2008) S. 305–334.

Hennig, Ursula: Zu den Handschriftenverhältnissen in der *liet*-Fassung des *Nibelungenliedes*. In: PBB (Tübingen) 94 (1972) S. 113–133.

Hoffmann, Werner: Die Fassung C des *Nibelungenliedes* und die *Klage*. In: Fs. Gottfried Weber zu seinem 70. Geburtstag. Bad Homburg / Berlin / Zürich 1967. (Frankfurter Beiträge zur Germanistik. 1.) S. 109–143.

Klein, Klaus: Beschreibendes Verzeichnis der Handschriften des *Nibelungenliedes*. In: Heinzle, B 3: 2003. S. 213–238.

Kochendörfer, Günter: Das Stemma des *Nibelungenliedes* und die textkritische Methode. Diss. Freiburg i. Br. 1973.

Krogmann, Willy: Zur Textkritik des *Nibelungenliedes*. In: ZfdA 87 (1956/57) S. 277–294.

Menhardt, Hermann: Nibelungenhandschrift Z. In: ZfdA 64 (1927) S. 211–235.

Müller, Jan-Dirk: Die »Vulgatfassung« des *Nibelungenliedes*, die Bearbeitung *C und das Problem der Kontamination. In: Greenfield, B 3: 2001, 51–77.

Nellmann, Eberhard: Der Schreiber IV des Codex Sangallensis 857 und die *C-Fassung des *Nibelungenliedes*. In: ZfdPh 128 (2009) S. 125–127.

Obhof, Ute: Die *Nibelungenlied*-Handschrift C Codex Donaueschingen 63. Hrsg. von der Kulturstiftung der Länder in Verbindung mit der Badischen Landesbibliothek in Karlsruhe. Karlsruhe 2005. (Patrimonia 289.)

Paul, Hermann: Zur Nibelungenfrage. In: PBB 3 (1876) S. 373–490.

Rosenfeld, Hans-Friedrich: Die Rosenheimer Fragmente der Hand-
    schrift Q des *Nibelungenliedes*. In: Das bayerische Inn-Oberland
    46 (1986) S. 27–110 und 153–160.
– Neue Nibelungenfragmente aus Rosenheim und München. In:
    PBB (Tübingen) 109 (1987) S. 14–50.
Schneider, Karin: Gotische Schriften in deutscher Sprache. 1: Vom
    späten 12. Jahrhundert bis um 1300. Textbd. Wiesbaden 1987.
Schröder, Werner: [Rez. zu Helmut Brackert, Beiträge zur Hand-
    schriftenkritik des *Nibelungenliedes*, Berlin 1963.] In: AfdA 77
    (1966) S. 14–32. – Wiederabgedr. in: W. Sch.: Nibelungen-Studi-
    en. Stuttgart 1968. S. 19–47.
Selzer, Wolfgang: Lorsch und das *Nibelungenlied*. In: Laurissa jubi-
    lans. Fs. zur 1200-Jahrfeier von Lorsch. Mainz 1964. S. 106–114.
Störmer, Wilhem: Die Herkunft Bischof Pilgrims von Passau (971–
    991) und die Nibelungen-Überlieferung. In: Ostbairische Grenz-
    marken 16 (1974) S. 62–67.
Voorwinden, Norbert: Lorsch im *Nibelungenlied*. Die Hs. C als
    Bearbeitung einer schriftlich fixierten mündlichen Dichtung. In:
    Stauferzeit. Geschichte, Literatur, Kunst. Hrsg. von Rüdiger
    Krohn, Bernd Thum und Peter Wapnewski. Stuttgart 1978.
    (Karlsruher kulturwiss. Arbeiten. 1.) S. 279–294.
Wilhelm, Friedrich: Nibelungenstudien 1. Über die Fassungen B
    und C des *Nibelungenliedes* und der *Klage*, ihre Verfasser und
    Abfassungszeit. München 1916. (Münchner Archiv für Philologie
    des Mittelalters und der Renaissance. 7.)

c) Datierung

Boor, Helmut de: Rumoldes Rat. in ZfdA 61 (1924) S. 1–11.
Eis, Gerhard: Zur Datierung des *Nibelungenliedes*. In: Forschungen
    und Fortschritte 27 (1953) S. 48–51.
Panzer, Friedrich: Vom mittelalterlichen Zitieren. Heidelberg 1950.
    (Sitzungsberichte der Heidelberger Akademie der Wissenschaf-
    ten. Phil.-hist. Kl. 2.)
Rosenfeld, Hellmut: Die Datierung des *Nibelungenliedes*, Fassung
    B und C durch das Küchenmeisterhofamt und Wolfger von Pas-
    sau. In: PBB (Tübingen) 91 (1969) S. 104–120.
Schröder, Werner: Zur Chronologie der drei großen mittelhoch-
    deutschen Epiker. In: DVjs 31 (1957) S. 264–302.
Thomas, Heinz: Dichtung und Politik um 1200: *Das Nibelungen-
    lied*. In: Zatloukal, B 3: 1990, 103–129.

Thomas, Heinz: Die Staufer im *Nibelungenlied*. In: ZfdPh 109 (1990) S. 321–354.

Voorwinden, Norbert: Pilgrim und das Bistum Passau im *Nibelungenlied*: Grenzen und Möglichkeiten der Datierung und Lokalisierung aufgrund geographischer und historischer Bezüge. In: Zatloukal, B 3: 1990, 139–156.

– Zur Datierung des *Nibelungenliedes*. »Zazamanc« und »Azagouc«. In: Leuvense Bijdragen 65 (1976) S. 167–176.

d) Stoffgeschichte und Vorstufen

Andersson, Theodore Murdock: The Legend of Brunhild. Ithaca/London 1980. (Islandica. 43.)

Assmann, Jan: Das kulturelle Gedächtnis. Schrift, Erinnerung und politische Identität in frühen Hochkulturen. München 1992.

Beyschlag, Siegfried: Deutsches Brünhildenlied und Brautwerbermärchen. In: Märchen, Mythos, Dichtung. Fs. zum 90. Geburtstag Friedrich von der Leyens. München 1963. S. 121–145.

Boor, Helmut de: Hat Siegfried gelebt? In: PBB 63 (1939) S. 250–271.

Bumke, Joachim: Die Quellen der Brünhildenfabel im *Nibelungenlied*. In: Euph. 54 (1960) S. 1–38.

Delbrück, Hans: Das Werden des *Nibelungenliedes*. In: HZ 131 (1925) S. 409–420.

Droege, Karl: Zur Geschichte der Nibelungendichtung und der *Thidrekssaga*. In: ZfdA 58 (1921) S. 1–40.

Ebenbauer, Alfred: Grimm, Heusler und die Sage. In: Die Grimms, die Germanistik und die Gegenwart. Hrsg. von Volker Mertens. Wien 1988. S. 91–112.

Fourquet, Jean: Das *Nibelungenlied* – ein Burgondenlied? In: Literatur in Bayern 44 (1996) S. 4–9.

Graf, Klaus: Literatur als adelige Hausüberlieferung? In: Literarische Interessenbildung im Mittelalter. Hrsg. von Joachim Heinzle. Stuttgart/Weimar 1993. (DVjs. Sonderbd. 1993. 2.) S. 126–144.

Gschwantler, Otto: Die historische Glaubwürdigkeit der Nibelungensage. In: *Nibelungenlied*. Ausstellungskatalog des Vorarlberger Landesmuseums 86. Bregenz 1979. S. 55–69.

Hauck, Karl: Haus- und sippengebundene Literatur mittelalterlicher Adelsgeschlechter. In: MIÖG 62 (1954) S. 122–145. – Rev. Fassung in: Geschichtsdenken und Geschichtsbild im Mittelalter. Darmstadt 1961. (WdF 21.) S. 165–199.

Hauck, Karl: Heldendichtung und Heldensage als Geschichtsbewußtsein. In: Alteuropa und die moderne Gesellschaft. Fs. Otto Brunner. Göttingen 1963. S. 118–169.

Haug, Walter: Andreas Heuslers Heldensagenmodell: Prämissen, Kritik und Gegenentwurf. In: ZfdA 104 (1975) S. 273–292. – Wiederabgedr. in: W. H.: Strukturen als Schlüssel zur Welt. Tübingen 1989. S. 277–292.

– Normatives Modell oder hermeneutisches Experiment: Überlegungen zu einer grundsätzlichen Revision des Heuslerschen Nibelungen-Modells. In: Masser, B 3: 1981, 212–226. – Wiederabgedr: in: W. H.: Strukturen als Schlüssel zur Welt. Tübingen 1989. S. 308–325.

– Die Grausamkeit der Heldensage. Neue gattungstheoretische Überlegungen zur heroischen Dichtung. In: Studien zum Altgermanischen. Fs. Heinrich Beck. Berlin / New York 1994. (Reallexikon der germanischen Altertumskunde. Ergänzungsbd. 11.) S. 303–326. – Wiederabgedr. in: W. H.: Brechungen auf dem Weg zur Individualität. Kleine Schriften zur Literatur des Mittelalters. Tübingen 1997. S. 72–90.

Hempel, Heinrich: Sächsische Nibelungendichtung und sächsischer Ursprung der *Thidrekssaga*. In: Edda, Skalden, Saga. Fs. zum 70. Geburtstag von Felix Genzmer. Heidelberg 1952. S. 138–156.

Heusler, Andreas: Nibelungensage und *Nibelungenlied*. Die Stoffgeschichte des deutschen Heldenepos. Dortmund 1921 [u. ö.]. 5. Ausg. [Unveränd. Nachdr.].Dortmund 1955.

Höfler, Otto: Siegfried, Arminius und die Symbolik. Mit einem historischen Anhang über die Varusschlacht. Heidelberg 1961.

– Siegfried, Arminius und der Nibelungenhort. Wien 1978.

Kralik, Dietrich: Die Sigfridtrilogie im *Nibelungenlied* und in der *Thidrekssaga*. Tl. 1. Halle (Saale) 1941.

Kuhn, Hans: Heldensage vor und außerhalb der Dichtung. In: Edda, Skalden, Saga. Fs. zum 70. Geburtstag von Felix Genzmer. Heidelberg 1952. S. 262–278. – Wiederabgedr. in: H. K.: Kleine Schriften 2. Berlin 1971. S. 102–118.

Kuhn, Hugo: Über nordische und deutsche Szenenregie in der Nibelungendichtung. In: Edda, Skalden, Saga. Fs. zum 70. Geburtstag von Felix Genzmer. Heidelberg 1952. S. 279–306.

Lohse, Gerhart: Rheinische Nibelungendichtung und die Vorgeschichte des deutschen *Nibelungenliedes* von 1200. In: Rheinische Vierteljahrsblätter 20 (1955) S. 54–60.

– Die Beziehungen zwischen der *Thidrekssaga* und den Handschriften des *Nibelungenliedes*. In: PBB (Tübingen) 81 (1959) S. 295–347.

Rosenfeld, Hellmut: Die Namen Nibelung, Nibelungen und die Burgunder. In: Blätter für oberdeutsche Namenforschung 9 (1968) S. 16–21.

Rosenthal, Dieter: Zur Frage nach Siegfrieds Existenz. Einige zentrale Namen und Motive des Siegfried-Sagenkreises. In: Germanistisches Bulletin 4 (1980) S. 44–56.

Schneider, Hermann: Deutsche und französische Heldenepik. In: ZfdPh 51 (1926) S. 200–243. – Wiederabgedr. in: H. S.: Kleinere Schriften zur germanischen Heldensage und Literatur des Mittelalters. Hrsg. von Kurt Herbert Halbach und Wolfgang Mohr. Berlin 1962. S. 52–96.

– Deutsche Heldensage. Berlin/Leipzig 1928. Berlin ²1962. (Grundriß der germanischen Philologie. 10/1.)

See, Klaus von: Die Werbung um Brünhild. In: ZfdA 88 (1957/58) S. 1–20.

– Germanische Heldensage. Stoffe, Probleme, Methoden. Eine Einführung. Wiesbaden 1971. ²1981.

– Held und Kollektiv. In: ZfdA 122 (1993) S. 1–35.

Störmer, Wilhelm: Nibelungentradition als Hausüberlieferung in frühmittelalterlichen Adelsfamilien? Beobachtungen zu Nibelungennamen im 8./9. Jahrhundert vornehmlich in Bayern. In: Knapp, B 3: 1987, 1–20.

Stroheker, Karl Friedrich: Studien zu den historisch-geographischen Grundlagen der Nibelungendichtung. In: DVjs 32 (1958) S. 216–240.

Wackwitz, Peter: Gab es ein Burgunderreich in Worms? Beiträge zu den geschichtlichen Grundlagen der Nibelungensage. 2 Bde. Worms 1964/65. (Der Wormsgau. Beih. 20/21.)

Wais, Kurt: Frühe Epik Westeuropas und die Vorgeschichte des *Nibelungenliedes*. Bd. 1: Die Lieder um Krimhild, Brünhild, Dietrich und ihre frühen außerdeutschen Beziehungen. Mit einem Beitrag von Hugo Kuhn: Brünhild und das Krimhildlied. Tübingen 1953. (Beihefte zur ZfrPh 95.)

Wisniewski, Roswitha: Die Darstellung des Niflungenunterganges in der *Thidrekssaga*. Eine quellenkritische Untersuchung. Tübingen 1961. (Hermaea. 9.)

Wolf, Alois: Mythos und Geschichte in der Nibelungensage und im *Nibelungenlied*. In: *Nibelungenlied*. Ausstellungskatalog des Vorarlberger Landesmuseums 86. Bregenz 1979. S. 41–54.

Wolf, Alois: Heldensage und Epos. Zur Konstituierung einer mittelalterlichen volkssprachlichen Gattung im Spannungsfeld von Mündlichkeit und Schriftlichkeit. Tübingen 1995. (ScriptOralia. 68.)

e) Oral poetry, Mündlichkeit – Schriftlichkeit

Bäuml, Franz H.: The Theory of Oral-Formulaic Composition and the Written Medieval Text. In: Comparative Research on Oral Traditions. A Memorial for Milman Parry. Hrsg. von John Miles Foley. Columbus (O.) 1987. S. 29–45.
– / Ward, Donald J.: Zur mündlichen Überlieferung des *Nibelungenliedes*. In: DVjs 41 (1967) S. 351–390.
– / Bruno, Agnes M.: Weiteres zur mündlichen Überlieferung des *Nibelungenliedes*. In: DVjs 46 (1972) S. 479–493.
Borghart, Kees Herman Rudi: Das *Nibelungenlied*. Die Spuren mündlichen Ursprungs in schriftlicher Überlieferung. Amsterdam 1977. (Amsterdamer Publikationen zur Sprache und Literatur. 31.)
Foley, John M.: Traditional Oral Epic: The *Odyssey*, *Beowulf*, and the Serbo-Croatian Return Song. Berkeley / Los Angeles / Oxford 1990.
Haferland, Harald: Das *Nibelungenlied* – Ein Buchepos? In: Das *Nibelungenlied*. Actas do Simpósio Internacional, 27 de Outubro de 2000. Hrsg. von John Greenfield. Porto 2001. S. 79–94.
– Mündlichkeit, Gedächtnis und Medialität. Heldendichtung im deutschen Mittelalter. Göttingen 2004.
– Oraler Schreibstil oder memorierende Text(re)produktion? Zur Textkritik der Fassungen des *Nibelungenliedes*. In: ZfdA 135 (2006) S. 172–212.
Haymes, Edward R.: Das mündliche Epos. Eine Einführung in die »Oral Poetry«-Forschung. Stuttgart 1977. (SM 151.)
Heinzle, Joachim: Zur Funktionsanalyse heroischer Überlieferung: das Beispiel Nibelungensage. In: New Methods in the Research of Epic. Neue Methoden der Epenforschung. Hrsg. von Hildegard L. C. Tristram. Tübingen 1998. (ScriptOralia. 107.) S. 202–221.
Lord, Albert B.: Der Sänger erzählt. Wie ein Epos entsteht. München 1965.
Mertens, Volker: Inszenierte Mündlichkeit und szenisches Erzählen. Überlegungen zu einer performativen Poetik des *Nibelungenliedes*. In: Les Nibelungen. Actes du Colloque du Centre

d'Etudes Médiévales de l'Université de Picardie – Jules Verne, Amiens (12 et 13 Janvier 2001). Hrsg. von Danielle Buschinger und Jean François Candoni. Amiens 2001. S. 85–98.

Schaefer, Ursula: Zum Problem der Mündlichkeit. In: Modernes Mittelalter. Neue Bilder einer populären Epoche. Hrsg. von Joachim Heinzle. Frankfurt a. M. / Leipzig 1994. S. 357–375.

Schulze, Ursula: Mündlichkeit und Schriftlichkeit im ›Editionsprozess‹ des *Nibelungenliedes*. In: editio 21 (2007) S. 1–18.

Springeth, Margarete / Müller, Ulrich: Das mittelhochdeutsche *Nibelungenlied*. Ein gesungenes Heldenepos. In: The *Nibelungenlied*. Genesis, Interpretation, Reception (Kalamazoo Papers 1997–2005). Hrsg. von Sibylle Jefferis. Göppingen 2005. (GAG 735.) S. 27–48.

Voorwinden, Norbert / de Haan, Max (Hrsg.): Oral Poetry. Das Problem der Mündlichkeit mittelalterlicher epischer Dichtung. Darmstadt 1979. (WdF 555.)

f) Formale Gestaltung, Erzählverfahren

Bertau, Karl Heinrich / Stephan, Rudolf: Zum sanglichen Vortrag mittelhochdeutscher strophischer Epen. In: ZfdA 87 (1956/57) S. 253–270.

Beyschlag, Siegfried: Die Funktion der epischen Vorausdeutung im Aufbau des *Nibelungenliedes*. In: PBB (Halle) 76 (1954/55) S. 38–55.

– Langzeilen-Melodien. In: ZfdA 93 (1964) S. 157–176.

Brunner, Horst: Epenmelodien. In: Formen mittelalterlicher Literatur. Siegfried Beyschlag zu seinem 65. Geburtstag. Göppingen 1970. (GAG 25.) S. 149–178.

– Strukturprobleme der Epenmelodien. In: Deutsche Heldenepik in Tirol. Beiträge der Neustifter Tagung 1977 des Südtiroler Kulturinstitutes. Hrsg. von Egon Kühebacher. Bozen 1979. S. 300–328. (Schriftenreihe des Südtiroler Kulturinstituts. 7.)

Burger, Harald: Vorausdeutung und Erzählstruktur in mittelalterlichen Texten. In: Typologia litterarum. Fs. Max Wehrli. Zürich / Freiburg i. Br. 1969. S. 125–153.

Fourquet, Jean: Zum Aufbau des *Nibelungenliedes* und des *Kudrunliedes*. In: ZfdA 85 (1954/55) S. 137–149.

Hamburger, Käte: Zur Erzählerhaltung im *Nibelungenlied*. In: K. H.: Kleine Schriften. Stuttgart 1976. (SAG 25.) S. 59–73.

Haug, Walter: Hat das *Nibelungenlied* eine Konzeption? In: Greenfield, B 3: 2001, 27–49.

Heinzle, Joachim: Gnade für Hagen? Die epische Struktur des *Nibelungenliedes* und das Dilemma der Interpreten. In: Knapp, B 3: 1987, 257–276.

– Wiedererzählen in der Heldendichtung. Zur Fassung n des *Nibelungenliedes*. In: ZfdPh. Sonderheft 124 (2005) S. 1–8.

– Traditionelles Erzählen. Zur Poetik des *Nibelungenliedes*. Mit einem Exkurs über »Leerstellen« und »Löcher«. In: Mittelalterliche Poetik in Theorie und Praxis. Fs. für Fritz Peter Knapp zum 65. Geburtstag. Berlin / New York 2009. S. 59–76.

Hennig, Ursula: Die Bezeichnung des Redeeingangs im *Nibelungenlied* – eine »Formel«? In: Medium Aevum deutsch. Beiträge zur deutschen Literatur des hohen und späten Mittelalters. Fs. Kurt Ruh zum 65. Geburtstag. Tübingen 1979. S. 165–174.

Heusler, Andreas: Deutsche Versgeschichte mit Einschluß des altenglischen und altnordischen Stabreimverses. Bd. 2. Berlin/Leipzig 1927.

Horacek, Blanka: Zum Handlungsaufbau des *Nibelungenliedes*. In: Studien zur deutschen Literatur des Mittelalters. In Verbindung mit Ulrich Fellmann hrsg. von Rudolf Schützeichel. Bonn 1979. S. 249–263.

Jammers, Ewald: Der musikalische Vortrag des altdeutschen Epos. In: DU 11 (1959) H. 2. S. 98–116.

Kuhn, Hugo: *Tristan, Nibelungenlied*, Artusstruktur. München 1973. (Sitzungsberichte der Bayerischen Akademie der Wissenschaften. Phil.-hist. Kl. Jg. 1973. H. 5.) – Wiederabgedr. in: H. K.: Liebe und Gesellschaft. Hrsg. von Wolfgang Walliczek. Stuttgart 1980. S. 12–35.

Lienert, Elisabeth: Perspektiven der Deutung des *Nibelungenliedes*. In: Heinzle, B 3: 2005, 91–112.

Linke, Hansjürgen: Über den Erzähler im *Nibelungenlied* und seine künstlerische Funktion. In: GRM 41 (1960) S. 370–385.

Mertens, Volker: Konstruktion und Dekonstruktion heldenepischen Erzählens. *Nibelungenlied – Klage – Titurel*. In: PBB 118 (1996) S. 358–378.

– Inszenierte Mündlichkeit und szenisches Erzählen. Überlegungen zu einer performativen Poetik des *Nibelungenliedes*. In: Les Nibelungen Actes du Colloque du Centre d'Études Médiévales de l'Université de Picardie – Jules Verne. Hrsg. von Danielle Buschinger und Jean-François Candoni. Amiens 2001. (Médiévales 12.) S. 85–98.

Müller, Ulrich: Überlegungen und Versuche zur Melodie des *Nibelungenliedes*, zur Kürenberger-Strophe und zur sogenannten *Elegie* Walthers von der Vogelweide. In: Zur gesellschaftlichen Funktionälität mittelalterlicher deutscher Literatur. Greifswald 1984. (Wiss. Beiträge der Ernst-Moritz-Arndt-Universität Greifswald. Dt. Literatur des Mittelalters. 1.) S. 27–42 und 136.

Schröder, Franz Rolf: Kriemhilds Falkentraum. In: PBB (Tübingen) 78 (1956) S. 319–348.

Schröder, Werner: Die epische Konzeption des *Nibelungenlied-Dichters*. In: WW 11 (1961) S. 193–201. – Wiederabgedr. in: W. Sch.: *Nibelungenlied*-Studien. Stuttgart 1968. S. 1–18.

Schulze, Ursula: Das *Nibelungenlied* und Walther von der Vogelweide. Diskursaktualisierung und konzeptuelle Qualitäten des Epos. In: Vom Mittelalter zur Neuzeit. Fs. Horst Brunner. Wiesbaden 2000. S. 161–180.

– Die *alten mœren* in neuer Zeit. Historisierung mythischer Elemente im *Nibelungenlied*. In: Keller / Kragl, B 3: 2007. S. 159–176.

Strohschneider, Peter: Einfache Regeln – komplexe Strukturen. Ein strukturanalytisches Experiment zum *Nibelungenlied*. In: Mediävistische Komparatistik. Fs. Franz Josef Worstbrock. Stuttgart/Leipzig 1997. S. 43–74.

Szövérffy, Josef: Das *Nibelungenlied*. Strukturelle Beobachtungen und Zeitgeschichte. In: WW 15 (1965) S. 233–238.

Wachinger, Burghart: Studien zum *Nibelungenlied*. Vorausdeutungen, Aufbau, Motivierung. Tübingen 1960.

Wolf, Alois: Gestaltungskerne und Gestaltungsweisen in der altgermanischen Heldendichtung. München 1965.

g) Gattungsproblematik

Bartels, Hildegard: Epos – die Gattung in der Geschichte. Eine Begriffsbestimmung vor dem Hintergrund der Hegelschen Ästhetik anhand von *Nibelungenlied* und *Chanson de Roland*. Heidelberg 1982.

Hoffmann, Werner: Das *Nibelungenlied* – Epos oder Roman? Positionen und Perspektiven der Forschung. In: Knapp, B 3: 1987, 124–157.

Jauß, Hans Robert: Epos und Roman. Eine vergleichende Betrachtung an Texten des XII. Jahrhunderts (1961). In: H. R. J.: Alterität und Modernität der mittelalterlichen Literatur. Gesammelte Aufsätze 1956–1976. München 1977. S. 310–326.

Knapp, Fritz Peter: Tragoedia und planctus. Der Eintritt des *Nibelungenliedes* in die Welt der litterati. In: Knapp, B 3: 1987, 152–170.

Kuhn, Hugo: Gattungsprobleme der mittelhochdeutschen Literatur. München 1956. (Sitzungsberichte der Bayerischen Akademie der Wissenschaften. Phil.-hist. Kl. Jg. 1956. H. 4.) – Wiederabgedr. in: H. K.: Dichtung und Welt im Mittelalter. Stuttgart 1959. ²1969. S. 41–61.

Mergell, Bodo: Nibelungenlied und höfischer Roman. In: Euph. 45 (1950) S. 305–336.

Müller, Jan-Dirk: Motivationsstrukturen und personale Identität im *Nibelungenlied*. Zur Gattungsdiskussion um »Epos« oder »Roman«, In: Knapp, B 3: 1987, 221–256.

– Sage – Kultur – Gattung – Text. Zu einigen Voraussetzungen des Verhältnisses mittelalterlicher Literatur am Beispiel des *Nibelungenliedes*. In: Zatloukal, B 3: 2001, 115–133.

Revue, Magdalena: L'amour dans le *Nibelungenlied*. In: Amour, mariage et transregressions au Moyen Age. Hrsg. von Danielle Buschinger. Göppingen 1984. (GAG 420.) S. 63–72.

Schweikle, Günther: Das *Nibelungenlied* – ein heroisch-tragischer Liebesroman? In: De poeticis medii aevi quaestiones. Käte Hamburger zum 85. Geburtstag. Göppingen 1981. (GAG 335.) S. 59–84.

Splett, Jochen: Das Wortschatzargument im Rahmen der Gattungsproblematik des *Nibelungenliedes*. In: Knapp, B 3: 1987, 107–123.

h) Motivkomplexe

Bekker, Hugo: Kingship in the *Nibelungenlied*. In: GR 41 (1966) S. 251–263.

– The »Eigenmann«-Motiv in the *Nibelungenlied*. In: GR 42 (1967) S. 5–15.

Bennewitz, Ingrid: Von Falkenträumen und Rabenmüttern. Nibelungische Mutter-Kind-Beziehungen. In: Generationen und *gender* in mittelalterlicher und frühneuzeitlicher Literatur. Hrsg. von Dina De von Rentis und Ursula Siewert. Bamberg 2009. (Bamberger interdisziplinäre Mittelalterstudien 3.) S. 37–52.

Beyschlag, Siegfried: Das Motiv der Macht bei Siegfrieds Tod. In: GRM 33 (1951/52) S. 95–108. – Wiederabgedr. in: Hauck, B 3: 1965, 195–213.

- Das *Nibelungenlied* als aktuelle Dichtung seiner Zeit. In: GRM 48 (1967) S. 225–231.

Bischoff, Karl: Die 14. Aventiure des *Nibelungenlieds*. Zur Frage des Dichters und der dichterischen Gestaltung. Mainz 1970. (Abhandlungen der Akademie der Wissenschaften. Geistes- und Sozialwiss. Kl. Jg. 1970. H. 8.)

Burger, Bernhard: Die Grundlegung des Untergangsgeschehens im *Nibelungenlied*. Freiburg i. Br. 1985.

Classen, Albrecht: Matriarchalische Strukturen und Apokalypse des Matriarchats im *Nibelungenlied*. In: IASL 16 (1991) H. 1. S. 1–31.

Czerwinski, Peter: Das *Nibelungenlied*. Widersprüche höfischer Gewaltreglementierung. In: Winfried Frey / Walter Raitz / Dieter Seitz (Hrsg.): Einführung in die deutsche Literatur des 12. bis 16. Jahrhunderts. Bd. 1: Adel und Hof – 12./13. Jahrhundert. Opladen 1979. S. 49–87.

Ehrismann, Otfrid: Archaisches und Modernes im *Nibelungenlied*. Pathos und Abwehr. In: Masser, B 3: 1981, 164–174.

Eis, Gerhard: Die Hortforderung. In: GRM 38 (1957) S. 209–223.

Fromm, Hans: Das *Nibelungenlied* und seine literarische Umwelt. In: Zatloukal, B 3: 1990, 3–19.

Gentry, Francis Gerard: Triuwe and vriunt in the *Nibelungenlied*. Amsterdam 1975.

Göhler, Peter: Überlegungen zur Funktion des Hortes im *Nibelungenlied*. In: Hansische Literaturbeziehungen. Das Beispiel der *Thidrekssaga* und verwandter Literatur. Hrsg. von Susanne Kramarz-Bein. Berlin / New York 1996. (Reallexikon der germanischen Altertumskunde. Ergänzungsbd. 14.) S. 215–235.

- *Von zweier vrouwen bagen wart vil manic helt verlorn*. Der Streit der Königinnen im *Nibelungenlied*. In: Zatloukal, B 3: 2001. S. 75–96.

Harms, Wolfgang: Der Kampf mit dem Freund oder Verwandten in der deutschen Literatur bis um 1300. München 1963.

Haug, Walter: Höfische Idealität und heroische Tradition im *Nibelungenlied*. In: Colloquio italo-germanico sul tema: I Nibelunghi. Organizzato d'intesa con la Bayerische Akademie der Wissenschaften. Rom 1974. S. 35–50. – Wiederabgedr. in: W. H.: Strukturen als Schlüssel zur Welt. Tübingen 1989. S. 293–307.

Hempel, Wolfgang: Superbia als Schuldmotiv im *Nibelungenlied*. In: Seminar 2 (1966) H. 2. S. 1–12.

Hennig, Ursula: Herr und Mann. Zur Ständegliederung im *Nibelungenlied*. In: Masser, B 3: 1981, 175–185.

Knapp, Fritz Peter: Nibelungentreue wider Babenberg? Das Heldenepos und die verfassungsgeschichtliche Entwicklung Österreichs im Lichte der neuesten Forschung. In: PBB (Tübingen) 107 (1985) S. 174–189.

Konecny, Sylvia: Das Sozialgefüge am Burgundenhof. In: Österreichische Literatur zur Zeit der Babenberger. Wien 1977. (Wiener Arbeiten zur germanischen Altertumskunde und Philologie. 10.) S. 97–116.

Krausse, Helmut K.: Zur Darstellung des Todes im *Nibelungenlied*. In: Neoph. 61 (1977) S. 245–257.

Kuhn, Hans: Der Teufel im *Nibelungenlied*. Zu Gunthers und Kriemhilds Tod. In: ZfdA 94 (1965) S. 280–306. – Wiederabgedr. in: H. K.: Kleine Schriften. Bd. 2. Berlin 1971. S. 158–182.

Lee, Anthony van der: Geographie, Toponymie und Chronologie im ersten Teil des *Nibelungenliedes*. In: Neoph. 67 (1983) S. 228–241.

Maurer, Friedrich: Leid. Studien zur Bedeutungs- und Problemgeschichte, besonders in den großen Epen der staufischen Zeit. Bern 1951. ⁴1969.

Mitteis, Heinrich: Rechtsprobleme im *Nibelungenlied*. In: Jurist. Blätter 74 (1952) S. 240–242.

Moser, Dietz-Rüdiger: Vom Untergang der Nibelungen. In: Literatur in Bayern 30 (1992) S. 10–19.

Müller, Gernot: Symbolisches im *Nibelungenlied*. Beobachtungen zum sinnbildlichen Darstellen des hochmittelalterlichen Epos. Diss. Heidelberg 1968.

Neumann, Friedrich: Schichten der Ethik im *Nibelungenliede*. In: Fs. Eugen Mogk zum 70. Geburtstag. Halle (Saale) 1924. S. 119–145. – Wiederabgedr. in: F. N.: Das *Nibelungenlied* in seiner Zeit. Göttingen 1967. S. 9–34.

Rosenfeld, Hans-Friedrich: Ortliebs Tod mit einer Einleitung zur Überlieferung des *Nibelungenliedes*. In: Uf der mâze pfat. Fs. Werner Hoffmann zum 60. Geburtstag. Göppingen 1991. (GAG 555.) S. 71–95.

Rupp, Heinz: Das *Nibelungenlied* – eine politische Dichtung. In: WW 35 (1985) S. 166–176.

Schmidt-Wiegand, Ruth: Kriemhilds Rache. Zu Funktion und Wertung des Rechts im *Nibelungenlied*. In: Tradition als historische Kraft. Hrsg. von Norbert Kamp / Joachim Wollasch. Berlin / New York 1982. S. 372–387.

Schröder, Walter Johannes: Der Zank der Königinnen im *Nibelun-*

genlied. Zur Interpretation mittelalterlicher Dichtungen. In: Mainzer Universitätsgespräche. 1964. S. 19–29. – Wiederabgedr. in: W. J. Sch.: *rede und meine*. Aufsätze und Vorträge zur deutschen Literatur des Mittelalters. Köln/Wien 1978. S. 146–163.

Schröder, Werner: Zum Problem der Hortfrage im *Nibelungenlied*. In: W. Sch.: *Nibelungenlied*-Studien. Stuttgart 1968. S. 157–184.

Schulze, Ursula: Gunther sî min herre, und ich sî sîn man. Bedeutung und Deutung der Standeslüge und die Interpretierbarkeit des *Nibelungenliedes*. In: ZfdA 126 (1997).

Schwab, Ute: Weinverschütten und Minnetrinken. Verwendung und Umwandlung metaphorischer Hallentopik im *Nibelungenlied*. In: Zatloukal, B 3: 1990, 59–101.

– Tötende Töne. Zur Fiedelmetaphorik im *Nibelungenlied*. In: Geist und Zeit. Wirkungen des Mittelalters in Literatur und Sprache. Fs. Roswitha Wisniewski zu ihrem 65. Geburtstag. Frankfurt a. M. / Bern 1991. S. 77–122.

See, Klaus von: Freierprobe und Königinnenzank in der Sigfridsage. In: ZfdA 89 (1958/59) S. 163–172.

Sieber, Andrea: Latenz und weibliche Gewalt im *Nibelungenlied*. In: Keller/Kragl, B 3: 2010. S. 165–186.

Thelen, Lynn D.: The Vassalage Deception, or Siegfried's Folly. In: JEGPh 87 (1988) S. 471–491.

Wahl-Armstrong, Marianne: Rolle und Charakter. Studien zur Menschendarstellung im *Nibelungenlied*. Göppingen 1979.

Weigand, Rudolf Kilian: Frau und Recht im *Nibelungenlied*. Konstituenten des zentralen Konflikts. In: Archiv für das Studium der neueren Sprachen und Literaturen 158 (2006) S. 241–258.

Wenzel, Horst: »Ze hove« und »ze holze« – »offenlîch« und »tougen«. Zur Darstellung und Deutung des Unhöfischen in der höfischen Epik und im *Nibelungenlied*. In: Höfische Literatur, Hofgesellschaft, höfische Lebensformen um 1200. Hrsg. von Gert Kaiser und Jan-Dirk Müller. Düsseldorf 1986. (Studia humaniora. 6.) S. 277–300.

– Szene und Gebärde. Zur visuellen Imagination im *Nibelungenlied*. In: ZfdPh 111 (1992) S. 321–343.

Willson, H. B.: Blood and Wounds in the *Nibelungenlied*. In: MLR 55 (1960) S. 40–50.

Zallinger, Otto von: Die Rechtsgeschichte des Ritterstandes und das *Nibelungenlied*. In: Jahrbuch der Leo-Gesellschaft für das Jahr 1899. Wien 1899. S. 32–52.

i) Einzelne Figuren

Siegfried

Bumke, Joachim: Sigfrids Fahrt ins Nibelungenland. Zur achten Aventiure des *Nibelungenliedes*. In: PBB (Tübingen) 80 (1958) S. 253–268.

Ehrismann, Otfrid: Sigfrids Ankunft in Worms. Zur Bedeutung der 3. Aventiure des *Nibelungenliedes*. In: Fs. Karl Bischoff zum 70. Geburtstag. Köln/Wien 1975. S. 328–356.

Gottzmann, Carola L.: Siegfried im *Nibelungenlied*. Idoneität und Minnedienst. In: C. L. G.: Heldendichtung des 13. Jahrhunderts. Siegfried – Dietrich – Ortnit. Frankfurt a. M. / Bern / New York / Paris 1987. (Information und Interpretation. 4.) S. 19–72.

Haustein, Jens: Siegfrieds Schuld. In: ZfdA 122 (1993) S. 373–387.

Hoffmann, Werner: Das Siegfriedbild in der Forschung. Darmstadt 1979.

Krausse, Helmut K.: Die Darstellung von Siegfrieds Tod und die Entwicklung des Hagenbildes in der Nibelungendichtung. In: GRM 52 (1971) S. 369–378.

Müller, Gernot: Zur sinnbildlichen Repräsentation der Siegfriedgestalt im *Nibelungenlied*. In: Stud. Neophil. 47 (1975) S. 88–119.

Müller, Jan-Dirk: Sivrit: künec – man – eigenholt. Zur sozialen Problematik des *Nibelungenliedes*. In: ABÄG 7 (1974) S. 85–124.

Schröder, Franz Rolf: Sigfrids Tod. In: GRM 41 (1960) S. 111–122.

Schulze, Ursula: Siegfried – ein Heldenleben? Zur Figurenkonstitution im *Nibelungenlied*. In: Literarische Leben. Rollenentwürfe in der Literatur des Hoch- und Spätmittelalters. Fs. Volker Mertens zum 65. Geburtstag. Tübingen 2002. S. 669–689.

Spiewok, Wolfgang: Siegfried – Held und Antiheld im Nibelungen-Epos – vom Wert und Unwert einer Kunstfigur. In: Buschinger/ Spiewok, B 3: 1991, 145–157.

Kriemhild

Bennewitz, Ingrid: Das *Nibelungenlied* – ein »Puech von Chrimhild«? Ein geschlechtergeschichtlicher Versuch zum *Nibelungenlied* und seiner Rezeption. In: Zatloukal, B 3: 1995, 33–52.

Greenfield, John: Frau, Tod und Trauer im *Nibelungenlied*. Überlegungen zu Kriemhild. In: Greenfield, B 3: 2001, 95–114.

Haug, Walter: Montage und Individualität im *Nibelungenlied*. In: Knapp, B 3: 1987, 277–293. – Wiederabgedr. in: W. H.: Strukturen als Schlüssel zur Welt. Tübingen 1989. S. 326–338.

Kuhn, Hans: Kriemhilds Hort und Rache. In: Fs. Paul Kluckhohn und Hermann Schneider gewidmet zu ihrem 60. Geburtstag. Tübingen 1948. S. 84–100.

– Brunhilds und Kriemhilds Tod. In: ZfdA 82 (1948/50) S. 191–199.

Schröder, Werner: Die Tragödie Kriemhilts im *Nibelungenlied*. In: ZfdA 90 (1960/61) S. 41–80 und 123–160. – Wiederabgedr. in: W. Sch.: *Nibelungenlied*-Studien. Stuttgart 1968. S. 48–156.

Schulze, Ursula: Amazonen und Teufelinnen. Darstellungsmodelle für Brünhild und Kriemhild im *Nibelungenlied*. In: Leonore = Fidelio. Die Frau als Kämpferin, Retterin und Erlöserin im (Musik-)Theater. Hrsg. von Silvia Kronberger und Ulrich Müller. Salzburg 2004. (Wort und Musik 56.) S. 104–116.

Seitter, Walter: Versprechen, versagen. Frauenmacht und Frauenästhetik in der Kriemhild-Diskussion des 13. Jahrhunderts. Berlin 1990.

Hagen

Backenköhler, Gerd: Untersuchungen zur Gestalt Hagens von Tronje in den mittelalterlichen Nibelungendichtungen. Diss. Bonn 1960.

Ehrismann, Otfrid: Strategie und Schicksal – Hagen. In: Literarische Symbolfiguren. Hrsg. von Werner Wunderlich. Bern/Stuttgart 1989. (Facetten dt. Literatur. 1.) S. 89–116.

Gentry, Francis Gerard: Hagen and the Problem of Individuality in the *Nibelungenlied*. In: MDU 68 (1976) S. 5–12.

Heinzle, Joachim: Zweimal Hagen oder: Rezeption als Sinnunterstellung. In: Heinzle/Waldschmidt, B 6: 1991, 21–40.

Mertens, Volker: Hagens Wissen – Siegfrieds Tod. Zu Hagens Erzählung von Jungsiegfrieds Abenteuern. In: Erzählungen in Erzählungen. Phänomene der Narration in Mittelalter und Neuzeit. Hrsg. von Harald Haferland und Michael Mecklenburg. München 1996. (Forschungen zur Geschichte der älteren deutschen Literatur. 19.) S. 59–69.

Salmon, Paul: Why Does Hagen Die? In: GLL 17 (1963/64) S. 3–13.

Wapnewski, Peter: Hagen: ein Gegenspieler? In: Gegenspieler. Hrsg. von Thomas Cramer und Werner Dahlheim. München/Wien 1993. (Dichtung und Sprache. 12.) S. 62–73.

Wynn, Marianne: Hagen's Defiance of Kriemhilt. In: Mediaeval German Studies. Fs. Frederick Norman. London 1965. S. 104–114.

Gunther

Wisniewski, Roswitha: Das Versagen des Königs. Zur Interpretation des *Nibelungenlieds*. In: Fs. Ingeborg Schröbler zum 65. Geburtstag. Tübingen 1973. S. 170–186.

Brünhild

Ehrismann, Otfrid: Die Fremde am Hof. Brünhild und die Philosophie der Geschichte. In: Begegnungen mit den »Fremden«: Grenzen – Traditionen – Vergleiche. Akten des VIII. Internationalen Germanisten-Kongresses Tokyo 1990. Bd. 10. München 1991. S. 320–331.

Naumann, Hans: Brünhilds Gürtel. In: ZfdA 70 (1933) S. 46–48.

Newman, Gail: The Two Brunhilds? In: ABÄG 16 (1981) S. 69–78.

Schulze, Ursula: Brünhild – eine domestizierte Amazone. In: Sagen- und Märchenmotive im *Nibelungenlied*. Dokumentation des dritten Symposiums von Stadt Worms und Nibelungenlied-Gesellschaft Worms e. V. vom 21. bis 23. September 2001. Hrsg. von Gerold Bönnen und Volker Gallé. Worms 2002. S. 121–141.

Giselher

Mohr, Wolfgang: Giselher. In: ZfdA 78 (1941) S. 90–120.

Rüdiger

Bekker, Hugo: The *Nibelungenlied*. Rüdeger von Bechlaren and Dietrich von Bern. In: MDU 66 (1974) S. 239–253.

Jones, George Fenwick: Rüdiger's Dilemma. In: Studies in Philology 57 (1960) S. 7–21.

Knapp, Fritz Peter: Neue Spekulationen über alte Rüdiger-Lieder. In: Zatloukal, B 3: 1990, 47–58.

Kunstmann, Heinrich: Wer war Rüdiger von Bechelaren? In: ZfdA 112 (1983) S. 233–252.

Naumann, Hans: Rüdegers Tod. In: DVjs 10 (1932) S. 387–403.

Splett, Jochen: Rüdiger von Bechelaren. Studien zum zweiten Teil des *Nibelungenliedes*. Heidelberg 1968.

Voorwinden, Norbert: Zur Herkunft der Rüdiger-Gestalt im *Nibelungenlied*. In: ABÄG 29 (1989) (Palaeogermanica et Onomastica. Fs. Johannes Alphonsus Huisman zum 70. Geburtstag.) S. 259–270.

Wapnewski, Peter: Rüdigers Schild. Zur 37. Aventiure des *Nibelungenliedes*. In: Euph. 54 (1960) S. 380–410.
Weltin, Max: Markgraf Rüdiger von Bechelaren – eine historische Figur? In: Zatloukal, B 3: 1990, 181–193.

Etzel

Boor, Helmut de: Das Attilabild in Geschichte, Legende und heroischer Dichtung. Bern 1932. Nachdr. Darmstadt 1963.
Schulze, Ursula: Der weinende König und sein Verschwinden im Dunkel des Vergessens. König Etzel im *Nibelungenlied* und in der *Klage*. In: Attila und die Hunnen [Begleitbuch zur Ausstellung]. Hrsg. vom Historischen Museum der Pfalz. Speyer/Stuttgart 2007. S. 336–345.
Williams, Jennifer: Etzel der rîche. Bern / Frankfurt a. M. / Las Vegas 1981. (Europäische Hochschulschriften. Reihe 1. Bd. 364.)

Dietrich von Bern

Göhler, Peter: Die Funktion der Dietrichfigur im *Nibelungenlied*. Zu methodologischen Problemen der Analyse. In: Zatloukal, B 3: 1992, 25–38.
Haymcs, Edward R.: Dietrich von Bern im *Nibelungenlied*. In: ZfdA 114 (1985) S. 159–165.
Heinzle, Joachim: *Heldesmout* – Zur Rolle Dietrichs von Bern im *Nibelungenlied*. In: *Bickelwort* und *wildiu mære*. Fs. Eberhard Nellmann zum 65. Geburtstag. Göppingen 1995. (GAG 618.) S. 225–236.
Horacek, Blanka: Der Charakter Dietrichs von Bern im *Nibelungenlied*. In: Festgabe für Otto Höfler zum 75. Geburtstag. Wien/Stuttgart 1976. (Philologica Germanica 3.) S. 297–336.
Lienert, Elisabeth: Dietrich contra Nibelungen. Zur Intertextualität der historischen Dietrichepik. In: PBB 121 (1999) S. 23–46.
Mohr, Wolfgang: Dietrich von Bern. In: ZfdA 80 (1943/44) S. 117–155.
Nagel, Bert: Das Dietrichbild des *Nibelungenliedes*. In: ZfdPh 78 (1959) S. 258–268 und 79 (1960) S. 28–57.
Stcin, Peter K.: Dictrich von Bern im *Nibelungenlied*. Bemerkungen zur Frage der ›historisch-zeitgeschichtlichen‹ Betrachtung hochmittelalterlicher Erzähldichtung am Beispiel des *Nibelungenliedes*. In: Knapp, B 3: 1987, 78–106.

5. Untersuchungen zur *Klage*

Bumke, Joachim: Die vier Fassungen der *Nibelungenklage*. Untersuchungen zur Überlieferungsgeschichte und Textkritik der höfischen Epik im 13. Jahrhundert. Berlin / New York 1996. (Quellen und Forschungen zur Literatur- und Kulturgeschichte. 8.)

Curschmann, Michael: *Nibelungenlied* und *Nibelungenklage*. Über Mündlichkeit und Schriftlichkeit im Prozeß der Episierung. In: Deutsche Literatur im Mittelalter. Kontakte und Perspektiven. Hugo Kuhn zum Gedenken. Hrsg. von Christoph Cormeau. Stuttgart 1979. S. 85–119.

Gillespie, George: *Die Klage* as a Commentary on *Das Nibelungenlied*. In: Probleme mittelhochdeutscher Erzählformen. Marburger Colloquium 1969. Hrsg. von Peter F. Ganz und Werner Schröder. Berlin 1972. S. 153–177.

Günzburger, Angelika: Studien zur *Nibelungenklage*. Forschungsbericht – Bauform der *Klage* – Personendarstellung. Frankfurt a. M. / Bern 1983.

Henkel, Nikolaus: Die Nibelungenklage und die Bearbeitung *C des *Nibelungenliedes*. In: Heinzle, B 3: 2003. S. 113–133.

Lienert, Elisabeth: Der Körper des Kriegers. Erzählen von Helden in der *Nibelungenklage*. In: ZfdA 130 (2001) S. 127–142.

Schmidt, Siegrid: *... so sêre klagete diu künigin*. Brunhild vom *Nibelungenlied* zur *Klage*. In: The *Nibelungenlied*. Genesis, Interpretation, Reception (Kalamazoo Papers 1997–2005). Hrsg. von Sibylle Jefferis. Göppingen 2005. (GAG 735.) S. 61–76.

Schröder, Werner: Wolfram von Eschenbach, das *Nibelungenlied* und die *Klage*. Stuttgart/Wiesbaden 1989.

Szklenar, Hans: Die literarische Gattung der *Nibelungenklage* und das Ende »alter maere«. In: Poetica 9 (1977) S. 41–61.

Vogt, Friedrich: Zur Geschichte der *Nibelungenklage*. In: Rektoratsprogramm der Universität Marburg. Festgabe zur 52. Versammlung deutscher Philologen und Schulmänner zu Marburg. Marburg 1913. S. 139–167.

Voorwinden, Norbert: *Nibelungenklage* und *Nibelungenlied*. In: Masser, B 3: 1981, 102–113.

Wachinger, Burghart: Die *Klage* und das *Nibelungenlied*. In: Masser, B 3: 1981, 90–101.

Wehrli, Max: Die *Klage* und der Untergang der Nibelungen. In: Zeiten und Formen in Sprache und Dichtung. Fs. Fritz Tschirch zum 70. Geburtstag. Köln/Wien 1972. S. 96–112.

6. Untersuchungen zur Rezeptionsgeschichte

Bachorski, Hans-Jürgen: Alte Deutungen im neuen Gewande. J. Fernaus *Disteln für Hagen* und H. Reinls *Nibelungen*-Filme. In: Mittelalter-Rezeption 3. Gesammelte Vorträge des 3. Salzburger Symposions Mittelalter, Massenmedien, Neue Mythen. Hrsg. von Jürgen Kühnel [u. a.]. Göppingen 1988. (GAG 479.) S. 339–358.

Brackert, Helmut: *Nibelungenlied* und Nationalgedanke. Zur Geschichte einer deutschen Ideologie. In: Mediaevalia litteraria. Fs. Helmut de Boor zum 80. Geburtstag. München 1971. S. 343–364.

– Die »Bildungsstufe der Nation« und der Begriff der Weltliteratur. Ein Beispiel Goethescher Mittelalter-Rezeption. In: Goethe und die Tradition. Hrsg. von Hans Reiss. Frankfurt a. M. 1972. S. 84–101.

Buschmann, Nikolaus: »Ein Hohelied von Heldenmut und Heldentod«. Das *Nibelungenlied* im Selbstbild der deutschen Nation. In: Deutsche Gründungsmythen. Hrsg. von Matteo Galli und Klaus-Peter Preusser. Heidelberg 2008. (Jb. Literatur und Politik 2.) S. 79–90.

Ehrismann, Otfrid: Das *Nibelungenlied* in Deutschland. Studien zur Rezeption des *Nibelungenlieds* von der Mitte des 18. Jahrhunderts bis zum Ersten Weltkrieg. München 1975. (Münchner Universitätsschriften. Phil. Fak. Münchner Germanistische Beiträge. 14.)

– *Nibelungenlied* und Nationalgedanke. Zu Geschichte und Psychologie eines nationalen Identifikationsmusters. In: Damals. Zeitschrift für geschichtliches Wissen. 1980. H. 11. S. 942–960. H. 12. S. 1033–1046. 1981. H. 1. S. 21–35. H. 2. S. 115–132.

– *Nibelungenlied* 1755–1920: Regesten und Kommentare zu Forschung und Rezeption. Gießen 1986. (Beiträge zur deutschen Philologie. 62.)

– Die literarische Rezeption der Siegfriedfigur von 1200 bis heute. In: Gallé, B 3: 2005. S. 124–137.

Gentry, Francis Gerard: Trends in the *Nibelungenlied*-Research since 1949. A Critical Review. In: ABÄG 7 (1974) S. 125–140.

– Die Rezeption des *Nibelungenlieds* in der Weimarer Republik. In: Das Weiterleben des Mittelalters in der deutschen Literatur. Hrsg. von James Fitzgerald Poag und Gerhild Scholz-Williams. Königstein i. Ts. 1983. S. 142–156.

Grosse, Siegfried: Zur Rezeption des *Nibelungenliedes* im 19. Jahrhundert In: Kunsterfahrung und Kulturpolitik im Berlin Hegels.

Hrsg. von Otto Pöggeler und Annemarie Gethmann-Siefert. Bonn 1983. (Hegel-Studien. Beih. 22.) S. 309–331.

– / Rautenberg, Ursula: Die Rezeption mittelalterlicher deutscher Dichtung. Eine Bibliographie ihrer Übersetzungen und Bearbeitungen seit der Mitte des 18. Jahrhunderts. Tübingen 1989.

Härd, John Evert: Das Nibelungenepos. Wertung und Wirkung von der Romantik bis zur Gegenwart. Tübingen/Basel 1996. [Schwed. Orig. 1989.]

Hagen, Friedrich Heinrich von der: Die Nibelungen: Ihre Bedeutung für die Gegenwart und für immer. Breslau 1819.

Heinzle, Joachim: Einleitung: Der deutscheste aller deutschen Stoffe. In: Heinzle/Waldschmidt, B 6: 1991, 7–17.

– Konstanten der Nibelungenrezeption in Mittelalter und Neuzeit. Mit einer Nachschrift: Das Subjekt der Literaturgeschichte. In: Zatloukal, B 3: 1995, 81–107.

– / Waldschmidt, Anneliese (Hrsg.): Die Nibelungen. Ein deutscher Wahn, ein deutscher Alptraum. Studien und Dokumente zur Rezeption des Nibelungenstoffs im 19. und 20. Jahrhundert. Frankfurt a. M. 1991.

Hoffmann, Werner: Das Nibelungenlied in der Literaturgeschichtsschreibung von Gervinus bis Bertau. In: Masser, B 3: 1981, 19–37.

– Nibelungenromane. In: Helden und Heldensage. Fs. Otto Gschwantler zum 60. Geburtstag. Wien 1990. (Philologica Germanica. 11.) S. 113–142.

Kastner, Jörg: Das Nibelungenlied in den Augen der Künstler vom Mittelalter bis zur Gegenwart. Passau 1986.

Koebner, Thomas: Minne Macht. Zu Richard Wagners Bühnenwerk Der Ring des Nibelungen. In: Heinzle/Waldschmidt, B 6: 1991, 309–332.

Körner, Josef: Nibelungenforschungen der deutschen Romantik. Leipzig 1911. Unveränd. Nachdr. Darmstadt 1968.

Kolk, Rainer: Berlin oder Leipzig? Eine Studie zur sozialen Organisation der Germanistik im »Nibelungenstreit«. Tübingen 1990.

Krüger, Peter: Etzels Halle und Stalingrad: die Rede Görings vom 30. 1. 1943. In: Heinzle/Waldschmidt, B 6: 1991, 151–160.

Lankheit, Klaus: Nibelungen-Illustrationen der Romantik. Zur Säkularisierung christlicher Bildformen im 19. Jahrhundert. In: Heinzle/Waldschmidt, B 6: 1991, 193–218.

Martin, Bernhard R.: Nibelungen-Metamorphosen. Die Geschichte eines Mythos. München 1992.

Mertens, Volker: *Amelungenlied* und *Nibelungenlied*. Richard
Wagner und Karl Simrock. In: Buschinger/Spiewok, B 3: 1991,
113–128.

Müller, Ulrich: Die Auferstehung der Nibelungen: Beobachtungen
zur Rezeption des Nibelungen-Mythos in den achtziger Jahren.
In: Fs. Rudolf Große zum 65. Geburtstag. Stuttgart 1989. (SAG
231.) S. 495–506.

– Die Nibelungen. Literatur. Musik und Film im 19. und
20. Jahrhundert. Ein Überblick. In: Heinzle, B 3: 2003.
S. 407–444.

Münkler, Herfried / Storch, Wolfgang (Hrsg.): Siegfrieden. Politik
mit einem deutschen Mythos. Berlin 1988.

Naumann, Hans: Das *Nibelungenlied* – eine staufische Elegie oder
ein deutsches Nationalepos? In: Euph. 42 (1942) H. 4. S. 41–59.

Saalfeld, Lerke von: Die ideologische Funktion des *Nibelungenliedes* in der preußisch-deutschen Geschichte von seiner Wiederentdeckung bis zum Nationalsozialismus. Diss. Berlin 1977.

Schmidt, Siegrid: Die Nibelungen in der Jugend- und Unterhal-
tungsliteratur zwischen 1945 und 1980. Bearbeitungstendenzen,
gezeigt an ausgewählten Beispielen. In: Mittelalter-Rezeption.
Ein Symposion. Hrsg. von Peter Wapnewski. Stuttgart 1986.
(Germanistische Symposien. Berichtsbde. 6.) S. 327–345.

Schulte-Wülwer, Ulrich: Das *Nibelungenlied* in der deutschen
Kunst des 19. und 20. Jahrhunderts. Gießen 1980.

Schulze, Ursula: *Aber wir brauchen doch nur aufzuhören, und es
gibt keinen Kessel mehr*. Die Rezeption der Rezeption des *Nibelungenliedes* am Beispiel von Heiner Müllers *Germania*-
Stücken. In: *wort unde wîse, singen unde sagen*. Fs. für Ulrich
Müller. Hrsg. von Ingrid Bennewitz. Göppingen 2007. (GAG
741.) S. 341–355.

See, Klaus von: Das *Nibelungenlied* – ein Nationalepos? In:
Heinzle/Waldschmidt, B 6: 1991, 43–110.

Voorwinden, Norbert: Nibelungen-Rezeption im Mittelalter. Am
Beispiel der Rüdiger-Gestalt. In: Zatloukal, B 3: 1995, 1–15.

Wunderlich, Werner: Der Schatz des Drachentöters. Materialien zur
Wirkungsgeschichte des *Nibelungenliedes*. Stuttgart 1977. (Literaturwissenschaft – Gesellschaftswissenschaft. 30.)

– »Ein Hauptbuch bey der Erziehung der deutschen Jugend ...«
Zur pädagogischen Indienstnahme des *Nibelungenliedes* für
Schule und Unterricht im 19. und 20. Jahrhundert. In: Heinzle/
Waldschmidt, B 6: 1991, 119–150.

7. Lexika und Beiträge zur literaturgeschichtlichen und historischen Information

Althoff, Gerd: Verwandte, Freunde und Getreue. Zum politischen Stellenwert der Gruppenbindungen im früheren Mittelalter. Darmstadt 1990.

Bäuml, Franz Henry / Fallone, Eva-Maria: A Concordance to the *Nibelungenlied* (Bartsch-de Boor Text). Leeds 1976. (Compendia. 7.)

Bumke, Joachim: Mäzene im Mittelalter. Die Gönner und die Auftraggeber der höfischen Literatur in Deutschland 1150–1300. München 1979.

– Höfische Kultur. Literatur und Gesellschaft im hohen Mittelalter. 2 Bde. München 1986. ⁵1990.

Die deutsche Literatur des Mittelalters. Verfasserlexikon. Begr. von Wolfgang Stammler, fortgef. von Karl Langosch. 2. Aufl. Hrsg. von Kurt Ruh zus. mit G. Keil, W. Schröder, B. Wachinger, F. J. Worstbrock. Bd. 1 ff. Berlin / New York 1978 ff.

Deutsches Rechtswörterbuch. Wörterbuch der älteren deutschen Rechtssprache. Bearb. von Richard Schröder, Eberhard Freiherr von Künßberg [u. a.]. Bd. 1 ff. Weimar 1914 ff.

Förstemann, Ernst: Altdeutsche Personennamen. Ergänzungsbd. von Henning Kaufmann. München/Hildesheim 1986.

Handwörterbuch zur deutschen Rechtsgeschichte. Hrsg. von Adalbert Erler und Ekkehard Kaufmann. Bd. 1 ff. Berlin 1971 ff.

Lexikon des Mittelalters. Hrsg. und Berater Robert-Henri Bautier [u. a.]. München/Zürich 1980 ff.

Reichert, Hermann: Konkordanz zum *Nibelungenlied* nach der St. Galler Handschrift. Wien 2006. (Philologica Germanica. 27/1 u. 2.)

Zacharias, Rainer: Die Blutrache im deutschen Mittelalter. In: ZdfA 91 (1961/62) S. 167–201.

Möglichkeiten zu Informationen über verschiedene Gesichtspunkte zum *Nibelungenlied* im Internet:
www.nibelungenlied-gesellschaft.de.

Abbildungsverzeichnis

Namenregister

Mittelalterliche und ältere Autoren, Titel anonym
überlieferter Werke und historische Personen,
die in der Darstellung genannt werden

Neuzeitliche Autoren von Primär- und Sekundärliteratur,
Bildwerken und Filmen sowie historische Personen,
die in der Darstellung erwähnt werden

Sachregister

Ausgewählte Stichwörter zu Sachpunkten und
Forschungsaspekten (Nibelungenlied = NL)